電通の深層

大下英治

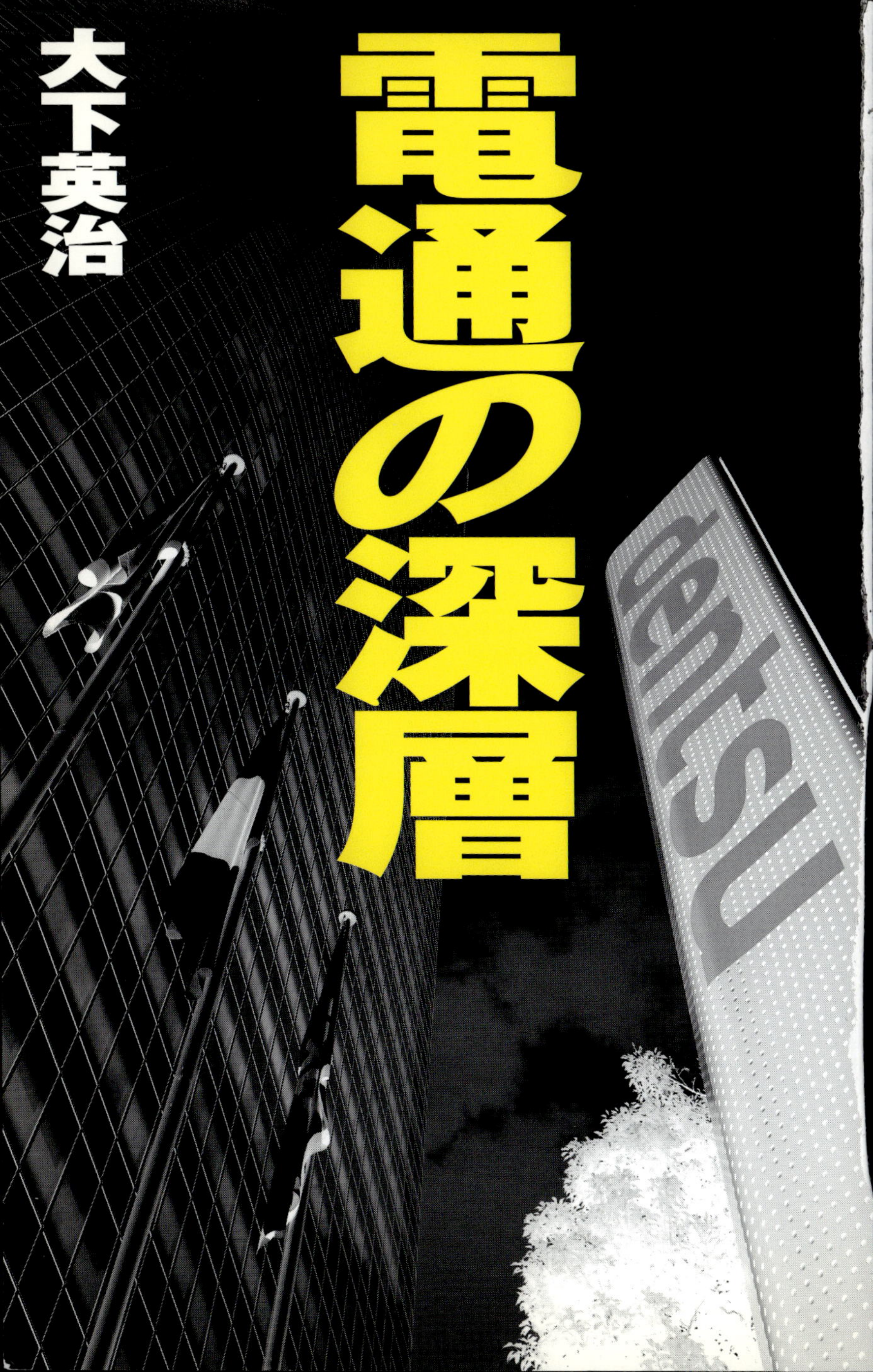

電通の深層

装丁・デザイン　前橋隆道
千賀由美
カバー写真提供　共同通信社
化粧扉写真提供　読売新聞社
アフロ

はじめに

わたしは、『週刊文春』（昭和五二年七月二八日号、八月四日号）に二週連続掲載されるジャーナリスト本田《ほんだ》靖春《やすはる》さんの「電通の秘密」の取材を手伝うことになった。

当時、いわゆるトップ屋として『週刊文春』の契約記者であったわたしが、電通の取材をつづけるうち、ある小さな広告代理店の社長が、残念そうにいった。

「『週刊文春』で書くからには、どうせ通りいっぺんのことしか書けまい。電通には、いくらでも面白い話があるのに」

わたしは、その社長にいった。

「この取材が終わって、次にわたしが電通に斬り込むかたちで書くときには、協力してくれますか」

「ああ、いいよ」

電通と週刊誌のつながりは深い。週刊誌は、じつは、紙代、印刷費、筆者への原稿料支払い、スタッフや記者の人件費、取材費、それらの制作費と販売収入で、トントンである。では、どこで儲けるかというと、広告収入である。その広告はエージェントを通じてである。そうした広告代理店の中でも、世界一の単体売上高（一兆一六〇〇億円 二〇一六年一二月期）を誇るのが電通である。

外国では、一業種一社制が固く守られている。ＧＭ（ゼネラルモーターズ）の広告をあつかう広告代理店が、ライバルの自動車会社フォードの広告も同時にあつかうことはありえない。機密保持に神経をつかう企業が、ライバル会社に秘密を漏らされることを恐れるからだ。

ところが、日本では、電通が同じ業種のＣＭを五社も六社もあつかっている。そのせいで、売り上げが上がるだけでなく、週刊誌やテレビに対し、絶大な威力を発揮している。出版社やテレビ局は、電通に逆らえば、まるで輸血を止められた病人のようになる。

わたしは、電通の取材を旺盛におこなった。電通の負の側面もたくさん出てきた。

「電通の秘密」は、二週にわたって『週刊文春』に掲載された。ところが、わたしの取材原稿の電通のマイナス面は、当然のごとく使われていなかった。

わたしは、それから、この取材で世話になった小さな広告代理店の社長をはじめ、その社長から紹介された人たちを取材してまわった。

取材して集めたデータを元に、月刊『創《つくる》』に一二〇枚にわたる「電通のタブーを突く」というルポルタージュを、大下英治名で書いた。

このころの『創』は、現在の経営者とちがって、いわゆる総会屋系の雑誌であった。当時は、『文藝春秋』、『月刊現代』、『月刊宝石』など一流出版社系をのぞく総合月刊誌は、そのような総会屋系と見られるものが多かった。『創』、『新評』、『現代の眼』、『流動』、『人と日本』、『勝利』らがあった。それらの月刊誌の広告は、電通とは関係なく、オーナーが企業と直接に取り引きして出稿させていたのだ。

さて、「電通のタブーを突く」を書いたあと、『人と日本』に「小説電通」を連載することになった。ディテールは、取材したものをふんだんに使った。

わたしは、この雑誌連載を終えると、一冊の書籍にまとめて出版しようと考えた。が、内容が内容だけに、どの出版社でも出せるものではないと覚悟はしていた。

そのうち、K出版の編集者からわたしに電話があった。

「今度、ドキュメンタリー・ノベルのシリーズを、月に二冊ずつのペースで出そうと思っているんです。その第一弾として、『小説電通』を出したい」

わたしは、編集担当者と帝国ホテルのロビー喫茶で会った。編集者はリストを見せた。

「すでに、このとおり三〇冊分のリストができています。第一弾の二冊は、大下さんの電通と、安田二郎《やすだじろう》さんの兜町《かぶとちょう》を描いた作品です。初版は三万部刷ります」

処女作で、三万部刷ってくれるというのだ。ありがたい話である。しかも、内容が内容なだけに、出版は無理かもしれない、と思っていた矢先である。

ところが、それから半月もたたないうちに、この編集担当者が、緊急に会いたいという。

〈まさか、出版の話が御破算になったのでは……〉

悪い予感をおぼえながら、その編集者と最初に会った帝国ホテルのロビー喫茶で再び会った。

編集者は、見るからに落胆した表情で告げた。

「すみません。じつは、重役にこのドキュメンタリー・ノベルシリーズの企画書を見せたんです。すると、一喝されましてね。『馬鹿者、「小説電通」なんて、出してみろ。電通が怒るぞ。ウチはいま、これまで出している週刊誌を、男性読者から女性読者に切り替えるところだ。電通への広告依存度がより高くなる。そこに向けて、この「小説電通」を出してみろ。せっかくの週刊誌の切り替えが、全部駄目になる。「小説電通」だけではない。とかくの問題を引き起こしかねないドキュメンタリー・ノベルシリーズは、一切取り止めだ！』。そこまで言われては、出すわけにはいきません。まことに、申し訳ない」

その後、数社から『小説電通』出版の話があったが、すべて最終的には潰れてしまった。

わたしは、さすがにあきらめてしまった。

ところが、三一書房《さんいちしょぼう》から『小説電通』を出さないか、という話があった。

三一書房は、かつて五味川純平《ごみかわじゅんぺい》の大ベストセラー『人間の条件』を出版した版元である。どちらかといえば左翼系の出版社で、資本主義の親玉のような電通とは、およそ関わりがない。わたしは期待を抱いた。

〈もしかすると、今度こそ出せるかもしれない〉

三一書房の畠山滋さんと荒木和夫さんに会い、出版の話し合いをもった。

今度こそ、出版できることになった。

『小説電通』は、一九八一年九月、ようやく三一書房から出版された。小さな版元なので、初版三〇〇〇部であったが、生まれて初めての自著である。まさに、天にも昇らんほどうれしかった。

が、うれしいだけでなく、一抹の不安がないでもなかった。じつは、『週刊文春』の当時の編集長の村田耕二さんの奥さんが、電通の幹部であった。わたしは、覚悟もしていた。

〈万が一のときには、『週刊文春』との記者契約を切られることになるかもしれない〉

そのときには、辞めるしかあるまい。

『小説電通』が出版され、朝日新聞に広告も載った四日後、わたしはあるパーティに出席していた。と、背後から、わたしの背に、何やら突きつけられた。

「ホールド・アップ！」

聞き慣れた声に振り返った。なんと『週刊文春』の村田編集長ではないか。右手で人差し指を突き出し、ピストルの真似をして、わたしの背に突きつけたのだ。

村田編集長は、わたしの耳元でささやいた。

「『小説電通』、面白かったよ」

それだけで、一切咎《とが》めの言葉はなかった。わたしは、ホッとした。

〈これで首が繫《つな》がった……〉


皮肉なことがあった。それから数年後に、電通の成田豊《なりたゆたか》会長に取材する機会があった。といっても、電通についての取材ではない。おそらく、『小説電通』の作者であるわたしが電通に関する取材を申し込んでも受け入れることはあるまい。

成田会長には電通についての取材ではなく、わたしの師である『黒の試走車』などのベストセラー作家の梶山季之《かじやまとしゆき》さんとの関わりについてであった。梶山さんと成田会長は、(日本統治下の)朝鮮で京城《けいじょう》中学時代からの親友であった。わたしは梶山季之伝の取材のため、成田会長に会ったのである。

驚いたのは、成田会長が机の上にわたしの『小説電通』の徳間文庫版を置かれていたことだ。しかも、その文庫本に付箋《ふせん》がびっちりと貼《は》られているではないか。

成田会長は、『小説電通』を開いた。そこには、わたしが仮名《かめい》で執筆した社名や個人名に赤い線が多く引かれていた。

成田会長は、わたしに訊《き》いてきた。

「この線を引いたところの実名を、教えてくれないか」

わたしは、小説にまぶして、事実関係はナマに使ったが、社名や個人名は洋酒メーカー「カントリー」のように実名に近い名に変えていた。成田会長としても興味があったのか。

わたしは、苦笑いしながら答えを曖昧にしておいた。

「電通内部の人もたくさん登場しますので、言わぬが花でしょう」

成田会長とは、それから梶山さんの話題で盛り上がった。

さて、今回、高橋《たかはし》まつりさんの過労自殺事件があり、社長退陣にまで追い込まれ、巨艦「電通」が揺ぎ始めた。それを機に、『小説電通』も再び世に問うことにした。

あらためて、『小説電通』を著した一九八一年から現在までを比較、電通三五年の光芒と闇について取材し、第一部として描こうと試みた。

ところが、驚かされた。わたしの人脈をフルに使っても、現在の電通の社員一人すら口を聞いてもらえなかった。なんたるガードの堅さよ。箝口令《かんこうれい》が敷かれ、メディア取材に応じた電通社員が処罰される程である。今回の事件が、いかに全社的にひびいているのか思い知らされた。

高橋まつりさんについては、彼女が東大時代にアルバイトをしていた『週刊朝日』の当時の編集長であった山口一臣《やまぐちかずおみ》さんに彼女の人となりと、自殺の真相について詳しく語ってもらった。

高橋まつりさんの自殺を、他人事とはまったく思えないと語るのは、五年前まで電通の社員で、現在は株式会社Lamirの社長を務める藤沢涼《ふじさわりょう》さんである。

藤沢さんは、新人時代、あまりの仕事の苛酷さに高橋まつりさんと同じように、ふと自殺の衝動に駆《か》られたことすらあったという。

藤沢さんからナマの電通の実態を聞くと、電通のマスコミへの圧力、制作会社とのキックバックを巡るやりとり……など、わたしが『小説電通』で取材した当時とほとんど変わっていないようである。

さらに、藤沢さんは、東日本大震災が起きて、東京電力福島第一原発事故の問題にふれ、上司に申し立てている。

「これまでの東電べったりの態度は、改めるべきではないですか！」

が、上司に一蹴されている。

「われわれの給料も、東電からのカネが入っているのだ！」

このように電通と原子力ムラとの関係もあからさまに語られている。

電通と東京オリンピックをはじめ、スポーツビジネス利権については、元ＮＨＫの立花孝志《たちばなたかし》さん、プロモーターの康芳夫《こうよしお》さんの体験談を詳しく語ってもらった。

自民党と電通との一体感については、小沢一郎《おざわいちろう》自由党代表、小池百合子《こいけゆりこ》東京都知事らの、かつてのエピソードを交え、電通ＥＹＥの脇田直枝《わきたなおえ》元社長に取材し得た証言を今回、本書に載せた。

また、電通社員から政界に進出し、現在、環境副大臣兼内閣府副大臣を務める伊藤忠彦《いとうただひこ》衆議院議員には、電通時代の体験、今回の高橋まつりさんの過労自殺事件を契機に、電通中興の祖の吉田秀雄《よしだひでお》四代目社長が定めた「鬼十則」の手帖掲載を電通が廃止したことなどについて、赤裸々に語ってもらった。

さらに、電通グループ会社の役員ＯＢ、電通関係者からのナマナマしい証言を載せた。

「電通」問題の核心とは何か。はたして、これからどこへ向かおうとしているのか……。一九八一年執筆の『小説電通』と、今回の「電通」激震ドキュメントから併せて読み取っていただきたい。

目　次

第一部

激震ドキュメント　電通の光芒と闇

第一章

電通新入社員 高橋まつりさん
過労自殺死の深層

『週刊朝日』で働きたかった、高橋まつりさん

朝日新聞出版が発行する週刊誌『週刊朝日』の編集長をかつて務めていた山口一臣は、二〇一五年一二月二五日のクリスマスに東京都内の電通社員寮で自殺した高橋まつりさん（当時二四歳）と親交があった。

高橋まつりさんが東京大学の学生時代、『週刊朝日』の編集部で学生アルバイトをしていたからだった。

まつりさんがアルバイトをするきっかけは、二〇一〇年四月、東京大学の入学式にまでさかのぼる。

現役で見事に最難関大学の東大に合格した彼女は、東京大学の入学式の模様を伝えるテレビの情報番組で、新入生のひとりとしてインタビューのマイクを向けられていた。

彼女は、そこで将来の夢をカメラに向けて満面の笑みで語った。

「『週刊朝日』が好きなので、将来は『週刊朝日』で働きたいです」

その番組を偶然、山口の部下の編集部員のひとりが見ていた。

番組終了後、その編集部員は、山口のもとへ走った。

「編集長、大変です。東大の新入生で『週刊朝日』の記者になりたいってテレビのインタビューで答えていた女の子がいたんですよ」

そう言うと、編集部員は、山口にそのテレビ番組のキャプチャー画像を見せてきた。

見せられた画像には、晴れ着に身を包んだ若く可愛らしい女の子と「『週刊朝日』の記者になりたい」という字幕テロップがはっきりと映し出されていた。

一瞬、山口は自分の耳を疑った。

そして思った。

〈総合週刊誌なんて、読者は中高年男性ばっかりなのにな。しかも『週刊文春』ではなく、ウチで働きたいなんて珍しいな……〉

山口は、すぐに編集部員を集めて命じた。

「この子を、絶対に探し出してきてよ」

彼女は、東大新入生のひとりとして、偶然テレビ番組のインタビューに答えていただけだ。名前すらわからない。

ところが、番組出演から一カ月もしないうちに、別の編集部員が知り合いの伝手《つて》をたどって彼女を編集部に連れてきた。

新入生のなかでも、華があり美人である彼女は、入学当初から学内で目立ったのかもしれない。

実際に、合格発表の際には、『週刊ポスト』のグラビアに新入生のひとりとして取り上げられて、インタビューを受けていた。

山口は、編集部員に連れられてきた高橋まつりさんと面談した。

自己紹介をしたあとに、山口は興味津々で訊いた。

「『週刊朝日』が好きって、本当なの?」

彼女は答えた。

「毎週読んでいて、『週刊朝日』が自分にとって、政治や経済、社会問題、ニュース報道について関心を持つきっかけだったんです。だから、『週刊朝日』は先生みたいなものなんです。いつか『週刊朝日』のようなジャーナリズムの仕事をやりたいと思うようになって、それでインタビューに答えたんです」

「それなら、よかったらウチの編集部で学生アルバイトとして働いてみない？」

彼女は、山口の提案に二つ返事でオーケーした。

「はい、やってみます」

彼女は、『週刊朝日』専属アシスタントとなり、様々な手伝いをすることになった。

それから彼女は、一年間、中国の清華大学に中国の国費で留学した時期を除き、大学を卒業するまで、アルバイトとして手伝っていた。

中国への留学が決まった際、お祝いを兼ねて食事をしたこともあった。

のちに山口が彼女から聞いた話によると、静岡県裾野《すその》市出身の彼女は、中学、高校と毎週、『週刊朝日』を読んでいたという。

彼女の家庭は、母親の幸美《ゆきみ》さんと彼女、弟の三人家族であった。彼女が中学二年生のとき、母親が彼女と弟を連れて、家を出た。市営住宅に引っ越して、それ以来、三人家族で育ったという。

幸美さんは、女手ひとつで子供二人を育てることになった。そのため、決して裕福な暮らしではなかった。家で読んでいた『週刊朝日』は、離れて暮らす祖父が読み終わったものを送ってくれたものだったという。

山口から見て、彼女は、とても明るくて聡明であった。何事にも前向きな頑張り屋の女の子だった。

彼女は、中学の時に、一念発起して東大を目指し始めた、と言っていたという。

〈自分が東大に行くには、どうしたらいいんだろうか？〉

そう考えた彼女は、母親に経済的な負担をかけないようにと、地元の静岡県沼津《ぬまづ》市にある私立の進学校、加藤学園暁 秀《ぎょうしゅう》高等学校を受験することにする。暁秀高校には、入学試験で一番だった生徒は特待生となり、三年間の授業料が全額免除される制度があった。

彼女は、受験生のなかで一番になることを目指し、それを実現する。

「授業料ゼロが自慢」

高校時代について、そう誇らしげに山口に語っていたという。

『週刊朝日』の編集部でアルバイトするようになると、「東大生一〇〇人に聞きました」などのアンケート企画や、学生を集めての座談会のセッティングなどをやっていた。

山口の記憶に残っているのは、政治家のインタビューを担当してもらったことだった。

取材相手は、当時、参議院議員の松田公太《まつだこうた》。タリーズコーヒージャパンの創業者である。

その際も、彼女は、編集部の意図を汲《く》んで、的確な質問を松田公太にぶつけていた。

また、「週刊朝日UST劇場　山口チャンネル」というUSTREAMを使ったインターネット配信番組を始めた際には、アシスタントとしてレギュラー出演してもらっていた。

そして、彼女が大学四年時に電通への就職を決めた際、山口のもとにメールが届く。

「『週刊朝日』じゃなくて、ゴメンなさい」

山口は、「そりゃあ、朝日より電通の方がいいだろう」と思い、昔の仲間たちとともに喜んだ。

彼女は、二〇一五年四月に電通に入社した。

朝日新聞社のある築地《つきじ》と電通のある汐留《しおどめ》は地理的にも近い。また、仕事上の付き合いもある。山口は、新入社員のうちは忙しいだろうが、落ち着いてきたら、飲んだりすることもできるだろうと思っていた。

何が高橋まつりさんを追い詰めたのか

二〇一五年一二月二五日、高橋まつりさんは、電通社員寮の四階から投身自殺した。

訃報を聞いた時、山口は、本当に信じられなかった。

仕事が忙しいという話は聞いていた。だが、そこまで追い詰められているとは思ってもいなかった。

〈こんなにも近い距離にいたのに、何もしてあげられなかった……〉

山口は、悲しみよりも、悔しさでいっぱいになった。

とにかく何があったのか知ろうと、昔の仲間や知人と連絡を取ろうとした。

そうしたなかで、電通の知り合いから「どうやら失恋が原因らしい」という話が流れてきた。電通社内ではそういう話になっているということだった。亡くなった日がクリスマスだったということもそのような憶測が流れる要因になったのかもしれない。

山口は思った。

〈まつりさんの性格からして、そんなことがあるだろうか〉

地元の裾野市で行われた葬式に出席し、亡くなる直前まで親交のあった人たちに話を聞いた。すると、やはり事情が違った。実際には、彼氏と会ったり、恋愛したりする時間もないほど、働かされていたということだった。「失恋が自殺の原因」説は嘘だったのだ。

確かに、高橋まつりさんは、亡くなる三カ月前の九月にツイッターで失恋したことに言及している。だが、その文面はあまり深刻な印象のものではなかった。だいたい、九月の失恋が原因で一二月に自殺などということはない。

ただ、山口は、長い週刊誌の記者経験で自殺の真の原因は結局、本人にしかわからない、ということを痛感していた。たとえ遺書が残されていても、そこに書かれていたことが真実かどうかは本人にしかわからない。

まつりさんの母親は、当初から「電通での激務」に言及し、職場環境が問題だったことを指摘していた。

山口たちも、しだいに会社での労務環境が自殺の原因だと思うようになっていった。

昨年の一〇月、自殺の原因が過労であることが認められ、そのことが大きなニュースになった。

山口は、朝日新聞の一面に載った高橋まつりさんの写真を見て、自殺した当時の記憶が甦り、涙が止まらなくなった。

〈本当に死んじゃったんだな……〉

そんな思いがグルグルと頭の中を支配した。

彼女の死は、やはり失恋ではなく、労働災害であった。

だが、まつりさんの母親が記者会見でも語っていたように、たとえ労災が認められても、高橋まつりさんは、もう二度と帰ってこない。その心痛は、山口も同じだった。

ただ少なくとも、これで「失恋で自殺した」などとデマが流されることはなくなった。一部ツイッターなどで噂にする人はいたが、そのことだけは安心できた。

新聞各紙は、試用期間が終わり、まつりさんが本採用になった二〇一五年一〇月以降、業務が大幅に増えたにもかかわらず、部署の人員が一四人から六人に減らされたと伝えた。

また、担当する企業の数も増え、残業時間も月に一〇〇時間を超えていたとの報道もあった。

その結果、一一月には鬱病を発症し、それが自殺の原因だったということだった。

だが、山口や学生時代の彼女を知る昔の知り合いは、鬱病の原因が本当に長時間労働だけだったのだろうかと考えている。

「まつりは、そんなヤワな奴じゃないよ」

「そんな簡単に、病気になるはずないよ」

印象論ではあるが、そう思っている。

彼女のツイッターには、「髪がボサボサ、目が充血したまま出勤するな」「女子力がない」「君の残業時間は、会社にとって無駄」などといった言葉が上司から投げつけられていたことが書かれている。

なかには、こんな書き込みもあった。

「休日返上で作った資料をボロクソに言われた。もう体も心もズタズタだ」

もし、これらの書き込みが本当ならば、パワハラ、セクハラを超えた〝いじめ〟である。

山口は思う。

〈電通にとっては不祥事続きでつらい局面だが、ここは腹を括って、いったい何が彼女を追い詰めたのか、真相を徹底追及して欲しい。そして、二度とこうした事態が起きないように再発防止に努めてほしい〉

そして、もう一つ大事なことがある、と山口は指摘する。

それはおそらくこうした過労死を生む環境が電通という会社に限った話ではないということだ。

高橋まつりさんの母親が記者会見を開いた二〇一六年一〇月七日、厚生労働省は「過労死等防止対策白書」を初めて世に発表している。白書によると、二〇一五年度に過労死で労災認定された人は九六人、未遂も含む過労自殺による認定は九三人もいた。認定された人たちは、氷山の一角だろう。さらに隠蔽《いんぺい》されている事例も考えると、おびただしい数の人たちが過労死、自殺している可能性が考えられる。

彼女の過労死は、勤務先が電通という日本を代表する巨大企業だったこともあり、世間の大きな注目を集めた。

山口は、高橋まつりさんの死を無駄にしないためにも、引き続き、この問題を日本社会全体の問題として考えていかなければいけない、と考えている。

「もう4時だ。体が震えるよ…しぬ。」

二〇一六年一〇月七日、一つの衝撃的なニュースがメディアを駆け巡った。

高橋まつりさんの自殺の原因が、長時間の過重労働が原因であるとして労災が認められたのだ。

入社後、彼女は、インターネット広告を担当する「ダイレクトマーケティング・ビジネス局」のデジタル・アカウント部に配属された。自動車保険などの広告を担当し、クライアント企業の広告データの集計・分析などが主な業務だった。

この部署は、ハガキによるダイレクトメール事業としてスタートした部署で、最近では通信販売やネット保険のｅコマースを手掛けていた。

先に触れたように、業務が大幅に増えたのは、彼女の試用期間が終わり、本採用になった二〇一五年一

○月以降だった。部署の人数が一四人から六人に減ったうえで、一人あたりの担当する企業が急増した。
また、電通社内においては、テレビや新聞がメディアの中核とされ、彼女の取り組むネット広告の現場は格下と見られていた。関係者の間では、クライアント企業対応に手間が多くかかり、二四時間激務を強いられる割に利益率が低いネット広告は「デジタル蟹工船」と囁かれていたという。

こうした労務環境下で月一〇〇時間を超える時間外労働をこなしたこともあり、高橋まつりさんは、精神障害による労災認定の基準の一つを超えたと判断された。

電通では社内の飲み会の準備をする幹事業務も新入社員に担当させている。飲み会の後に「反省会」が開かれ、深夜まで先輩社員から細かい指導を受けていた。

上司から「君の残業時間は、会社にとって無駄」などと叱責されていたという。

自殺する前、まつりさんは、ＳＮＳなどで友人や母親に、仕事のつらさを打ち明けていた。

ツイッターでは、連日、仕事についての悩みや、過剰な激務を訴える内容を綴っていた。

一〇月一三日
「休日返上で作った資料をボロくそに言われた。もう体も心もズタズタだ」

一〇月一四日
「眠りたい以外の感情を失った」

一〇月二一日
「もう4時だ。体が震えるよ…　しぬ。もう無理そう。つかれた」
一一月三日
「生きるために働いているのか、働くために生きているのか。分からなくなってからが人生」
一一月五日
「土日も出勤しなければならないことがまた決定し、本気で死んでしまいたい」
一一月一〇日
「毎日次の日が来るのが怖くてねられない」
一一月一二日
「がんばれると思ってたのに予想外に早くつぶれてしまって自己嫌悪だな」
一一月一八日
「毎朝起きたくなくない？」
「失踪したくない？」

一二月九日
「はたらきたくない。1日の睡眠時間2時間はレベル高すぎる」
一二月一七日
「死ぬ前に送る遺書メールのCCに誰を入れるのがベストな布陣（か）を考えてた」
一二月二〇日。
「男性上司から女子力がないと言われるの、笑いを取るためのいじりだとしても我慢の限界である」
「鬱だ」

この最後のツイートから五日後の二〇一五年のクリスマスに、まつりさんは自らこの世に別れを告げる。

自殺する一カ月前、高橋まつりさんは上司に仕事を減らしてもらうよう頼んでいた。

亡くなった二〇一五年一二月二五日朝、高橋まつりさんは、母親の幸美さんに「仕事も人生も、とてもつらい。今までありがとう」とメールを送った。

心配した幸美さんは、電話で呼びかけた。

「死んではだめよ。死ぬくらいだったら、会社は辞めてもいいから」

まつりさんは、母の呼びかけに答えた。

「うんうん」

それが母娘の最後のやりとりとなった。

代理人の川人博《かわひとひろし》弁護士によれば、高橋まつりさんは、同年一〇月以降に業務が大幅に増え、労働基準監督署が認定した一カ月（一〇月九日～一一月七日）の時間外労働は約一〇五時間にものぼるものであった。三田《みた》労基署は「仕事量が著しく増加し、時間外労働も大幅に増える状況になった」と認定し、心理的負荷による精神障害で過労自殺に至ったと結論づけた。

電通では、二〇一六年九月、インターネット広告業務で不正な取引があり、トヨタ自動車をはじめとする広告主に代金の過大請求を繰り返していたと発表していた。この際には、担当部署が恒常的な人手不足に陥っていたと説明し、「現場を理解して人員配置すべきだった」として経営に責任があるとしていた。

高橋さんが所属していたのも、ネット広告業務を扱う部署だった。

電通では、一九九一年にも入社二年目の社員の大嶋一郎さん（当時二四歳）が自殺していた。

電通は、当時、会社としての責任を認めなかった。が、二〇〇〇年三月の最高裁判決は、「会社は過労で社員が心身の健康を損なわないようにする責任がある」と認定した。過労自殺で会社の責任を認める司法判断の流れをつくる判決であった。

電通は、その後、遺族と和解し、会社としての責任を認めて再発防止を誓った。

この裁判を担当したのが、亡くなった高橋まつりさん側の代理人を務めている川人博弁護士だった。

川人弁護士は、二〇一六年一〇月七日の会見で、労働時間の把握がずさんだったり、上司の安全配慮に対する意識が十分でなかったりした可能性を指摘し、「企業責任は重大。抜本的な企業体質の改善が必要だ」と語った。

「過労死・過労自殺のない社会をつくりたい」という遺族の願いから生まれた過労死等防止対策推進法は、二〇一四年に施行され、二〇一六年一〇月七日には初の「過労死等防止対策白書」が閣議決定された。

川人弁護士によると、電通は労基署に届け出た時間外労働の上限を超えないように、「勤務状況報告書」を作成するよう社員に指導していたという。電通は「社員の自殺については厳粛に受け止めている。労災認定についてはは内容を把握していないので、コメントは差し控える」とした。

高橋まつりさんの母親の幸美さんは、この日、厚生労働省に集まったマスコミを前に、訴えた。

「労災認定されても娘は戻ってこない。過労死を繰り返さないで」

最近では、高橋さんのような若い世代が、過労で自ら命を絶つケースが目立つ。

二〇〇八年六月には、ワタミグループの居酒屋で働く新入社員が自殺。月一四一時間の時間外労働があったとして、労災認定された。

二〇一五年一二月には、会社や創業者の渡邉美樹《わたなべみき》(現・自民党参院議員)が法的責任を認めている。

川人弁護士は、語る。

「防止法の成立後も、職場の深刻な実態が続いている。国と企業が過労死防止に全力で取り組むよう心より訴えたい」

ネット広告急増で長時間労働が常態化

二〇一六年一〇月一三日夜、安倍晋三《あべしんぞう》総理は、自ら議長を務める「働き方改革実現会議」に関連して開かれた多様な働き手との意見交換会で、社名を挙げて過労自殺の防止に言及した。

「電通の社員の方が過労死、いわば働き過ぎによって尊い命を絶たれた。二度と起こしてはならない。働く人の立場に立った『働き方改革』をしっかりと進めていきたい」

安倍総理は、働き方改革を政権の「最大のチャレンジ」と位置づけ、改革に向けた議論を同年九月末に本格化させたばかりだった。主要テーマの一つとして、長時間労働の是正を挙げている。

政府は長時間労働を是正するため、残業時間の上限を厳しくする新たな規制の導入を検討している。実現会議が、年度末にまとめる実行計画に具体策を盛り込む予定だ。

二〇一六年一〇月一四日午後、東京労働局と三田労働基準監督署は、労働基準法違反の疑いで電通本社と支社数カ所に一斉に立ち入り調査に入った。

違法な長時間労働が全社的に常態化していた疑いがあるとみて、労務管理の実態を詳しく調べた。

労働基準監督官とは、厚生労働省の専門職員で、警察と同様に家宅捜索や逮捕の権限がある。労働基準法や労働安全衛生法などに基づいた安全体制や健康被害の防止措置が職場で取られているか、賃金不払いはないかなどを調べる。

現在、監督官は全国で三二四一人。今回、電通を強制捜査した「過重労働撲滅特別対策班（略称：かとく）」は、二〇一五年四月、東京、大阪の労働局に設置された。大企業による違法な長時間労働の監督指導に専従する監督官で構成されている。

電通本社には午後一時から、長時間労働の調査を専門におこなう過重労働撲滅特別対策班のメンバーなど八人が入った。全社的に労働時間の把握がずさんで、長時間労働が野放しになっている可能性もあるとみて、抜き打ちで調査に入って実態解明に乗り出した。

長時間労働の調査を専門的に手がける過重労働撲滅特別対策班のメンバーが含まれ、労務管理の資料の確認や人事担当者への聞き取りなどをして、勤務時間の管理体制を中心に調べたという。今後も断続的に立ち入りや聞き取りを続ける方針だ。

関西（大阪市）、京都（京都市）、中部（名古屋市）の三支社にも各地の労働局が同日までに調査に入った。「同時期に本社と支社を一斉に調査するのは異例」（厚生労働省関係者）だ。

立ち入り調査は、労基法に基づく「特別監督指導」と呼ばれるもので、調査の結果、法令違反が見つかり、悪質と判断されれば刑事事件として立件することができる。

今回の労災認定は、過労自殺した新入社員の問題にとどまらず、雇用者の刑事責任が問われる事態に発展する可能性が出てきた。

遺族側の代理人弁護士によると、高橋まつりさんの時間外労働は、電通が労基署に届け出た上限の時間を大幅に超えていたという。

東京労働局はこうした事実が労基法違反にあたるとみて問題視している。

電通広報部は、コメントを出した。

「全面的に調査に協力している」

この日、電通の中堅社員は語っている。

「自分も当然のように深夜残業をしている。過労自殺は二度目なので、労基署が入ることは意外とは思わない」

別の三〇代の社員も語っている。

「ここ三カ月は残業が月一〇〇時間を超える。何とかしてほしいと思っていた。労基署が入って会社が変わってくれるならいい」

電通の労働時間の管理はどうなっているのか。

広報部は、社員が始業・終業の時刻を申告し、上司が承認して管理していると説明する。

労働基準法は、一日八時間、週四〇時間が労働時間の上限と定める。ただ、労使で結んだ協定を労働基準監督署に届ければ、上限を超えてもいい。電通が届けている時間外労働は原則として月五〇時間。この範囲で残業させるように管理職に指導しているという。

しかし、自殺した高橋まつりさんの時間外労働は月一〇〇時間を超えていた。

労基署に届け出ている時間を大きく上回る。入退館記録などをもとにした遺族側の代理人弁護士による集計では一三〇時間に達したこともあった。

広告業界をとりまく環境変化が働き過ぎを助長しているとの見方もある。スマートフォンの普及やSNSの利用者の増加につれてネット広告が急増。電通の調べでは、国内の二〇一六年のネット広告費は、一兆三一〇〇億円で、五年前より六二・四パーセント伸びた。電通の売上高は、二〇一六年一二月期において単体で一兆一六〇〇億円、連結で四兆九二四九億で、世界第五位である。売上高に占めるネット・モバイル広告関連の割合も増加傾向にある。ただ、条件が事前に決まる新聞やテレビなどの広告と違い、ネット広告は表示や閲覧回数などを踏まえて代金が決まる。「社員の多くはネット広告への理解度が薄い」（広告業界関係者）との見方もある。

二〇一六年九月にはネット広告を扱う部署で一部の広告を契約通り掲載しないといった取引が判明した。山本敏博《やまもととしひろ》常務執行役員（当時）は、記者会見で管理体制の不備を認め、語った。

「仕事量に対して力量と時間が足りていなかった」

電通の社内では、経営環境の変化のスピードに対応しきれず、長時間労働が常態化していた可能性がある。今後の労働局の調査では、電通が労働時間の実態を正しく把握して労務管理をしていたかが焦点になるとみられる。

強制捜査の波紋

二〇一六年一一月七日、厚生労働省は、労働基準法違反の疑いで電通本社と同三支社に一斉に強制捜査に入った。

複数の部署で、労使で決めた時間外労働の上限を超えて従業員を働かせていた疑いが強まり、一〇月におこなった立ち入り調査に続いて強制捜査に着手した。

法人としての電通と関係者の書類送検に向けて、複数の幹部社員の事情聴取にも乗り出した。

この日午前九時半ごろ、東京・汐留の本社と関西支社（大阪市）、中部支社（名古屋市）、京都支社（京都市）に対し、過重労働撲滅特別対策班のメンバーらが強制捜査に入った。

本社や関西支社での強制捜査は、午後四時過ぎまで続き、労働基準監督官らが押収した資料を入れた段ボール箱を次々と運び出した。

過労自殺した女性新入社員の高橋まつりさんが九月末に労災認定されたことを受け、東京労働局などは前月、電通の本支社や主要子会社に「臨検監督」と呼ばれる任意の立ち入り調査を実施した。その結果、電通が管理する社員の労働時間と実際の入退館記録が整合しない部署があることを把握したという。

労働基準監督署に届け出た時間外労働の上限を超えて違法に従業員を働かせていた疑いが強まったとして、労働基準監督官が持つ司法警察権限を行使する強制捜査に切り替え、労務管理のデータや賃金台帳などを刑事訴訟法の手続きに沿って押収した。

捜査の焦点は今後、違法な長時間労働を改善せずに放置した企業や関係者の責任の解明に移る。書類送検に向けて、押収した資料をもとに、従業員の労働時間の詳細なデータや労務管理の運用を示す記録などを分析するとともに、幹部社員の事情聴取にも踏み切る構えだ。事情聴取を通じて、違法性の認識や改善策を講じなかった責任を明確にし、立件する対象者を絞り込む方針だ。

経団連（日本経済団体連合会）の榊原定征《さかきばらさだゆき》会長は、この日の会見で異例の注文をつけた。

「電通の経営陣はリーダーシップを発揮して、長時間労働を確実に是正するよう責任を持って取り組んでいただきたい」

「大手企業で長時間労働の実態があるのは確かだ」

榊原会長は、会員企業約一三〇〇社の経営トップに対して長時間労働を改めるように呼びかける考えも示した。

一一月七日午後一時、報道陣が東京・汐留の本社の前に詰めかけるなか、電通は社内のホールに社員を集め、石井《いしい》直《ただし》社長が一連の事態や善後策について説明する集会を開いた。

東京労働局などが前月、本支社への立ち入り調査をした後、石井社長が一般社員に直接説明する機会を持つのは初めてだった。

日程は強制捜査の前から決まっており、予定通り開かれた。社員の関心は高く、ホールは満席になった。別会場や支社への同時中継、本社社員のパソコンへのストリーミング配信もあったという。

電通の関係者などによると、石井社長は「厚労省の捜査が当社に入った。引き続き全面的に捜査に協力していく」と発言した。

石井社長は終始険しい表情で、業務量の削減と業務プロセスの見直しを進め、社員の働き方の多様化や人材育成・人事評価・組織運営のあり方の見直しに取り組むと表明した。

一一月二二日、電通は、新年恒例の「電通年賀会」を取り止めることを明らかにした。電通は「労働環境に関する一連の事態を重く受け止めた」と説明している。

年賀会は一月、札幌、東京、名古屋、大阪、福岡の五都市で開催する予定だった。毎年開かれているもので、石井直社長ら役員が出席し、取引先を招いていた。電通は「労働環境改革本部を立ち上げており、引き続き、社員の健康と法令順守のために労働環境の改善に取り組む」とコメントした。

電通の過労自殺問題を受け、NPO法人や大学教授らでつくる「長時間労働撲滅プロジェクト」が長時間労働の規制を求めるネット署名を約四万人分集め、一一月二二日、加藤勝信《かとうかつのぶ》一億総活躍・働き方改革担当大臣らに手渡した。

プロジェクトは一〇月一五日から、労働時間の上限設定といった労働基準法の改正などを求めてネット上で賛同者を集めた。

電通は、厚生労働省による強制捜査や、新入社員だった高橋まつりさんの過労自殺に対する社会批判の広まりに危機感を募らせている。

一〇月二四日からは、残業抑制のため午後一〇時の一斉消灯を東京本社をはじめ全事業所で開始するなど、次々と社内改革を打ち出す。だが、社員からは「迷走している」との声もあがる。

電通は、社風を象徴する「鬼十則」を二〇一七年の社員手帳から削除した。二〇一七年一月一日付で過重労働是正に専従で取り組む執行役員を置き、管理職の考課に部下からの評価を導入する。

ただ、社内では締め付けもある。本社が家宅捜索を受けた一一月七日に路上でテレビのインタビューを受けて「自浄能力のない会社だと思う」と答えた社員が後日、社内処分を受けた。別の社員は、「見せしめだ。社内は重苦しい雰囲気で、上層部は迷走している」と批判した。

「命より大切な仕事はない」

いっぽう、高橋まつりさんの母親、高橋幸美さんは、二〇一六年一一月九日、東京都内でおこなわれた過労死に関するシンポジウムに出席し、涙ながらに訴えた。

「経営者は大切な人の命を預かっているという責任感を持ち、本気で改革に取り組んでほしい」

幸美さんは、講演で、入社直後は生き生きとしていた娘のまつりさんが、本採用後の一〇月以降、目に見えて様子が変わったと説明した。

休日出勤や午前五時の帰宅が続き、「今週は一〇時間しか寝てない」「死ぬのにちょうど良い歩道橋を探している自分に気がついた」などと漏らすようになった、という。

幸美さんは、社員の心得が記された電通「鬼十則」の「取り組んだら放すな、殺されても放すな、目的完遂までは……」という内容についても、「命より大切な仕事はない」と批判した。

二〇一六年一二月二五日、亡くなった高橋まつりさんの一周忌にあたるこの日、新聞各紙にまつりさんの母、幸美さんが発表した手記が掲載された。

以下は、その全文である。


『まつりの命日を迎えました。

去年の一二月二五日、クリスマス・イルミネーションできらきらしている東京の街を走って、警察署へ向かいました。嘘《うそ》であってほしいと思いながら……。前日までは、大好きな娘が暮らしている、大好きな東京でした。

あの日から私の時は止まり、未来も希望も失われてしまいました。息をするのも苦しい毎日でした。朝目覚めたら全て夢であってほしいと、いまも思い続けています。

まつりは、あの日どんなに辛《つら》かったか。人生の最後の数カ月がどんなに苦しかったか。

まつりはずっと頑張ってきました。就職活動のエントリーシートの自己PRの欄に、「逆境に対するストレスに強い」と書いていました。自分が困難な境遇にあっても絶望せず、あきらめないで生きてきたからです。一〇歳の時に中学受験をすることを自分で決めた時から、夢に向かって努力し続けてきました。

凡才の私には娘を手助けできることは少なく、周囲のたくさんの人が娘を応援してくれました。娘は、地域格差・教育格差・所得格差に時にはくじけそうになりながらも努力を続け、大学を卒業し就職しました。

涙ながらに会見する、高橋まつりさんの母、幸美さん　©朝日新聞社

電通に入ってからも、期待に応えようと手を抜くことなく仕事を続けたのだと思います。その結果、正常な判断ができないほどに追い詰められたのでしょう。あの時、私が会社を辞めるようにもっと強く言えば良かった。母親なのにどうして娘を助けられなかったのか。後悔しかありません。

私の本当の望みは娘が生きていてくれることです。まつりの死によって、世の中が大きく動いていています。まつりの死が、日本の働き方を変えることに影響を与えているとしたら、まつりの二四年間の生涯が日本を揺るがしたとしたら、それは、まつり自身の力かもしれないと思います。でも、まつりは、生きて社会に貢献できることを目指していたのです。そう思うと悲しくて悔しくてなりません。

人は、自分や家族の幸せのために、働いているのだと思います。仕事のために不幸になったり、命を落とすことはあってはなりません。

まつりは、毎晩遅くまで皆が働いている職場の異常さを指して、「会社の深夜の仕事が、東京の夜景をつくっている」と話していました。まつりの死は長時間労働が原因であると認定された後になって、会社は、夜一〇時以降消灯をしているとのことですが、けっして見せかけではなく、本当の改革、労働環境の改革を実行してもらいたいと思います。

形のうえで制度をつくっても、人間の心が変わらなければ改革は実行できません。会社の役員や管理職の方々は、まつりの死に対して、心から反省をして、二度と犠牲者が出ないよう、決意していただきたいと思います。

そして社員全ての人が、伝統を重んじることにとらわれることなく、改善に向かってほしいと思います。日本の働く人全ての人の意識が変わってほしいと思います。』

なお、驚いたことに、電通は高橋まつりさんの自殺一週間後、彼女の所属していた「ダイレクトマーケティング・ビジネス局」を「デジタルマーケティングセンター」に吸収し、消し去ったという。

社長引責辞任

二〇一六年一二月二八日、厚生労働省東京労働局は、法人としての電通と、過労自殺した新入社員の高橋まつりさんの上司だった東京本社の幹部を、社員に違法な長時間労働をさせた労働基準法違反の疑いで東京地検に書類送検した。

電通の石井直社長は、書類送検を受けて同日夜に記者会見し、二〇一七年一月に引責辞任すると表明した。石井社長は会見で陳謝し、語った。

「社員が過重労働で亡くなったのは決してあってはならないこと。まったく慚愧《ざんき》に堪《た》えず、経営を預かる身として深く責任を感じている」

当局から指摘を受けたにもかかわらず、過重労働の是正が進まなかったとして語った。

「全責任をとって、一月の取締役会で社長職を辞任する」

石井社長は、取締役には三月の株主総会までとどまる。

高橋さんの自殺についても語った。

「ご冥福をお祈りするとともに、ご遺族、社会に心よりおわびする」

東京労働局などによると、書類送検された幹部社員は、インターネット広告を扱う部署で、高橋さんの直属の上司だった。職場の労務を管理する立場にあったという。二〇一五年一〇月～一二月に職場の部下だった高橋さんと、別の男性社員に、労使が結んだ時間外労働の上限を超える残業をさせた疑いがある。

同局が違法だと認定した二人の労働時間は、月あたりの上限（五〇時間）を超える分が三時間五四分～七時間四四分。一日あたりの上限（五時間半）を超える日が八～一三日あった。

捜査を主導する、東京労働局の過重労働撲滅特別対策班の樋口雄一監督課長も同日、記者会見を開き、「事件の注目度、重大性にかんがみ、送検できるものからただちに送検した」と説明した。

高橋さんの命日の一二月二五日に近い時期に書類送検となったことについては、「（命日を）意識しないわけではない」と述べた。

今後の捜査は、全社的に常態化していた疑いがある長時間労働の全容と、役員や幹部社員が違法な労働環境をどこまで認識していたかを解明することが焦点となる。同局は、労務管理を担当していた役員を含む一〇人前後の幹部社員の書類送検を視野に入れており、必要に応じて今後も聴取を続ける方針だ。

二〇一七年一月一九日、電通は、違法な長時間労働の問題で一月中の引責辞任を表明していた石井直社長の後任に、一月二三日付けで常務執行役員の山本敏博が就く人事を発表した。石井社長は、同日付で代表権を返上し、三月末に予定している株主総会で取締役も退く。

山本新社長は、株主総会後の取締役会で代表取締役に就く見通しで、それまでは代表権がない。代表権を持つ取締役が不在になるのを避けるため、新入社員の過労自殺事件で減俸処分を受けた労務担当の中本《なかもと》祥一《しょういち》副社長ら取締役二人に代表権を持たせることもあわせて発表した。

山本新社長は、営業部門や、テレビ・新聞などのマスメディア担当部門、新たな広告手法を提案する部門など社内の主要部門を経験してきた。

電通の長時間労働をめぐっては、東京労働局などが捜査を続けている。後任の社長選びでは、山本新社長が事件とのかかわりが比較的薄いことも考慮されたとみられる。

「最優先の経営課題は労働環境の改革。強い決意のもと、社員とともに改善施策を着実に遂行する」

山本は、一月一九日、社長人事の発表にあわせて発表したコメントでそう宣言した。

引責辞任した石井直前社長の後を受け、過重労働を生んだ企業風土の改革を急ぐ。ただ、いまだに説明責任を十分に果たしていないとの批判もあり、改革は容易ではない。

山本は、社長に就任した一月二三日、全社員に送ったメールで、喫緊の課題である労働環境の改善に向けた決意を表明した。

「一連の問題が構造的なものである以上、根本的な解決には二年はかかることを覚悟している」

二月一四日、電通は、二〇一六年一二月期の連結決算（国際会計基準）を発表した。純利益は、八三五億円だった。決算期変更に伴う九カ月間の変則決算のために、単純に比較はできないが、前年の同期間に比較すると、微増になり、最高益を更新するものであった。

業績好調の背景には、国内のテレビコマーシャルの好調に加えて、二〇二〇年の東京オリンピック・パラリンピック関連のスポンサー収入が伸びたことがあった。

電通は、この業績を受けて年間配当を前の期比一〇円増の八五円と、従来予想から五円積み増した。また、二〇〇億円を上限とする自社株買いも発表し、株主還元を強化する。

一七年一二月期は売上高が一七パーセント増の九七八五億円、純利益が四パーセント増の八六六億円と見込む。

その一方で、働き方改革関連の費用がかさむため、電通単体での純利益見通し（日本基準）は、六三一億円と三一パーセント減る見通しだが、一六年九月に買収したアメリカのデータ分析会社のマークルグループの貢献などにより、海外事業が好調なため、増益を確保する。

この日、山本敏博新社長は記者会見をおこなった。

山本社長は、今期の業績予想について、電通単体で減収減益となる理由について、語った。

「労働環境の改革など、国内事業強化に向けた投資をするためだ。今期は七〇億円規模の投資を見込んでいる。投資分野は、増員、機械化を含めた業務体制の強化、デジタル体制の強化、マーケティング強化だ。基幹事業の業績が前年を下回るのは、じくじたる思いだ。ただ変革をなし遂げるために重点分野への投資は必須だ。今は法令順守と社員一人ひとりの心身の健康を最優先課題として考えている。減収は仕事量を無理に追いかけないという意味で考えてもらえればと思う」

労働環境改革に向けた人員増と機械化の具体策についても語った。

「増員は『緊急』と『恒常的』なものを想定している。緊急の増員は正社員の採用を含め二〇〇名以上を検討している。恒常的な増員は昨年から採用プロセスに入っている。機械化はどの部分をどういう風に機械化できるか、どうすれば労働環境の改善につながるかをこれから考えていく」

労働環境の改善について、人員増以外に何に取り組むのかについても語った。

「四月までに具体的な対策案を示す。昨年、辞任した石井直前社長が女性新入社員の過労自殺を受けて記者会見した際には『二月までには出す』と説明していたが、予定より時間がかかっている。検討を進めるなかで当社の労働環境問題は複数の課題が多岐にわたっているためだ。その一つひとつをひもとき、じっくりと対策することが必要であるとの結論に至った。社員の健康と法令順守を基本として仕事の質を高め、最終的に会社の業績を上げるというサイクルを構築するところに持って行かなければ、労働環境の改革がなされたと言えないだろう。社員の成長と企業の成長の連関が必要だ」

一部自治体から広告案件の入札を停止されていることによる今期の業績への影響についても語った。

「織り込んでいない。まだ業績に影響があるところまで計算できていない」

不正問題の温床

インターネット広告の不正取引問題で、電通が社内調査の報告書を公表した。ネット広告で、トヨタ自動車などへの過大不正請求が六三三件、総額二億三〇〇〇万円に上った（のちに、不正九九七件、総額一億一〇〇〇万円に訂正した）という。実際にネット広告が掲載されていないのに広告料金を請求したり、データを改ざんした報告書を作成するといった不正取引が相次いだ。

日本経済新聞（二〇一七年二月二〇日付）電子版によれば、ネット広告の不正請求事件には、高橋まつりさんが所属していた「ダイレクトマーケティング・ビジネス局」の不正三社分も含まれていた。

しかし、電通は過労死問題と不正請求事件を「部署が違う」として、処分も会見も別の案件扱いにしている。

まつりさんの遺族側代理人を務める川人博弁護士は、「過労死の背景では、企業の不正が同時進行している」と指摘。過労死を出す、コンプライアンスの欠如した企業が、他の業務で規律が働くはずがなく、経済社会の構造変化に対応できない組織病を抱えていると見る。

一方、電通は、「恒常的な人手不足に陥っていた」と釈明。不正が起きた背景には、急速に成長する国内のネット広告市場に出遅れた電通の焦りがある。新社長は、過労死事件もあった社内の労働環境の改善に加え、ネット広告業務の立て直しも迫られる。

電通が二〇一七年一月一七日に公表した社内調査では、ネット広告の不正取引が起きた背景について「現場に必要な能力や業務量の変化があった」と分析。ネット広告市場の急速な成長に社内態勢が追いつかず、「人的リソースの適正配置や研修が十分でなかった」などと結論づけた。

電通の資料によると、国内の広告市場は、新聞やテレビなど従来型の広告が二兆円を割り込み頭打ちになる一方、ネット広告は伸び続けている。二〇一五年には広告市場全体の二割近くを占めるまでになり、二ケタ成長を続けている。二〇二〇年ごろには、ネット広告の売上げがテレビCM広告を追い抜くと予想されている。

業界関係者によると、ネット広告は閲覧回数に加え、閲覧者の性別や職業が推定できる仕組みもあり、きめ細かく商品やサービスを訴求しやすいという。広告主も、以前より広告効果の「可視化」を求めるようになってきているという。

この分野を開拓してきたのはサイバーエージェントやオプトなどネット専門の広告会社だ。ある電通社員は「新しい広告手法を生み出すのはネット専業の会社で、正直ついて行くのが精いっぱい」と漏らす。

電通は、新聞やテレビなどの広告枠を確保し、強力な営業部隊の提案力で宣伝効果を広告主に売り込む手法で成長してきた。だが、ネット広告枠は入札方式で、価格が刻々と変化する。応札作業や広告主への細かな報告など現場の作業が格段に増えたことが、不正問題の温床となった。

電通は昨年末までに、ネット広告を担当する本社と子会社の社員数を約一二〇人増やした。さらに、社員が報告書を改ざんしないよう、広告の掲載実績を自動で報告書にするシステムなどを導入する計画だ。社員の中には、広告主からの問い合わせで業務が増えるのを避けるため虚偽報告したケースもあった。新体制は、社員を不正に追い込んだ働く環境を改善させられるかも課題となる。

入札停止

二〇一七年一月一八日、高橋まつりさんが過労自殺した事件で、電通は、引責辞任を表明した石井社長に加え、労務担当の中本祥一副社長ら役員五人を一月からの三カ月間、二〇パーセントの報酬減額処分にしたと発表した。処分は一月一七日付。

また、監督責任があったとして、中本副社長のほか、営業担当常務一人と、人事、営業、ネット広告事業の担当執行役員三人が対象となった。高橋まつりさんの上司だった部長級以下三人の社員も社内規則により処分された。

電通では一月一七日、ネット広告の一部で広告主への過大請求があった問題でも国内事業統括の専務ら執行役員一七人が、三カ月間にわたり一〇〜二〇パーセントの減俸処分を受けた。執行役員のうち二人は、今回の過労自殺の件でも処分されている。

過労自殺事件は、電通の業績にも影響を与える可能性がある。書類送検を受け、取引見合わせの動きが出始めた。

行政機関には発注事業について業者を入札参加停止にする基準がある。

滋賀県は、一月一八日、競争入札で電通の参加停止を検討中だと明らかにした。禁錮刑以上にあたる容疑で書類送検されると三カ月停止させる規定がある。電通は特産品PR事業などの受注実績があった。

年間二〇億円ほどの広告取引がある日本中央競馬会（JRA）も、二〇一六年一二月二九日から一カ月間、電通を入札参加停止にしている。

さらに、起訴や刑の確定で参加停止にする自治体は多い。

東京都は違法行為など「社会的信用を著しく失墜したと認められる場合」は一カ月としている。三年前には、長時間労働による労働基準法違反で法人と幹部社員が罰金刑を受けた建設会社の参加を停止した。担当者は電通も「推移を見守る」と話す。

電通の売上高のうち官公庁と団体絡みは五パーセントにとどまる。ただ、民間にも取引先の選定基準に人権や社会的規範の尊重を記す企業は多い。

二月一五日、二〇二〇年東京オリンピック・パラリンピックの大会組織委員会は、労働基準法違反容疑で書類送検された電通について、同日から一カ月間、新規の業務発注をしないと発表した。同日時点で、期間中に予定されている新規の案件は広報に関する二件（計約一億円）だという。

組織委は、「社会的影響の大きさなど、総合的に判断した」としている。新規の業務発注を見送る期間については、同社を指名停止とした他の自治体などの例を参考にしたという。

死を無駄にしないために

二〇一七年一月二〇日、高橋まつりさんが過労自殺した問題で、遺族と電通は、再発防止策や慰謝料などの支払いに関する合意書に調印した。

電通は今後、再発防止策の実施状況について年一回、遺族側に報告することを約束した。

高橋まつりさんの母、幸美さんと代理人の川人博弁護士らがこの日、記者会見して明らかにした。

合意書の調印には、一月二三日に引責辞任する電通の石井直社長が出席し、「会社における働き方を根本から改善したい。遺族との合意事項を着実に実行することを誓う」と述べたという。

合意の主な内容は、

一．電通はまつりさんの自殺について深く謝罪する

二．一八項目の再発防止策を講ずることを明確にし、遺族側に実施状況を毎年一二月に報告する

三．「慰謝料等解決金」を支払う

などである。再発防止に向け、電通が川人弁護士を講師とする管理職向けの研修を三カ月以内に開き、幸美さんが発言する時間を設けることも盛り込んだ。

再発防止策には電通がすでに打ち出した内容も含まれるが、川人弁護士は「本当に実施されるのか懸念されたので、報告をきちっとするよう強く要求した」と合意の意義を強調した。

幸美さんは、合意に踏み切った理由として、電通がサービス残業をなくすこと、パワハラの防止に全力を尽くすと約束したことなどを挙げ、「強い決意を持って改革を実行していただきたい」と強く求めた。

電通はこの日、「改めて高橋まつりさんのご冥福を深くお祈りするとともに、ご遺族に心よりおわびする。二度と同じような出来事が起こらないようにするため、すべての社員が心身ともに健康に働ける労働環境を実現するべく、全力で改革を進めていく」とのコメントを出した。

高橋まつりさんの遺影とともに記者会見した幸美さんは、時折涙ぐみながら娘への思いを語った。

「まつりが今でも東京のどこかで元気に暮らしているような気がしてなりません。まつりに会いたい。でも、二度とかなうことはないのです」

合意書には、社内の懇親会の準備で過重な負荷がかからないようにすることや、パワハラの防止など、まつりさんが苦しんだとされる労働環境の改善策が盛り込まれた。

「娘や、これまで過労で亡くなった多くの人たちの死を無駄にしないために、日本に影響力のある電通が改革を実現してほしい」

幸美さんはそう訴えた。

川人弁護士も電通の姿勢に注文をつけた。電通では二〇一三年にも社員が過労死し、労災認定されている。

「このケースがもっと社内で総括され、反省されていれば、まつりさんが亡くなることはなかった」

第二章

電通、闇の実態

「早朝まで長時間残業に耐えていたんだな」

元電通社員でLamir社長の藤沢涼は二〇一二年に電通退社後、「電通の闇」は「日本の闇」である、ととらえ、様々な観点で情報を発信し問題提起してきた。

正直、藤沢自身は複雑だった。

〈電通は、お世話になった会社であり古巣である。恩を仇《あだ》で返すことにならないか……〉

二〇一六年一〇月七日の夕方、「Yahoo! ニュース」に、電通の女性新入社員、高橋まつりさんの自殺が労災認定された記事が掲載されていた。

そのニュースを知った瞬間、藤沢は落胆した。

〈あぁ……、悲劇が繰り返されてしまった……〉

藤沢が電通に入社する一〇年前、当時入社二年目の社員が過労を苦に自殺したことを受け、最終的に最高裁が電通に一億六八〇〇万円の支払いを命じるという「電通事件」があった。

そして、再び、電通社員が自殺するという事件が起きてしまった。

即座に、藤沢は亡くなった高橋まつりさんのツイッターを見た。

「君の残業時間の二〇時間は会社にとって無駄」

「会議中に眠そうな顔をするのは（自己）管理ができていない」

「髪ボサボサ、目が充血したまま出勤するな」

「今の業務量で辛いのはキャパがなさすぎる」

藤沢は残された彼女のメッセージを見て、一番辛かった新入社員時代の自分の姿が走馬灯《そうまとう》のように蘇ってきた。

高橋さんには、もともと持っていた弱さがあったのかもしれない。今回の事件が表に出たとき、「自己責任だ」とか「彼女が弱かったんだ」などという論調もみられた。確かに、それもわかる。

だが、やはり、自殺したことを個人の責任に矮小化し、択一的に超縦社会のなかで電通カラーに染めあげるというような指導のあり方は、そろそろ止めるべきなのだ。

社会的な流れとしては、個人のストレス耐性がどんどん弱くなってきているのは事実だ、と藤沢は思う。やはりメンタルの弱さが表れている。その背景には、若者たちが未来に夢を描けない時代環境がある。

これだけ社会不安が叫ばれれば、「絶対、年金なんてもらえないよね」ということが当たり前のように刷り込まれてしまう。そんな状態で社会人になれば、自分を守ることを考える。少しでも自分に牙《きば》を向けるような人がいれば、それに立ち向かっていく力よりも、落ち込んでしまう方が大半であろう。だからこそ、この事件を高橋さんの責任にしてはならないのだ。彼女の自己責任にしてしまえば、次の犠牲者が必ず出る。

藤沢は思った。

〈彼女も、辛辣《しんらつ》な言葉を上司から浴びながら、毎日早朝までの長時間残業に耐えていたんだな。どれほど苦しかっただろう〉

高橋さんが訴えたかったことが、ものすごく伝わってきた。

同時に、気持ちが突き動かされる感覚があった。

〈僕も、悔しさを抱え、電通を辞めた一人。もう話すこともできなくなってしまった彼女の代わりに、僕が社会に対してできることがあれば、すべきなのではないか〉

事件発覚後、多くの電通社員は口を閉ざしたままだ。

〈電通を敵に回してでも、電通社内の実態を伝え、日本社会の改革につなげたい〉

藤沢は、使命感を強く抱き、これまで隠されてきた電通という会社の正体を発信する決意をした。

エリート新入社員の鼻をへし折る電通カルチャー

高橋まつりさんは、母子家庭だった。藤沢は、彼女の生い立ちに、他人事とは思えない、ある種の親近感を覚えた。藤沢も母子家庭の環境で育った。現在の父親は三人目である。幸いなことに三人目の父親には、本当に恵まれたが、幼少期はとても辛い日々だった。

藤沢は一九七九年に鹿児島で生まれた。実の父は、三歳のころに愛人をつくり、家を出ていった。その後、中学校に入学するタイミングで、母が再婚。ところが、その相手は酒乱で、藤沢も何度となく暴力を振るわれた。

慶應義塾大学理工学部時代、藤沢は音楽活動に熱中した。母子家庭で育ったことが影響したのか、自己承認欲求を音楽に求めた。

〈誰かに、認められたい〉

髪の毛を茶色に染め、自分で作詞作曲をした楽曲をライブで歌うことに快感を覚えた。

夢を叶えるため、何度かレコード会社に売り込みにも行った。が、メジャーデビューの夢は遠かった。

いっぽうで、音楽活動への夢をあきらめずにいた藤沢は、芸能事務所に所属し、アイドルグループ「チェキッ娘」の卒業生をプロデュースする。チェキッ娘は、「おニャン子クラブ」と「AKB48」の間、一九九八年一〇月九日から一九九九年一一月三日に活動したグループだ。藤沢は、メンバーの一人をプロデュースし、インターネット上でソロデビューさせている。

大学三年になり、周囲は就職活動を始めていた。

〈サラリーマンにだけはなりたくない〉

藤沢は、就職活動をしない道を選択するつもりでいた。

〈音楽の道で、生きていこう〉

しかし、母親は理解を示さなかった。

「あなたは、幼いころ母子家庭で育ち、二番目の父親からは暴力を受け、そして、今は三番目の父親がいる。すごく複雑な環境で育ててしまったから、せめて、あなたには人並みの社会人になって欲しいの」

母親の言葉が心に響いた。

夢である音楽で食べていかないというのなら、音楽業界や芸能界、マスコミに関わることができる会社を視野に入れようと考えた。

藤沢は数多くのOB訪問をこなしていくうちに、電通に魅力を感じた。

〈電通は、音楽業界、芸能界、マスコミを牛耳《ぎゅうじ》る会社。この会社であれば、何らかの形で夢を叶えられるのではないか〉

そんな思いで、藤沢は電通に入社した。

だが、電通は、あっけなく藤沢の夢を打ち砕いた。

配属先は、地方テレビ局を担当する部署だった。在京の民放キー局であれば、テレビ局の方が電通より上の立場にあるが、地方のテレビ局は電通に依存しているため、その立場は逆転する。

その力ある立場を見せつけられる出来事に、藤沢は配属早々、遭遇する。届けられるお中元の量が半端ではないのだ。

部長クラスとなると、３ＬＤＫの自宅の一部屋が、お中元とお歳暮のたびに贈り物で埋め尽くされるという。そんな生活をしていれば、気づかぬうちに自然と鼻が高くなってしまうのであろう。

しかし、新入社員には、まだ、それが許されなかった。エリート特有の高くなりそうな鼻をへし折るという意味で、高圧的な指導を新入社員に対しておこなうということが、電通の伝統として長年受け継がれていた。

幸か不幸か、藤沢は、体育会系的な組織に所属したことがないまま社会人になった。慶大の理工学部もきわめてクールな環境であり、先輩後輩という上下関係に左右されることもなかった。体育会系という上下関係を最重要視した企業カルチャーへの免疫をまったくもたず、むしろ、そういうものを苦手としてきた藤沢が選択した電通が、その最たる組織だということに、入社後に気づかされた。

〈まさか、ここまで超縦社会だとは思わなかった。そんなこととは知らずに入社し、それも配属された先が、電通の中でも縦社会が最も濃厚な部署だったなんて……〉

「残業は七〇時間以上、絶対につけるな」

配属先での日々は、想像以上に過酷だった。新入社員は、だれよりも先に出社し、最後に退社することが決まりだった。出社時間は午前九時半だが、部長は早ければ八時に出社する。藤沢は、その前の七時半に出社しなければならなかった。

「お前の使命は、部員全員のデスクを掃除し、ピカピカの状態で先輩社員を迎えることだ」

そう教えられた藤沢は、毎朝、部員三〇名のデスクの雑巾がけから仕事を始めた。仕事は、深夜二時、三時までひと時も休めないほど続いた。帰りはタクシー。しかし、新入社員は、タクシーチケットを使えない。すべて自腹である。

藤沢の入社当時、電通の本社は現在の汐留でなく、築地にあった。藤沢の大田区にある自宅までは深夜料金で七〇〇〇円かかる。当時の藤沢の月収から換算すると、日給は一万円。その日給をもらうために、ほぼ毎日七〇〇〇円のタクシー代を支払って帰宅する。差し引くと手元に残るのは日給三〇〇〇円だ。

その三〇〇〇円を手にするために、毎日十何時間と働き、勤務中はトイレにも行けないくらい、次から次へと先輩社員から仕事の指示が飛ばされる。

藤沢の同期生は一七〇人ほどいたが、その中でも、これほど過酷な勤務が強いられたのは四、五人ほどだった。

これだけの激務がまかり通るのは、電通の文化であるということが一つ。

もう一つの要因は、時代背景があった。藤沢が入社した二〇〇一年は、「ローカル局の中から倒産が出る」といわれている時期だった。地方テレビ局を相手に仕事をしている藤沢の部署にはプライドがあった。

「絶対、倒産させてはいけない。そのためには、社内を這いつくばりまわって、営業に頭を下げてでも、仕事をとってくるんだ。一社でも多く、一円でも多くとってくるんだ。そうすることが、俺らの使命だ」

まるで軍隊的な手法で、檄《げき》を飛ばしていた。

深夜になっても帰宅できればいい方で、酷いときには徹夜で仕事をし、会議室で三〇分、一時間ほど仮眠をとって、翌日の業務にあたることもあった。

音楽活動への夢を完全に断ち切っていなかった藤沢は、深夜二時、三時まで働いて帰宅した後、ピアノに向かって作詞・作曲をし、徹夜のまま会社に向かったりもした。

電通の本社が二〇〇二年に築地から汐留に移転してから、フラッパーゲート（入退室管理システム）が完備されたが、築地時代には、まだそんなシステムは備わっていなかった。

残業は完全に自己申告だ。手書きではないにしても、いくらでも創作できる。

「残業は七〇時間以上、絶対につけるな」

これが、電通の風土であり、暗黙の了解だった。

ちなみに、汐留に移転した後も、たとえば朝の九時に出社し、二三時に退社したとしても、その間の三時間を休憩時間として意図的に引くことが求められ、残業時間を圧縮するということは、どの社員も当然のごとくおこなっている。残業の圧縮については、明確に上司から指示されている者もいれば、上司が「ちゃんと、残業代をつけろよ」といってくれる場合もある。が、その下の者たちから「部長は、ああいってくれているけど、お前、わかるよな」といったプレッシャーがかけられる。

新入社員は、いくらおかしいと思ったとしても、それを指摘できる雰囲気などあるわけがない。

先にも触れたように、亡くなった高橋まつりさんのツイッターには、「君の残業時間の二〇時間は会社にとって無駄」とあった。

藤沢は、高橋さんのことを思うと、そう罵った上司に腹が立った。

〈本当は一〇〇時間、二〇〇時間も残業している。それを七〇時間にしているのに、さらに「お前の二〇時間は無駄」だなんて……。命懸けで働いた時間を軽視されたときの悲しみ、虚無感はいかほどのものだっただろう〉

体育会気質行事「電通富士登山」

若手への厳しい洗礼を象徴するのが毎年七月におこなわれる「電通富士登山」だ。一九二五年から始まる伝統行事で、電通とグループ会社の全新入社員ほか、新任の局長や役員も参加する。総勢五〇〇人規模の大イベントである。

藤沢の配属された部署は、超体育会系だったため、藤沢には罰ゲームが待っていた。

「トップ一〇に入らなかったら、お前は坊主だぞ」

藤沢は、茶髪でパーマをかけていた。電通に就職しながらも、音楽への夢は捨てていなかった。

〈歌でデビューできればいいな〉

藤沢的には、二足のワラジを履いていたからこそ、電通でもがんばれた。

ある一面では、〈俺が、この会社で社会を開拓してやる〉という血気盛んな気持ちにあふれていた。

そのため、先輩の部員たちの目には生意気に映り、目をつけられるのも当然のことだったかもしれない。部員たちは、どうやら楽しんでいたようである。

「あいつを坊主にしたら、面白いよな」

当事者たちは、今でいうパワーハラスメントにあたる言動をしているという意識はなかったであろう。が、藤沢にとっては、相当きついパワハラだった。

〈髪型も含めて、すべて自己表現なのに、それを潰そうとするのか。そんなこと、絶対にありえない〉

藤沢は悩んだ。富士登山の当日は、病欠で休もうかと思案した。だが、自分が許さなかった。

〈それも、なんか逃げになって恰好が悪いな。だったら、トップ一〇に入ってやろう〉

体力には自信などないが、藤沢のなかでスイッチが入った。

出発は、参加者が一斉にスタートするわけではない。グループごと二、三〇人が順番にスタートしていく。藤沢は後方のグループだった。この時点で、最初にスタートしたグループとの間にタイムラグがかなり生じていた。そもそも、富士登山は時間を競うことを目的としているわけではない。それでも、先輩社員に「一〇位以内」と言われれば、それに従わなければならない。

前日には壮行会と称して、散々お酒を飲まされた。藤沢は、吐きながら走って登った。高山病のリスクがあることを知りながら、それでも坊主にだけはなりたくない。周りには、藤沢のように罰ゲームが待っている仲間が他にもいる。そんな仲間を蹴落としてでも、一〇位以内に入らなければならない。

登っている最中、藤沢は心の中で叫んでいた。

〈なんで俺の部署の人たちは、こんなバカなことさせるんだ。自己尊厳を破壊して、「お前は奴隷なんだから、這いつくばって来い。トップ一〇に入れなきゃ坊主だぞ」だと。そんな脅しで人を鼓舞するやり方って、どうなんだ？　俺がプライド持っているものを、そうやってゼロにするようなことをしやがって〉

藤沢は命懸けで登った。

頂上に到達した順番に、山小屋の中にある寝床が与えられる。その与えられた寝床を数えれば、自分の順番がおのずとわかる仕組みになっていた。藤沢は、九位だった。

〈よっしゃ！　やったぞ……〉

藤沢は、電通の体育会系のノリが大っ嫌いだった。それでも、いざ、プレッシャーをかけられた中で、なんとかトップ一〇に入ることができた。藤沢には、達成感もあった。

〈ああ……、こういう自分の望まない環境ではあるけれど、自分を変えるっていう機会でもあったかな〉

思わず、恨んでいた富士登山に感謝していた。

これが天下の電通か

藤沢は、母子家庭という互いの共通項から、希望を抱いて入社した高橋まつりさんの気持ちが他の誰よりも理解できるような気がした。

藤沢の母親は、息子が電通に入社する直前に、三番目の父親と再婚した。

藤沢の精神状態は、ものすごく複雑だった。

〈実の父親は愛人をつくって消えるし、二番目の父親は暴力を振るった。二度も父親に裏切られて、もう

誰も信じられない……〉

人間不信状態のまま社会人になった。

〈もしかしたら、高橋さんにも似たようなところがあったのかもな〉

彼女は、心の中に何か傷が残ったままの状態で、その傷を払拭するために人一倍頑張り、日本で一番といわれる東大に入学し、そして、エリートとして超一流企業に入社することを目標にしてきたのではないか。果たして、彼女は見事にその目標を達成し、電通へ入社した。

そこで彼女は、電通という会社の正体を目の当たりにする。

「お前の時間は無駄だ」「お前は能力がない」など、散々罵倒され、そのうえ、女性としての尊厳を傷つけられるセクシュアルハラスメント行為が待ち受けていた。

藤沢は、彼女のことを思うと、やるせなくなる。

〈精神的に、ものすごいダメージだったであろうに……〉

藤沢自身にも、似たようなことがあった。激務のため睡眠時間が取れず、精神的に参ってしまっていた。

そんなとき、駅のホームで目の前を電車が走り過ぎた。

〈ああ……、このまま飛び込めば、楽になるのかな〉

冷静になって考えると恐ろしいことが、頭の中に浮かんできた。

睡眠時間が削られたとしても、自分が好きなことをやっていれば納得できる。しかし、誰かに強制され、本心ではやりたくないのに、仕事をやらされているという状況での睡眠不足は本当に精神的にきつい。そこに、追い討ちをかけるように上司からのパワハラ、セクハラの言葉が浴びせられるのだ。

藤沢の場合は、言葉によるパワハラではなく、実際に暴力行為を受けた。

電通では、新人社員を指導するトレーナーが一人つくことになっている。そのトレーナーに藤沢は目を付けられていた。

「お前、ふざけんな」

そういって、陰で腹を殴られたりすることがよくあり、そのたびに、耐えてきた。

八月のある日の夜、日中は四〇人ほどいる部署に、藤沢ともう一人の新人社員、そして、各々のトレーナーとほかに一人、二人が残業していた。藤沢は、あまりにも辛かったため早く帰りたいという一心で、仕事に集中していた。そこに、トレーナーが声をかけてきた。

「おい」

「はい、なんでしょう」

藤沢はパソコンを見つめたまま、振り返ることなく、返事だけした。その態度が気にくわなかったのであろう。トレーナーが声を荒らげた。

「てめえ、ふざけんな。なめてんのか！」

そういって、いきなり藤沢の頭を思いっきり殴ってきた。藤沢の首に衝撃が走った。

首を動かそうとしても動かせない。痛みも激しかったが、それ以上に精神的な痛みにショックを受けた。

同時に、それまで蓄積してきた怒りが爆発した。

〈自分を奴隷としか思ってくれないような人たちに囲まれた上に、なんで最後の仕打ちとして暴力を浴びせられなければいけないんだ。これが、天下の電通なのか〉

良い大学を出て良い会社に入る。それが日本人の一つの成功法則だと信じてやってきた。ミュージシャンという夢を押し殺して、この電通でなら自分の生きがいが見つかるかもしれないと思い、この会社のドアを叩いた。社会的にも、電通は日本を代表する大企業だといわれているからこそ、ここに幸せがあるという意識でこれまで頑張ってきた。

〈この場所が最終ゴールだったはずなのに……〉

自分が信じていた思いが打ち砕かれたかのような仕打ちをされた瞬間、藤沢の心は崩壊した。

そのまま、何も言わず、家に帰った。

翌朝、首の痛みがさらに悪化し、会社を休んだ。そして、そのまま病院へ向かった。

医者の診断では、「頸椎《けいつい》損傷で全治二〜三週間」とのことだった。

首にシップを貼り、その上にコルセットを巻いた。

「必要以上に首を動かさないようにしてください。これでまた無理にでも動かしたら、もっと酷くなりますから」

そう医師に言われ、家に帰った。部屋に戻ったとたん、言いようもない悲しみが襲ってきた。

両親もすごく心配してくれた。

「どうしたんだ」

「先輩に殴られた」

そう答えたら、驚いていた。

「そんなことがあるのか」

藤沢は、部屋の中で、ずっと一人で考えた。

居ても立ってもも居られなくなり、警察に行った。

「会社の先輩に殴られ、こういう状態になりました。僕は刑事事件にしたいと思っています。もう、一日考えたけど、心の整理がつきません。警察で取り上げてほしいんです」

すべてを話した。

「警察としては、いつでも動きますよ」

そういったうえで、警察は藤沢のことを心配したのか、こう続けた。

「藤沢さんは一年目で、しかも入社してまだ数カ月。折角、電通という立派な会社に入ったんです。たまたま、その先輩がよくなかったんじゃないか。異動すれば、もっといい人生が待っているんじゃないか」

警察なりのアドバイスがあった。

「ただ、うちとしては、本気で訴えるということであれば、被害届は受理するけれども、もう一度考えた方がいいんじゃないか」

警察で話していくうちに、藤沢の心も揺れていた。

〈僕も生意気だったところがあっただろう。社会人として、まだまだ未熟な部分もあるだろう。一〇〇パーセント会社が悪い、先輩が悪いではなくて、自分にも非があるのかもしれない〉

それから数日、会社を休み、自分を見つめた。

そんな藤沢に、部長から連絡が入った。

「会社に出て来い」

藤沢は素直に従えなかった。

「申し訳ありませんが、先輩に殴られて、そんな精神状態じゃないです」

出社できないという藤沢に、部長は申し出た。

「それなら、一度、話をしよう」

当時、電通では、暴力があって当たり前の文化がまかり通っていた。

社内を見渡せば、学生時代をラグビー部、アメフト部などで過ごしたという体育会系が幅を利かせている。体力、筋力には自信がある人たちが大半を占めるため、暴力など日常茶飯事だった。

部長も、話し合えば何とかなるだろうと、軽く考えていた様子だった。

藤沢は、会社から少し離れた喫茶店で、部長と話した。

首にコルセットを巻いた状態で、診断書も見せた。

「こういう状況ですから、仕事なんてできません。警察にも相談して、すぐにでも被害届を受理してもらえるよう手配してあります。僕は、訴えようと思っています」

藤沢の意向を知った部長は、土下座でもしそうな下手《したて》の態度で、頭を下げた。

「警察だけには、言わないでくれ」

普段、デスクで偉そうにしていた人が、目の前に診断書を見せられ、警察の名前を出した瞬間、「申し訳ない。それだけは止めてくれ」という様子で藤沢に懇願してくる。そんな部長の態度に、藤沢の心は、一気に冷めた。

〈なんだ……。やっぱり保身か。大人って、こういうものなんだな……〉

もっと、藤沢の味方になってくれるものだと信じていた。部長である自分の管轄下で暴力沙汰が起こった。それは自分の管理不足で生じてしまった。だから、刑事事件にするというのなら、刑事事件にしろ。自分にも責任があるのだからそれは容認する。そんな形でやるのが筋だと、藤沢は思っていた。

しかし、部長は交換条件のように、目の前で言い放った。

「今すぐ、お前を異動させる。だから、このことは、なかったことにしてくれ」

藤沢は迷った。

答えを出せないまま帰宅した藤沢は、自分が選ぶべき方向をじっくり考えた。

〈それでも訴えるという選択肢もある。しかし、次の部署に異動して落ち着けば、また違った人生があるかもしれない〉

結局、部長の言い分を飲むことを選んだ。

「訴えることはしません。その代わり、すぐ異動させてください」

「わかった。すぐ手配する。それまで待っててくれ」

藤沢は、その約束を交わした二、三日後から会社へ復帰した。

出社した初日、別室で藤沢は、殴ったトレーナーと対峙した。

トレーナーは、一応、謝罪した。

「申し訳なかった」

が、心から謝罪しているとは、とても思えないほど誠意のない謝罪だった。

〈部長から言われて、しょうがなく言っているんだな〉

それでも、藤沢は自分が大人になろうと決めた。

〈超縦社会の中で、あれだけ俺様は神様だ、お前は奴隷だとうそぶいていた人が、目の前で頭を下げている。それだけでも、一つ前進したかもな〉

そう思い、藤沢も謝罪を受け入れた。

「いえいえ、こちらこそ生意気なことをしたと思っています」

それから一カ月、辞令が出るまで、部署では藤沢とそのトレーナーがコミュニケーションを取らずに済むよう気遣ってくれた。

藤沢が先輩に殴られてケガをした直後、あばら骨にひびが入るケガをした同期がいた。

宴会中の出来事だった。グラスにビールを入れるタイミングが遅いなど、テコンドーをやっている上司の気に障る出来事が数回あったようだ。

「てめえ、なめてんのか！　ちょっと来い」

トイレの前に連れ出され、そこで蹴られたらしい。

藤沢は、その同期に言った。

「俺は、刑事事件を見送ったけど、さすがにこれは酷いだろう。刑事事件にすべきだよ。お前がやるんだったら、俺も一緒にやるよ。この環境は、このままでは絶対よくならない。俺たちが反旗を翻さない限り、変わっていかないよ。俺たちの後輩のためにも、やろうぜ」

ところが、反応は芳しくなかった。

「いやいや。朱に交われば赤くなれだし、新入社員にそんな権限はないんだ。俺は、これを受け止める」

その答えを聞いた藤沢は、思った。

〈ああ…、こいつはもう、洗脳されちゃったな〉

藤沢は、もともとミュージシャン志望だったこともあり、電通にそれほどの思い入れはない。そのため、会社全体を俯瞰的に見ることができ、おかしいことはおかしいと素直に認めることができた。

「水戸黄門はやめるべきです」

藤沢は、人事異動で放送進行部の配属となった。新しい部署は、広告の面白みを感じられるようなダイナミックな仕事とはまったく正反対。テレビCMの放送進行を管理することが主な業務で、クリエイティブな要素とは無縁な、いわゆる窓際的な部署だった。おかげで、仕事で拘束される時間は激減。そのうえ、仕事内容も専門的な知識など必要とせず、アルバイトでもできる業務だった。

先輩社員たちを見ていると、一日中、パソコンに内蔵されているゲームに明け暮れていた。やらなければならない仕事がないため、暇をつぶしているのだ。そして、五時半の就業終了を知らせるチャイムが鳴る直前から仕事を始め、六時半になると帰宅する。残業代一時間を稼ぐための策である。

そんな一日を過ごして手にする年収は一五〇〇万円。そのため、むしろ「勝ち組」という社員もいたほどだ。だが、藤沢の目には、どうしても「勝ち組」には見えなかった。

〈ものすごく、情けない先輩たちだな……〉

藤沢は、異動直後から、部長に直訴した。

「確かに、体育会系ではない部署に異動させてもらったことには感謝しています。けれども、ここでは仕事としてのやりがいがまったく感じられないから、今すぐ異動したい。僕は、もともと音楽をやっていたので、どこでもいいからエンターテイメントに関わる部署に行かせてください」

何度も異動を訴えるとともに、藤沢は自分の思いを態度で示した。

以前の部署では、朝の雑巾がけが大嫌いだったにもかかわらず、毎朝、雑巾がけをした。進行部には、当然、そんな文化はない。それでも自主的にやった。

電通の文化を、藤沢はある意味、否定してここに異動してきている。けれど、自分にも反省しているところもある。だから、一所懸命、その気持ちを態度で示した。

それから一年半経ち、藤沢は幸運にもクライアントを担当する部署に異動することができた。それも、松下電器産業（現・パナソニック）の担当である。

異動が決まった直後、藤沢はしみじみ思った。

〈ああ……、辞めなくてよかった。神様は、やっぱり俺のことを見ていてくれたんだ〉

毎朝、誰よりも早く出社し、雑巾がけをした日々を思い出しながら、頑張っていれば、次のチャンスは必ずやってくるということを確信した。

当時、クライアントの規模でいえば、松下電器産業とトヨタがトップを争っており、年によっては松下電器産業の方が、広告出稿量が多いこともあるような時期だった。そんな松下電器産業を、入社してまだ二年目の藤沢が担当できることに感謝するとともに光栄に感じていた。

藤沢は、毎週月曜日夜八時からTBS系列で放送するナショナル劇場「水戸黄門」の担当だった。主役の水戸黄門は、里見《さとみ》浩太朗《こうたろう》の時代である。

もともと音楽活動をやっていたことから、若いアーティストを担当するような部署へ配属されることが本望だったが、水戸黄門を担当できることは別格だった。

〈往年の長寿番組であり、日本の国民的番組に携われるなんて、本当に絵に描いたようなエンターテイメント業界で仕事できるんだな〉

喜びを感じながら、仕事へ励むことができた。

しかも、京都の太秦《うずまさ》で、主演俳優の里見と日々顔を合わせ交流した。食事を御馳走になることもあり、藤沢にとって、人生の中で最も輝いていた時代でもあった。

〈こんな幸せな人生、ありがたいな〉

こんな時期があったからこそ、藤沢は、電通を一〇〇パーセント否定できない。

ただし、藤沢は、松下電器産業の担当になった直後から、出しゃばったことを言っていた。

「水戸黄門はやめるべきです。松下の一社提供の番組なのだから、もっと松下の製品を映せばいい。時代劇でなければ、いくらでも画面に映しだして広告効果を期待できるのに、なぜもったいないことをするんですか。メリットを享受すればいいのに、時代劇だから、何も映せないじゃないですか」

電通の上司や松下の担当者から聞いて、なぜ松下が水戸黄門を一社提供で放送しているのか、その理由が判明した。水戸黄門は松下幸之助《まつしたこうのすけ》が自身の金を使って、日本全国に、世のため人の為に、スカッとする勧善懲悪のドラマを届けたいという想いからスタートしていた。そういう創業者の想いが代々受け継がれ、大事にされてきた番組だった。そんな想いが込められた番組であるのに、それを新しい担当が、いきなり「やめた方がいい」と言うことはやりすぎだったのかもしれない。だが、時代は変化していた。藤沢は費用対効果を考えれば、早めに打ち切るべきだった、と今でも思っている。

結局、水戸黄門は、二〇一一年一二月に放送終了した。

「わかっているよね」

その後、藤沢は複数のクライアントを担当し、マスメディアへの圧力や制作会社からのキックバック、社内でおこなわれるパワハラの実態などを目にすることもあった。

ある大きなクライアントの不祥事を、週刊誌が嗅ぎつけて記事にしようとしていた。週刊誌が発売される二、三日前にその情報が、電通に入ってきた。そのとたん、部長は出版社に駆け込み、出版社から手にしたゲラを持って、クライアントの元へ走る。

「こんな記事が出ますよ」

記事を見たクライアントが、指示を出す。

「ここはダメだ」

クライアントが提示した要望すべてを週刊誌側が受け入れるとは考えられないが、そうした記事が出そうになると、ねじ伏せることが頻繁にあった。

例えば、媒体に「向こう半年、出稿を約束するから、記事の一部を修正してほしい」と頼み込んで、急遽、記事を差し替えることがあった。電通が「わかっているよね」と遠回しに圧力をかければ、クライアントの不祥事は、多少マイルドな記事に変更されることなど、よくある話だった。

〈電通の力というものは、裏でこれだけ働いているんだな〉

裏側で暗躍する電通の姿を、藤沢は実感した。

電通の特権

藤沢の在職中、電通で痴漢事件を起こした社員がいた。他の会社だったら記事に社名や名前が載るのに、その時は「電通」という社名も「広告代理店」という業態も、当事者の名前もすべて伏せられた。マスコミは、完全無視した。それでも、インターネットの「2ちゃんねる」には、会社名も当事者の名前も掲載されていた。実情を知る関係者がリークしたのであろう。

〈なぜ?〉

藤沢にはそんな思いが、ずっとあった。

その事件後、週に一回の部会で、報告があった。

「○○室の室長が痴漢で逮捕され、減給・降格の処分を受けた。諸君も気を付けるように」

該当部署の室長は一人しかおらず、すぐに特定できたが、それを聞いた社員たちの反応は薄かった。

藤沢は、上司に疑問をぶつけた。

「なぜ、個人名がニュースに出ないんですか? たとえば、ほかのメーカーなどであれば、すべて本人の名前も会社名も明らかにしているのに、なぜ、電通の人間だけが社名も名前も隠されるんですか?」

当然のように、上司は答えた。

「いやいや、お前、なに言ってんだ。それが電通の特権だろう」

藤沢は、落胆した。

〈そういうことなのか……〉

電通社員の中には、「俺たちには、そういう特権がある」という風に鼻を高くする者もいれば、「特権を使って何が悪い。俺たちは悪いことをしても社会的に裁かれないんだ」と傲岸不遜《ごうがんふそん》に思う者もいた。

いっぽう、藤沢は、

〈こんなことが社会の中で成り立つなんて、おかしいんじゃないのか〉

と不条理を感じた。

正しいものは正しい。悪いものは悪い。善悪を判断できる意識を、藤沢は失わなかった。そんな人間は、電通社内の中では珍しい生き物だ。ほとんどが、知らず知らずに電通色へ染まってしまう。

藤沢が入社する前、内定者同士で集まった際に話していた。

「電通には、すごい権力があるらしいね。俺らも、そんな権力を持てるのかな」

「でも、そんな権力があったとしても、俺は絶対にその権力を使ったりしない」

「そうだよな」

それが、年月が経つにつれ、完全にマスコミ・広告業界のガリバー、電通の悪しき習慣に染まってしまうのだった。

電通の社員の中には、警視総監の子息もいた。そのほか、政財界との「ずぶずぶ」な関係もある。業界に網を張っておいて、どこかで問題が生じたら、それを封じるような策が常にどこかにある。

〈すごい世界だな〉

それが藤沢の正直な思いだった。

都合の悪い記事が出たら、クライアントのお偉いさんから電話がかかってくる。

「もうこの雑誌には、出稿しない」

その言葉を聞いた部長が凍り付く場面もよく垣間見た。

そこで記事を封じるために、クライアントから口止め料として、さらに多くの広告を取ってきて電通の売り上げにつなげる。クライアントも媒体も喜ぶし、電通も利益が上がる構造だ。

藤沢は感じていた。

〈社会の不都合な真実が、ここにあるな〉

キックバック——目の前の饅頭

キックバックも、電通社内ではびこっていた。テレビ制作会社が、当たり前のように提案していた。

「うちだったら、数十万円程度のポケットマネーを落としますよ」

暗黙の了解で懐《ふところ》に収める社員もいたようだ。

藤沢も、キックバックを受け取ろうと思えばいくらでもできたし、キックバックを言ってくる制作会社もあった。

「うちを採用してくれませんか。これくらい包みますので」

しかし、藤沢は理解に苦しんだ。モラルに反する行為だからだ。

まるで、踏み絵を踏まされているような感覚だった。

〈僕は、これを乗り越えて、電通人生を謳歌するべきなのか。やはり、不誠実なものには蓋《ふた》をして断るべ

きなのか〉

結局、藤沢はずっと「ノー」と言い続けた。

制作会社としては、電通社員と強いパイプを作ることで他の番組も発注してほしい。「キックバックしてあげるから、他の番組でも声を掛けてよ」

裏を返せば、そういうことである。つまり賄賂《わいろ》だ。

入社当時は、「利権をむさぼるようなことはやめよう」と、互いに絆を強めていた同期も、五年も経つと朱に交われば赤くなるで、「電通はこうでなきゃ」と態度を一変させた。

「目の前にね、饅頭《まんじゅう》を置かれると、食っちゃうよ」

悪びれることなく、言い放った同期を見て、悲しかった。

彼らは「必要悪」を言い訳にしていたが、結局は私腹を肥やしているにすぎない。

また、電通の部長が架空取引で大金をだまし取った事件もあった。電通が関与していないイベントなのに、関与を装い、知人の広告会社からイベント制作の業務委託料約一億五七〇〇万円をペーパー会社に振り込ませていた。

二〇一〇年三月、電通はこの部長を懲戒解雇した。

「俺たちの高給は、東電のカネによっても成立しているんだぞ」

藤沢が電通を辞める前年の二〇一一年三月一一日に東日本大震災が起きた。数十万人の故郷を失わせた大事故を引き起こした東京電力を叩くべきはずでありながら、原発利権の闇、その奥の院については、テレビも主要雑誌も沈黙を貫いた。

そのいっぽうで、インターネット上には、真実が露呈されていた。

藤沢は考えた。

〈インターネットには真実がありながら、テレビや雑誌には嘘がまかり通っている。そんな風潮に気づいた人たちからマスコミ不信が始まっている。そして、その裏には電通がいる〉

藤沢は、腹を割って話せる先輩社員に掛け合った。

「これは、正しい仕事なのでしょうか。原発は安全だ、と言い続けてきた会社だからこそ反省すべきじゃないんですか。僕らは、もっと真実を社会に伝えていくべきじゃないんですか」

電通という会社には、多額の広告費を受け取っているがためにクライアントに都合の悪いことは言えないという風潮がある。その光景は、藤沢も複数のクライアントを担当していたことで、何度も目にしたし、他のクライアントも同様だということは、たくさん耳に入ってきていた。

一度吐き出した藤沢の思いは、止まらなかった。

「こんなことは、社会的に是正しなければいけない。本来の広告活動というものは、クライアントの保身のために嘘をつくということじゃなく、クライアントのために、本当のことを言う方が正しい広告のあり方なんじゃないですか。金をもらっているから嘘をつくだなんて……、それはもう詐欺のようなものじゃないですか！」

藤沢は、正義感を貫いて言ったつもりだった。

が、藤沢と近い感情を持っていたであろう先輩社員から、逆に釘を刺された。

「バカ言ってんじゃない。真面目すぎるよ。そこまでやってしまったら、俺らがこれほどの高給を取れてる意味がないじゃないか。俺らの高給は、東電のカネによっても成立しているんだぞ。もちろん東電一社とは言わないが、いろんなクライアントの口止め料が、俺らの高給に結びついているんだから、お前も目をつぶれ。社会を広く見渡せば、すべての仕事が一〇〇パーセントの正義で成り立っていることなんてないぞ」

先輩社員の言っていることは、理解できる部分もあった。

それでも、感情的に理解ができず、藤沢の葛藤は続いた。

電通と原発利権

ちなみに、元博報堂の本間龍《ほんまりゆう》は、3・11後に『電通と原発報道』（亜紀書房二〇一二年）を出版し、メディアで電通の原発への取り組みを痛烈に批判し続けている。

本間は、二〇一二年にインターネットのニュースサイト「ビジネスジャーナル」でも語っている。

「二〇一〇年度、東京電力の広告費は二六九億円でした。東電は関東地方でしか電気を売らないのにもかかわらず、広告費の全国上位ランキングで一〇位に入っているのです。このように大量に広告出稿したのは、関東地方の人たち、また関東圏以外の原発立地県（福島・新潟）においても、原発の安全性・重要性をアピールするためでした。それどころか、同時に、その広告を掲載するメディアに、原発に対してマイナスイメージを与える報道をさせないためでもあったのです。

東電のメイン担当代理店は電通です。また、東京電力、関西電力など一般電気事業者からなり、全国的なメディアへの広告出稿を引き受けていた電気事業連合会（電事連）も担当代理店は電通でした。電事連加盟一〇社のマスコミ広告費など普及開発関係費は八六六億円（二〇一〇年度）と、同年広告費一位のパナソニック（七三三億円）をも軽々と抜いてしまう巨額なものでした。つまり電力業界は、マスコミにとって大スポンサーであり、最大のタブーだったのです。また不況になればなるほど、安定的なスポンサーになってくれる電力業界に対し、都合の悪い記事を書こうとは思わなくなっていく。

ドキュメンタリー番組で反原発をテーマにして反原発の知識人を登場させるような番組は、テレビ局内部でも自粛ムードになりますし、その動きを察知した代理店側も、大スポンサーを刺激しないように暗躍を始める。こうして、反原発の番組はトーンダウンし、制作を担当したディレクターは左遷されてしまうのです。そして、テレビからは『原発はクリーンで安全です』などと詐欺まがいの広告、ニュースだけが量産されるのです。

つまり、電通を中心に『広告』という手段で〝原発安全神話〟、原発礼賛《らいさん》キャンペーンを打ち出してきた。利潤追求に狂奔《きようほん》した産官学の原子力ムラを、側面から支えていた大手広告代理店とマスメディアの関係を、一人でも多くの方に知っていただきたい」

「東日本大震災の被災地三県のがれき処理問題で、政府はがれきの広域処理を呼び掛けるメディアキャンペーンを展開していますが、これらのために、環境省には二〇一二年度、除染関連と合わせて三〇億円以上の予算が計上されています。地方紙を中心に政府の広告予算がバラまかれ、マスコミは再び自由に政府対応への批判ができなくなっていくのです。また電通主導でのキャンペーンが始まりますね」

電通は、原発事故後のビジネスでも儲けているという。環境省「除染情報プラザ」事業である。環境省との単年度契約で、除染と汚染された災害廃棄物の処理についての広報を、同省が電通に運営委託。そのうち、情報収集と専門家派遣を担当するのが福島市の「除染情報プラザ」だ。そのスタッフを、電通は人材派遣会社のパソナに委託。一四人のプラザスタッフはすべて派遣社員で、除染・放射能の専門家はゼロだったということが、朝日新聞の取材で明らかになっている。

この業務の二〇一二年度の契約金は、約一五億円であった。

本間は、その儲けについて語る。

「電通の利益率は慣例で二〇パーセント以上ですから、この事業での利益はざっと三億円とみることができます。入札しただけで実働はパソナに丸投げして利益三億なんて、あくまでも予想ですが、さすが電通。実においしい商売ですよね。それを受けたパソナも派遣社員ばかりで専門家を一人も用意していないのですから、お手軽なものです。朝日新聞が電通・パソナ両社の名前を出したのも、あまりに安易に儲けすぎだと記者が憤慨したからではないでしょうか」

視聴率というブラックボックス

広告マンにとって、視聴率ほど大きな意味を持つものはない。クライアントは、テレビCMを視聴率が高い番組内で流したいと考える。そのため、数パーセント、ほんのコンマ数パーセントでも落ちれば、なぜ視聴率が下がったのかという説明が要求される。もちろん、番組の内容も影響するだろうが、たとえば「裏番組では何が放送され、その番組はどの年齢層に人気があった」というような分析をする。

実は、すでに藤沢は、視聴率自体に疑いの目を持っていた。これだけデジタル化された現在であれば、簡単に視聴率など計測できるはずなのに、それをやらない。視聴率とはブラックボックスを意味するものであり、しかも視聴率調査会社の株式会社ビデオリサーチの歴代社長には、次から次へと電通社員が送りこまれている。

〈これは、やはりおかしい〉

しかも、最大七パーセントのズレが生じてしまう測定法を使っている。

〈曖昧な視聴率なのに、毎回、このコンマ数パーセントに、こんなに胃を痛めつけられる。これって本当におかしい。なんでこんなのに、俺は振り回されないといけないんだ〉

月曜日の夜八時に水戸黄門が放送される。その翌日の火曜日の朝九時に視聴率が発表される。その時間が近づくたびに、胃から何かが飛び出るようなストレスに襲われた。

新入社員時代に受けた暴力は、明らかに部長や殴った先輩上司に責任があると言える。だが、今は松下電器産業の現場担当の一人として、他の何かに責任を押し付けるわけにはいかない。

本当の視聴率がわかり、本当の分析ができれば視聴率の回復は見込める。が、それは難しい。結果的に、どんどん視聴率は落ちていき、ジリ貧になりながら視聴率を見つめるしかなかった。そのたびに一所懸命になって資料をつくり、提出する。

松下電器産業の担当者という栄光と喜びが、いつしかプレッシャーに変わっていった。

〈そこそこの視聴率で失敗してしまったら、年間何十億円というお金がぶっ飛ぶかもしれない〉

どんどん恐怖に苛《さいな》まれ、ストレスと過労に押しつぶされていった。

〈結局、俺はクライアントの奴隷か……〉

藤沢は、少しずつ、体調を崩していった。

七年目のある朝、ベッドから起きようとしても起き上がれない。

精神科を受診したところ、「鬱病かもしれない」といわれた。心も体も満身創痍《そうい》の状況だった。

それでも二十代という一番の頑張り時である。藤沢は、自身を奮い立たせた。

しかし、ドクターストップがかかった。医師の診断では、ストレスと過労による病だった。

藤沢は、会社を数カ月間休んだ。

こうして、藤沢は水戸黄門の担当を外れ、メディアビジネス推進部への異動となる。

「取り組んだら放すな、殺されても放すな、目的完遂までは……」

藤沢が入社した当時、新入社員の年収は六〇〇万円~七〇〇万円だった。他社に入社した大学時代の同級生たちは、四〇〇万円~五〇〇万円。比較すれば、本来二〇〇時間の残業を七〇時間に抑えていたとしても高額だ。年収だけで見れば、電通より上のクラスはあった。外資系金融機関が名を馳せていた時代であり、ゴールドマン・サックス、リーマン・ブラザーズや、コンサルティング会社のマッキンゼーなどは新入社員時代で年収が一〇〇〇万円を超える者もいて、別格だった。

それでも、大学生が憧れる就職先のトップクラスで、内定を勝ち取ることも相当難しい電通に就職できたことは、自慢であり誇りでもあった。

しかし、自慢であり誇りであるべき電通は、楽園ではなかった。

〈電通に入れば、これまでの人生がすべてリセットされる。あとは幸せな人生が待つだけだ。ここが人生

のゴールだ〉

そう信じて入社した。が、配属先では、全人格を否定され、自己尊厳を破壊された。体育会系の人間であれば、それも一つの愛情表現であり、指導方法だと受け止めることもできたかもしれないが、藤沢にはそれが一番辛く、自身の精神にものすごい傷を負った。

高橋まつりさんが過労自殺したことで、過労体質の元凶と非難された「鬼十則」が注目を浴びた。その第五条には、『取り組んだら放すな、殺されても放すな、目的完遂までは……』などと過激な表現が並ぶ。それが独り歩きしたことで、高橋まつりさんのような悲劇を起こしてしまった。

藤沢にも思い当たることがあった。

今すぐ眠りたい。帰りたい。そう思っていながらも、『取り組んだら放すな、殺されても放すな』という言葉を思い出せば、自分の命よりも目の前の仕事だと納得してしまう自分がいた。

本来、あの「鬼十則」には行間があった。以前は、その行間を教える先輩社員がいた。第四代社長の吉田秀雄も、裏では「睡眠はしっかりとれ」といっていた。だが、今は体育会系の悪しき文化だけが残り、上から下に「仕事しろ」ということだけが伝えられている。「鬼十則」の言葉だけが残ってしまえば、「命よりも仕事が大事なんだ」と曲解して受け取られても仕方がない。

藤沢は、この「鬼十則」を完全否定するわけではない。むしろ、のちに起業し、成功することができた背後には、「鬼十則」という教訓があったからだと感謝している。

だが、時代の流れか、最近はあまりにも古臭すぎるとも思える。

クライアントに滅私奉公

高橋まつりさんが亡くなった日は、彼女が所属する部会が開かれる日でもあったという。

それを知った藤沢に、部会に対する嫌な思い出が蘇った。

部会での新入社員の役割は、その場を盛り上げることだ。強制的に裸になることを命じられる者もいた。

藤沢も、裸になるよう命令された。が、はっきり断った。

「ごめんなさい。できません」

藤沢は、そのことが一番嫌だった。

〈自分の恥をさらして、笑いを取るなんて、許せない〉

藤沢とは反対に、裸になる者もいた。カラオケ店の個室などで全裸になり、下半身の毛に火をつけて面白がる。

藤沢は、その光景を見ながら思った。

〈本当にバカなことをやってる。日本一の頭脳集団のはずが、何なんだ、これは……〉

藤沢にとっては、地獄絵図だった。

上の者は上の者として、下の者は下の者なりに、エリートたちがそれぞれ縦社会を楽しんでいる。そんな構図が見えてきた藤沢には我慢ができなかった。

〈僕は、このスキームには慣れそうにもない。絶対、無理だ〉

下としても楽しめなければ、自分が上になったとしても、下の社員を裸にさせたり、無理やり飲ませたりなどということも、絶対やりたくない。

クライアントとの会合でも、同様の光景が日常茶飯事のように見られた。

「ただ飲むだけじゃ、面白くない。とにかく、何でもいいから芸をやれ」

それが話芸であれば、コミュニケーションスキルを伸ばすことに繋がるが、脱いで笑わせるという行為は、本当に下品な笑いでしかない。

それでも笑いが起こり、クライアントは喜ぶ。

「電通は、何でもやってくれる」

そこで、妙な信頼を電通は勝ち取っている。

電通社内では、新人社員は先輩社員の奴隷という不文律が成り立っているが、それ以前に、電通はクライアントの奴隷になるという文化がある。

電通はクライアントに対して、滅私奉公する。何よりも、クライアントファーストだ。クライアントが要求することを、競合他社の博報堂が一〇〇で返したなら、電通は一二〇で返す。こうして、電通は繁栄してきたのである。その一二〇を返してきた先輩社員に感謝して、自分たちも他社ができないことを、自分たちの力でやっていくんだという社内カルチャーがはびこっていた。

藤沢は、なにもそれを一〇〇パーセント否定すべきことではないと思っている。

そういった先輩社員たちの力によって、新入社員でも六〇〇万円、七〇〇万円という年収を手にすることができるのだ。この部分には、藤沢も感謝していた。

「もう、これ以上は無理だ」

数カ月の休養を終え職場に復帰した藤沢を待っていたのは、メディアビジネス推進部という外資系のクライアントを扱う部署だった。

体調に見合った部署を用意してくれるものだと期待していた藤沢の願いは、叶わなかった。月七〇時間ほどの残業は当たり前の部署だったため、復帰してすぐ体調不良に陥った。

そんな藤沢に、部長とその部下たちからの嫌がらせが相次いだ。

「だから、病人はきついよな」

「もっと優秀な奴、欲しいよな」

そんな嫌みを藤沢に聞こえるように言い放つ。

勤務中に抜け出し、通院する際も、口では「ああ、行って来い」というものの、雰囲気でプレッシャーをかけてくる。病院から戻ると、今度は「ずいぶん、遅かったな」と追い討ちをかける。

精神的なダメージが大きく、藤沢は経理関係を担当する部署へ異動。その後、再び営業を担当させてもらった。

〈最前線で働くのなら、もう、ここでできなかったら無理かもしれない〉

最後の望みをかけて、営業へ異動した。

それでも心身ともにきつく、泣く泣くお願いし、再び経理関係を担当した。

〈広告というダイナミックな仕事はできないけれど、ここでしばらく体を休めよう〉

時間という薬に頼ろうとしていた矢先、二〇一二年四月、社内の大組織改革がおこなわれた。藤沢には、テレビのローカル局を担当する部署への人事異動が発令された。その局は、藤沢の電通人生の中で一番の暗黒時代を象徴する部署だ。

新入社員として配属された先で人格を否定され、暴力も受け、しかも、殺伐として罵詈雑言を浴びせられる部会の様子がフラッシュバックした。

「てめえ、ふざけんじゃねえぞ」

「いつまでも、誤字脱字、やってんじゃねぇぞ、バカ野郎」

藤沢に、吐き気が襲ってきた。

完全に打ちひしがれた。

〈あそこに異動させるなんて……。そんなこと、するのか……。組織は、俺のことを駒としか思っていないんだな〉

どうしてもやるせない藤沢は、すぐに上司へ掛け合った。

「異動は、ナシにしてもらいたいです。僕がここまで来た経緯を見てもらえればわかるはずです。自分でも病気を抱え、会社に迷惑をかけているということはわかっています。だけど、そんな僕を、また一番きつかった部署に戻すということだけは受け入れられません。会社として正しい判断だと思えません」

藤沢は、上司に食らいついて訴えた。

が、藤沢の気持ちを受け止めようとはしてくれなかった。

「いや、もうこれは役員の決定事項になっているからさ。本当に無理だったら、また異動願い出せよ」

そもそも、藤沢の異動には、部長同士の間でこれまでの経緯を踏まえ、最初から負荷を与える業務をさせないという協定があった。そのため、激務を負う部署に配置されることなく、比較的マイルドな部署に配置されてきたことで心も癒されてきた。

このまま、楽な部署でリハビリを続けさせてもらいたかったが、大組織改革により「若手は全員、現場に出ろ」という号令が組織的に出された。個人の思惑などまったく反映しようとはしない組織改変があり、藤沢には、一番行きたくない部署への異動の言い渡しである。

〈一番希望しない部署に配置するということは、「もう辞めろ」っていうことなのかな〉

正直、会社からの「いじめ」のように感じた。

それでも、異動せずに辞めるのも癪《しゃく》だ。

〈部署の文化も変わったかもしれない。逃げずに、まずは頑張ってみるか〉

結局、ようやく落ち着いてきたところに、一番触れたくない光景を思い出す羽目になったことで、藤沢の肉体も精神もどんどん悲鳴をあげるようになってしまった。

〈もう、これ以上は無理だ〉

藤沢は、辞表を出した。

電通よ、生まれ変われ

電通には、あまりにも古く、時代にそぐわない側面がたくさんある。

今は、クライアントにべったりくっついて仕事をとってくるような時代ではない。本当に知恵を持たないと、アクセンチュアやマッキンゼーなどのコンサル会社に勝てない時代になっている。既存のマスメディアが落ち込み、インターネットが伸びてきた中、テレビＣＭや新聞広告に依存してきた電通は、「マスコミという下りのエスカレーター」から、「ネットという上りのエスカレーター」に乗りかえられるかが鍵となる。

しかし、藤沢は、電通がインターネット界をとらえることは、とても難しいとみている。

電通が、ネットの台頭に置いていかれると感じたのは、二〇〇〇年代初めに登場したネット上の仮想世界「セカンドライフ」だ。そこで、不動産やお金をやり取りし、それが現実社会の利益につながると想定されたが、大失敗した。

電通には、二四時間三六五日の売り場面積が限られている広告枠を、電通の資本や人脈で買い切り、それに付加価値をつけて売る力はある。

いっぽう、インターネットの世界は、メディアが無限に誕生し、新陳代謝していく。

そのため、テレビであれば、その価値を電通がさらに高くしてクライアントに買ってもらうことができていたが、ネットでは、電通が大金を投じたメディアが、すぐになくなってしまう、ということもある。

こんな笑い話がある。電通の役員が「ネットというメディアが来ました」といったら、当時の社長が「買い切れ」といったという。上層部はネット媒体もテレビ番組のような「買い切り」で通用すると大いなる誤解を抱いていた。

藤沢も、この話を聞いて、電通には無理だなと思った。

今までのような「絶対的なガリバー」ではいられない時代がやってくるであろう。電通という巨大広告代理店のモデルは、二〇世紀で終わったのかもしれない。

それでも、電通には有能な社員がいる。その人たちが、本気になって頭脳で勝負をしていけば、勝てるはずだ。まだまだ力はある。

本来、知的労働ができる人たちがそろっているにもかかわらず、超体育会系の体質が組織に染み込み、肉体労働的な風土が根付いてしまった。そんな仕事の仕方は今後、通用しなくなるであろう。

広告代理店業界の勢力図をみれば、営業力で仕事をとってきた電通が圧倒的トップとして君臨しているが、それとは相対してクリエイティブな頭脳を重視して仕事をとってきた博報堂を忘れてはいけない。

知的労働の分野で能力を磨き続けている博報堂には、この時代の転換期にマッチし、逆転できるチャンスが到来しているともいえる。

だからこそ、電通は早急に古い体質から脱却して、本来の知的ガリバーとして生まれ変わるべきなのだ。

藤沢は、社内に残った人材が抜本的改革をして、電通を生まれ変わらせて欲しい、と強く期待している。

第三章

ＮＨＫと電通——その対立構図

海老沢勝二VS成田豊

元ＮＨＫ職員でジャーナリストの立花孝志によると、ＮＨＫの海老沢勝二《えびさわかつじ》会長と電通の成田豊会長との間には、長年にわたり揉め事があったという。

立花によると、こんな構図だ。

『日本の文化を守るＮＨＫVS金儲け主義の電通』

日本の文化を守る。それが可能なテレビ局はＮＨＫだけ。

ＮＨＫは、「政治的公平」「対立する論点の多角的明確化」などの放送法第四条が求める放送をおこない、受信者は受信料を支払うことが放送法第六四条で規定されている。受信料という潤沢な資金があるおかげで、ＮＨＫは経営を成り立たせる資金について心配せずともいい。

商業主義に走らなくてもいいＮＨＫは、電通やスポンサーの顔色を窺うことも必要なく、国民のための公共放送テレビ局として、受信料という資金を使って、電通と闘っていた。

いっぽう、他のテレビ局や新聞社をはじめとした民間の報道機関、メディアは、商業主義が最優先だ。いくら、良いもの、真実を伝えたくとも、その反面、黒字化できなければ潰れてしまう。主な収入源である広告のスポンサーが見つからなければ、経営は成り立たない。

たとえば、民放テレビ局が直接スポンサーを探したとしても、ＣＭは作れない。逆に、広告を出したい側が民放テレビ局に直接頼んでもＣＭは流せない。その両者の間には、必ず「電通」という巨大広告代理店が入るという暗黙の了解がある。

その電通が〝日本人による、日本のための広告代理店〟であれば、NHKとの対立は起こらなかったであろう。しかし、電通の成田豊会長は、日本のためではなく、韓国のために日本のメディアを利用しているという見方もあった。

成田会長の生い立ちに、その秘密は隠されている。「はじめに」でも触れたように、成田は、日本統治下の韓国忠清南道天安郡《ちゅうせいなんどうてんあん》（現在の天安市）で朝鮮総督府鉄道勤務の父親の子として生まれ、中学三年まで韓国で過ごす。小説家でジャーナリストの梶山季之とは、京城中学で同級生であり、親友であった。電通社長時代には、韓国が遅れて招致に乗り出した二〇〇二年のサッカーワールドカップの日韓共同開催を主導。二〇〇九年には、韓国政府から外国人に与えられる勲章としては最高位の勲章、修交勲章光化章を授与されている。

NHKの海老沢会長は、成田会長自身が日本人でありながら、成田が見ている方向は日本ではなく、韓国であると信じて疑わなかった。そして海老沢会長は、そんな成田会長のことが大嫌いで、敵意をむき出しにしていた。

海老沢会長は、立花によく言って聞かせていた。

「日本を守れるのは、NHKだけだ。他のメディアは、金ですべて身を売ってしまう。外国からの金が入ってくれれば、日本のことは守れない。成田は日本を滅ぼそうとしている。その最たる例が、フジテレビだ。フジは、電通を経由して、もう買収されている」

保守の海老沢会長は、読売新聞の渡邉恒雄《わたなべつねお》を非常に尊敬していた。が、その読売新聞も、購読者はたかが知れている。発行部数一〇〇〇万部だとしても、日本人一二人に一人だけ。ましてや、最近の新聞社は発行部数が減少し、資金力も落ちてきている。新聞の影響力は弱体化しており、新聞社の力だけで世論は形成できない。

しかし、テレビの影響力は、いまだ健在だ。立花にしてみれば、テレビは洗脳装置である。

主婦向けのワイドショーで政治ネタを扱うようになったのは、二一世紀に入ってからだと立花は記憶しているが、小泉《こいずみ》純一郎《じゅんいちろう》政権のころから、特に、民放による世論誘導への影響力が強くなっていった。

小泉首相が得意としたワンフレーズメッセージは、多くのワイドショーに取り上げられた。「自民党をぶっ壊す！」と訴え総裁選を勝利した小泉は、「財政改革に聖域なし！」「人生いろいろ、会社もいろいろ」などというフレーズでテレビの前にいる国民たちに強くアピールし、世論を誘導していった。その結果、「郵政解散」と命名した選挙で、自民党は大勝利をおさめる。

また、二〇〇九年の政権交代も、民放の影響力が大きく作用した結果といえる。

それほどまで、テレビの影響力は巨大化しており、それは、イコール電通の影響力も巨大化しているということの表れでもある。その危険性に、海老沢はだいぶ前から気づいていたのだ。

ＭＬＢ放映権料を巡る攻防

電通の収入源は、広告代理店業務がメインだが、スポーツの放映権、マーケティング権による収入も莫大である。スポーツイベントに、電通が本格的に参入したのは、一九八四年のロサンゼルスオリンピックからだ。それ以降、スポーツイベントでの業務拡大が続いている。

スポーツのエージェントがものすごく儲かる事業だと、電通が味を占めたきっかけは、ＦＩＦＡ（国際サッカー連盟）ワールドカップだった。

二〇〇二年の日韓共同ワールドカップを主導したのは、電通の成田会長だ。当時、ＦＩＦＡワールドカップやオリンピックなど、世界的なスポーツマーケティング利権を一手に握り、放映権の管理をしていたのが、スイスに拠点を置くＩＳＬ（インターナショナル・スポーツ・アンド・レジャー）だった。ＩＳＬは、一九八二年にアディダスのホルスト・ダスラーと電通が共同で設立した国際スポーツマーケティング代理会社であり、ＦＩＦＡと密接な関係にあった。

このＩＳＬに、電通は、現在の電通顧問、東京オリンピック・パラリンピック組織委員会理事を務める株式会社コモンズ会長の高橋治之《たかはしはるゆき》を出向させた。それから三〇年以上、高橋は、巨額のテレビ放送権料の取引の最前線に立ち続けている。

スポーツソフトの需要が急速に拡大したきっかけは、ＢＳ放送開始による多チャンネル化だった。一九九〇年代の後半くらいから、全世界でソフト不足になっていた。

スポーツソフトは、費用対効果を考えれば、サッカーも野球もゴルフもテニスも、ものすごく安い。テレビ局にとって、一番お得なソフトがスポーツ放映である。ドラマや時代劇、芸能、ドキュメンタリーの制作には、数千万、数億単位という、かなりのコストと時間がかかる。いっぽう、サッカーや野球は、それを映しているだけで済み、二時間、三時間と長時間放映しても一定の視聴率が保てる。しかも、世界で通じるソフトということを考えれば、ものすごく安い買い物だ。時間単価で比較すれば、一〇分の一ほどで買える。

制作費を不要とし、視聴率もある程度見込めるスポーツは、引く手あまただ。

近年、スポーツ専門放送チャンネルが増えている。チャンネルが増えれば、ソフトの奪い合いになる。エージェントは競争を煽り、自分たちの儲けを増やせばいい。そのエージェントこそが電通であり、日本市場を独占している。

NHKと電通は二〇〇四年、米大リーグ（MLB）放映権料を巡って、水面下で攻防を繰り広げた。立花は、当時スポーツ報道センターで契約や支払いなどの実務を担当し、交渉状況を知る立場にあった。

NHKは、従来、BS衛星放送の普及に向けて、米国の大リーグ、アイスホッケー、バスケットボール、アメリカンフットボールなど五つの放映権を電通から買って放送していた。

その後、多チャンネル化への備えもあって、NHKの関連会社である国際メディア・コーポレーション（MICO）が大リーグとゴルフの放映権を、直接購入しようという話になった。

電通を介さなければ安く買えるとともに、これ以上、電通に好き勝手させたくないとの思惑からだった。すると電通は、「大リーグとゴルフのうち、どちらか一つにしてくれ」と、頭を下げてきた。

そこでNHKは、従来通り大リーグの放映権は電通から買って放送し、ゴルフはMICOが直接購入することで折り合った。立花は、大リーグの放映権の契約は一九九八年頃から五〜六年だったと記憶している。

ところが、電通は、〇三年にMLBとの契約が切れるため、〇四年の更新の際、従来の三倍の三六億円でMLBから放映権を買った。

そして、電通は、事前に相談もなく、NHKに売り込んできた。

〈NHKが買わないわけ、ないだろう〉

そんな考えが、電通にはあった。

当時は九五年の野茂英雄《のもひでお》投手の大リーグでの活躍以降、日本人選手が相次いで渡米し、大リーグ人気が高まっていた頃だ。高視聴率が期待できるため、MLBと電通は足元を見てきたのだろう。

これを聞いたNHKの海老沢勝二会長は、烈火のごとく激怒した。

「電通側が頭を下げて、大リーグは持っていくなと懇願したくせに、なにを勝手に三倍で買ってきているんだ。なんでだ。俺は、聞いてないぞ」

当時、NHKと電通の仲は険悪であった。広告収入頼みの民放各局とそのドンである電通は商業主義に走らざるをえないが、NHKは公共放送として範を示すという使命感を持っていたためだ。

傲慢すぎる電通の態度に、海老沢会長は本気で怒った。

「それなら、買わない」

海老沢会長の怒りを聞きつけた電通のテレビ局長は、いたく慌てた。

会長の自宅を訪れ、自宅前で会長が帰って来るのを待ち続けていた。会長が車で帰って来て降りるや、テレビ局長は、会長に土下座せんばかりに謝罪した。

「すみません。わたしの首が飛んでしまいます」

海老沢会長は、すぐ立花に電話を入れ、ぼやいた。

「なんだ、あれは。いい加減にしろ。土下座している奴は、なんとかならないか」

とはいっても、NHKも大リーグは中継したい。

そこで、放映権は従来の二倍の二五億円で折り合った。電通にとっては赤字だが、転んでもただでは起きないのが天下の電通である。

放映権の契約書は、ものすごい分厚さだった。そのため、NHKは、逐一、細かいところまでチェックをしていなかった。

その契約書の中には、NHKが中継するMLBの映像のアジア向けバージョンに、スポンサーのバーチャル広告を入れる項目があった。実際にはないバックネットにスポンサーのバーチャル広告を入れる仕組みである。

電通には、バーチャル広告による高額の収入が入った。NHKには一銭も入らない。電通は、放映権では赤字を出したが、結局、広告でその赤字を超える収入を手にしていた。電通の方が、はるかに上手《うわて》だったのである。

NHK叩きの深層

一方、電通の成田会長にとって、NHKの海老沢会長は、目の上のたんこぶだった。

電通は、海老沢会長を潰すために、海老沢自身のスキャンダルを探した。しかし、カネも女性問題も、一切出てこない。

そこで、あらゆる手段を使って、海老沢会長をNHKから追い出す作戦に出た。

二〇〇四年、『週刊文春』七月二九日号にNHKのスキャンダル記事が掲載された。

「みなさまの受信料で甘い汁　衝撃の内部告発NHK紅白プロデューサーが制作費八〇〇〇万円を横領していた！」

マスコミにＮＨＫのスキャンダルが出たのは、初めてのことだった。それまで、すっぱ抜かれそうになったスキャンダルは、すべて防ぐことができていたからだ。が、とうとう牙城が崩れてしまったのである。

その翌々週、今度は『週刊新潮』がスキャンダル記事を掲載した。八月一二・一九日号で「汚れたＮＨＫ海老沢会長が隠蔽したソウル支局長『夜の帝王』の巨額裏金豪遊」の記事が掲載された。『週刊文春』と『週刊新潮』によるＮＨＫスキャンダルは毎週のように特集され、九月まで続くことになる。

同時に、民放はこのスキャンダルを大々的に取り上げ、ＮＨＫ叩きを繰り広げる。

立花も、ＮＨＫ内部の人間として、ＮＨＫへの不満もあり、ＮＨＫのスキャンダラスな情報を『週刊文春』にリークしていた。

両誌によるスキャンダル発覚がきっかけとなり、ＮＨＫの様々な問題や不祥事が明るみに出続けた。この報道を受け、海老沢会長は九月九日、衆議院総務委員会に参考人招致された。それとともに、ＮＨＫは激しい批判にさらされ、ＮＨＫ受信料の不払い続発という窮地に追い込まれていくことになる。

ＮＨＫの在り方に疑問を感じていた立花は、海老沢会長に具申した。

「会長、おかしいでしょう。ちゃんと謝りましょうよ。この程度の金額で済む話じゃないですし、チーフプロデューサー一人だけの問題でもないでしょう。部長からエグゼクティブまで、みんな、やっているじゃないですか。芸能は二〇億、三〇億とやっていますよ。本当に国民に頭を下げないと、ＮＨＫが潰れるでしょう」

しかし、海老沢会長の考えは、まったく逆だった。

「いやいや。情報をすべて明らかにしてしまえば、逆にNHKが潰れる。だから、黙っておけ」

結局、海老沢会長は、翌年二〇〇四年一月、会長職を辞任することになる。

従来、NHKはオリンピックの放映権料について、エージェントを通さず、IOC（国際オリンピック委員会）と直接契約していた。

だが、海老沢が失脚して以降、電通を通じて金を支払う仕組みに変わった。

スポーツ報道センターで契約や支払いなどの実務を担当していた立花は、ある日、目に飛び込んできた数字を見て、驚いた。

「日本円建てで三二五億円だと！」

オリンピックの放映権は、IOCからジャパンコンソーシアムが冬季・夏季の二大会ごとに直接購入しており、三二五億円という数字は、ロンドン（夏季）とバンクーバー（冬季）の放映権の価格である。前回のトリノ（冬季）と北京（夏季）の放映権料は一九八億円。なんと「一二七億円」も高騰していたのである。

立花は、一・五倍以上、放映権料が跳ね上がった原因を探った。

〈なるほど……、そういうことか。間に電通が入っているからなんだな〉

ようやく、立花は気づいた。NHK叩きの背後には電通の動きがあった。

〈電通は、NHKの海老沢会長という、いわゆる保守的な牙城を破壊することと、NHKが持っている利益を吸い上げていこうということなんだな〉

立花は、海老沢が失脚してから三年後、海老沢に電話した。

「すみませんでした。僕は、NHKのスキャンダルを背後で電通が操っていたとは気づきませんでした。だから、僕もNHKのスキャンダル情報を、『週刊文春』にガンガン流していました。海老沢会長は、日本を守るためにやってきていたんですね。そして、電通に嵌《は》められたんですね」

そういって謝る立花に、海老沢は返した。

「ああ……、君は今ごろ、わかったのか」

海老沢会長失脚後のNHKからは優秀な人材が消え、今では完全に電通天国となっている。NHK会長も、NHK生え抜きの人材が会長職に就くことはできず、民間からの外部招聘《しょうへい》が三代続いた。立花は、相当、電通の思惑が絡んでいるとみている。

ただし、電通に思わぬアゲインストの風が吹いている。女性社員の過労死問題とネット広告の売り上げ水増し請求問題が、大きく取り上げられた。女性社員の過労死問題では、労働基準局までもが動き、石井直社長が引責辞任するまでになった。これには、立花も驚くしかなかった。

〈電通を叩くようなメディアが出てきたなんて……。そんなこと、今まであったか〉

それまでは、電通のスキャンダルを取り上げたくても、必ず潰されることが当然だった。そのため、取材する側も及び腰になっていた。

〈どうせ、ボツになるのだから、取材する意味なんてないだろう〉

しかし、世の中は変わった。

〈思っていたほど、電通の圧力はないんだな。そうか、変な遠慮はしなくてもいいんだ〉

そのことに、メディアも気づき始めたようである。

天下り的儲け

二〇一七年二月初旬、東京・小金井市で選挙のためのビラ配りをしていた立花に、声をかけてきた人物がいた。

「がんばってください。わたし、TBSのスポーツ部にいたんです」

NHKのスポーツ部とTBSのスポーツ部は、昵懇《じっこん》の間柄だ。

その人物から、興味深い話を聞いた。

「今、NHKにいたSさんが、エキスプレススポーツという会社の社長をしているんですよ」

立花は、驚きのあまり声をあげた。

「えっ！　あのS部長が……」

株式会社エキスプレススポーツとは、一九六一年、大阪で創業した株式会社エキスプレスのスポーツ番組制作部門を分社して、二〇〇七年に設立された日本で唯一のスポーツ専業制作プロダクションである。

エキスプレスは、一九九八年の長野オリンピックで国際映像制作業務に携わるようになり、その後、二〇〇〇年のシドニーオリンピック、二〇〇二年のFIFAワールドカップサッカー日韓大会の映像制作をはじめ、世界柔道選手権、アジア野球選手権、世界スプリントスピードスケート選手権など大規模なスポーツイベントの業務を請け負ってきている。当然、NHKから委託される業務もある。

そのエキスプレスから分社したエキスプレススポーツには、設立の際、電通が主要株主となり、半分ほど出資しているという話がある。そのエキスプレススポーツの社長に就任したのが、Sだった。

Sは、NHKでドキュメンタリー番組の製作やスポーツ放送権交渉・契約業務に従事しており、立花の上司でもあった。ただし、NHK時代から、放送権を交渉する際、あまりにも電通の味方をするため、評判はよくなかった。

海老沢会長時代には、S部長の上司であるO局長が、スポーツの放送権をめぐり、電通が欲しがるコンテンツを潤沢な資金を駆使してNHKが買い取るというような、ある種、電通への嫌がらせが激しくおこなわれていた。そのような状況にあって、唯一、電通と親しくしていたのが、Sだった。

そして、そのSが、エキスプレススポーツの社長に就任していたのである。

立花は、いぶかしく思った。

〈NHKの職員だった人が、直接取引していた会社に天下ってもいいのか?〉

NHKの職員は、公務員ではないとしても、国民からいただいた受信料から給料が支払われている。そんな職員が、まるで天下りのようなことをしていたのだ。公務員には禁止されている行為を堂々とやっていることに驚愕した。

〈今まで、自分が部長として発注していた会社の社長になっていること自体、驚きだ。ありえないことだ〉

Sは、自分がその会社の社長になるとわかっていたはずだ。そうであれば、エキスプレススポーツに対して、多めの支払いをするはずである。ここに、一つの大問題が存在する。

さらに、その会社を設立する際、ＮＨＫの天敵である電通が半分ほど出資したという話である。その会社に、ＮＨＫはいまだ、スポーツの業務を発注しているわけである。ＮＨＫ側としたら、元上司のＳが社長の会社であるために、価格を安く提示できなくなる。ましてや、仕事を断ることなど不可能だ。

ということは、エキスプレススポーツには、ＮＨＫからの支払いで、大きな儲けが出ることになる。その儲けが、結局、大株主である電通に流れる。そういう流れを電通は作ったのである。

第四章

永田町と電通

電通EYEと日本新党

これまで自民党のPRは、一貫して電通が担当してきた。電通イコール自民党である。自民党と連立を組む与党の公明党は、電通の子会社・電通東日本が担当している。

一方、民主党、民進党は博報堂が担当している。

わたしが二〇一一年に『権力奪取とPR戦争』を上梓《じょうし》した際、電通と自民党がいかに一体化しているかを思い知らされた。

小沢一郎の自由党（一九九八年結成）時代のコマーシャルをはじめ、多くの政党のPR業務に関わった脇田直枝は、電通入社後、一九八四年に電通の出資で設立された女性を中心とする広告代理店、電通EYEに専務取締役として参画する。のちに脇田は、電通EYEの代表取締役社長を務めた。

その執筆時に脇田に取材したところによると、脇田が、政党のPR業務に深く関わりはじめたのは、一九九二年の春のことであった。きっかけは、九一年二月に熊本県知事を退任し、政治改革を旗印に新党の結成を模索していた細川護熙《ほそかわもりひろ》と知り合ったことだった。

細川と知り合う直接のきっかけは、脇田の同僚の一人で親しかった新井満《あらいまん》の存在であった。新井は当時電通EYEではなく、電通本社の勤務であった。

九二年四月、細川は、一本の原稿のゲラ刷りを携えて、電通の新井の元を訪ねたという。その原稿は、翌五月に「自由社会連合結党宣言」と題して文藝春秋に発表されるものであった。のちの、日本新党の結党宣言の原型である。

細川は、新井に会い、相談をした。

「じつは、今度の夏の参院選に、新しい政党を結成して挑戦したいと思っている。それで、電通に新党立ち上げに協力してほしいんだ。宣伝やPRなんかで協力してくれないか」

細川は、ゲラ刷りを見せながら新井に新党について熱く語った。

新井も細川の話を聞き、できるかぎり協力したいと思ったようである。だが、電通として細川に協力するには問題があった。電通は、クライアントに政権与党である自民党を抱えている。そのため自民党以外の政党の業務を兼ねることはできない。

新井は、電通本体では難しいが、子会社であれば問題ないだろうと思い、細川にアドバイスした。

「電通本体でやるのは、ちょっと難しいかもしれない。でも、知り合いのやっている電通の子会社の電通EYEって女性中心の広告会社があるから、そこを紹介するよ。電通EYEなら、細川さんの仕事も手伝えると思うから」

細川は、新井の提案に喜んだ。

「ありがとう」

新井は、細川に電通EYEの脇田を紹介し、脇田にも細川の相談に乗るように頼み、電通EYEが細川の新党結成に協力する話は進んでいった。

そのとき、脇田は、電通の本社に呼ばれて、本社の木暮剛平《こぐれごうへい》社長から釘を刺された。

「自民党との関係があるから、余計な事はしないように」

それからわずか一年後に細川護熙が総理大臣になるとは誰も思っていない。

それまで本来、広告会社は政治とは関わらず一定の距離を保ってきていたのである。

しかし、脇田は引き受けたいと思い、日本新党を担当することになった。このことが脇田が斬新な政党のコマーシャルを制作するきっかけになっていく。

新進党や自由党を担当するようになったのは、日本新党時代以来、小池百合子（現・東京都知事）と共にPRを担ってきた関係である。

それまでは、広告会社が政党のプロモーションに深く関わることはなかった。が、その慣習を破るはじめてのものであった。広告会社が主導になり、政党のPRをすることは当時としては画期的だった。長年、政権与党の自民党と深い関係を持つ本社サイドからしてみれば、積極的に推進する案件だとは思わなかったのであろう。

この九二年の参院選では細川を党首とする日本新党は、資金面からテレビのコマーシャルを活用することは断念し、新聞広告とラジオのコマーシャルを活用した。両媒体ともテレビコマーシャルに比べれば、広告料金は安い。

資金難を理由にした苦肉の措置であったが、出来上がった広告は、新聞とラジオの両方とも評判は上々であった。

一九九二年七月二六日、第一六回参議院議員選挙がおこなわれた。

日本新党は、初挑戦ながら比例区で民社党や共産党を上回る三六一万七二四六票を得て、四議席を獲得した。細川、小池百合子、武田邦太郎《たけだくにたろう》、寺沢芳男《てらさわよしお》が当選を果たした。

小池百合子広報委員長

細川は、その後、一年後の一九九三年七月の衆院選に鞍替えし、当選。小池も同様に鞍替え出馬し、旧兵庫県二区から当選する。このときの選挙では、新党ブームが巻き起こり、日本新党は、一挙に三五議席を獲得。非自民七党連立政権のキャスティングボートを握り、細川は総理大臣に就任する。

が、細川政権は、誕生からわずか八カ月あまりで崩壊。その後は、新生党の羽田孜《はたつとむ》党首を首班とする羽田内閣が成立するも、羽田内閣もわずか二カ月あまりで総辞職に追い込まれる。

羽田内閣の総辞職後は、自民党と新党さきがけが社会党の村山富市《むらやまとみいち》委員長を首班に担いで村山内閣が成立。自社さ三党による連立内閣が誕生する。

その一方で野党に転じた日本新党は、細川、羽田両政権でともに与党を担った新生党、公明党、民社党と合流し、新党結成を目指すことになり、一九九四年一〇月に解党が決定された。

脇田たち電通ＥＹＥは、この間も、日本新党の広報活動に関わっていた。戦後の五五年体制の崩壊や、小選挙区制の導入などまさに、日本政治の激動期に立ち会った。

日本新党解党後、電通ＥＹＥでは、政権交代を目指して結成された新進党のＰＲ活動にも協力することになった。

新進党時代にも圧力はあった。脇田の名前が党名選定の選者のひとりとして、小さくチラシに名前が載るだけでも自民党から抗議があった。

自民党の幹部が、圧力をかけてきた。

「電通の子会社が新進党の仕事にも関わっているのは、おかしい」

脇田は、その時、言い切った。

「もしこの仕事から降ろすのだったら、わたしのクビを切ってください」

実際に脇田がクビになることはなかった。なにしろ、何十億円ものカネが動いていたのである。

脇田は、新進党では、様々なPR活動に関わったが、なかでも脇田が、もっとも印象に残っているのは、新進党の結党大会だという。

新進党の結党大会は、一九九四年一二月一〇日、横浜市西区みなとみらいの「パシフィコ横浜」で開催された。東京都心でなく、港町である横浜を開催地に選んだのは、新進党が政界という荒波にスタートする船に見立てての演出であった。

現在、東京都知事として華やかに活躍している小池百合子は、当時、新進党の広報活動委員長としてこの結党大会を脇田らとともにプロデュースした。

この結党大会は、四〇〇〇万円ほどの費用をかけておこなわれた。硬いイメージのある従来の政党主催のイベントとは異なる斬新な大会であった。マスコミにも大きく取り上げ報道された。

大会当日、パシフィコ横浜の五〇〇〇人収容のホールは新進党に参加する国会議員や支持者、来賓、取材するメディアに埋め尽くされていた。会場には、波の効果音が響き、舞台の大型画面に青い海が映し出される。オープニングは、約四〇〇人の交響楽団と合唱団によるベートーベンの交響曲第九番の「歓喜の歌」で始まるものであった。

続いて、同じメロディーの新進党をたたえる歌を党代表に就任する海部《かいふ》俊樹《としき》、幹事長に就任する小沢一郎ら参加した議員全員で合唱した。

司会には、俳優の岡田眞澄《おかだますみ》を起用し、車いすで登場した来賓の元衆院議員加藤《かとう》シヅエ（当時九七歳）が祝辞に立つなど随所に派手な演出が施されていた。

新進党結党の立役者の一人である小沢幹事長は、あいさつで意気込みを語った。

「嵐の太平洋に乗り出した咸臨丸《かんりんまる》の舵をとったジョン万次郎の心境だ。この荒波は守旧派だ」

大会の最後には、「新進党」と書かれた大きな幕が客席を覆うように広げられた華々しい演出が話題を呼んだ。

このアイデアも、小池の発案だったという。この派手な結党大会は、新進党が古い体質の自民党とは異なり、近代化した新しい政党であることを国民にアピールすることが必要だ、という小池の思いが込められていた。

脇田たち電通ＥＹＥは、小池の指示どおりに大会の演出をおこない、新進党の結党大会は、各メディアに華々しく取り上げられた。

新進党ＣＭで躍進

新聞やラジオ媒体のみに限ってコマーシャルを制作した日本新党とは違い、当時、第二党で衆参ともに多くの国会議員を有する新進党は、テレビコマーシャルも積極的に活用した。資金的にも余裕があったのだろう。

また、当時は、政党の広報戦略の発展期でもあった。小選挙区比例代表並立制の導入や、政党助成金制度の確立によって、党中央の権限も強化されたこともあって、政党のPR活動も活発化し始めていた。有権者の投票行動においても、候補者だけでなく政党のイメージが重要視され始めていた。

特定の候補者を選ぶ中選挙区から政党を選択する小選挙区に選挙制度が変化したことは、有権者の投票意識も徐々に変化させていく。

電通EYEでは、新進党の結党以来初の大型の国政選挙となる一九九五年七月の参議院選挙に向けてテレビコマーシャルを作成した。このときのテレビコマーシャルは、二人の子供のいる若い主婦が実家の母親に帰省できない事情を電話で告げる映像で始まる。

「無理よ、お母さん、帰れないって。渋滞するし、高速上がるし。新幹線？　もっと無理。いくらかかると思ってるの」

電話で母に話し続ける主婦の姿と交互に、渋滞する車の群れ、高速の料金所、新幹線から見えるトンネルの映像などが流れる。

「ごめん、来年帰るから……」

と、諦めるような表情の主婦が帰省を断ったところで、新進党の公約である「公共料金凍結」がテロップで流れ、最後にメッセージが流れる。メッセージは、二パターンあった。

一つは、

「根こそぎ変えます、新進党」

もう一つは、

「思いっきり変えます、新進党」

であった。

ラジオコマーシャルは、ラップの軽やかなリズムに乗せた党名連呼で始まる。

「しんしん安心！　しんしん前進！　安心！　前進！　新進党」

最後は、テレビコマーシャルと同じように「根こそぎ変えます、新進党」で締めている。

また、新進党は、海部俊樹、細川護熙、羽田孜の三人を前面に出した「三総理作戦」で政権担当能力をアピールしていた。

与党経験の乏しい革新系の社会党の村山富市総理に対抗して、保守系の総理経験者である三人を前面に打ち出して、いつでも新進党が政権を担える政党だと有権者に訴えるのが狙いだった。

新聞広告では、細川、海部、羽田の三人の顔が並び、上部には「新しい日本をつくります」の文字が入っていた。

この一九九五年の参院選では、新進党は、比例区で自民党を上回る一二五〇万六三二二票を獲得し、一八議席を獲得。選挙区の当選者を合わせて四〇議席を獲得し、躍進を遂げた。

自民党VS新進党CM対決

一九九六年一〇月二〇日、第四一回衆議院議員総選挙がおこなわれた。

この衆院選は、これまでの中選挙区制とは異なる小選挙区比例代表並立制での初めての衆院選であった。

これまでの候補者中心の選挙から政党中心の選挙へと転換する大きなきっかけだった。

そのため、各政党は、イメージアップを図るためにテレビコマーシャルなど積極的な広報活動をおこなった。とりわけ、政権維持を目指す橋本龍太郎《はしもとりゅうたろう》総理率いる与党・自民党と政権獲得を目指す小沢一郎代表の新進党は、活発なPR活動を繰り広げた。

この衆院選で、自民党が宣伝費に使った費用は推定で二〇億円、新進党が宣伝費に使った費用は推定で三〇億円だったという。

脇田ら電通EYEは、この衆院選でも新進党のコマーシャルを作成した。

新進党は、この衆院選に合わせて様々なコマーシャルを作成したが、自民党も党の顔で当時、人気を誇った橋本龍太郎総理を前面に出した広報戦略をおこなった。

新進党が、消費税五パーセントアップ批判などに焦点をあてる一方で、自民党は、子供たちの夢をかなえる「ジャパン・ドリーム」をテーマに掲げた。

自民党は、公示日以降には、橋本総理がみずから竹刀を振った後に、面をはずして汗をぬぐう内容の「剣道編」を放送した。

また、自民党の広報戦略は、選挙戦に突入後はさらに活発化し、対新進党を意識した広報戦略を展開した。

自民党は、笑顔の橋本総理に『政治を、オープンにします』の文字が重なる新聞広告をすでに展開していたが、消費税率の三パーセント据え置きを公約にした新進党に対抗するために、小沢や細川、羽田らが過去に唱えた消費税率を紹介する形式の広告を新聞とテレビコマーシャルで展開した。

一〇月一〇日の朝刊に掲載された新聞広告のコピーは、

「七%細川さん、一〇%小沢さん、一五%羽田さん　新進党は、本当は何%です?」

と、大きく書かれているもので、新進党の消費税に対する考えの曖昧さや、党内の不一致さを指摘、選挙民にアピールするものがあった。

電通ＥＹＥの脇田も、この自民党の新聞広告の出来栄えに感心したという。

テレビコマーシャルでも、具体的な固有名詞は入っていないものの、明らかに新進党の公約を揺さぶる狙いが込められている内容のものを放送した。

ちなみに、自民党でこの広告を主導したのは、当時、党組織広報本部長の地位にあった亀井静香《かめいしずか》だった。亀井は、新進党のコマーシャル『国民しぼり編』や『国民負担編』を見て、消費税批判に対する危機感を覚えたという。

また、自民党では、テレビコマーシャルだけでなく新進党との違いを鮮明にするために、一〇月一二日、新進党対策の第二弾として、過激な政党パンフレット「自由民主党と新進党はここがちがう」を二五〇〇万部も作成し、全国に配布した。

わずか八ページのこのパンフレットには、挑発的な文句が並んだ。

「新進党の危ない外交防衛政策」

「新進党＝創価学会の恐怖」

「恐怖政治がはびこる新進党」

また、小沢とみられる悪人顔の男がムチを持って歩き、火を噴く姿が挿絵には描かれていた。新進党に離党者が相次いでいることについても「党首が、言うことをきかない側近をつぎつぎと遠ざけ、イエスマンだけを側近にはべらす」と表現するなど、徹底的な反小沢キャンペーンも展開していた。

こちらのパンフレットも亀井と、党総務局長を務めていた反創価学会の急先鋒の白川勝彦《しらかわかつひこ》の二人が主導して作成したものだった。

結局、この衆院選では、自民党が二三九議席を獲得し勝利し、選挙前の議席を四議席下回る一五六議席に終わった新進党は、敗れた。

「ボクが永田町できらわれるワケ」CM

その後、新進党は、一九九七年の年末に解党された。小沢や小池百合子は、自由党を結成し、脇田ら電通EYEも、今度は自由党の広報活動に携わることになった。

小池は、この自由党でも広報に関するセンスを買われて広報委員長代理に就任した。

一九九八年七月には、第一八回参議院議員選挙が控えていた。

新進党解党後、自由党に合流しなかった鹿野道彦《かのみちひこ》らが結成した「国民の声」は、解党以前に新進党を離党していた羽田孜率いる太陽党、細川護熙のフロム・ファイブなどと合流し民政党を結党。

のち、一九九八年四月に、民政党や、旧民社党系グループの新党友愛、一九九六年に菅直人《かんなおと》や鳩山由紀夫《はとやまゆきお》が結成した民主党、民主改革連合は、自民党に対抗できる政党を結成するために新民主党を発足する。

夏の参院選を前に、野党各党は、非自民反小沢の視点から再結集をおこなって選挙に臨もうとしていた。

いっぽうで小沢率いる自由党は、新民主党が結成されたために野党第二党に転じていた。

この当時、以前から続く小沢バッシングもあり、政界の空気は、自由党に対して厳しいものがあった。

脇田や小池は、この参院選で自由党と党首の小沢一郎を有権者にどうアピールするか苦心していた。

もちろん、小沢一郎自身の知名度は、一般有権者に対してもかなり高かったが、イメージがよくなかった。コワモテ、剛腕、独裁者などと形容されることが多く、特に選挙戦で当落を左右する女性有権者からの評判が芳しくなかった。当時、自民党の橋本総理が、〝龍サマ〟などと呼ばれ高い人気を誇っていたのとは、対照的であった。

脇田は、考えていた。

〈むしろ、小沢さんのコワモテのイメージを逆手にとって、面白いおじさんってことをアピールした宣伝ができないかしら〉

小池百合子は、この参院選でもセンスを発揮して、小沢をアピールするポスター案のコピーを作った。

『ボク（小沢一郎）が永田町できらわれるワケ

先送りしない　言い訳をしない　決断する　本当のことをいう　愛想がない　官僚を使いこなす　言動一致　おもねらない　言葉が少ない　小鳥が好き　アメリカとわたり合える　怨念に興味がない　数字に強い　それでも、だれがやっても同じだとおもいですか』

小池は、ポスター案を元に、自由党のキャンペーンCMのプランを脇田たちと練った。

従来のイメージとは異なった小沢一郎を有権者に強く印象づけるにはどうしたらよいか検討するなかで、自由党のキャンペーンCM『ボクが永田町できらわれるワケ編』が、完成した。

内容は、小沢一郎が永田町できらわれる理由がナレーションで流されるなか、小沢が、寝起きでボサボサの頭を掻く。

小沢の顔がアップとなり、小沢がニーッと歯を見せて笑う。歯磨きをし、髭《ひげ》を剃《そ》る。そして、ワイシャツに着替えてネクタイを結ぶ。シャキッとしたところで、横に大きく「自由党」のキャッチコピーが映し出される。

最後のシャキッとするシーンでは、小沢自身が両手で自分の頬を叩くということを考えて、そのとおりにした。

小沢自身もこのCMプランに賛同し、いくつかの案のなかからこの案を自分で選択したという。

撮影自体も、面白がりながら臨み、ディレクターの指示に従い、真剣に撮り直しに応じていたという。

独特のユーモアを感じさせる自由党のコマーシャルは、評判を呼び、小沢が顔を叩くコミカルな仕草は、子供の間で真似されたりもしたという。

もともと、コマーシャルの出稿量が自民党とは違うため、個性的なコマーシャルで印象に残る作戦以外になかったが、この作戦は、功を奏した。

自由党は、この参院選で比例区で五二〇万七八一三票を獲得し、五人を当選させ、小選挙区当選の一人と合わせて六議席を獲得した。選挙前、苦戦が予想された状況で十分に健闘したといえる結果であった。

小沢一郎CM撮影舞台裏

この参院選に自民党は大敗し、衆参ねじれが起きる。

小沢率いる自由党は、自自連立に踏み切り、のちには、公明党も参加し、自自公連立政権にまで発展する。が、二〇〇〇年四月一日に自由党は、政権離脱する。このとき、小池百合子や二階俊博《にかいとしひろ》（現・自民党幹事長）など連立政権への残留を希望する議員たちは保守党を結党し、小沢と袂をわかった。

脇田たち電通ＥＹＥは、小沢の秘書で自由党の事務局長の八尋護《やひろまもる》と強い信頼関係があったこともあり、分裂後も自由党のＰＲ業務に関わった。八尋は、脇田たち電通ＥＹＥを信頼し、広告の出稿を他の広告会社に振り分けず、電通ＥＹＥの一社に任せてくれていた。

二〇〇〇年六月二日、森喜朗《もりよしろう》総理は衆議院を解散し、総選挙に突入した。

この選挙に向けて自由党が、五月二〇日から全国で放映したコマーシャルもかなりユニークなものであった。スーツ姿の小沢が、ビルの谷間を歩いていると、突然、何者かに左右の頬を何度も引っぱたかれる。顔をゆがめ、よろけそうになる小沢。それでも足を踏ん張り、「日本一新」と言い切り、何事もなかったように歩き始める。そこに、ナレーションが入る。

「叩かれることを恐れては、未来につながる政策は実現しない」

叩かれても叩かれても、信念を貫くイメージが見事に表現されていた。

小沢は、最初このアイデアを見ていった。

「ちょっと、ふざけていると思われはしないか」

担当者が、太鼓判を押した。

「そんなことはありませんよ。絶対いけますよ」

このとき、現在岩手県知事を務める達増拓也《たつそたくや》は、自由党の広報副委員長としてテレビコマーシャル作りに関与したが、達増によれば、小沢は嫌な顔も見せずに四時間もこの撮影に付き合ったという。

小沢は、最後の編集作業にも立ち会い、入念にチェックをしていたという。

このときの衆院選は、与党から野党に転じたこともあって小沢にとって瀬戸際の選挙戦であった。そのため、広告戦略をかなり重視し、資金を突っ込んでいた。

このコマーシャル戦略の効果もあって、自由党は、比例で六五八万九四九〇票を獲得し、一八議席を獲得、選挙区の四議席を合わせて二二議席を獲得し、選挙前から四議席増の結果を勝ち得た。

この衆院選後、森内閣は、森の失言癖や加藤の乱などの影響もあり支持率の低迷にあえいで、翌二〇〇一年四月には、小泉純一郎内閣が誕生した。

その年七月には、第一九回参議院議員選挙がおこなわれた。

総裁選以降、小泉旋風が巻き起こり、自民党の優勢が伝えられていたが、この選挙でも、小沢率いる自由党と電通ＥＹＥは、個性的なテレビコマーシャルを作った。

二〇〇〇年の衆院選のコマーシャルでは、誰かに引っぱたかれた小沢だったが今回のコマーシャルでは、ロボット相手に格闘することになった。

このコマーシャルの内容は、吹き荒れる荒野を小沢がただ一人歩いているところから始まる。

小沢の歩く姿にナレーションが入る。

「前に進むことをやめてはいけない。たとえ、どんな障害があろうとも」

歩く小沢の前に胸に旧体制と書いてあるロボットが立ちふさがる。

ロボットに正面からぶつかっていき、格闘する小沢。首を絞められそうにすらなり、苦しそうな表情まで浮かべている。

ナレーションが続く。

「自由党の主張は、一貫しています」

ロボットの胸のあたりを目がけて、走り出す小沢。重なるようにテロップが表示される。

「信念と理想で実行する。」

最終的に、小沢は、ロボットの胸部に両手を突き出し突撃し、見事、突き破る。

後ろでロボットが爆発するなか、強い表情で「日本一新」と言い切って歩く小沢の姿を映し、「具体策があります。自由党」のテロップが入り、コマーシャルは終わる。

このコマーシャルも、かなり個性的で強い印象に残るものであった。評判も上々であった。

この参院選では、小泉ブームもあり、自由党は、比例区で四二二万七一四八票で四議席を獲得。選挙区での二議席と合わせて合計六議席に終わった。

その後、自由党は二〇〇三年九月に民主党と合流した。

電通EYEは、二〇〇五年七月に脇田が定年で退社するのと同時に解散し、同じ電通の子会社である電通東日本と合併した。

第五章

オリンピック利権

スポーツはカネになる

プロモーターの康芳夫《こうよしお》は、テレビ朝日の三浦甲子二《みうらきねじ》専務（故人）と親しい関係にあった。三浦の女性関係の処理をおこなったこともあったほどだ。そうした縁もあり、一九八四年のロサンゼルスオリンピックの際には、康サイドから三浦に話を持ちかけ、ロスオリンピック独占放映権獲得のために動いた。

電通側は最初、民放が協力し合い、独占放映権を獲ることについて不満はなく、テレビ朝日が独占することも仕方がないと考えていたようだった。しかし、民放連合はテレ朝が単独で放映権獲得を狙っているということを知り、電通と組んで抵抗姿勢を見せてきた。

その段階で、すでに康とロス五輪組織委員長のピーター・ユベロスとの間では交渉が進んでいた。もともと、康はユベロスの顧問弁護士であるロバート・アラムと古くからの知り合いだったのだ。

アラムは、ボクシング元ヘビー級世界王者モハメド・アリやケネディ一家の顧問弁護士としても有名でアメリカのボクシング業界ではその名を知らぬ者はいないような人物である。アリの徴兵拒否に絡む裁判で勝利したことでも国際的に広く知られている。アリの日本での興行を契機として、康芳夫の顧問弁護士でもある。

そのアラムが、ユベロスと懇意であり、その縁から康は、ユベロスと協議を行うチャンスを得たのだ。

結果として、康はユベロスから、仮の承諾を得た。

「契約してもいい」

しかし、三浦は康にこう聞いてきた。

「電通とＮＨＫの島桂次《しまけいじ》（当時のＮＨＫ会長）を、出し抜けるか？」

夜中に、出し抜いて契約をしようという話になった。

しかし、その動きを電通に察知されてしまった。

その頃、電通でロサンゼルスオリンピック関連の仕事を担当していたのは服部庸一《はっとりよういち》だ。当時の電通東京本社連絡総務次長兼プランニング室長である。服部は、ＮＨＫと手を組み、裏から工作をしかけてきた。

その結果、三浦と康は手を引かざるを得ない状況となる。

三浦は、電通と民放連合に屈することになってしまった。

康も、三浦からの要請を受けて、ロス五輪組織委員長と交渉をしていた身だったので、三浦が引くというなら諦めるしかなかった。

康は、三浦にこういった。

「空手で帰るのか」

すると、三浦は相当な金額を康に手渡してきた。具体的な金額は明らかにできないが、康が納得できる額だった。康は、この件に関して金銭面での不満はない。が、親しい三浦になんとしてもロス五輪放映権の契約を結ばせたかった。そういう意味では今も残念に思っている。電通とＮＨＫと民放連が手を組むと対抗手段はなかった。

電通の元会長・成田豊（故人）は、東大野球部の補欠選手だった。東大法学部を卒業している成田だが、一時期、体調を崩し、東芝や八幡製鉄所などの就職試験に落ちた。東大法学部を出て電通に入社することは珍しい時代だったが、成田は電通を選ぶ。

東大卒業者が、就職先として電通を選び始めたのは、成田の時代からだ。

当時、成田はこれほどの超高度情報社会の時代が到来することなど予想すらせず、電通に入ったはずだ。就職活動に失敗して電通に入社したため、成田は常にコンプレックスを抱えていた、と康は見る。そのコンプレックスが、康と三浦のロスオリンピック独占放映権獲得を阻止する方向へ動いたのではないかと考えている。

成田は、あまりスポーツ利権に詳しくなかった。成田は、部下である間宮聰夫（当時のスポーツ副部長、後に順天堂大学教授、故人）や、服部にオリンピック利権を含めて、スポーツ関係の事業を託した。

成田も服部、間宮も、スポーツがカネになるということを読み取っていたのだ。

オリンピック関係の人脈は、特殊な世界だからそう簡単に割り込むことはできない。だからこそ、服部や間宮が暗躍できた。

服部は、飛行機に乗るときは、常にファーストクラスを利用し世界中を飛び回り、好き勝手をしながら生きていた。

東京12チャンネル・テレビ東京開設時の担当者が間宮だった。康がモハメド・アリを呼んだ際の担当者も間宮だった。康は、すべてのリスクを負ってアリを呼んだにもかかわらず、「電通」を「カサ」にきて、態度があまりにも尊大であったため、間宮を脅すと、間宮は怯えた表情を見せたことすらあるという。

二〇二〇年東京五輪招致疑惑の渦中にある高橋治之元専務は、当時、間宮の下にまるで金魚の糞のようについていたという。そしていつしか、電通のその部門を牛耳るようになっていく。

康は、『週刊文春』（二〇一六年六月二三日号）などで報じられている二〇二〇年東京オリンピックの招致を巡る疑惑で、フランス検察当局から、電通顧問で東京オリンピック・パラリンピック組織委員会理事の高橋治之の逮捕状請求が来ていると見ている。

バブルの申し子、高橋兄弟

高橋治之は、一九四四年四月六日生まれ。現在七二歳だ。慶應大学法学部を卒業したあと、一九六七年（昭和四二年）四月、電通に入社した。入社後は、東京本社のISL事業局長、総本社プロジェクト21室長、国際本部海外プロジェクト・メディア局長を経て、常務執行役員、上席常務執行役員、常務取締役、専務取締役と出世し、二〇〇九年六月、電通顧問に就任している。

高橋は、サッカーワールドカップとFIFAを支える巨額のテレビ放送権料の取引の最前線に、三〇年以上も立ち続けている。スポーツビジネス界の超大物だ。

この不正疑惑は、世界反ドーピング機関の第三者委員会が国際陸上競技連盟のラミン・ディアク前会長らによる汚職を調査した過程で浮上した。招致を巡り東京側から多額の資金が、当時国際オリンピック委員会（IOC）委員だったディアク側に渡ったとされた。

フランス検察当局は、二〇一三年にディアクの息子とつながりのあるシンガポールのコンサルタント会社の「ブラック・タイディングズ」の銀行口座に日本の銀行から計二八〇万シンガポールドル（約二億二〇〇〇万円）の送金があったと指摘した。その一部がディアク側に流れた疑惑が浮上した。この裏で高橋が動いたと見られている。

が、日本オリンピック委員会（ＪＯＣ）の竹田恒和《たけだつねかず》会長は、あくまで業務契約に基づく正当な支払いとしていた。

しかし、この疑惑には証拠がない。康は、たとえ逮捕状請求が来ていたとしても、日本当局は絶対に発表しないだろうという。もちろん、無条件で高橋を引き渡すはずはない。仮に引き渡すことになったとしても、日本側で審査をしてからとなるはずだ。とすると、高橋が拒否することもできる。拒否した場合は、フランス検察当局から発表される可能性がある。政治的な折衝で伏せてくれと言われれば、伏せておくだろうが、いずれ高橋に対しての逮捕状が出たのかどうかは明るみに出るだろう。

今もし、高橋に対して逮捕請求が出て、日本政府がそれに応じた場合、その時点で東京オリンピックは崩壊してしまう。だから、日本政府は絶対に高橋を引き渡さないはずである。オリンピック委員会の中で、高橋はそれほど力を持っているということなのだ。

東京オリンピック・パラリンピック組織委員会会長の森喜朗元総理も、ＪＯＣの竹田恒和会長も、国際的なスポーツビジネスの駆け引きの手腕は、所詮素人。

高橋は、電通の本社内でフレンチレストランも経営しており、お金には一切困らない。ただ、どこの媒体も、なぜ高橋のことをさらに突っ込んで書かないのか、康には理解ができない。東京五輪招致を巡る疑惑の発信源は、英紙「ガーディアン」（二〇一六年五月一一日付）だった。

高橋は、とにかくプロだった。人間関係で、オリンピック利権は動く。服部、高橋の世代まではおいしい思いをしてきたはずだ。

康は高橋とは親しかったが、最近は高橋の側が康を恐れて近づこうとしないという。

「バブルの申し子」といわれる高橋の弟・治則《はるのり》は、一九六八年に慶應大学法学部を卒業したのち、日本航空に入社した。

その後、在職中の一九七二年に、のちのイ・アイ・イ・インターナショナルとなる「国洋開発」を設立した。が、バブル経済の崩壊とともに、イ・アイ・イ・インターナショナルの資金繰りが悪化。イ・アイ・イ・インターナショナルは、当時のメインバンクであった日本長期信用銀行（長銀）の管理下に入り、長銀主導の下で債務の整理をおこなった。

一九九四年に高橋が理事長であった東京協和信用組合が破綻し、九五年六月二七日に背任容疑で東京地検特捜部に逮捕される。九九年一〇月、東京地方裁判所より懲役四年六月の実刑判決を受ける。が、東京高等裁判所に控訴し、二〇〇三年六月、東京高裁より懲役三年六月の実刑判決を受け、最高裁判所に上告した。

最高裁の判決を待っていた最中、二〇〇五年七月一八日、くも膜下出血により死去した。

二〇一七年二月八日、二〇二〇年東京オリンピック・パラリンピック招致を巡る資金提供問題で、JOCの竹田恒和会長は、東京地検特捜部から任意で事情聴取を受けたことを認めたうえで、改めて違法性を否定した。

竹田会長が理事長だった当時の招致委員会（すでに解散）は、二〇一三年秋の招致決定前後、海外のコンサルタント会社に約二億二二〇〇万円を支払った。

JOCの調査チームは二〇一六年九月、この送金に違法性はないと結論づけており、竹田会長は、正当な支払いだと主張した。

「国会や記者会見で話した通り。新しい質問は一つもなく、それ以上のことは一つもない」

今回の聴取は、フランス検察当局の要請に基づいておこなわれた。

フランス検察当局は、この資金がＩＯＣ委員だった有力者側に流れ、招致のための集票に使われた可能性があるとみて調べている。

また、フランス検察は、この日、この問題でＩＯＣ委員や国際陸連会長を歴任したラミン・ディアクをパリで一月末に事情聴取したことを明らかにした。

フランス当局が主導する捜査は各国で続くが、ラミンの息子で、問題となったコンサルの経営者と親交が深いパパマッサタ・ディアクは事情を聴けない状態が続いている。ドーピング隠し疑惑の関連で国際手配され、母国のセネガルに逃れているからだという。

第六章

「鬼十則」と電通

新しい社是を打ち出すのか

今回の高橋まつりさん過労自殺事件後、メディアは、かつて「広告の鬼」と呼ばれ、電通の礎をつくった吉田秀雄社長が一九五一年に定めた「鬼十則」を過労死が起きる社風の原因として、激しく批判している。この「鬼十則」は、長らく社員手帳にも掲載されていた。電通の社員にとっては最も大事な言葉であった。が、今回の事件を受けて、電通は、二〇一七年からは社員手帳への掲載を取り止めた。

メディアからは過労死の原因のように取り上げられ批判されているこの「鬼十則」だが、その内容はどの業界にも通じる、仕事人としての精神論である。

電通グループの役員ＯＢであるＡ氏は思う。

〈全文を読めば、そこまで批判されるような内容ではない……〉

自身の精神訓話として局長室に墨で書かれた「鬼十則」額を掲げている局もあった。他の企業までもこの額を模したりするほど有名な十則である。

Ａ氏は、理念としての「鬼十則」は批判されるほどのものではないと言う。

電通の株主総会ではこの質問が出るだろう。

「鬼十則を外すなら、それに代わる新しい理念を打ち出すのか」

やはり、社是や理念は、会社にとって背骨であり、骨格のようなものである。それが存在しないというのはおかしい。また、これまでの社是を外すのなら、新しいテーマを掲げるべきである。

メディアも、「鬼十則」を槍玉にしている。だが、そもそも「鬼十則」が制定された背景は、電通という会社の成り立ちに関係している。電通は、第二次世界大戦後、社長に就任した吉田秀雄が満州鉄道をはじめ、大陸から引き揚げてきた人材を積極的に採用した。日本経済復興を目指して広告業という新しいビジネスを立ち上げるためにスクラムを組むその意思を共有するものであった。

今回の事件があり、社内には、それまでのように業務に取り組めないため、雰囲気が暗くなり、厭戦ムードが蔓延《まんえん》してしまっている。しかし、メディアに対して、面と向かって反論することもできない。今はただ不祥事をおこした会社として頭を下げることしかできない。

OBが顔を合わせると、「鬼十則」を外したことについて、みな批判の声をあげる。

A氏によると、会えば、経営陣は何をしていたのか、とみなが怒りを口にするという。

電通は、いわば企画サービスの総合商社のような会社だ。営業もいれば、マーケティング部門もあり、広告制作をするクリエイティブ部門、イベント関連部門、それらの事務処理など様々なスペシャリスト達が集まる巨大企業である。製造業のように九時から五時と時間を決めて機械のように止めることはできない。クライアントの要望にいつ何時《なんどき》も対応できるようにしなくてはいけないからだ。でなければ、仕事は他の会社に移ってしまう。常に競争があるのだ。

広告代理店というのは、総合サービス業の塊だと言えよう。アイデアの開発に休みはない。頭の中は、二四時間営業である。そして、これまではそれが電通の社風であった。

今回の事件の責任をとり辞任した石井直前社長は、東京都生まれで、一九七三年に上智大学外国語学部イスパニア語学科を卒業後、電通へ入社した。ソニーなどを担当する第一九営業局長などを経て、二〇〇二年六月に常務執行役員国際本部副本部長、二〇〇六年六月に常務取締役アカウント・プランニング統括本部長、二〇〇九年四月に取締役専務執行役員を経て、二〇一一年四月一日より第一二代電通代表取締役社長となった。

電通においては、営業畑からの初の同社社長であった。

A氏によると、石井前社長は、営業畑一筋。これまでテレビや新聞などの媒体との付き合いはほとんどなかったという。かつての社長たちは、みんな媒体担当あがりであった。そのため、広告を出稿する新聞やテレビなどのメディアに顔が利いた。

石井が社長に就任した際には、営業部出身の初めての社長ということで、社内の若手は拍手喝采だった。かつてのように新聞、雑誌などのプリント媒体を中心とする時代ではなく、広告業界も変容している。これからは、営業力を中心にするのだという空気が電通の社内にもあった。営業出身の石井社長の起用は、そうした空気を反映する結果でもあった。

しかし、マスメディアに対して顔が利かないと不利な点もあったのではないか。

今回の事件についても、報道を抑えることは難しくても、もう少しメディア対策をし、トーンを抑えることはできたかもしれない。

東大閥とコネ入社枠

亡くなった高橋まつりさんは、インターネットの広告を担当する部署にいた。ネット広告は、これまでの媒体と異なり、かなり仕事量も多く、作業も多い。ネット広告の部門は、これまでの電通にはない仕事を担っていた。そして、ここ十数年で急速に出稿量が増えた部門でもある。

電通では、社外の企業からインターネット広告に精通する人材をスカウトし、採用している。高橋まつりさんの上司も、電通の生え抜きではなく、他社からインターネット広告の経験を買われて入社した人物だったという。そのため、これまでのようなマインドを受け継いでいなかったのかもしれない。

インターネットの普及により、広告業界もかなり変容している。

また、テレビの視聴率の低下、ラジオの聴取率の低下、新聞や雑誌の部数の減少と、今までのマスコミ四媒体のシェアも減少している。

今後、電通の働き方はどのように変容していくのか。A氏は、国会でも様々な労働形態が論議されており、若い社員の間では良い方向にむかえることを歓迎しているという。広告会社にとって重要なのは、やはり社員の知力と体力である。そのため、運動部出身の学生を歓迎する傾向がある。

東京大学の野球部出身者もけっこう多い。役員にも、かつては東京大学出身者が多かった。が、最近では私立出身の役員も増えている。歴代の社長も、吉田秀雄以降、東京大学出身者が圧倒的に多かった。

吉田に続く日比野恒次《ひびのつねじ》、中畑義愛《なかはたよしちか》、田丸秀治《たまるひではる》、木暮剛平、成田豊、俣木盾夫《またきたてお》、高嶋達佳《たかしまたつよし》、石井直のなかでは、中畑が法政大学、俣木が立教大学、高嶋が慶應義塾大学、石井が上智大学出身だが、それ以外はみな東京大学出身者である。やはり東京大学の出身者は官界やマスメディア、政治家など様々な重要ポストについているので、多くの情報を共有したりするうえでは、大学が同じであることは非常に有利である。

また、電通には有名人の子息や企業経営者の子息も多い。彼らのなかには、トラブルを起こすような社員もいる。だが、その一方で、成績も優秀で社交性のある若者も多い。仮に生涯給与が一人三億円だとしても、何百億円もの広告予算がある企業の関係者であれば、悪い計算ではない。経済効率を考えれば、有力者の子弟を入社させるのは営業活動としてもメリットがあるのだ。それゆえ電通社内にはコネ入社の枠もあるようだ。

また、有力な政治家の推薦状は効力を持っているという。

ちなみに、安倍総理の妻である昭恵《あきえ》夫人も、松崎昭雄《まつざきあきお》森永製菓元社長の娘であり、聖心女子専門学校卒業後に、電通に入社し、安倍総理と結婚するまで働いている。

さらに、広告業界一位の電通と二位の博報堂、その違いはどこにあるのか。

電通と博報堂、社員の気風はどう違うだろうか。

A氏によると、電通よりも博報堂の方がクリエイティブな気風があるようだ。

今回の事件を受けて、電通の仕事はどうなるだろうか。そして、電通がプロモーションを担当している二〇二〇年の東京オリンピックにはどのような影響を与えるだろうか。

A氏によると、東京オリンピック関連の仕事が博報堂に移ることは少ないという。

その電通で、ワールドカップなどの大型のスポーツ案件を手掛けるのが、先にも触れた電通顧問で、東京オリンピック・パラリンピック組織委員会理事の高橋治之だ。様々な噂のある高橋だが、A氏は、彼の力を非常に評価している。かつて、A氏は、高橋にアメリカの高級宝飾ブランドの仕事を紹介してもらった経緯でアメリカの上流社会に知人が多いことを垣間見た。

長年スポーツビジネスの世界に関わっている高橋は、世界中にコネクションを持っているという。

電通の厳しい箝口令と処罰——そのDNAは何処へ行く

電通の新入社員高橋まつりさんの過労死による自殺事件が明らかになってから、メディアは、このニュースで一色になった。

電通関係者X氏は、それに対する電通社内の反応について明かす。

「今回の事件に関する取材については、事実上の箝口令《かんこうれい》が電通社内では敷かれています。メディアからの取材には、基本的には答えないようにというお達しが出ています。もしメディアから何か聞かれたら、すぐに上司を通じて総務部、広報部に伝えるように、と言われています」

「それともう一つ、汐留の本社周辺の新橋あたりであまり飲まないようにというお達しも出ています。もし飲むときは、電通の社員であるとわからないように、バッジは外すようにと言われています」

事件後、電通の社員がテレビ局のマイクを向けられて、社内の様子についてコメントしたことがあった。その社員は、その後、処罰の対象となったらしい。

そうした対応からも、今回の事件後、電通がナーバスな雰囲気になっていることがわかる。

今回の事件に対する電通経営陣のリスクマネジメントについても、社内からは批判的な声が上がっていたという。

「普通は、すぐに記者会見を開いて社長が謝罪すべきなのに、今回はそれが遅かった。普段、取引先の企業に対しては、そういう指導をしている立場なのに。本来なら、亡くなった新入社員の遺族のもとに社長が出向いてお線香をあげてくるべき。そういう社会的常識がないトップだったのが、まずかったですね」

辞任した石井直社長について語る。

「石井社長は、営業の叩き上げだから、バリバリの体育会気質。だから、本来ならあまり人の上に立ってはいけないタイプなんです」


電通の礎をつくった吉田秀雄元社長が定めた「鬼十則」も、これまでは手帳に記載されていた。が、二〇一七年版からは、削除されることになった。今回の事件を機に、電通は、長年社訓のように大事に掲げていた「鬼十則」を手放したのであった。

今でこそ、超一流企業の一つに数えられる電通だが、昭和二〇年代や三〇年代まで、まだ広告業界のイメージは悪かった。そのあたりの事情について、X氏は語る。

「昔は、『広告と犬お断り』なんて玄関脇に貼ってあった時代もありました。そのくらい広告業というのは、虚業のイメージがあったんです。だから電通も、そのように胡散臭く見られていたわけです。戦後、電通を率いた吉田（秀雄）社長は、戦争から戻ってきた海軍や陸軍の将校たちとか食い詰めた人たちばかりを採用していました。広告業界なんて、大学出のエリートが進んで選ぶような業界じゃなかったわけです。そういうエリートは、やっぱり銀行とか鉄鋼会社とかに就職していました。それと、学生運動にのめりこんでしまったため、有望な就職先がない学生もよく受け入れたそうです。かつては、東京大学でセゾングループ代表の堤清二《つつみせいじ》さんたちと一緒に学生運動をしていた人なんかもいましたよ。だから電通の強みは、学生運動崩れの左翼と元軍人の右翼、その両方がいることだなんて言っている人もいたくらいです」

事件後、電通社内の灯りは、午後一〇時を過ぎるとすべて消えているという。

「もう、九時四五分くらいになると、追い出しがかかります。管理職は交代で、誰が何時までいるとか、退社のチェックをやっているそうですよ。この前聞いた話だと、広告制作などのクリエイティブ部門で、完全に午前九時から午後五時半までの勤務時間にしようという動きがあるそうです」

こうした対応により、これまでのイケイケの電通の社風もかなり変化を遂げるかもしれないという。

「昔の電通の気風は、会社の机に座っていたら怒られるというか、そんな時間があったら、流行っている本を読んだり、映画を見たりして、クリエイティビティを養え、なんて言われていました。やっぱり、マスメディアの人といつでも話ができるようにしなくてはいけませんから。ですが、今はそういう社風はないですね。良くも悪くも、サラリーマン化が進んでしまっています」

社員たちの管理も厳しくなってきているという。

「例えば、行動予定でも、得意先などに直接行く場合は事前に申請手続きをしろとか、どの得意先、作業に何時間かかったか、PCに記録させるなど、細かい行動記録を全部残して、報告するように締めつけているようです。これまでもありましたが、事件後、『長時間労働をさせないために』という一見気遣っているような名目で、かえって社員の行動を厳しく管理する雰囲気は強まりましたね」

社内の労働環境の変化に対して、社内からはどのような声が上がっているのだろうか。

「残業を厳しく規制することによって、結果的に仕事がやりにくい環境づくりになっているところがあるという意見はけっこうありますね。時間通りにやっていたら、クライアントの要望に細かく対応するのは難しくなりますからね」

電通は、創業から百周年にあたる二〇〇一年に東京証券取引所第一部に上場している。

そもそも、この上場が間違いだったと指摘する。

「電通は日本という特殊な市場のなかで、寡占化《かせん》することで巨大になった企業。別に海外の広告業界で成功したわけではありません。世界で考えたら、片田舎の企業なんです。それがいっちょ前にグローバル化なんて言いだして、上場したのが間違いだったんです」

電通といえば、有力企業や有名人の子息が多いことでも評判だ。そのあたりの事情について語る。

「電通に限らず、付き合いのあるクライアントの子息や関係者の就職はどこでもやっています。一〇〇人いたら、そのうちの二割の優秀な社員が頑張れば、会社は成り立ちますから。今は昔に比べたら、厳しいかもしれませんが、それでもコネ入社の枠はいっぱいありますね」

その一方で、電通は数々のスキャンダルに見舞われてきた。有名人の子息によるスキャンダルは事欠かない。一九九五年には、当時衆議院議員だった中西啓介《なかにしけいすけ》の息子が、同期入社の社員と大麻所持の現行犯で逮捕されている。その翌年には、当時の三好正也《みよしまさや》経団連事務総長の息子が大麻取締法違反で逮捕されている。

電通は、主に自民党のPRをずっと担当している。一方、博報堂は、民進党を担当している。その両社の違いについて電通関係者X氏は語る。

「クオリティの差はないと思います。クリエイティブな部門では、博報堂の方が全然上で、ダサいコマーシャルはだいたい電通だと言われています」

亡くなった高橋まつりさんは、インターネット広告を扱う部署にいた。

「インターネットの広告は、何が正解かがわからないからこれまでのテレビや新聞、雑誌なんかに比べると、難しい部分も多い。大きな代理店が手掛ければ効果的かといえば、そうでもない。インターネット専門の小さい代理店に頼んだ方がうまくいく場合もある。インターネット広告に長けたプランナーや達人がいるような会社、個人経営でもいいからそういう専門家に頼んだ方が良いともいわれています」

かつては、大手スポンサー絡みのスキャンダルが暴かれそうになった場合、電通がそのコネクションを活かして、テレビや新聞、雑誌などのメディアを抑えることができた。

しかし、今は、インターネットの普及もあり、情報を伏せるのは難しい。

「AとかBとかそういうふうに名前を伏せても、すぐにネットに実名をさらされてしまいます。内部告発も増えましたし、何かトラブルが起きて、それを電通の力で抑えるなんてことはもう難しいですね。マスメディアが勝手にスポンサーの顔色をうかがって、自制する方が多いくらいですよ。スキャンダルが起きると、正直に話した方が収まる場合もありますし、電通という会社で抑えるというよりも、人と人とのつながりで抑える場合の方が多いわけです。やっぱり、媒体とのコネクションがあるわけですから。だから、組織力というよりも、個人の人脈が何よりも重要です」

今後の電通は、衰退するのだろうか。それともどのような企業になるのだろうか。予測を語る。

「今回の事件の影響は、じわじわくるのでは、と社内では言われています。管理体制が厳しくなり、自由な気風もなくなり、九時半五時半のサラリーマンのような会社になったら、エネルギーはないでしょう。みんな萎縮しちゃっています。このままいくと、クリエイティビティやモチベーションが失われて、これまでの電通らしさというか、気風がなくなり、普通の会社になってしまうという危機感を持っている人は多いです。上場を廃止して、昔の自由な気風で、メディアとともに、一緒になって盛り上げていく、メディアとクライアントをつなげていくという気概を示す会社になればいいんですけど、しばらくは難しいでしょうね」

電通を辞めていく社員も、近年では増えているという。

「最近では、本当にやる気のある人は結構辞めているんじゃないかなと思います。昔みたいに、電通でずっと定年まででっていう人は、かなり減っています。仕事にやりがいを求める若い人にかぎって、けっこう辞めています。このまま九時半五時半の会社になったら、自分の力が発揮できないと思って辞めていく人は増えるかもしれません」

最近、次のような話を耳にしたという。

「電通では、これまで何度か早期退職者を募っています。しかし、一〇〇人募っても、四、五〇人止まりでした。ところが、トヨタの水増し事件以後募った時は、募った人数を超える応募者がありました」

実際、これまでも能力のある人は早く辞めている。

電通OBやOGには、様々な分野で活躍している人材がいる。写真家の荒木経惟《あらきのぶよし》、作家の新井満、藤原伊織《ふじわらいおり》、伊集院静《いじゅういんしずか》、マルチクリエーターの大宮エリー、ミュージシャンのケン・イシイ、漫画原作者の雁屋哲《かりやてつ》らがそうである。

電通マンが次のようにこぼしていたという。

「われわれは、スポンサーのゴルフ大会や忘年会などのイベントの催し物に酒などの手みやげを持ってこまめに出席していた。しかし、トヨタのネット広告の過剰請求をしていた事件以来、上の方からスポンサーのイベントには出席しないようにと通達があり、止めています。焼酎などの商品だけを届けて、われわれは出席しないようにしています」

経済産業省から文部科学省管轄のスポーツ庁に出向しているS氏が語る。

「これまで、電通にスポーツ関係の仕事はすべて任せていましたが、今回、東京オリンピックとFIFA汚職に電通が絡んでいることが発覚し、われわれもこれまでのようなスタンスを変えようと考えるようになりました。東京オリンピックまでは電通とやりますが、それ以後は電通離れもありえます」

電通は、得意分野においても変化が起きざるを得ないということか……。

第七章

「鬼十則」を捨てた電通に未来はあるか

二番手以下など意味がない

衆議院議員の伊藤忠彦《いとうただひこ》は、一九八八年に電通に入社した。

電通を選んだのには、伊藤なりの理由があった。

〈将来、政治家としてやっていくためには、どうしたらいいだろうか？〉

政治家へつながる道を模索していたとき、最初に浮かんだのは新聞記者だった。が、肝心な志望動機がまったく浮かんでこない。

〈これはダメだな……〉

新聞記者を選択肢から外し、一から考え直した。

〈わたしの父親は銀行マンだ。東海銀行の副頭取という父親なりの立場をつくって仕事をしている。政治は大勢の人たちの影響力が必要になってくるが、この父にして及ぶことのできない権力というのは、いったい何だろうか？〉

考え抜いた結果、一番重大なものはマスコミだと判断した。

そして、幅広いマスコミの世界の中で、もう一歩突き詰めて考えたところ、広告宣伝の会社しかないとのゴールにたどり着いた。

伊藤が政治家として歩んでいく上で、電通は「伝える」ということについて学ぶべき場所として最高の道場だった。

〈どうせ行くなら、ナンバーワンの道場に行かなきゃな。二番手以下なんて意味などない。一番こそ最高

なんだ〉

二番手の博報堂のことなど、まったく眼中になかった。

一九八七年、電通は、新企業スローガンをコミュニケーションズ・エクセレンスと表現し、新しい電通の社章（ロゴ）に、こう書いた。

「コミュニケーションズ・エクセレンス・デンツー（Communications Excellence Dentsu＝CED）」

この社章を見た伊藤は、確信した。

〈政治も同様だ。この会社を受ける。絶対に、ここしかない。電通しかない！〉

伊藤が電通を受験する際、『小説電通』を参考に読んだことがあった。当時は、電通受験者にとっては、必読の書であったという。

伊藤は、『小説電通』を読み、電通のことを嫌な会社だと思ったりすることはなかった。むしろ、無の中から有をつくり出すという広告業界の仕事内容にむしろ興味を強く抱いた。そこにやりがいさえ感じた。

伊藤にとってみれば、広告業界の仕事は、政治と共通点があるという。

その共通点は、二つ。クリエイティビティとコミュニケーション能力だ。

決められた仕事をこなすのであれば、官僚だけでいい。しかし、政治家は違う。

従来のルールにとらわれず、国民にとって何が必要かを考え、その時代時代に合わせた新しい法律や仕組みを創造しなければいけない。政治家には、有権者と接し、その思いを汲《く》みとるコミュニケーション能力と、そこから政策をつくりだすクリエイティビティの二つが必要なのだ。

伊藤は、広告代理店ナンバーワンの電通の入社試験しか受けなかった。

そして、面接の際、生意気にも、あえて申し出た。

「わたし自身は、将来、政治家になりたいと考えております」

面接官は、さすがに驚いたような顔をしていた。

〈なんだ、こいつ？〉

実にハラハラドキドキの面接試験だったが、「絶対に通りたい！」という意志が通じたのか、なんとか内定を取った。

電通から内定が出た背景には、父親が当時、東海銀行副頭取ということも影響していたであろう。ただし、経歴書に父親の仕事を記載することもなければ、面接でたずねられたこともない。が、何らかの形で、電通側が調査をしていたはずである。

黒枠広告獲得に奔走

伊藤は、最初の配属先に地元・愛知を希望した。数年後に選挙へ出馬することを見越してのものだ。

〈本社の東京にいても意味がない。愛知に戻って、毎日歩いていれば、そのまま選挙のためになる〉

果たして、伊藤は名古屋電通に配属された。

伊藤は、新聞局に配属され、中日新聞社を担当することになった。

そこで伊藤が最初に担当したのは、いわゆる黒枠広告、死亡や葬儀の通知広告である。

その営業は精神的にきついものであった。誰かが亡くなったという情報が入ると、上司に「お前、行ってこい」と言われ、遺族の元に足を運び、営業をするのだ。

「訃報の広告をお出しになられると伺って来ました」

そう挨拶をし、どのような内容の広告を出すのかの詳細を詰めていく。しかも、黒枠広告は出稿料が他の広告に比べて高い。値段交渉をされた場合も、「まけられません」と言わなければいけない。

最初は、「なんでこんな仕事をしなければいけないんだ」と思うばかりであった。

だが、今振り返ってみれば、それこそが新聞広告の原点だったのだ、とも思う。

一九八九年五月二日、民社党の衆議院議員でかつて委員長も務めていた春日一幸《かすがいっこう》が亡くなった。

春日の選挙区は、中選挙区時代の愛知県第一区。中日新聞社の本社がある名古屋市が地盤である。

このときも、伊藤は、春日の黒枠広告をとるための営業に奔走していた。亡くなる前から、春日が入院している病院を調べ、いざという日に備えるように会社から指示されていた。

そして、ある日、春日の死去を伝えるニュースのテロップを見るや、すぐに春日の自宅に向かった。

伊藤が春日の遺体が運び込まれた自宅に着いてみると、「あなたが最初の方です」と言われた。

伊藤は思った。

〈自分が一番最初かあ。よし、とれるかもしれない〉

そう思い、期待したものの、結局、春日の所属する民社党と関連がある労働組合と付き合いのある代理店が担当することになり、仕事はとれなかった。しかし、この時、伊藤はこのことを理解できた。人にはそれぞれこれまでの人生で得た様々な貸借があるのだから、と。

黒枠広告は、その文字量と段数で料金が決まる。一段より二段、二段より三段の方がもちろん高い。もし全段にでもなれば、相当な料金である。場合によっては、その広告をとってきた担当者にボーナスが支給される場合もある。

ある大手上場企業のオーナーが亡くなり、その死亡広告を伊藤が担当することがあった。伊藤の中学校の同級生で親友が、そのオーナーの息子であったのだ。

伊藤は、そのオーナーが亡くなったことを聞き、その親友にすぐさま連絡した。

「お前の親父のことだからな、俺に任せろよ。すぐに行くからな」

こうして、伊藤がその死亡広告を担当することになった。なんと、そのオーナーは、企業経営のほかにも、様々な団体の役員などを務め、多くの肩書きをもっていた。それらの情報を記載していくと、全段になった。

黒枠広告の世界は、特殊な世界であった。掲載する文面の長さに広告料金は比例する。担当者は、慣れてくると、一行でも長くするためには、どのような文面にしたらよいかと考えるようになってくる。

しかも、黒枠広告の掲載内容を決める遺族も当事者が亡くなったばかりで、取り込んでいる時期だ。それゆえ、内容を細かく吟味することはまずない。そのため、営業サイドの提案通りにいくことも多い。慣れてくると、遺族が話を聞いてくれるタイミングを見定めて、サッと話をまとめることができるようになってくる。

伊藤は、黒枠広告の営業をすることにより、人間の感情の機微について考える多くの機会に巡りあい、精神的にも成長できたと思っている。

電通は懐が深い

電通時代、伊藤は、最初、たくさんミスをした。載っていると思っていた広告が掲載されていないことをはじめ、新聞を開いてみた瞬間、どこまで叱られるかと思うほどの恐ろしいミスに次ぐミスの連続だった。

もちろん、徹底して叱られた。が、そのおかげで、叱られることについて、ある種の免疫を作ることができた。

身が縮むほど罵倒を浴びせられ、これほどまで言うかというほど叱られたが、伊藤は真正面から受け止めた。それは、学校での嫌がらせやいじめとは、まったく質の違うものだった。

明らかに自分のミスである。非があるのは自分だ。それから逃げてもしょうがない。

自然と、真っ先に詫びに行く術が身に付いた。詫びるタイミングというものは自分が情けないほどの失敗をしてこそ、初めてわかる。失敗し、詫びて、叱られていく中で、様々な人間学を体得した。

また、伊藤には、電通の社員たちが、それなりに結果をまとめる能力をそれぞれ持ち併せていることも身を持って実感した。

いっぽう、伊藤は、コツコツと自分の野望のために動いていた。

〈さあ、ホームグラウンドの名古屋の舞台はできたぞ。まず、会をつくらなきゃいけない〉

ほとんど電通では働かず、ある意味で選挙活動に力を注いでいた。

それでも、電通から咎《とが》められることはなかった。と言えば嘘になるが、それにしてもずいぶん自由にさせてくれた。

伊藤に言わせれば、電通がブラック企業だと言われることに疑問がある。ブラック企業ととらえる社員もいるだろうが、伊藤には、これほど懐の深い会社はほかにないと思えた。

名古屋電通では、新聞広告を担当しながらも、出馬に向けた会合も開いていた。

伊藤は当時、父親と同じ屋根の下で暮らしていた。

電通に務めているはずなのに、息子は「政治家になるので、よろしく、よろしく」と地元を回っている。

そのため父親は、あちこちから声をかけられたという。

「おたくのご子息って、もしかして、出馬するんですか？　衆議院の選挙か何かに出たいと口にしていますが」

それを知った父親は、伊藤が絶対に政治家になることを望んでいなかったため、伊藤の知らないところで、手をまわしたようである。伊藤は、名古屋電通に三年ほど勤めた後、急に異動を告げられた。

「東京に行け」

伊藤は、東京など行きたくなかった。

〈たまらんわ……〉

どうしても東京に行かなければならないのなら、自民党を担当したいと考えていた。が、日本たばこ産業（現・JT）の担当となった。

当時の上司の部長は、無茶苦茶な酒飲みでヘビースモーカーだったが、それでも営業成績は抜群だった。

その部長が、タバコを吸わない伊藤にいった。

「てめえ、お相手さんの商品なんだぞ。吹かすぐらい、吹かせ。会議でも吹かしてやれ。そりゃあ、そういうもんだろう」

部長の指摘は、至極当然なことだと思えた。

〈ああ、そういうもんだよな〉

それから、伊藤も咳き込みながら、タバコを吹かすようになった。

だが、日本たばこ産業に、伊藤はまったく興味がない。仕事に身が入らなかった。

ある日、さすがに人事の担当者がたずねてきた。

「お前は、いったいどこなら仕事に燃えてくれるのだ」

伊藤は喜んで答えた。

「自民党か、役所をやらせてもらいたいです」

自民党は担当できなかったが、その代わり、郵政省の担当になった。時の郵政大臣は、小泉純一郎であった。

郵政省の担当となった伊藤は、それまでの仕事をしない伊藤から一八〇度人間が変わり、がむしゃらに働いた。毎日毎日、日に幾度も霞が関の郵政省の建物に通い続けた。

〈よし、これまで働いていなかった分を返すぞ〉

一九九〇年代は、インターネットの前身「次世代通信網」に郵政省が取り組んでいた。その次世代通信網のパンフレット一切を、伊藤が作成した。

が、伊藤が作った原稿は、役人にすべて真っ赤にされた。

〈ああ……、お役所言葉と我々の言葉とは、これほどに違うのか……〉

衝撃的な出来事だった。

伊藤は、貯金、簡易保険、郵務局の広告宣伝の受注に精を出した。特に、九〇年代以降は郵便物が減ってきた時期だったため、郵便を伸ばすためにキャンペーンを展開した。

たとえば、様々な有名人に、「自分と手紙」をテーマにインタビューをし、文章を書いてもらう。それを、雑誌『プレジデント』に広告として一ページずつ掲載していった。

哲学者の梅原猛《うめはらたけし》は、伊藤の地元・私立東海中学の先輩である。

「僕は、梅原先生の東海中学の後輩です。協力していただけないでしょうか」

頼みに行ったところ、梅原は伊藤を歓迎してくれた。インタビューをしながら、古代史の権力闘争を説く梅原を〈面白いおじさんだな〉と思った。

伊藤も気に入られたのか、梅原は「恋文」という文章を書き、それを手渡してくれた。

「これを、君にやる」

原稿料は、タダだった。

そのほかにも、当時、帝国ホテル社長だった犬丸一郎《いぬまるいちろう》には「ホテルとお手紙」をテーマに書いてもらったり、JR東海の須田寛会長が切手収集家だと聞けば、〈切手の収集家だったら手紙の大切さを知悉《ちしつ》しているだろう〉と原稿を頼みに行ったりした。

そんなことをして一年過ごしていたところ、営業マンとして一億数千万円の売上高をたたき出し、雑誌局でコースレコードを出した。それほど、徹底して仕事をした。

しかし、伊藤は、仕事だけをしていたわけではない。

歴代総理の指南役といわれた四元義隆《よつもとよしたか》が、伊藤が郵政省を担当していることを知り、紹介してくれた。

「そこに飯島さんという秘書がいる。お前の得意先だから、会ってきなさい」

小泉純一郎にはなかなか直接会えなかったが、秘書の飯島勲《いいじまいさお》には会うことができた。

のち伊藤は、愛知県会議員に当選後も、「ご縁がある、ご縁がある」といっては飯島のもとを訪ね、そこから親しくしてもらった。これがのちに郵政解散の総選挙で衆議院議員に初当選する伊藤にとって大きな財産となる。

政治活動をすることを嫌った父親の計らいで東京へ異動となった伊藤にとって、東京への異動が真逆に作用したのである。

伊藤は、一九九四年に電通を退社した。六年ほどの電通人生だった。

電通は「鬼十則」をなぜ捨てた

電通は、社員手帳に載せてきた社員の心得「鬼十則」を、二〇一七年版から掲載しないと発表した。

伊藤は、これは間違った判断だと異を唱える。

〈「鬼十則」。これこそ、仕事に取り組む基本姿勢であって、どうして今度の一件で手帳から外さなければならないのか。もし、これを外すというのなら、もはや電通の背骨は無くなってしまうじゃないか〉

「鬼十則」は、電通の背骨といえる。その背骨をなぜ、ここで抜く必要があるのか。本当にまたいつかこれを取り戻すことができるのだろうか。幾百年と続く企業や代々の家訓は、何らの変更なく受け継がれ、その時代時代に理解され続ける。形ではなく中身だ。

これほどまで簡単に背骨を外したことに、戸惑いを覚える。

〈これでは、電通とはいったいどこの会社なのだ。この先の我々の仕事に対して取り組む姿勢は、どうなってしまうのだろうか。社員は不安になってしまうだろうに……〉

電通の先行きが心配だ。

本来なら、他の人たちが何を言おうとも、電通は変わらない。「鬼十則」は残すべきことだと胸を張るべきである。

伊藤にとって「鬼十則」はバイブルとなっている。読めば読むほど、政治に繋がることが書かれている。

『一、仕事は自ら創るべきで、与えられるべきでない』

——一軒一軒、戸別訪問しろということだ。誰に言われることなく、自らがやれと言っている。

『二、仕事は先手、先手と働きかけていくことで、受け身でやるものではない』

——伊藤が所属する二階派「二階俊博」の政治は、まさにこれである。

『三、大きい仕事に取り組め、小さい仕事はおのれを小さくする』

——本当に、そのとおりだと思う。だが、小さい仕事からやっていかなければ大きな仕事にはたどり着けないことも忘れてはいけない。あっという間に、大きい仕事ばかりできるわけがない。小さい仕事を続けていけば、向こうから仕事は来るという意でもある。

『四、難しい仕事を狙え、そしてこれを成し遂げるところに進歩がある』

——これも、的を射ている。自分ができないと思っていたことを仲間と一緒にやり遂げる。そうして経験を得て仕事とは積み上げていくものだ。伊藤は、誰かが「難しいな」と言うような仕事に取り組むことが、ものすごく楽しみである。

『五、取り組んだら放すな、殺されても放すな、目的完遂までは……』

――これが大きくクローズアップされているが、これのどこが悪いのか。「放される」などということほど恥さらしなことはない。本当に殺されるまでやれといっているわけではなく、絶対にやり遂げるのだという意志を強く持ちなさい、と言っているだけで問題視することでもないはずだ。

『六、周囲を引きずり回せ。引きずるのと引きずられるのとでは、永い間に天地のひらきができる』

――当たり前だ。引きずられる側に立つものじゃない。しかし、若いときから振り回してばかりいるのも自分のためにならない。たまには人に振り回されろ、とも言っている。そういう点で、伊藤は自身が所属する志帥会《しすいかい》の領袖《りょうしゅう》である二階俊博自民党幹事長にぶんぶんと振り回されて経験を積みながら、いつか人を振り回してやるぞ、と思い日々過ごしている。

『七、計画を持て。長期の計画を持っていれば、忍耐と工夫と、そして正しい努力と希望が生まれる』

――今、伊藤がやっていることが、まさにこれだ。だから、役所を引っ張っていく。

『八、自信を持て、自信がないから君の仕事には、迫力も粘りも、そして厚みすらない』

――これのどこが過剰労働に引っかかるのか、伊藤には理解できない。

『九、頭は常に全回転、八方に気を配って、一分の隙もあってはならぬ、サービスとはそのようなものだ』

――これこそ、二階株式会社の社是である。

『十、摩擦を怖れるな、摩擦は進歩の母、積極の肥料だ、でないと君は卑屈未練になる』
——役所の職員を見てみればいい。相手の他省庁と何かをやるとき卑屈未練になる者が多い。役所にもヒエラルキーがある。だからこそ、伊藤は「俺もやるよ。だけど、俺がやるのだから、お前たちも渡り合え」と発破をかける。そういうことを互いに積み重ねることによって、いままでにない糧を貰い、自分の力にもなるということだ。

伊藤は、心底思う。

〈この「鬼十則」のどこに、仕事をしていくうえで間違いがあるのだ。一つもない。これが手帳に書かれてあって、何がいけないのだ〉

そうでないはずである。

時代が変わり、若い社員はインターネット世代になった。そのせいで、コミュニケーションが下手なのかもしれない。あるいは、部下のコントロールの仕方が下手なのかもしれない。お互いの意思疎通の仕方に問題は潜んでおり、本来は、労務・人事管理面などに直すべきところがあったかもしれない。

何よりも、「鬼十則」が誕生した時代を考えるべきだ。

電通四代目社長の吉田秀雄が「鬼十則」を制定したのは、昭和二六年。理屈をこねている場合じゃない。「鬼十則」に書かれてあることを、今の時代に沿った形で置き換えて考える想像力を、今の若者たちは持っていないのだろうか。

伊藤からすれば、「鬼十則」で電通を離れる人もいるだろうが、それよりも「そうだよな」と思う人たちの方が圧倒的に多いと信じている。

「殺されても」というキーワードだけを取り上げて、電通批判をする様子をみていると、下衆の勘繰りのように見えてくる。

労務管理の問題と「鬼十則」の部分は、切り離すべきなのだ。

真面目に働く、人に尽くす日本人は何処へ

電通社長の石井直は、引責辞任した。

石井社長が、今後の電通のことを考え、一身を投げ打って、社長自らが犠牲になり、ことを収めるつもりで辞任を選択したというのであれば、会社の方針として、経営者の考えとして理解をすべきであろう。

ただし、社長の辞任は認めるが、「鬼十則」を手帳から外してはいけない。

それよりも、もっと見直すべきことがあるはずだ。

まずは、労務管理の問題。

そして、もう一つ。「働く」という価値観をどう捉えているのか。

そもそも、日本人は「勤勉な、よく働く日本民族」だったはずだ。それで、ここまでの国際的地位を築いてきた。勤勉でない者が勝っている国なんか一つもない。どの階層の人たちも一所懸命働いて、世の中を築いている。そこに、たくましさが生まれてくる。

それが、「そんなに働き過ぎるなよ」という風潮に変化してしまった。

三〇年ほど前から、ＩＬＯ（国際労働機関）をはじめ、アメリカやヨーロッパが「日本人は働き過ぎだ」と注文をつけるようになってきた。そのせいで、労働形態も変わってしまった。働く側の都合に合わせな

ければいけないという視点を置いた働きやすい制度が取り入れられるようになってきた。同時に、「キャリアアップ」という言葉も出てきた。終身雇用から転職が好まれる流動性が発生した。働く側の個性も出てきた。

しかし、伊藤は思う。

〈どこかに何かを、置き忘れたのではないか〉

それは、日本人に本来備わっていた、真面目に働く、人のために尽くす、できる限りやってみる、個人の気持ちをもっと醸成していくという側の価値が置き忘れられたのではないだろうか。

電通OB副大臣からの苦言

伊藤は、電通の女性社員が自殺し、それが労災認定されたという報道を見たとき、考えた。

〈もちろん、こうした事態は決してあるべきではないし、そうならないようにきちっとした労務管理もされるべきことだったたと思う。このことを大前提にさらに言えば、どんな時代も人には時に挫折がやってくる。これを乗り越える能力を今の時代のみなさんはどうやって身につける機会を得ているのだろうか。ここが一番現代の若い人たちへの心配なことだなあ〉

伊藤は、そう痛感した。

伊藤の時代は、電通の新入社員すべてが入社と同時に十人単位の班に分けられ、研修を受けた。各班にはリーダーの先輩社員が就き、そのリーダーがチューターとして指導する仕組みになっていた。

研修は二、三カ月ほど続き、その間、リーダーは研修だけではなく、夜の懇親会などの面倒もすべてみていた。そのため、リーダーはすさまじい出費をすることにもなる。

今でも、その仕組みは変わっていないはずだが、そうであれば、その十人の仲間たちが研修期間に人間関係を築き、それが力となって、その後、仕事での悩みや苦しみへの支えになったはずである。

「今は、インターネット世代である」と、あまり決めつけた言い方はしたくないが、フェイス・トゥ・フェイスで会話することをあまりせず、自分の文字とせいぜい映像で自己の表現だけしている。そこから深く交わることをあまりしない。ポピュリズムとはそんなことなのだろうか。

相手の顔を見ていれば、どれだけ悩んでいるかが肌で伝わり、相談された方も真剣に答える。しかし、文字には彼女の気持ちは描かれていない。相談された方も、相当きつい仕事を強いられ、他人のことを考えている余裕などなかったかもしれない。それでも、返事だけは文字で返していればいい。その実、やり取りが軽いのだ。

インターネット上のコミュニケーションの軽さにも、今回の事件の問題の深層があると伊藤は見ている。

ユニークにしてキテレツなる世界。そんな世界で、ここまで活性化されてきた電通。

電通は、表現の世界に生きてきた。アート・芸術の世界に、勤務時間など存在しない。それが、勤務時間が厳密に決められ、働くことよりも個人の生き方に重点を置くような電通になってしまったなら、アート・芸術の世界は枯渇するであろう。

電通が「鬼十則」を手帳から外すということは、社員同士の繋がる輪が消えてしまうということでもある。コンプライアンスという看板のために、「鬼十則」という我々の背骨を削る。これが免罪符となるなんて、伊藤には思えない。

〈どういう企業になっていくのだろう……〉

伊藤には、不安ばかりが募っている。

メディアでも報道されたが、ここ十数年でインターネットの普及により、仕事上もたしかに、変化が起きている。電通も、これまで売上の主流であったテレビ、新聞の比率が下がり、インターネット広告が広告費全体の売上の二割前後を占めるようになっている。

インターネット広告の場合、雑誌や新聞などの媒体に比べて、クライアントに対して、二四時間マメに対応しなければいけない場面が増えている。

また、サイバーエージェントのようにＩＴ企業との競争にもさらされている。

伊藤忠彦は、その点について語る。

「お金を儲けたいのなら、それに対応する会社の働き方をつくらないといけない。それを今みたいに、午後一〇時でパタッと電気を止めていたら、他の会社との競争に負けてしまう。もちろん、時代の変化もあるわけだから、それに対応した働き方と職場の体制にしないとどうしようもない」

戦後、電通を大企業にした吉田秀雄社長が定めた「鬼十則」にも、「計画を持て、長期の計画を持っていれば、忍耐と工夫と、そして正しい努力と希望が生まれる」との言葉がある。

現在の働き方を変えるのであれば、場当たりの改革ではなく、長期的な視野をもって、その時代にあったビジネスに対応した改革をしないといけない。

今回の事件に対して、電通の石井直社長は、もっと早く遺族に謝罪すべきだったという声がある。本来、電通は、スキャンダルの発覚した企業に対して、早期の謝罪による問題解決を促進する立場の企業である。

なぜ、対応が後手にまわったのか。伊藤忠彦は語る。

「詳しく承知していないので、参考になるかわかりませんが、直接会うことについて相当躊躇したのかもしれません。特に、顧問弁護士たちの提案がすべてになってしまい、本当は、人間としてやるべきことまで含めて、適切な対応が遅れに遅れてしまったのかもしれません。本来ならもっと早く、ご家族に対しての心からの対応が必要であったのではないでしょうか。かけがえのない命を親も会社も失ったことに、社としても真剣な対応が必要であったと思います」

かつて電通の社員であった伊藤は思う。

〈電通というこれまで闘い続けてきた企業が、今回の事件を機に「鬼十則」をやめてしまうという。これは看板を外すこと、いわば侍が刀を捨ててしまうようなことだ。これでは世界と闘う企業ではなくなってしまう。今後、電通はこれまでとは異なる別の会社になってしまうのではないだろうか〉

かつて電通で働いていた伊藤には、そのことが残念であり寂しくてしようがない。

伊藤は、電通時代、様々な経験をした。それは良いことも辛いことも両方あった。そして、電通で得た経験は、何物にも代え難い大切なものであった。

当時は、仕事に関して叱咤されたことがあった場合は、すべからく自分が悪いのだと思い、そして、それを改善することで自分が成長できると思っていた。

今、振り返ってみて、伊藤は思う。

〈自分が政治家になるうえで電通で働いた経験はおおいに今、役に立っているな〉

やはり、情報が新鮮であればあるほど価値があるという意味。そして、それを伝える機関であるマスメディアの仕組みや情報の世間への伝え方と伝わり方、広告のコストなどを理解できたことはとても意義のあることだった。

第八章

【特別対談】電通の正体　大下英治×佐高信

覚悟のデビュー作『小説電通』の舞台裏

大下 このあいだ亡くなった本田靖春さんが「電通の秘密」という連載を『週刊文春』でやったのですが、当時『週刊文春』の契約記者をしていた私もたまたま取材を手伝いました。でもいくら本田さんだって『文春』に電通のすごい秘密なんか書けるわけないんですよ。その時、私は突っ込んだ取材をけっこうしたんです。

佐高 『文春』の広告は全部電通がやっているから、突っ込んだことは書けない。

大下 電通は週刊誌、テレビ、全部押さえているわけですから。『週刊文春』とて、やはり突っ込んで書けない。「電通の秘密」というのを載せるだけ大胆です。

佐高 それはいつ頃の話ですか?

大下 一九七七年です。私の取材原稿を書いて持って行ったけど、それがほとんど使われなかった。そうしたらネタ元の業界紙の連中とかが、「大下おまえ何しとるんだ、おれがあれだけしゃべったのに」と。それからまもなく、月刊誌の『創』で「タブーを突く」という特集をやったんです。電通と鉄道弘済会(国鉄時代に「キヨスク」を直営)の二本立てで、一本一〇〇枚シリーズ。一〇〇枚書いたけど、それでも書き足りないものがあったので、長編で『小説電通』を書いたんです。

佐高 読者のためにちょっと注釈を入れると、『文春』でやれないものがなぜ『創』でやれるかというと、『創』は電通に広告取りを頼んでないからですね。つまり大きいところは全部電通が広告を入れるから、電通のことは書けない。電通に関わっていないミニ雑誌のほうは書ける。

大下　そういう雑誌があったからこそ、スキャンダルが出てきた。総会屋連中もそういう雑誌を出していて、いろんなスキャンダルを暴いていた。会社の中の内部対立があったら、一方に頼まれ、もう一方のスキャンダルをカネで外にバラしていくという形のものがあった。今は総会屋がそういう雑誌を持つこともなくなり、非常にすっきりしすぎちゃいましたね。

ある出版社が当時ビジネス小説のシリーズをやることになって、一発目が私の「電通」と、もう一本は株に関して兜町をえぐった作品の二本がまず第一回出版だった。

その出版社は男性週刊誌を出していたんですが、売れなくなったので、女性週刊誌に転化しようということになったのです。女性誌というのは男性誌以上に電通が絡むんです。

佐高　両横綱は資生堂とカネボウですね。

大下　そう。だから女性誌は一番圧力に弱い。それでいっぺんにその企画は潰れた。今度はB出版社から話があったけど、こちらも話が進んだら、やはりいろんな面で困ると。それで、もうこの小説は部屋の隅に投げてたんですよ。これはもう一生、日の目を見ん子だと思ってね。

最後に来たのが三一書房だった。これは『週刊金曜日』の親戚みたいなもんだ（笑）。三一は左翼の雑誌だから、電通ともまったく関係ないし、むしろ資本主義の総本山は敵だから。それで三一で出したんです。

佐高　それまでに大下さんに対して嫌がらせはなかったんですか？

大下　ない。だけど、そのとき『週刊文春』の村田耕二編集長の妻が電通の幹部だったの。

それで私は覚悟したんです。本が出るのはいいけど、それと見返りに『週刊文春』を辞めることになる可能性があると。しかし村田編集長はそういうことを気にしなかった。結局それで辞めることにはならなかった。

出したときに、『潮《うしお》』に書評が載ったのですが、作家の天野祐吉《あまのゆうきち》が、電通の連中のよく行く飲み屋に行くと、「大下っていうバカがいて、こいつはおっちょこちょいだから、こんなことを書いてさ、いい気になってたらさ、飯食っていけなくなるのにね、今にツケが回って来る」っていうようなことを言ってたと、そのまま書いていました。

週刊誌とのせめぎあい

佐高　八二年に三越社長の岡田茂《おかだしげる》が愛人のアクセサリーデザイナーであった竹久《たけひさ》みちに不当な利益を与えた三越事件の、先端ともいうべきスキャンダルを大下さんが初めて『週刊文春』で暴いたんですよね。

大下　七一年、岡田茂が専務だった頃、ある経済誌の人が、「大下さん、面白い話がある」というので話を聞きに行ったわけです。

われわれはいわゆるトップ屋ですからね。トップ屋は新聞に出ている記事をひねった企画を出すことは恥だと思っていました。我々は、一般の新聞には出ない情報を探し出して企画に出す。だから、総会屋業界紙、ブラックジャーナリスト、暴力団、いろんないかがわしい連中も情報源にしていました。

もちろん、『週刊文春』だから彼らの意図する通りには書きません。俎上《そじょう》に載せた時に彼らの（言ったことの）反対を書くこともあるからね。それは新聞に比べて、ちょっと得体の知れない部分を持つのが週刊誌のよさだから。新聞社は週刊誌のようにスキャンダルは書きにくい。

佐高　調教が利《き》いている。

大下　経済誌の人から「三越の岡田専務が、三越出入りのアクセサリーデザイナー竹久みちをパリ三越のオープンに会社のカネで連れて行き、他の出入り業者は、岡田の愛人の竹久の機嫌を取っていた。そのことを労組に追及された」と聞いて、これを元に取材をした。いよいよ記事にするという時に、Sという電通の幹部に後から聞いたことだけど、あの時も岡田がすぐ泣きついたそうなんです。

ところが、これも電通の微妙な面白さだけど、Sさんは「岡田が泣きついてきやがったんだけど、電通に対して岡田があんまり生意気だから、ちょっとこいつは、お灸《きゆう》据えたれ」って言うんです。

結局、最後は文春の幹部が出てきた。それでラストの三行か四行が変わりました。『週刊文春』の優秀なのは、どこをどう変えたとか、そういうことを筆者に教える点ですね。普通の週刊誌はおそらく筆者に言わずに勝手に書きかえます。

佐高　宣伝出身だから、岡田は電通を下に見たわけね。

大下　そうそう。だから電通にすれば自分たちは大帝王だけど、大帝王ゆえに生意気な輩《やから》はもっと腹が立ったわけです。しかし、本当の事件になった場合には電通といえども名前を消せないんです。スキャンダルの段階だと動ける。名前を隠したりするのです。

某家電メーカーの九州販売で、そこの重役が未成年の女の子をマンションに囲って、そのマンションから女の子が飛び降りちゃったんです。死んでたら事件になったのですが、死ななかった。

それを私は記事としては社名も個人名も実名で書くわけだよね。それから最後の詰めの段階で、電通は社名を出すなというんです。そういう、まず会社名は出ても本人はAさんじゃなくて、たとえばイニシャルでMYにするかとか相談するんです。

会社名も、その時は「ある家電メーカー」もダメになった。そのメーカーのイニシャルもダメ。類推できる。最終的には電機メーカーAだったのかな。その辺りの表現も、スキャンダルを書かれる企業から言わせると電通の腕の見せどころなわけです。

佐高 圧力があったのはそのメーカーで有名だった副社長がいたからでしょう。

大下 そうです。これは電通とは関係ないんですけど、広告代理店の中には発売前のゲラを手に入れているところがあるんですよ。たとえば、ある週刊誌の発売日が木曜日だとすると、火曜日の夜に原稿が刷り上がる。すると、火曜日の夜に製本前のゲラが広告代理店に流れているのですよ。水曜の朝とか。ゲラを取りに来る人がいました。きっとカネになるんでしょうね。

佐高 でも編集者は渡せないでしょう。

大下 いるんですよ、渡してしまう編集者が。まあ、それはある広告会社の話だけど、おそらく電通にはその前に、誰かが取りに来なくても渡ってると思います。

佐高 高杉良《たかすぎりょう》さんの小説『乱気流』に出てくるけれども、日産自動車が広告代理店を電通から博報堂に変えた時、電通から仕返しされるんだよね。そのとき日産の塩路一郎《しおじいちろう》（当時労組委員長）は手記を月刊『文藝春秋』に載せた。大手経済新聞の記者が間に入ったんですよ。

資本主義の総本山

大下 電通はもともと日本電報通信社《にほんでんぽうつうしんしゃ》といって、これが要するに通信部門と広告部門の二本柱を持つ会社だったんです。この広告部門が結果的に電通になっていくわけですが、電通そのものが軍部の中国侵略と符合を合わせて中国市場をほぼ独占していったのですから、国家戦略と一緒なんです。

だから戦後、GHQのときに軍部ファシズム政権に協力したとして、公職追放指定会社になりましたからね。電通にはそういう体質が今も受け継がれています。

もう一つ言うと、電通は、戦後に旧満鉄の連中、旧軍人、満州浪人、海外引き揚げ者。そういう人たちを全部集めた。だから電通の人脈はすごいんです。その中に、ジャーナリズム界のパージ（公職追放）にあった大物を集めた「旧友会」の石井光次郎《いしいみつじろう》とかいましたしね。

佐高　これは面白かったね。

大下　石井光次郎はパージが解かれ政界に復帰し、石井派の領袖《りょうしゅう》となるわけだから。そういう人間をみな率いていたというところは、やっぱり、偉いと言ったら偉い。

佐高　それで「旧友会」のメンバーは、『朝日』とか『毎日』や『読売』の社長になっていきましたね。高石真五郎《たかいししんごろう》（元毎日新聞社社長）、正力松太郎《しょうりきまつたろう》（元読売新聞社社長）。

大下　有名人の子供、子弟を社員に入れ、有名人を取り込むのがすごいね。こういうのが役に立つんです。とは言うものの、これができるというのは、やはり儲けてる余裕。それはそれで、電通というのは人脈を重視するのは、やっぱり鬼十則の吉田秀雄《よしだひでお》によるところが大きいのかと。例の〝一業種多社制度〟を貫く問題もそう。だから電通が世界一であり得る。

佐高　つまり、米国流に挑戦広告をやられたりすると困るわけだよね。電通は松下も日立も抱えているわけだから、そこの中でけんかされたら困る。

大下　だから、それを電通の息の掛かった評論家たちが、「米国では挑戦広告をよくやるが、日本においてはまだ時期尚早だ」という意見を言って世の中の流れを作ってきた。

一業種多社制がこれだけ崩れないでいるというのは、ほかの会社がだらしないからですよね。吉田秀雄が言ったのかな。「いいよ、うちも一業種一社制にするよ。それで、他の広告代理店でちゃんと他の企業の広告の面倒を見ることができるの？」と。しかし、博報堂と何社かはどうにかできそうだけど、あとの会社はできないいんじゃないですかね。電通が大きすぎて、よそが媒体も満足に取れないわけです。

しかし、わかりませんよね。電通は今はテレビの地上波で稼いでいますが、その地上波も崩れつつありますからね。インターネットが広がってきている。全部の地上波を押さえたって追いつけなくなる。電通のテレビでの絶対的支配の崩壊というのがやがては来ると思う。

佐高　最近、テレビ局の人間に聞いたら、電通の丸抱えの放送というのは「ニュースステーション」（現・「報道ステーション」テレビ朝日）が最後だったんじゃないかと。特にTBSは電通に関しては弱いわけだよね。昔は何か事件が起こったらTBSの人間が電通に行って報告していたのだけど、今はそれが逆になってきていると。

大下　もう一つはお金。全国の電通のビルは、全部といっていいほど自社ビル。その地価が全部上がって、電通はそれでお金をものすごく儲けたわけです。そのお金の豊かさをもって何をしたかというと、戦後、新聞社が経営的にきつかった頃、広告を出す手伝いをした。企業から新聞社への広告代金は全部手形だったのですが、それを電通が自分で割って、現金を新聞社に渡していた。時には電通が新聞社に前借りまでさせていたそうだ。

佐高　電通は〝大型マチ金〟だったと言えますね。

大下　まさに資本主義の総本山。資本主義を一番知っているのは、広告会社なんですよ。

佐高　戦略産業だから。

大下　そういう面で言うと、普通の企業より確かにいろいろ進んでいたしね。もう一つ言うと、電通イコール自民党。

政治の背後にも

佐高　この小説でもその部分が面白かった。第三〇回の衆議院総選挙のところ。

大下　一九五二年の一〇月一日に吉田茂の自由党が総選挙で、なんとしても勝たなきゃいけないとなった。そのときに選挙対策をしたのが電通なんです。電通にとって初の政党広告をこの時、出している。電通は自由党の担当者と政策を一〇に絞って、「政局の安定」「明るい生活」「栄える国家は自由党で」というキャッチフレーズをつくって、自由党一〇大政策を載せた広告を全国紙に載せて見事に勝つんです。だけど、一九六三年の第三〇回総選挙のときに電通の座が崩れかけた。それは自民党幹事長だった前尾《まえお》繁三郎《しげさぶろう》が博報堂扱いにしたからなのですが、電通は池田勇人《いけだはやと》首相に信望のある総裁派閥（宏池会《こうちかい》）の大平《おおひら》正芳《まさよし》に連絡を取って、彼を通じて池田首相から今回の選挙広告も電通扱いにするという鶴の一声でひっくり返した。

六〇年安保の時も、当時『朝日』や『毎日』は、安保を進める岸信介《きしのぶすけ》を「ひどい、ひどい」と言っていたのに、樺美智子《かんばみちこ》が死んだ後に、パッと手のひら返したように、全マスコミが七社共同宣言で態度を変えた。

これも電通が後ろで動かして絡んでいる。吉田秀雄が財界四天王や産経の水野成夫《みずのしげお》（元社長）まで加わって、マスコミ懇談会というのを組織してそういう流れを作った。吉田秀雄は日本の政治まで動かした。共産主義になったら電通は壊されちゃうから彼なりの信念だったのでしょうけど。

佐高 国鉄（現・JR）の分割民営化のときに、国鉄は電通に宣伝を頼んだのですが、国労（国鉄労働組合）も電通に頼んでた。

大下 それはやばいね。

佐高 同じところに頼みますかねえ。さっき話に出た〝一業種多社制〟と一緒だよ。

大下 そう、一緒。もっと悪い。

佐高 マッチポンプを一つの会社でやるわけだから。

大下 契約社会の米国と違って、神も仏も一緒になる、どこか日本人の中のルーズさなのかな。

七三年に立花隆《たちばなたかし》さんの田中角栄《たなかかくえい》（元首相）金脈追及問題がありましたね。『田中角栄研究』のね。それより前に電通が自民党に対して、「自民党広報についての一考察」というプレゼンテーションを行っている。そのときのハイライトは、要するに新聞や電波関係の記者とは平河《ひらかわ》クラブを通じて結ばれているから大丈夫だけど週刊誌は気を付けろと。

石井光次郎はパージ時代、「旧友会」メンバーとして電通に関わっているわけだが、政界で活躍していた彼のところにも電通から秘書を出向させている。大平幹事長のところにも、電通から私設秘書を出向させていると言ってる。

だからさっき、前尾繁三郎が第三〇回の総選挙を博報堂に仕切らせようとした時に、大平が電通にドンデン返すじゃない。やっぱり、電通から秘書を送っているんだから。昔は秘書っていったら、そんなのは平気だったんだよ。「日本の首領」といわれた右翼の大立て者・児玉誉士夫《こだまよしお》の秘書も中曽根康弘《なかそねやすひろ》のところに秘書として行ってたくらいだからね。今から考えるとすごい話だよ。

闇の仕事師がいなくなる

佐高　電通は上場してから、ちょっと迫力がなくなってきた、と言われていますね。闇の仕事師みたいなことをできなくなった。

大下　それはできなくなる。極端に言うと、西武グループの総師・堤義明《つつみよしあき》さん（当時）だって西武鉄道が上場されていなかったら、何ら社会から糾弾されることもなかった。

佐高　陰で政治家に億単位のカネをやれていた。

大下　今はできないな。同時に政治家も、要するに裏金が動かせなくなっているんですよ。だからそういう意味で言うと、社会がクリーンと言ったらクリーンだけど、全く迫力のないサラリーマンになってしまったんですね。

オリンピックに万博や国体など政府のイベントは、ほとんど電通がやってるんですよ。そういうことは、これからもやっていくのだろうけど、広告代理店としての能力は必ずしも絶対じゃなくなる。サイバーエージェントの藤田晋《ふじたすすむ》社長が、電通の社員を何人か引っ張ってきたけど、ほとんど辞めたそうだよ。元電通社員は、利益のパーセンテージをたくさん取ろうとする。媒体を買い占めて支配しようとする電通時代の体質も抜けなかったみたい。

佐高　小説に公正取引委員会の話が出てくるけど。

大下　本来ならやっぱり支配しすぎですよ。一業種多社制だって、本当は公取が論じなきゃいけない問題です。だけど現実に日本で電通も一業種一社制にすると、他の広告代理店に抱えきれない場合が多すぎる。公取は知っているのでしょうね。

（初出：『電通の正体』金曜日刊　二〇〇四年一二月対談）

第二部

【特別収録】小説電通

1

石岡雄一郎は、紀尾井町に聳《そび》える超高層ホテル『ニュー・オータニ』新館玄関前でタクシーを止めた。石岡は、出版社系週刊誌の中では一、二位を競う『週刊タイム』の専属記者であった。

タクシーを降りると、足元から凍るような冷たい風が這《は》いのぼってきた。ひどく底冷えのする夜だった。

〈雪になるな……〉

石岡はそう思いながら、まばゆい光線に包まれた華やかなアーケードに足を踏み入れた。ジングルベルの曲が、リズミカルに流れている。楽しそうに腕を組んでいる若いカップルがあふれていた。

石岡は、一階アーケードの奥にあるエレベーターへと急いだ。六階にあるバー『シェラザード』へ行くためであった。

エレベーターの前に立つと、腕時計を覗いた。週刊誌記者という職業柄、どうしても時間には神経質だった。八時五十六分であった。その夜九時に、石岡はそのバーで、電通の安西則夫参事と、星村電機の小林正治広告部次長に会う約束をしていた。三人は、西北大学時代の広告研究会のメンバーであった。

エレベーターが開き、乗り込んだ。その瞬間、石岡は訝《いぶか》しそうな顔をして振り返った。擦《す》れ違いに降りていった人物をよく知っていたことと、その組み合わせが妙だったからである。

一人は石岡の所属する『週刊タイム』のデスク鬼頭忠男であった。いま一人は、たしか電通の船村俊介に間違いなかった。

〈二人はどういう繋《つな》がりなんだろう？　船村は最近、マスコミとの接触をほとんどしなくなったと聞いているが……〉

石岡はこれから会う安西に、船村の電通での最近の動きについて聞いてみようと思った。

石岡は六階で降り、『シェラザード』に入った。トレンチコートを脱ぎながら、薄暗い店内を見回した。店内は、ほとんどが男女のカップルだった。テーブルの上のキャンドルにほの赤く染めた顔をくっつけ合い、楽しそうに語り合っている。

安西も小林も、まだ来ていなかった。念のため、奥の方へも歩いて行き調べた。やはり二人とも来ていなかった。おたがい忙しく、ぎりぎりまで仕事をしているのであろう。

石岡は、右手一番奥のテーブルに座った。ウイスキーの水割りを注文した。トレンチコートのポケットから、缶入りピースを取り出した。ペン胼胝《だこ》の目立つ指で煙草を抜き出し、デュポンのライターで火を点《つ》けた。まず一服深く吸いこんだ。一日取材で走り回った激しい疲労が、煙草の煙とともにゆっくりと溶けて流れてゆくようだった。彫りの深い浅黒い顔には、疲労が刻みこまれていた。

石岡は煙草を吸いながら、鋭い眼を窓の外に放った。

窓の外には、赤坂の夜景が広がっている。鹿島建設のビルが、眼の前に見える。暮の追い込みで残業に入っているのであろうか、上の方の階は、まだ煌々《こうこう》と灯が点いていた。そのビルの向こうには、赤坂東急プラザホテルが、不夜城のように美しく輝いていた。

石岡は運ばれてきたウイスキーの水割りを飲みながら、あらためてエレベーターに乗るとき擦れ違った電通の船村俊介に初めて会ったときのことを思い出した。

〈あれは、十年前のことだったろうか……〉

その頃の石岡は、いまのようなフリーライターではなかった。誠学社の正社員で『月刊世相』の編集部員をしていた。入社して四年目で、仕事が面白くてたまらないという時期だった。まだ正義感に燃えていた。マスコミを通じて社会の不正を暴《あば》いていける、という信仰に近い気持を抱いていた。

台風の近づいている激しい雨の夜であった。石岡は、新宿歌舞伎町の馴染《なじみ》のクラブ『鹿の園』で谷沢竜海と飲んでいた。谷沢は蟷螂《かまきり》のように痩せた、五十過ぎの男だった。石岡のところに時折情報をタレこんでくる、便利な男だった。

そのクラブへ谷沢の友人と名乗る得体の知れない雰囲気を持った男がふらりと現われ、谷沢に石岡を紹介してくれるよう頼んだ。

海坊主のように頭をつるつるに剃ったその男は、巨体を持て余すようにしてボックスシートに座った。名刺を差し出した。名刺には、《現代広告新聞社社長　青山耕太郎》とあった。あとで思いついたことだが、その男は偶然にそのバーで谷沢に会ったのではなく、彼と谷沢がそのクラブで会うことを知っていて、いかにも偶然に会ったように見せかけたに違いなかった。

青山という男は、しばらくしてあたりを警戒するように見回すと、石岡の耳に口をつけささやいた。

「きみのところでは、カントリー・ウイスキーのスキャンダルは書けんだろうね」

それはいかにも挑発するような口振りだった。まだ若く正義感に燃えていた石岡は、ついムッとした。

「どこのスキャンダルだって、書けます」

「そうかね。では、とび切り面白いスキャンダルを教えよう」

青山はそれが癖らしく、口の端に唾液をためながらしゃべった。

「カントリーの東京支店に、黒田善寿という宣伝係長が最近までいた。こいつが悪い奴でな。あまりに悪どいので、ついに懲戒解雇になった。奴の行状記がいまいろいろとささやかれていて、カントリーもイメージダウンになっては大変、とあわてふためいている。黒田のやり口というのが、なかなか知能犯でな……」

青山は、黒田の手口について細かく説明し始めた。

「外車を購入した代金を、テレビ局に払わせるなど朝飯前で、スポット広告の料金の誤魔化しまでやっていた。なにしろ電波は跡が残らない。一日に二〇本放送するったって、記録してなけりゃあチェックのしようもない。たいていは約束ごとで記録なんて残してやしないんだ。そこで奴は、広告代理店に二五本の請求書を出させて、実数との差額はポケットに入れる。一〇秒のスポットなら一五秒とさせて、この差額も懐《ふところ》へポイ。おまけに、スポットは需給の関係で、AタイムとBタイムの値段はぐんと違ってくるだろう。これも同様の手口で懐にポイ、さ」

「しかし、そんなことは彼一人ではできないでしょう。広告代理店の協力がなくては……」

石岡は、つい青山の話に引き込まれながら訊《き》いた。

「うむ、それだ。電通などの大手筋はさすがにそんな協力はしない。そこで彼は、小さな代理店との取引きをどんどんふやしていった。なかには看板もかけていないような代理店にまで間口を広げたらしい」

しかも、それらの広告代理店からもみみっちく金を稼いでいたという。

九州などへ出張するときも、黒田は出入りの広告代理店の担当者にいう。

「急いで出張しなけりゃならないけど、航空券はないかなあ……」

出入り広告代理店にすれば、そういわれて黙っているわけにもいかない。さっそく買い求めて届ける。

ところが黒田は、そのことをひとつの広告代理店にいっただけではなかった。十くらいの広告代理店に、同じことをいっていた。そして十枚もの航空券を懐に入れ、羽田のカウンターで厚かましくも余分の航空券を払い戻ししてもらっていた。手当りしだい何でも金にしたという。

「そんなに稼いで、何に使ってたんですかね？」

石岡は、身を乗り出すようにして青山に訊いた。

「世田谷に時価三〇〇〇万円の豪邸を建てていたんだ。人呼んで〝黒田御殿〟という。それとあとは女だな。銀座の女から女優、片っ端から手をつけていた。そちらの方は、おたくで調べるんだね」

石岡は、思わぬタネが仕込めたことに興奮をおぼえた。

石岡は翌日、『月刊世相』の渡辺正明デスクにカントリー・ウイスキーの〝黒田事件〟について報告をした。猪突猛進型の渡辺デスクは、その話に飛びついた。

石岡はさっそく取材記者を集め、細かい指示を与え、取材にあたらせた。

取材した結果、噂はほとんど事実だった。翌月号の〝ショッキングレポート〟でやることに決定した。

ところがどこで嗅《か》ぎつけたのか、電通から待ったがかかった。しかし、せっかくの面白い材料だ。渡辺デスクも、強行突破するよう命じた。

「あとのわずらわしい問題はおれが引き受ける。取材を続行しろ！」

石岡が電通の船村俊介の名を耳にしたのは、その直後だった。取材記者たちとの打ち合わせを終えて社へ帰って来た彼と入れ違いに、渡辺デスクが出て行くところだった。玄関の前で擦れ違った。

「どちらへ？」

石岡が訊くと、渡辺デスクは足を止め、彼を手招きし、いった。

「実は電通の新聞雑誌局の船村次長から先程電話があって、ぜひ会いたいという。一応会ってくるよ。おそらく例の件で、なんとか記事を差し止めてくれというんだろう。いくら泣きつかれたって、止めるつもりはないが……」

石岡は渡辺デスクを見送りながら、差し止められればいっそうファイトが湧くという、ジャーナリスト特有の血の騒ぎをおぼえた。

〈せっかく苦労して集めた材料だ。いまさら止められるものか！〉

翌日、石岡は渡辺デスクが出勤して来るなり、昨夜の結果を訊いた。

渡辺デスクは、応接室へ石岡を連れて行くと、意外なことを告げた。

昨夜あれから、当時はまだ銀座の外堀通りにあった電通本社へ行くと、すでに車が待たせてあったという。船村は彼を新富町の行きつけらしい料亭へ案内した。芸者が来る間、船村はさっそく彼に念を押した。

「渡辺さん、例のカントリー・ウイスキーのスキャンダル、おたくは本当におやりになるんですか？」

「ええ、やります」

渡辺は、一歩も譲らない気持で答えた。

「そうですか。『週刊未来』も『週刊正流』も、取材に駈《か》け回った挙句、しまいには降りてしまった。残るは、おたくだけです」

渡辺は、週刊誌がそんなに動いていたことを、このときはじめて知った。ただ、喰いついたらしぶとく喰い下がることで定評のある『週刊正流』までが降りたことは、意外だった。思わず訊き返した。

「どうして、『週刊正流』まで降りたんでしょうね？」

「あそこは、作家の山田誠さんが長年『男性画帖』を連載しているでしょう。彼が、どうしても今回のことを記事にするなら、連載を降りる、とまでいい張ったという話です。『週刊正流』としても背に腹はかえられず、ついに降りたということじゃないですか……」

山田誠は、同じく作家の海高猛、画家の松原善平とともに、かつてカントリーの宣伝部に籍を置いていた。世話になったカントリーが傷つくことを、黙って看過《みす》ごすわけにはいかなかったのだろう。

「渡辺さん！」

船村はいよいよ渡辺に詰め寄ってきた。渡辺は当然、何としてでも記事をとり止めてくれ……と泣きつかれると思った。ところが、船村の口からは、渡辺の予期せぬ、まったく意外な言葉が飛び出した。

「みんな腰砕けになって、残るはおたくだけです。ぜひおやりなさい。やるべきです。あんな薄汚い男が広告界と繋がっていたなんて、広告界の恥です。膿《うみ》は徹底的に出すべきです。カントリーの圧力なんかに、負ける必要もありませんよ」

船村はまるで、渡辺をけしかけているようだった。渡辺には船村の態度がどうしても解《げ》せなかった。やがて芸者が入ってきて歌って騒いでも、胸の奥にはいつまでも何かが閊《つか》えているようだった。

新富町の料亭を出ると、今度は渡辺デスクが船村を銀座のクラブで接待して帰ったという。船村に借りを作って、あとでまずいことになってもいけないとの配慮である。

話を聞いた石岡も、船村の動きの真意を摑《つか》みかねた。

「船村さんの動きの裏に、何があるんでしょうね」

「さあ、今朝も社へ来る途中考えてみたが、やはりわからん。そのうちおのずと結論が出るだろう」

ところがその日の夕方、もっと意外なことが起こった。船村が社にやって来た。今度は渡辺デスクだけでなく、戸川編集長にも会い、

「カントリーの件は、何が何でも取り止めていただきたい！」

と押えに回った。

ぜひやるべきです、と煽《あお》っておきながら、一夜にして、手の裏を返したように何が何でも取り止めていただきたい、という。

その夜石岡は、渡辺デスクから船村の豹変ぶりを聞き、あらためて唸った。少しはこの社会がわかってきたつもりでいたが、まだ自分のような経験の浅い者には推し量れない奇々怪々なことがある……。

石岡は、船村を応接間に案内したとき見せた一見柔和そうだがいかにも裏では策を弄しそうな癖のある痩せた顔を思い浮かべながら、渡辺デスクに訊いた。

「それで、記事は止めてしまうんですか？」

やはり電通につむじを曲げられると怖そうだった。誠学社は『月刊世相』だけでなく、『週刊美貌』という女性週刊誌も出版している。もし電通に広告を全面的にストップされると、血液を止められたような

ものだ。誠学社は、仮死状態に陥る可能性がある。

「いや、いまさら引き下がりはしない。ただドキュメントでなく、小説という型にして作家に書かせることにした」

一応は、一歩後退したわけである。

しかし、カントリー側はそれでもおさまらなかった。

翌日、カントリー・ウイスキーの社長まで誠学社に姿を現わした。誠学社の社長に面談を申し込み、記事の差し止めを要請した。

一宣伝係長のスキャンダルに、社長まで登場してくるというのは尋常ではなかった。

〈やはり、あのことを恐れているのだろうか……〉

石岡は取材原稿の内容を思い浮かべながら、そう思った。

実は、あれだけの使い込みは黒田一人では不可能ではあるまいか。会社の上司とつるんでいたのではないか……との噂がのぼり、黒田の直系の常務の名前までが上っていた。石岡はカントリーの常務ともあろうものが黒田とグルだとは信じなかったが、噂は燻《くすぶ》り続けていた。カントリーとすれば、一宣伝係長の使い込みなら会社側は被害者ですむ。しかし常務の名前まで上がれば、被害者ではすまされなくなる。たとえそのような事実はなく噂であったにせよ、大変なイメージダウンになってしまう。カントリーの社長はそのことを恐れているのではあるまいか……。

編集部としては、電通、カントリーからの働きかけがあってもなお、小説として発表する姿勢は崩さなかった。

ところが、遂に広告主協会の会長までが誠学社に姿を現わした。『月刊世相』の記事さえ差し止めれば、スキャンダルの火は断てる、と最後の切り札を使ってきたのであろう。

広告主協会会長のお出まし、ともなればそれ以上の抵抗も難しかった。カントリー、電通側と、誠学社との間で手打ちがおこなわれた。

その夜石岡は、新宿歌舞伎町の馴染のクラブ『鹿の園』で、渡辺デスクから事の顛末《てんまつ》に関する報告を受けた。そもそも騒ぎの発端になる〝黒田事件〟の情報を聞きこんだクラブである。石岡は、悲しさとも、虚《むな》しさとも、憤怒ともつかぬ、複雑な感情に襲われた。しばらく茫然としていた。

石岡はヤケ酒を呷《あお》り、渡辺デスクに食ってかかるように訊いた。

「どういう条件で手打ちになったんですか？」

「上の方の話し合いで、一年契約で一ページのカントリーのカラー広告が入ることになった」

「止めるなら、いっそのこと、そんなケチな証拠を残さなきゃ、いいじゃないですか！　まるで、こっちの貞操を売るようなもんじゃないですか！」

石岡は取引き条件の話を聞いて、広告界、マスコミ界の隠された恥部をはじめて目の当たりに見せつけられた気がし、吐き気をおぼえた。目に見えない何者かに翻弄された気がした。石岡は「腐っている……腐ってるよ」と呟きながら、カウンターを叩き、前後不覚に酔いつぶれていった。

それから間もなくしてだった、石岡が信じられないような話を耳にしたのは。広告界の情報に詳しい小さな代理店の社長川崎哲朗が、フランス料理を食べながら、石岡にこうささやいたのだ。

「電通の船村と、カントリーの黒田事件をマスコミに触れ回った青山という男は、前々からの仲間《グル》だ。実は今回のマスコミ騒ぎも、はじめから仕組まれた劇だったんだよ」

カントリーの広告は電通扱いもあったが、比率が少なかった。なにしろ黒田が間口を広げていたものだから、群小広告代理店が群がっていた。電通とすれば、もっとカントリーの枠を広げたがっていた。そこに黒田事件が起こった。嗅覚の鋭い青山がさっそく嗅ぎつけ、船村の耳に入れる。それから筋書きがつくられ、さっそく青山がマスコミに触れ回りはじめる。情報に飛びついたマスコミは、カントリーに取材に行く。火を点け終わった青山は、今度は頭を抱え込んでいるカントリーの広報に出掛け、担当者に耳打ちする。

「ここまで話が大きくなれば、電通に頼んでモミ消してもらうしか、手がないでしょうな」

かくして電通の船村新聞雑誌局次長の登場となる。つまりは、自ら火を点け、消火作業にもあたる。マッチポンプ作業をするわけで、人呼んで船村次長と青山ら取り巻きを称して〝Fマッチ・ポンプ集団〟と呼ばれているという。

石岡には川崎の話が信じられなかった。ただ川崎の話を信ずるならば、船村が渡辺デスクに新富町の料亭で示した奇怪な態度の謎が解ける気がした。船村は渡辺デスクを煽り、炎をより大きくさせた。そうしておいて、消火の値段をより高くつり上げた。確証はなかったが、石岡にはその考えがあながち間違いとは思えなかった。

川崎はにやにやしながら、こう付け加えた。

「カントリーの電通の扱いが占める割合を詳しく調べてごらんなさい。火消し料がわかりますから。おそらく黒田時代に群がっていた小さな代理店はみんな整理され、電通に回ったことは確かだね」

彼によると、〝Fマッチ・ポンプ集団〟が狙う相手は、同業他社の広告代理店がメイン代理店になっている企業に限られる。スキャンダルを流された企業のイメージは傷つけられ、その企業のメイン代理店の立場も悪くなる。そこに電通が救世主のように現われる。ポンプ役を果たし、それまでのメイン代理店に取ってかわって、新たにメイン代理店となる。そしてひとたびクライアントになった企業に対しては消火作業専門にあたる、という。

石岡はなお、半信半疑であったが、川崎の話し振りは確信に満ちていた。

それから半年後だったろうか、あるいは一年後だったかもしれない。突然、『週刊正流』に「〝スポンサー三悪人〟を囁かれる黒田のワル行状記」という特集記事が掲載された。

〈どうしていま頃……〉

石岡は、特集記事を隅々まで読んでみた。その記事によると、カントリー側はついに黒田を告訴に踏み切っていた。つまりスキャンダルは黒田一人で食い止められ、幹部にまで波及しない、と判断したからであろう。あくまで会社は黒田に騙《だま》された被害者になれば、黒田告訴の大義名分は成り立つ。確かに『週刊正流』の記事でも、「会社側にも何かあるのではないか」という声は今もって消えない——とあるが、それ以上の鉾先《ほこさき》は、会社側に向けられていない。もっぱら、黒田の金と女の行状記に焦点が当てられていた。

〈待てよ……〉

石岡は、読み終わってそう思った。もしかすると、この記事は、カントリー側と『週刊正流』との了解のもとで作成されたのではあるまいか。それまでも噂は燻り、業界紙には秘密めかして書かれていた。もし幹部にまで鉾先が向かわないなら、燻る噂に終止符を打つためにも、うるさいことにかけては週刊誌界で最右翼の『週刊正流』でやっておく方がいいと考え、告訴もし、記事にもしたのではあるまいか……。『週刊正流』のファンである石岡は、そこまで疑いたくはなかった。しかし、あの件以来、広告界とマスコミ界を見る眼が変わっていた、というより変わらされていた。その記事への疑問も、あくまで邪推でなく、間違いあるまい、と信じていた。

しかし、その〝カントリー黒田事件〟も、昨年で一応法的な決着はついたようだった。《元カントリー係長に懲役四年　大阪地裁実刑判決　CM料水増し詐欺》という見出しで、昭和五十三年六月二十四日付の『毎朝新聞』夕刊だけに報じられていた。

「カントリーの元宣伝担当係長が、広告代理店の担当者と共謀、テレビCM料をカントリーに水増し請求し、一億円以上をだまし取っていた詐欺事件の判決公判が二十三日朝、大阪地裁刑事七部であった。高橋太郎裁判長（神戸地裁姫路支部長判事）は『地位を悪用して巨額の金をだまし取った罪は重い』と、主犯の東京世田谷区玉川上野毛町八五、元カントリー東京支社宣伝第一課係長、黒田善寿（四八）に懲役四年（求刑同七年）の実刑、共犯の豊中市宮山町二の二三〇、元ニッテンエージェンシー常務取締役、上野隆（五二）に懲役一年、執行猶予二年（求刑懲役一年六月）をいい渡した。

判決によると、黒田は上野と共謀、四十一年五月、ニッテンエージェンシーがフジテレビと日本教育テレビ（現在のテレビ朝日）から一カ月分のスポット料金計九百万円の支払い請求を受けたのに、二百五十万円水増しして千百五十万円をカントリーに請求、同額の約束手形をだまし取り、水増し分を山分けした。

このほか二人は、これらテレビ二社のほか毎日放送と関西テレビの計四社のテレビCMについて、三十九年五月から四十一年十月の間、二十六回にわたり約三千四百万円の水増し分をカントリーからだまし取った。さらに黒田は、ニッテンエージェンシー以外の中小広告代理店四社の営業課長クラスを抱き込み、三十九年から四十一年にかけ前後八十三回、計約八千万円のCM水増し分を詐取した。

黒田はだまし取った金で東京に邸宅を構え、美人の映画女優や混血ホステスとハワイなどで豪遊していた」

しかし、この事件の記事差し止めを境に、それまでカントリーに喰い込みの浅かった電通が、カントリーに深く喰い込んだという。この事件は、電通にとって有難かったわけであろう。

それからしばらく経って、海坊主のような頭をした青山が石岡に会いに来た。かつて石岡にカントリーの黒田のことを吹き込んだ人物である。石岡に、青山は新しい情報を吹き込んだ。

「西洋レーヨンの宣伝部長に、ひどい奴がいましてな。自分のとこで使う混血モデルに手を出し、強姦未遂で訴えられよったんですわ」

しかし、石岡は今度は青山の話に乗らなかった。話ができすぎている。どうも眉唾な感じがした。一応は渡辺デスクに報告はしておいた。渡辺デスクも、ネタ元が青山と聞いて、すぐには腰を上げようとはしなかった。

「まあ、もう少し静観していようか」

しかし、『週刊正流』と『週刊未来』が動いた、という情報が入ってきた。案の定、まったくのガセネタだったため、記事にはならなかった。

その直後、かつて〝F機関のカラクリ〟を説明してくれた小さな広告代理店の社長川崎に会ったとき、彼は吐き捨てるようにいった。

「火種のあるところへ火を起こすのなら、まだわかる。火のないところへ煙を立てるのはあまりに悪質だ。真面目で通っている西洋レーヨンの宣伝部長が怒っていたよ。いったい何のためにあんなことするのかね！　てめぇの私腹を肥やしたいためなのか、それとも大電通の業績を伸ばしたい一心からなのか、とね」

とにかく電通の船村は奇々怪々な人物だった。

その後、石岡は誠学社をある事情で辞めた。『週刊タイム』のフリーライターになった。その間、船村の悪名は、相変わらず耳に入ってきた。が、最近は噂も聞かなくなっていた。第一線から退いたとばかり思っていたのに、『週刊タイム』の鬼頭デスクと会っているところを見ると、またぞろ暗躍をはじめたのだろうか……。

石岡がそこまで思い出していたところに、電通の安西が現われた。相当あわてて駈けつけたらしい、息が弾んでいた。甘い下膨《しもぶく》れの、育ちのよさそうな顔に汗が吹き出している。石岡は、腕時計に眼を走らせた。九時三十五分である。三十分近い遅れだった。

安西はテーブルに着くなり、太い黒縁眼鏡の奥の眼をぱちぱちさせながら、遅れたことを詫びた。

「すまん、新しいスポンサーが、新番組に変わるとき、ぜひゴールデンタイムを取ってくれ、というので、これまでのスポンサーとの部門調整に忙しくて……」

「部門調整といえば聞こえはいいけど、ようするに、これまでのスポンサーにお引き取り願って、新スポンサーを嵌《は》めこむ、ということだろう」

石岡は、まず皮肉をいった。

それからボーイを呼び、安西の注文を取らせた。

石岡の皮肉は職業病ともいえた。かつて誠学社の正社員だった頃は皮肉をいうことはほとんどなかった。しかしフリーになり週刊誌の仕事に携わるようになってからは、職業柄すべてのものをシニカルに、斜に構えて視る癖がついた。いかに親しい仲間と会っていても、つい皮肉が口をついて出るのだった。

「ところで安西、先程エレベーターに乗るとき、きみの社の船村を見かけたけど、彼はいまどんなポストにいるんだ?」

「船村? ああ、あの有名な先生かね。いまは連絡総務にいるよ」

安西は太い黒縁眼鏡をはずし、おしぼりで顔を拭きながら答えた。

「出世なのかね、それともはずされたのかい」

「いや、悪いポストじゃないはずだよ」

「ほう、日本一の電通を世界一にした陰の功労者として、会社はちゃんと報いているというわけかい」

「また、冗談がきついな」

「確かにやり手ではあるが、あれほど悪どいことをして、社内でも顰蹙《ひんしゅく》は買ってないのかね。批判はないのかね。電通が肥りさえすれば……」

石岡は、あらためて、船村の絡《から》んだ古い〝カントリーの黒田事件〟を思い出していた。ついむらむらとし、語調が激しくなった。われながら大人気《おとなげ》ない、若いときの癖がふいに飛び出してきたな、と心の中で苦笑した。

「いや石岡、そうでもないよ。五十一年の秋、大阪支社長になった石川さん（喜美次元専務）がいたろう、石岡も一度会ったことのある」

安西はそこまでいうと、石岡の耳に口を寄せるようにして声を低くし、

「じつは、石川さんは、梅垣（哲郎）専務、吉岡（文平）専務とともに、ポスト中畑（義愛）の本命だった。石川さんは新聞雑誌育ち、梅垣さんはラジオ・テレビ育ち。ある時期からテレビが新聞を追い抜き、石川さんも少し苦しくなったが、なにしろ実力者だからな。次期社長の椅子を狙っていた。が、突然大阪支社長に飛ばされてしまった。大阪支社長が亡くなったこともある。が、真相は、石川さんが〝F機関〟の上司だったということから、社内でのはねっ返りが強く、ついに社長になれなかったといわれている」

「へーえ。何しろ電通は、今や押しも押されもせぬ世界の大電通だからな。ここまで坂を登ってくるのに、いろいろ無理をなさってきた部分は、頬かむりをして切り捨てにかかっておいでなわけだ。不沈艦をめざして……」

石岡は、皮肉っぽい口調でいった。

世界一の広告会社ともなれば、過去のダーティな部分は切り捨て、どこから突つかれても痛くないような態勢を整えるのも、当然かもしれない。が、それにしても、いまの電通はむしろ、まだまだ過去の古い

体質をあまりにも引きずりすぎている点に問題がある。石岡は、そう思っていた。

安西は、追及しはじめると止まるところのない石岡の鉾先をかわすように、話を転じた。

「ところで、小林はえらく遅いな……」

「そうだな。今回の話はそもそも小林がいい出しっぺなんだから、そろそろ来てもいい頃だな。いつもは几帳面な男で、遅れるときはかならず電話を入れるんだが、何かのっぴきならないことでもあったのかな……」

石岡も気にして腕時計を覗いた。すでに十時を三十分回っていた。

窓の外は、石岡がホテルへ入るときに思ったように、いつしか雪に変わっていた。

小林が持ち出した話というのは、アルバイトに三人でパブリシティ会社を創ろうということだった。電通社員と、週刊誌記者、家電メーカーの広告部次長の三人が揃えば、それぞれの立場を有効に活《い》かし、確かに巧い儲けができそうだった。話を持ちかけられた石岡も安西も、大いに乗り気だった。

十一時を過ぎ、小林はようやく姿を現わした。いつもの血色のいい顔が、よけいに赤く染まっていた。相当酒が入っているようだった。

「すまん。のっぴきならない用事があって……」

小林は、でっぷり肥った巨体を持てあますようにして座った。てかてか光った赫《あか》ら顔が、よけいに赤らんでいる。ひどく興奮しているようすであった。

「安西には悪いけど、おれは、ウチの社のメインの広告代理店を、電通から博報堂に替えるよう動くことに決めたぞ。前からそう思っていたが、今夜ハッキリ決心した。いま博報堂のある部長と銀座で会っていたんだ。ところがその部長から、不愉快千万なことを聞いた。実は、ウチの広告部長が肝臓を悪くしている。近いうちに静養のため、しばらく休職することになっている。その後任は当然おれ、ということになっていた。ところが、その部長の話だと、電通が横槍を入れ、横田という木偶《でく》の坊次長を後任に据えるよう重役に進言しているという」

「電通が横槍を入れたという、確たる証拠でもあるのかい？」

安西が、喰ってかかった。

「証拠？　そんなものはない。しかし、これまでの電通の遣り口からみて、当然ありうることだ」

「しかし、それはあくまで博報堂の部長の耳打ちだろう。博報堂が前々から小林がアンチ電通であることを知っていて、広告部長の交替時を狙い、小林をけしかける手として仕組んだ芝居かもしれん」

安西も、一歩も譲らなかった。そこには電通マンとしての、社への強い忠誠心が感じられた。

そのような安西の姿勢を見ながら、石岡はつい自分と比較し苦笑いさせられた。

彼もかつて誠学社の正社員であったときは、人から社の悪口をいわれたときなどムキになって反駁《はんばく》していた。ところがフリーになり、いくつかの社の仕事を同時にしはじめると、特定の社への忠誠心などいつの間にか消えてしまった。むしろ社に対して異常な忠誠心を持つ人物を見ると、疎《うと》ましくさえ感じられたものである。いくら社に熱い忠誠心を誓っても、いずれは組織に冷たく切り捨てられるものを……とシニカルな気持で視《み》ていた。いままた安西の電通への熱い忠誠のあらわれを聞くと、このまま社との蜜月がいつまでもつづきますように……と苦い気持で友人のために祈るのだった。

日頃大人《おとな》しい安西も、さすがに興奮した口調でいった。

「小林の場合、電通への反感には、個人的怨みが絡んでいるからなあ……」

たしかに小林は、入社当時から現在の広告部長である電通べったり派の秋山と反《そ》りが合わない、という個人的感情も絡んでいた。

小林のいうには、秋山はもともとうだつの上がる男ではなかった。が、昭和三十四年の皇太子御成婚での白黒テレビブーム頃から、社も華やかな宣伝をはじめ、その時流に乗り、それまでなんとなくくすんだ存在だった広告部にも陽《ひ》が当たりはじめた。そのおかげで、秋山も陽の目を見ることになった。秋山は自分の存在を誇示するため電通に入り浸り、電通から聞き齧《かじ》ってきたマーケティング理論を、部下を集めては横文字を混じえ、得々と語った。大学時代広告研究会にまで加わり、正規の理論を学んでいる小林には、噴飯もののこじつけが可笑《おか》しく、鋭く突くと、

「電通でそういってるんだから、間違いない!」

と激怒し、ことごとく小林を目の敵にするようになった。

小林も小林で、〝坊主憎けりゃ……〟のたとえ通り、電通への反感を募《つの》らせていったわけである。

小林はウイスキーを呷るように飲むと、顔のまんなかにどっかとあぐらをかいた鼻をよけいに膨らませ、安西に喰ってかかった。

「秋山への反感もあるが、そんな私的なことだけで、電通を批判しているんじゃない。確かに、好況のときは文句をいう筋合もなかった。とにかく売れてたんだから……。ところが昨年など、電通に煽られるままに広告を派手にやったが、売れはしなかった。電通一辺倒も考えなければならない時に来ている。やはり、家電メーカー会社が電通扱いだと、どうしても一流の東芝、松下にいい人材が送られる。ウチのよう

な二、三流のメーカーには、それだけ質の落ちた社員の担当になる。それより、小さい代理店であっても、ウチに賭けてくれる代理店を選ぶべきだ。

それに何より、すぐにでも上の重役と繫がり、われわれ現場を無視して事を運んでゆくのが気にくわん。秋山のような電通様々の木偶の坊ならいい、おれなどには耐えきれないことだ」

小林の長広舌を聞きながら、石岡はまずいことになりそうだな……と思った。電通に楯突き、電通から他の広告代理店に切り換えようとして、大変な事になった広告担当者の噂を何回か聞いていた。

繊維メーカーの広告部長が、小林のようにメイン代理店を電通から他の代理店に切り換えようとした。ところが、電通に自分の女性関係まで細かく調べあげられ、やんわりと私行調査を匂わされ、切り換えを止めたという噂も聞いていた。

まだその程度ですめばいい。なかには重役にその担当者の中傷誹謗《ひぼう》を耳打ちされ、左遷させられた者までいると聞いている。

小林は、いっそう激昂しながら続けた。

「電通の人事介入を撥ねのけ、おれは、広告部長の椅子を摑む。その暁には、かならず電通から他の代理店へ切り換えてみせる!」

小林の赤ら顔が、テーブルの上のキャンドルに映え、まるで阿修羅のように映った。大きな眼は血走り、ぎらぎらと燃えていた。

その形相を見ながら、石岡はあらためて思った。

〈小林は、まだ電通の本当の恐ろしさを知らない。これは、まずいことになるぞ……〉

2

星村電機の広告部次長小林正治が、四月からステレオのテレビコマーシャルフィルムのモデルに使う北条みゆきとの打ち合わせを終えたのは、午後一時半すぎだった。

「おなかが空いたでしょう。タルタルステーキの美味しいのを、ご馳走しましょう。このあたりでも、結構いいお店があるんですよ」

小林は北条みゆきとマネージャーにそういいながら、小会議室のドアを開け、巨体をゆするようにして廊下へ出た。

そのとたん、広告部長の秋山と、小林のライバルである広告部次長の横田に、ぱったり出会った。二人は、そろって食事に行っての帰りらしかった。

「あ、小林次長、いいときに会った。君にちょっと話があるんだ」

秋山は、いかにも気軽そうに、それでいて高飛車な調子で声をかけた。

「秋山部長……つい打ち合わせが長びいたもので、これから北条さんを食事に誘おうと思いまして……」

小林は、人の都合も訊《き》かないでいつも自分中心の言動をとる……と秋山に対するむらむらする気持を抑えながらいった。

「あ、そう、北条みゆきさんと食事ねえ。そりゃ美人との食事の方が楽しいだろうけど、打ち合わせは、一応終わったんだろう。こちらは仕事の話なんだ。仕事を優先させて欲しいね」

秋山は縁無し眼鏡の奥の細い眼に意地悪そうな光を浮かべると、皮肉たっぷりな口調でいった。

「そんなに時間をとるわけじゃないんです。一時間後ではいけませんか……」

小林はそばで困惑している北条みゆきを気にしながら、むっとしていった。

「一時間後には、電通の塩月部長と会う約束がある。いまでないと困るんだなあ。食事は代わりに横田次長が案内すればいい。君は会議室に戻ってくれ！」

秋山は、日頃の女性的なキンキン声をいっそう高くし、命令するようにいった。

秋山が電通の名を口にしはじめると、一歩も退かないことは、小林にはわかっていた。しかも、部外者である北条みゆきの前でこれ以上揉めるのもみっともない。小林はやれやれといった顔つきで、北条みゆきとマネージャーにいった。

「すみません、急用ができましたので、私に代わって、横田次長が食事にご案内しますから……」

小林はそれから秋山に続いて小会議室へ入った。

「緊急の用というのは、何でしょうか？」

小林はソファーに座るなり、苛立たしそうに訊いた。

秋山は窓辺に立ったままであった。小林に背を向けたまま、窓の外を眺めながらいった。

「君は、私が休職すると触れまわっているそうだね」

「別に触れまわったおぼえはありませんが……」

「そうかな……私は正式に休職するとはいってないんだ。あまり触れまわると、名誉毀損ものだよ。君が一日も早く私に退いて欲しいだろうことは、よくわかるけど……」

秋山は相変わらず小林に背を向けたまま、憎々しそうにいった。

小林は興奮に顔を赤く染めながら、秋山の痩せた背を睨みつけた。星村電機本社は、三田の大門《だいもん》近くにある。広告部小会議室は、八階にある。窓から東京タワーが眼の前に見える。秋山の背の向こうで、東京タワーが冬の陽差しに眼が痛いほどまぶしく光っている。

「しかも……」

秋山は、はじめて小林の方を振り向いた。相変わらず立ったままで、顔面に意地悪そうな笑いを泛《う》かべて続けた。

「君は、電通から博報堂にメイン代理店を移そうと、いろいろに画策しているようじゃないか。すでに私に代わって広告部長にでもなったつもりでいるのかね」

「画策とは、何のことでしょうか？」

「博報堂の吉川部長と、毎夜銀座を飲み歩いて、いろいろと秘策を練ってるそうじゃないか」

博報堂の吉川部長と飲んでいるところを、誰が見たのだろうか……、小林は一瞬、一カ月前彼と飲んだ夜のことを想い浮かべた。あの夜、知った人間には誰にも会わなかったはずだ……あるいは、クリスマスの夜、ホテル『ニュー・オータニ』で石岡と安西に会い、吉川部長と飲んだことをしゃべったが、まさか安西が愛社精神からおれがメイン代理店を電通から博報堂へ移そうとしていることを洩らしたのではあるまい……。

〈いや、安西はそんな男じゃない〉

小林は安西を一瞬でも疑ったことを恥じながら、おそらく電通の誰かが二人の姿を見、さっそく秋山に耳打ちしたのであろう、と思った。しかし、吉川部長にはあの夜以来会ってはいない。そのような難癖のつけ方は、心外だった。

「確かに最近、一度飲んだことはあります。しかし、毎夜なんて会っていません。しかも、付き合いのある博報堂の部長と飲んだって、別に邪推することもないでしょう。えらく神経質になっておられるようですね」

星村電機の広告代理店の使用比率は、電通六〇パーセント、博報堂二〇パーセント、残りの二〇パーセントを大広や東急エージェンシーが分け合っている。付き合いのある博報堂の部長と飲んだって、業務のうちだ。文句をいわれる筋合はない。

秋山部長は、縁無し眼鏡をきらりと光らせると、いっそうネチネチ絡んできた。

「これまでせっかく電通とうまくやってきて、しかも実績が上がってきたのに、どうして君はそんなに電通を毛嫌いするのかね。電通に、個人的怨みでもあるのかね」

小林は、あなたのような木偶の坊を陰に陽に支えてきた電通に怨みを抱くのは当然でしょう……とよほど開きなおりたかったが、さすがに抑えた。理論的に攻めることにした。

「実績が上がったといわれますが、この一、二年は、どうでしたか。電通に煽られるように広告したけど、売上げの伸びは横ばいで、実質的にはダウンしたじゃないですか。それでもまだ電通様々とありがたがっているんですか」

「この一、二年は、何もうちだけじゃない、どの社も伸び悩んでいるんだ」

「いや、とくにウチの社は伸び率が悪い。こういうときこそ、博報堂にメインを切り換えて冒険してみるのも、突破口が開けるかもしれませんよ」

「冒険？　馬鹿も休み休みいいたまえ、君のような考えは、無謀というんだ」

「そうでしょうか、これまでの秋山部長の態度は、あまりにも事勿《ことなか》れ主義というか、わが身かわいさのために、主体性が無さすぎたんじゃないでしょうか」

「主体性が無さすぎた……」

秋山部長は、ようやくソファーに座った。小林を、縁無し眼鏡の奥から睨みつけた。肝臓が悪く、いつも青い秋山部長の顔が、いっそう青ざめ、握り締めた拳《こぶし》がぶるぶると震えはじめた。

「電通に仕事をさせるのは、電通がいいからだ。現在、東芝だって、松下だって、日立だって、一流メーカーはすべて電通をメイン代理店にしているじゃないか！」

「秋山部長、何も私は電通がつまらぬ会社だといったおぼえはありません。世界一の座を保っている世界の大電通です。すぐれているに決まっています。東京オリンピック、大阪万国博、沖縄海洋博のようなナショナル・イベントから、アメリカ建国二〇〇年祭まで手がける実力のある広告代理店は、日本では電通をおいてないでしょう。しかし、そのような大電通が、はたしてわが社のような、いわゆる二番手の社にとって、最も有効であるかどうか、といっているんです」

「二流の社？　わが社を二流とはなにごとかね！」

「二流といったおぼえはありません。二番手といったんです」

「二流も二番手も、いっしょだ」

小林は秋山の言葉尻をとらえたいいがかりに、うんざりした。しかも空腹もひどくなってくる。いっそう苛立たしさが募《つの》っていった。

小林は、秋山を説得するようにいった。

「なんといわれようと、わが社が二番手の企業であることを、いま一度自覚した方がいいと思うんです。電通は、全電機メーカーがメイン代理店にしているわけですから、どうしても松下、日立、東芝のようなトップクラスの企業が優先になる。人材も優秀な者をトップメーカーに送る。どうしてもわが社には、レベルの低い者が担当として回されてくる。それならいっそ、博報堂をメインにして、博報堂で最も優秀な人たちに担当してもらった方がいい」

「君はえらく博報堂の肩を持つが、電通でうちあたりへ回されてくる人材の方が、博報堂で最優秀な人材より、まだマシだよ」

「そんなことはない！　博報堂のナンバーワンクラスの担当者をわが社に回させ、わが社に賭けさせた方が、はるかに有利です。わが社が勝ち残っていくためには、その方がいい」

「ま、君がそう信じるのは自由だが、実行に移してもらっては、大変なことになる。だいいち、夜の七時から十一時までのテレビのゴールデンタイムの枠が、取れなくなる。うちのような家電メーカーにとって、視聴者が茶の間でくつろぐ可能性の最も高いゴールデンタイムが確保できないと、命取りになるからな。博報堂と電通じゃあ、テレビ局への力がちがいすぎる」

秋山は勝ち誇ったようにいうと、眼鏡をはずし、レンズに息を吹きかけては、絹のハンカチで曇りを拭きはじめた。

たしかにテレビのキーステーション局のゴールデンタイムの占有率は、電通と博報堂の間にあまりに格差が開き過ぎていた。昭和五十四年度の電通の占有率は、ＴＢＳでは、五九・四パーセントも占めている。次いでフジテレビが五〇・七パーセント、日本テレビ四二・七パーセント、テレビ朝日三八・六パーセント……電通の担当者は「電通一社で、テレビ局一社を経営できるだけの広告量をもっている」と豪語しているほどである。

それに対し博報堂占有率は、ほとんどの局が一〇パーセント前後で、電通と比較にもならない。

小林は大きく息を吸いこむと、いった。

「しかし、ゴールデンタイムを電通がほとんど握っているといっても、あくまで一般論にすぎない。それもまた人材と同じで、はたしてうちのクラスの社に、好きな時間帯を回してくれているか、現状はノーといわざるをえない。やはり松下、日立、東芝の一流クラスにいい時間帯を確保し、それから残りの時間帯をうちあたりに回してくる。このようにいかに電通が力を持っていても、わが社に役立っているかどうかは、疑問です。それならいっそ、博報堂に切り換え、うちのために全力を傾注してもらって、気にいったゴールデンタイムを確保してもらった方が、よほどいい」

「さあ、それもどうだか……」

秋山は、ようやく眼鏡を拭き終わった。かけなおすと、縁無し眼鏡の奥から、小林を恐い眼付で睨みつけるように見ていった。

「君が何といおうと、私は電通こそわが社の売上げを伸ばすにふさわしい社であるという信念をもっている。今後電通の比率を高めることこそあれ、減らすことは考えてもいない。君が博報堂の比重を増やそうとすることも、許さない！」

「許す許さないといっても、休職するあなたにそんな権限はありませんよ」

小林はいっそう空腹になり苛立ってくる神経を抑えながら、強い調子でいった。

「どうも君は、博報堂から鼻薬でも嗅がされているようだね。博報堂に切り換えたあかつきには、いくらくらいの報奨が約束されているのかね？」

「秋山部長、いかに上司とはいえ、あまりに失礼な言葉じゃないですか。いまの言葉は撤回して下さい！」

小林は顔面を真っ赤に染め、喰ってかかった。しかし秋山は、にたにたと笑いながらいった。

「ま、代理店選択の権限は部長にあるんだからな。いまから君がいくら気張っても、部長になれなきゃ、何もできぬ。私の後のポストは、君というより、むしろ横田次長じゃないのかな……」

「電通がそのような根回しをしているということですか！」

「さあ、電通とは関係ないだろう、社内での衆目の一致するところじゃないのかね」

小林は、込みあげてくる憤怒を抑えがたかった。握りしめた拳《こぶし》が、つい震えた。

秋山は、小林の震えを冷ややかに見ながら立ち上がった。腕時計にちらりと眼を走らせていった。

「お、そろそろ三時になるな。急がないと電通の塩月さんに悪い。君も、その巨《おお》きな体では、ずいぶんとお腹が空いただろう。これからゆっくり、誰にも気がねしないで食事でもしたまえ」

さいごの嫌味をいうと、さっさとドアを開け出て行った。

ひとり会議室へ残った小林は、眼を血走らせ、今まで秋山の座っていたソファーを睨みつけながら、口に出していった。

「いまにみておれ……」

その夜、小林は銀座のクラブ『プリンス』へ、ひとりで飲みに行った。秋山部長への怒りがおさまらず、胸の奥に溜っているもだもだしたものを少しでも解消させたかった。ただホステスとたわいない馬鹿話に興じ、憂さを晴らしたかった。そのため、その店でも最も素っ頓狂な、理沙というスペイン人との混血のホステスを指名した。彼女は酔っぱらってくると、ハイヒールを頭に乗っけたり、夏の暑いときなど裸足で銀座のど真ン中を歩いたりする風変わりなホステスだった。

理沙と飲むうち、彼女は黒目がちな大きな眼を輝かしていった。

「あたし、この前はじめて撮影所に行って、撮影風景みたの。松坂慶子って映画でもきれいだけど、本物はもっときれいなのね。肌なんて、まばゆいほどにつやつやしているの。女が見ても惚れ惚れしたわ。ねえ、星村電機でもCMに使ってはどう?」

「松坂慶子か……新人の頃ならウチのCMでも出てくれたろうけど、いまや彼女も大女優だからな。無理だろう」

理沙が、かわいい唇をとがらせるようにしていった。

「新人の頃といえば、松坂慶子のデビュー作の大映ポルノ『夜の診察室』を東映が買い取って上映することにする、といわれていたので、あたし楽しみにしていたの。それなのに突如中止になってしまったの。東映の人よく飲みにくるから、今度来たら文句いってやろうと思ってるの」

「理沙ちゃん、東映を恨んだって駄目さ、恨むなら電通を恨むんだな」

「電通？　どうして？　だってあの会社、広告会社でしょう……」

「それが関係があるのさ。東映に松坂のポルノ映画を上映されると、いま松坂慶子をＣＭに使っているスポンサーが困るだろう。イメージダウンになるというわけさ。そこでスポンサーが電通に泣きこみ、電通が東映に圧力をかけて、急遽《きゆうきょ》取りやめさせたのさ」

小林は芸能界にくわしい石岡から耳にしたことを話した。

「へーえ、電通って、そンなことまでやるの……」

理沙はふしぎそうな顔をして、トマトジュースのビール割りを口に運んでいた。

小林は電通のことを忘れようとして飲みにきて、妙なことから電通の話題になり、再び鬱屈しはじめた。理沙相手では、心の底のもだもだした黒い塊のようなものはとうてい溶けそうにはなかった。

〈そうだ、『週刊タイム』の石岡を呼び出そう。まだこの時刻でも、会社にいるだろう〉

小林は立ち上がると、クラブ入口の電話ボックスへ向かった。『週刊タイム』編集部へ電話を入れ、石岡雄一郎を呼び出した。いつもは滅多につかまらない石岡だが、その夜は珍しく、取材から帰ったばかりだったらしく席にいた。

「この前は、パブリシティ会社をアルバイトでつくる話もできなかったので、飲みに出て来ないか」

「飲みたいとこだが、あいにく今日から新しい取材がスタートしたばかりでね。これから相手をどう攻めるか、デスクと検討しなくちゃならない」

「そうか……残念だな」

「それはそうと」

石岡は、声を低くしていった。

「メイン代理店を博報堂に切り換えるといっていたな。十二分にわかっているとは思うが、慎重に動けよ。かつてカントリー・ウイスキーの黒田事件のあった頃、広告関係の部長が、おれの耳に入っているだけでも四人、そのポストからはずされているからな」

「どの社の、誰と誰だい？」

小林は、酔いが醒《さ》めていく気持で訊いた。

「化粧品業界では、資美堂の若生宣伝部長、花園石鹸の山倉宣伝部長、森村製菓の小原広告部長、それに西洋レーヨンの遠村宣伝部長の四人だ。それぞれ中傷されたり、妙な噂を立てられ、ついには、広告関係の部長のポストを追われてしまった」

「すべて電通のしわざかい？」

「ハッキリした証拠がないから何ともいえん。しかし、すべて電通がらみで、しかも背後で例の〝F機関〟が暗躍したんじゃないか……とささやかれている」

「別におれは調べられて悪いようなことはしていないから、大丈夫だよ」

「小林、それは甘いよ。女性問題、金銭問題を調べてなお何も悪い材料が出てこなかった資美堂の若生さんのばあいなど、アルバイトを一カ月間も雇って自宅を見張らせ、いったい歳暮がどれほどくるかをチェックさせた。資美堂の宣伝部長クラスになると、関わりのあるテレビ局や雑誌社が三〇〇はあり、ゆうにトラック一杯分くらいはあったそうだ。それを資美堂のトップに報告したらしく、ついに若生さんは宣伝部長のポストから飛ばされてしまったということだよ」

「〝F機関〟は、どこでそのようなスパイ大作戦のような手をおぼえたんだろう?」

小林は、石岡に訊いた。

「どうも船村の上司に、陸軍中野学校出身者で謀略の大ベテランだった常務が当時いて、その男が船村に様々な謀略の手口を教え込んだらしい。だからやることも、手が込んでいるわけだ」

「空恐ろしい話だな」

「小林、感心しているばあいじゃないぞ。明日はわが身かもしれんぞ」

「しかし、いまや〝F機関〟は鳴りをひそめたから、そこまではやらんだろう」

「油断はしない方がいい。この前『ニュー・オータニ』でお前を待っているあいだ安西から聞いたけど、安西の同期で大阪電力の担当者が、大阪電力の仕事を博報堂にとられてしまった。そのため彼は、あわれ図書室の資料係へ左遷されたようだよ。で次の部長は、来年は何が何でも大阪電力を電通の手に……と巻き返しをはかっているそうだ。電通の担当部長は首がかかっているんだからね。いくら小林のとこが二流メーカーだからって、博報堂に切り換えられるようだと、様々な手を打ってくる。小林の性格からいって、いまさら手を引けとはいわんが、気をつけろよ」

「すまんな、心配をかけて……」

テーブルに戻った小林は、理沙に合わせてはしゃぎながらも、心は晴れるどころか、塞ぐばかりであった。これから自分の歩んでいく道が、暗く翳《かげ》っていくような気がした。

強気で通っている小林にしては、珍しいことであった。小林は、博報堂の吉川部長を呼び出し、自らを鼓舞しようと思い、再び席を立った。

入口の電話ボックスへ入ると、博報堂へ電話を入れた。吉川部長はすでに社を引きあげていた。しかし、居場所を訊くことができた。吉川部長も銀座で飲んでいるとのことだった。

そのクラブに電話を入れると、がらがら声の吉川が出て来た。小林が飲みたいと告げると、二〇分くらいしてクラブ『プリンス』へ来るとのことだった。

小林は、再びテーブルに戻った。水割りをぐいと呷ると、にわかに元気づいた声を出した。

「親しい友人がしばらくするとここに来るから、大事に応対してくれ」

それから二〇分ばかり経ったときのことである。理沙が、声をひそめるようにしていった。

「小林さん、あのテーブルにいるひと、たしかあなたの会社の部長さんじゃないかしら……」

小林は理沙が目で合図する方向に眼をやり、どきりとした。信じられない光景を目撃したのだ。店の片隅で、昼間いい争いをした上司の秋山部長と、電通の塩月部長が顔をくっつけ合うようにして、ひそひそと密談していた。小林の全身から、汗が吹き出した。

〈秋山部長は肝臓を悪くしているから、まさか銀座には出てこないだろうと思っていたのに……この場所に博報堂の吉川さんがきて、彼らと顔を合わせるとまずいことになる……〉

しかし、そう思ったときには、すでに遅かった。入口に吉川部長が巨体を現わし、緋色《ひいろ》のビロードの絨毯《じゅうたん》の上をのっしのっしと歩いてきた。

吉川部長は、グローブのような大きな手を小林に差し出すと、握手を求めた。大きながらがら声で、まわりに聞こえるようにいった。

「小林さん、お待たせしまして」

その瞬間、店の隅で密談していた秋山と塩月の敵意に燃える眼が、小林と吉川の二人に射るように向けられた。

〈しまった……〉

小林の全身の血が、逆流していった。

しかし、すでに遅かった。

すかさず秋山は立ち上がってきた。小林と吉川のテーブルに、わざわざやって来た。気障《きざ》な縁無し眼鏡の奥の細い眼に皮肉な光を浮かべ、かん高い声でいった。

「吉川部長、お久し振りです。最近、うちの小林が、殊の外あなたのお世話になっているようで……あらためて、あなたにお礼をいっておこうとおもいまして」

「いえ、どういたしまして。電通さんほどではないまでも、うちも一応おたくのお手伝いをさせていただいておりますので、小林次長とこうして飲むのも当然のことでして……」

吉川部長は、秋山部長の皮肉などどこ吹く風といわんばかりに受け流した。それから、クラブの片隅のテーブルに座っている電通の塩月部長に挨拶した。塩月は、興味深そうに秋山と小林のやりとりを眺めていた。

小林は、秋山に皮肉をいわれて吉川部長のように軽く受け流すわけにはいかなかった。酔いも手伝っていた。

「秋山部長！　ここは銀座のクラブですからね。不粋なことはよして、おたがい干渉し合わないでゆっくりと飲みましょうよ。塩月さんにも悪いでしょう。テーブルにお帰りになって、自分の今後のことでもごゆっくり相談なさった方が、いいんじゃありませんか」

秋山は、青ざめた額に浮き上がった血管をぴくぴくとさせた。特有の女性的なキンキン声をいっそう高くし、ヒステリックにいった。

「いやいや、わたしたちより、みなさんのテーブルの方が込み入ったお話がおありのようだから、どうぞごゆっくり」

しかし、それだけではいい足りないらしい。縁無し眼鏡の奥の細い眼をいっそう細め、小林の顔を呪いを籠めたように睨みつけた。

「ま、とかく、弱い目高《めだか》は群れたがる、といいますからな」

わざわざ捨て科白《ぜりふ》を残し、塩月部長の待つテーブルへ戻って行った。

小林は、自分への捨て科白ならまだ許せるが、博報堂の吉川部長をも含めた侮辱は許せない気がした。腸《はらわた》の煮え返るような思いをかろうじて押さえながら、ウイスキーを呷った。

3

激しい吹雪《ふぶき》の中を、キャデラックは成田国際空港から銀座に向かって滑り出した。

ウィルソンは、ニューヨークに本拠を置く広告代理店アメリカン・グロリアの日本支部総支配人として新しく日本に乗り込んできたのであった。ジョン・ウィルソンは、キャデラックが滑り出すなり、座席の隣りにかしこまって座っている森脇昭宗局長に、電通を頂点とする日本の広告業界について報告させた。

ウィルソンは、答えが返ってくるたびに、鷹のような鋭い青い眼を剝き、苛立った。両手を大げさに広げ、

「インクレディブル！」

を連発した。

ウィルソンには、何よりも電通をはじめとする日本の広告代理店が、一業種多社システムを採っていることが理解できなかった。自動車産業を例にとってみても、一広告代理店がトヨタも日産も東洋工業もすべて引き受けている。アメリカでもし同じように一広告代理店が、フォードもゼネラルモータースもクライスラーも一手に引き受けましょうといいはじめたら、狂気の沙汰としか思われないだろう。

そもそもアメリカで現在のような一業種一社システムがおこなわれるようになったのは、あの第一次世界大戦後の不況が原因であった。低成長期に入り、企業は次々に倒産しはじめた。しかしアメリカにはイギリスなどのように植民地はない。他国から略奪なり搾取して利益を得るわけにもいかない。国内で利益をあげるしか方法がなかった。そこで何としてでも這い上がろう、自活の道を見つけようと模索した結果生まれたのが、マーケティングという手法だった。そして広告代理店が、そのマーケティングの重要な推進役を買って出たわけである。いうならば、企業にとってコンサルタント的、弁護士的役割を買って出たわけである。それゆえ一商品の宣伝を担当したなら、ライバル商品の宣伝を引き受けないのは自然の掟《おきて》であった。

いや、アメリカだけではない。ヨーロッパでも、東南アジアですら、すべて一業種一社システムで貫かれていた。日本のように一業種のうちどの社も引き受けてしまうという節操のない国は、世界にも類がな

い。ウィルソンには、まさに信じられないことであった。

〈このような歪《いびつ》なシステムゆえに、ちっぽけな島国である日本の電通が、わが国のJ・W・トンプソンを抜き、世界一の座を保ちつづけているわけだな……〉

ウィルソンは、森脇局長の熱心な報告を聞きながら、ダンヒル製ストレート・グレインのブルドッグ型パイプを不機嫌そうに燻《くゆ》らせはじめた。

電通は、昭和四十八年以来、広告界において世界一の座を誇りつづけている。昭和五十四年度も、二十四億三千七百万ドルの取扱利益をあげ依然世界一。二位のヤング・アンド・ルビカムは十九億二千百万ドル、三位のJ・W・トンプソンは十六億九千三百万ドル、四位のマッキャン・エリクソンは十六億八千七百万ドル、五位のオグルビー・アンド・メーサーは十三億九千三百万ドルと、電通が群を抜いている。

ウィルソンは、ニューヨーク本社にいるときに、日本の電通が、J・W・トンプソン、ヤング・アンド・ルビカム、マッキャン・エリクソン、レオ・バーネットというアメリカの錚々《そうそう》たる広告代理店を抜き、世界一の座に輝いていることが、どうしても実感として理解できなかった。

というのも、アメリカの国内では、電通マンが活躍している姿をほとんど眼にしたことがないからだ。電通が一業種一社システムを採っていないから、アメリカの企業はいかに電通が世界一の取扱高を誇っていても、相手にしない。それればかりか、たしか、ナショナルのパナソニックの宣伝も、アメリカでは電通でなく、D・D・Bが引き受けている。ホンダのオートバイも、グレイが引き受けている。その他、ソニー、キャノン、いやキッコーマン醤油の宣伝ですら、すべてアメリカでは、アメリカの広告代理店が引き受けている。電通は、アメリカではお手あげに近い状態である。

いや、アメリカだけではない。ヨーロッパへ出張に出掛けたときも、ウィルソンは、電通マンの活躍をほとんど眼にしたこともない。耳にしたこともない。そのため、皮肉好きのウィルソンは、アメリカの広告専門誌『アドバタイジング・エージ』が毎年世界の広告会社の順位を発表し、電通が一位にランクされているのを眼にするたびに、にやにやしながら仲間にいってきたものだ。

「世界一の電通マンの姿を、アメリカでもヨーロッパでも見かけないが、彼らはわれわれの眼につかぬソ連や中共などの共産圏ででも、秘かに活躍しているのかね？」

事実、皮肉のひとつもいいたくなるように、電通の国際広告の取扱高は、全社取扱高に占める割合が一・九パーセントで、二パーセントにも満たない。J・W・トンプソンやヤング・アンド・ルビカムが国内部門と海外部門の取扱高が半々であるのに比べ、電通の海外部門での弱さは異常としかいいようがない。それなのに、取扱高世界一だという。狭い島国である日本の企業のみを相手にして、どうして世界一でありえるのか。日本の企業の広告量には限度があるはずだ……。ウィルソンには、それなのに電通が世界一であることが、奇蹟としか思えなかった。

しかし、森脇局長の細かい報告を聞いてはじめて、電通が海外部門では考えられないほど弱いが、日本では驚くべき強さを誇っていることが実感として納得できたのだった。有名な企業のほとんどすべてをクライアントにし、日本の総広告費の四分の一以上を電通一社で占めているのだ。アメリカではトップに輝くJ・W・トンプソンですら、取扱高はアメリカ国内の総広告費に対しわずか三パーセントしか占めていないというのに……。

〈これからわれわれがクライアントを新規獲得していくには、ことごとくその電通と一戦を交じえること

になる。手強い相手だ……〉

ウィルソンは、銀色の眉を苦々しそうに寄せ、いっそう不機嫌な顔つきになっていた。

アメリカン・グロリアは一年前、自社のクライアントであるコーヒーメーカー、ガルボが日本に上陸したときいっしょに上陸し、日本支部を開いた。しかし世界に類のない日本の広告代理店業界独特のシステムに面喰らい、思っていた以上に新規クライアントの獲得に苦戦を強いられた。ついに前任者である日本総支配人ヘンリー・ニコルソンは、ノイローゼ状態に陥ってしまった。その後任者として急遽送り込まれてきたのが、ニューヨーク本社でもタフネスな男として知られるウィルソンであった。

ウィルソンは、森脇局長の報告が終わると、怖いほど真剣な顔つきになって、矢継ぎ早やに質問を浴びせていった。

「ミスター森脇、なぜ日本では、いつまでも一業種多社システムが許されているのか。ライバル社と同じ広告代理店に頼んでいて、自社の企業秘密がライバル社に洩れることが、怖くないのかね?」

森脇局長は、流暢《りゅうちょう》な英語で答えた。

「いえ、やはりそれを心配しているようです。それゆえに電通では、トヨタ、日産、東洋工業などの大きなクライアントを扱う担当部門は、それぞれ築地本社、銀座の旧電通、あるいは電通第三恒産ビルというように、建物を分けているようです」

そしてかつて東芝の土光敏夫会長が、電通が家電メーカーすべてを扱っているのを怒って、つぎのようにいったということを伝えた。

「電通は、東芝のために社長以下、本気になって一生懸命やっておるのかね。私が逆の立場だったら、東芝一社のためにわき眼もふらずにやる。口ではいいことをいっていても、松下や日立のためにも、一生懸命やっておるのではないのか。情報を同業他社へ洩らすとは疑いたくはないが、要は社長以下の熱意の問題だ。東芝のために全力をあげてもらいたい」

これに対し電通側が弁解した。

「第一連絡局と第二連絡局とは階を違えて、ハッキリと分けております」

土光会長は、怒鳴った。

「何をいっておるか。真ン中にエレベーターが通っているじゃないか！」

それから急遽、電通は東芝を扱う部門だけを別館に移したと森脇は説明した。

ウィルソンは大仰に両手を拡げ、呆れた顔で隣りに座っている森脇局長を見た。

「建物を分けたから、それで大丈夫だって!?　オー、ナンセンス」

ウィルソンは、ますますヒステリックな声をあげ、パイプを持つ手を震わせた。

「同じ社の社員が担当するわけだろう。そんなことは、気休めに過ぎない。そんな子供だましのようなことで、クライアントも満足しているのかね。日本人全体が、企業秘密ということに、どうも鈍感過ぎるようだ。日本、やはり神秘的な国ね。信じられない！」

いつしか成田空港を出発したキャデラックは、三宅坂インターチェンジから霞ケ関を通り、銀座へ入って行った。吹雪はいっそう激しくなっていた。

ウィルソンは吹雪を通してソニービルを見た。さすがに世界に名の通った銀座だ。センスのいい、華やかなショーウインドウが並んでいる、と思った。

森脇局長が、説明した。

「いま右手にソニービルが見えましたでしょう。あの前の通りは、正式名は外堀通りというんですが、昔あの通りに電通本社があったところから、一般には電通通りと呼ばれております」

「通りにまで、電通の名が冠せられているのか……」

ウィルソンは、ますます不機嫌になっていった。


ウィルソンは、東銀座にある東京本社に到着し、総支配人室に入った。森脇局長が、窓の外の巨大なビルを指差していった。

「あれが、現在の電通本社です」

総支配人室の南側は、陽の光りをいっぱいに採り入れるために一面総ガラス張りになっている。そこから、吹雪を通し、築地の電通本社のビルが眼前にあるように見通せた。

「ふむ……」

ウィルソンは、腕を組んだ。低い唸《うな》り声をあげながら、吹雪のむこうに建つ電通本社を睨みつづけた。

十五階建ての灰色のコンクリートビルは、あたりを圧するような厳めしい雰囲気を放っていた。

玄関前には、刃物のような黒光りする前衛的な彫刻が飾られている。

「ミスター森脇、あの玄関前の奇妙な彫刻は何かね?」

ウィルソンは、不思議そうに訊いた。

「電通の建物は世界的に有名な丹下健三氏の設計によるものだそうですが、あの玄関前の彫刻は、彫刻家水野晴児氏の作で、鳥の羽根を型取ったものだそうです。つまり、羽ばたく電通をあらわしているそうです」

「わたしはまた、刃物のような鋭い型からして、何が何でも敵を切り刻み、どのような状況でも電通はフェニックスであろうという祈りでもこめたものかと思ったよ」

ウィルソンは、皮肉たっぷりにいった。

森脇局長はそばで、新しいボスの機嫌を取るようにいった。

「ひと呼んで、あのビルを、民間放送局に対する絶大なる支配力を誇っていることから『築地編成局』ともいいます。さらに、巨大な力を背景に社員たちが官僚的に尊大に振舞いがちなことへの皮肉をこめて『電通公社』『電通省』と呼ぶ者もいます。あるいは、電通のＣＩＡまがいの情報謀略工作にからめ『電通ＣＩＡ本部』とまでささやく者もいます」

ウィルソンは森脇局長の説明を聞きながら、電通本社前のタクシー乗り場を見つめた。激しい吹雪だというのに、絶えず四、五台のタクシーが発着し、電通社員の活気と忙しさをあらわしていた。

〈さすがエコノミック・アニマル大国を支えているだけあって、よく働くな……〉

ウィルソンは、苦々しく思った。

ウィルソンは、その夜、部下の森脇に赤坂の高級ナイト・クラブ『モナコ』に連れて行かれた。

そばについたホステスは、ウィルソン好みの女だった。日本映画でよく観る、典型的な日本美人であった。うんと小柄でいて、匂うような色気があった。神秘的であった。美樹と名乗った。

しかし、ウィルソンは、部下のいる前で口説《くど》くようなはしたないことはしなかった。部下に、少しでもだらしない面を見せることは、あとあと部下を率いていく上で悪い影響をおよぼす、と固く信じていた。そのあたりのけじめは、はっきりしていた。

今度のようなばあい、妻を伴って来日するのが常識であった。しかし、来日が決まったのがあまりにも急だったため、ひとまずウィルソンが単身で日本へやって来て、妻は数カ月後遅れてやって来ることになっていた。

ウィルソンにとって、むしろそれは不幸中の幸いであった。その間嫉妬深い妻の眼から逃がれ、のびのびと浮気を楽しむことができる。

ウィルソンは、美樹に熱い視線をそそぎながら心の中で思っていた。

〈近いうち、かならず口説いてみせる……〉

ウィルソンは、ビジネスにも女にも自信があった。

ウィルソンは、翌日の朝の九時半に、総支配人室に幹部を集めた。十二人の幹部に自己紹介させると、鋭い眼を光らせ、森脇局長に矢継ぎ早やに質問を浴びせた。

「ミスター森脇、昨日聞いたような電通の歪なシステムで、クライアントからは文句は出ないのかね。トヨタも、日産も、東洋工業も、すべて引き受けていたんでは、三社ともうまくいった場合はいいが、もし一社だけうまくいき、他の二社が不成功に終わるようなことになると、不成功に終わったクライアントから、文句が出るだろう」

「たしかにそういう問題も起きております。かつては高度成長の波に乗り、宣伝さえすれば売れた、という時期が長く続きました。その時期には、すべてのクライアントが電通様々で、あえて一業種多社システムに疑問を感じることもなかったんです。しかし、石油ショックにより、そのような甘い時代は終焉を告げた。低経済成長期に入った。物は売れなくなった。おたがいの企業が狭くなった市場をめぐって鎬《しのぎ》を削り合う時代に入った。こうなってくると、総支配人のおっしゃるように、電通に頼んでも、売れる企業と売れ行きの伸びない企業とが、出てきはじめた。売れ行きの伸びない企業は、それまでのように電通様々と崇めているわけにもいかず、疑問を感じはじめているようです。自社のためだけに全力を尽くしてくれ、売れ行きを伸ばしてくれる広告代理店は、他にないものだろうか、と」

ウィルソンは、森脇の返答を聞きながら、心の中でにんまりとほくそ笑んだ。

〈われわれの入り込む土壌が、できてきつつあるということだな……〉

「しかし、うまくいかない企業も、不満に思いながらも、結局は電通に頼み続けることになるんです」

森脇局長は、せっかく上機嫌になりかかっていたウィルソンに水を差すように、その理由を述べた。

「電通の田丸秀治社長が、まだ社長になる前、こういったことがあります。『たとえば日本も一業種一社システムにしようとしたとしよう。その場合、松下も日立も東芝も、すべてウチを選びたい、と殺到してきます。二位以下の代理店では、どうしても力不足なんだ。したがって、わが社に仕事が集まってくる』、ことほどさように、電通と他の広告代理店に、差がありすぎるのが現状なんです。かろうじて博報堂が電通と争えるくらいで、他の代理店はとても大企業がメイン代理店にするには頼りない」

「ふむ……」

ウィルソンは、また不機嫌な気分になっていった。

森脇局長は、暖房がききすぎるのか、それとも返答にたじたじとしているのか、額に汗が噴き出るらしく、しきりにハンカチで汗を拭いながら続けた。

「日本の広告代理店には、一位があって二位がなく、五、六位に博報堂がある、といわれております。国内のシェアも、電通が、昭和五十四年の年間の日本の総広告費二兆一千百三十三億のうち約四分の一、五千二百七十七億円を占有している。二位の博報堂は千八百八十六億円で電通の約三分の一。つづいて大広九百六十七億円、東急エージェンシー五百二十二億円、第一企画四百六十八億円、読売広告社四百五億円、マッキャン・エリクソン博報堂三百七十九億円、朝日広告社三百五十二億円、第一広告社三百八億円、旭通信社二百九十八億円……という順になっております。電通がわが国広告界においてガリバー型巨人といわれるゆえんであります。博報堂がかろうじて子供で、あとは小人のようなもの。それら小人のような代理店のウロチョロするあいだを、ガリバー電通が地響きをたててのし歩いているわけであります。つまり、クライアントの方も、仮に広告代理店を建築士にたとえれば、電通と博報堂を一級建築士、他の代理店は二級建築士と思っているんです。電通、博報堂以外の代理店では、とてもコンクリートの立派な建築物など建てられない、と思っているんです。こういう状態では、一業種一社システムに移行すると、一業種のうち、二社までは電通、博報堂でまかなえますが、あとの社をまかなう代理店がないわけです」

「ふーむ……具体的にマーケティング面でもこんなに差があるのかね？」

「はい、電通と博報堂は、それぞれ大型コンピュータを使っております。電通がＴＯＳＢＡＣ５６００、博報堂がＩＢＭ３７０とＭＥＬＣＯＭ７００を。それに最近では東急エージェンシーも大型コンピュータを使っていますが、他社は、せいぜい中型コンピュータしか使っていません。情報処理能力がまったく違い、マーケティング面で差ができるのも無理はありません」

「クリエイティブ面では？」

「年に二回、ＡＣＣというテレビのコマーシャル・フィルムの品評会があるんです。このとき一〇〇本くらい入賞しますけど、このうち電通と博報堂で入賞の六〇パーセントは占めます。三位以下の社は、クリエイティブ面でも劣っているわけです」

「うむ、博報堂以下の他社は、電通に迫ろうと努力はしないのかね？」

　ウィルソンは、ますます不機嫌になりながら質問を発した。

「その萌芽は見られます。業界四位の第一企画、五位の東急エージェンシー、八位の第一広告社の三社のトップが月に一度社長会を持ち、特定の媒体の社長を呼んでは話し合い、協力要請をしています。特に日本テレビなどは協力の姿勢を見せているそうです。番組開発も、三社で協力し合ってやっているそうです」

「その三社の売上高を合わせると、いくらになるのかね？」

「第一企画四百六十八億、東急エージェンシー五百二十二億、第一広告社三百八億で一千二百九十八億、博報堂が一千八百八十六億ですから、どうにか博報堂に近づくことになります」

「うむ、もしその三社の協力がうまくいくようだと、すくなくとももう三社メイン代理店として任せてもいい社ができる。それがきっかけとなり、他社も共同戦線を張りはじめ、強固だった一業種多社システムが崩壊しはじめるかもわからないというわけだな」

「しかし……」

森脇局長は、再びウィルソンの希望的観測に水を差すことに気兼ねしながら、否定的見解を述べた。

「おたがいに足を引っ張り合うことは考えついても、いざ協力し合うということになるとなかなか難しいようです」

「うむ。どの国も同じようなことだな」

「そのような他の代理店のあまりのだらしなさが、電通の独走を許し、ひいてはいつまでも日本に一業種一社システムが根づかない原因をつくっているのです」

「うーむ」

ウィルソンは腕を組み、眼を閉じ深く考えこんでしまった。総支配人室には、沈鬱な空気が流れた。

ウィルソンは、やがて眼を開けた。

「どうもそれだけの説明ではまだ、なにがなんでも電通、電通と、電通にクライアントたちが集中する理由が呑みこめないな」

「総支配人は、電通を広告代理店とお考えになっているからとまどわれるんです」

森脇局長にかわり、ヘンリー・ジェームスが立ち上がり説明をはじめた。背のひょろ高い、神経質そうなアカウントスーパーバイザーである。

「広告という理論武装はしていますが、一種の総合商社とお考えになればまちがいありません。つまり、エコノミックアニマル日本の象徴とも見られる〝総合商社〟のえげつないやり方を、そっくり同じようにやっているのが電通なんです。金融力と情報力をバックに世界に雄飛した三井物産、三菱商事、住友商事とかわらないわけです」

「金融力？」

「ええ、戦後金融力が逼迫《ひっぱく》したとき、広告主は電通に対して何カ月かの手形で払った。電通はそれを立て替え、媒体に対しては現金で払った。つまり金融代理店の役割をはたし、広告主、媒体との繋がりを深めていったから今日のような大をなしたわけです。

それと、十七世紀の初めから暴れ廻った英国の東印度貿易流に、媒体という資源を大量に買占めることでのびてきた。新聞の広告スペース、テレビの時間帯を大量に買えば安くなる。そういうブローカー的役割を、得意としてるわけです。つまり、われわれのシステムが〝製品別代理店〟なら、電通のそれは〝媒体別代理店〟と呼ぶべきものです」

「媒体、媒体というが、日本ではそれほど媒体の確保が難しいのかね」

ウィルソンには、媒体を買うことにそれほど重点を置いていることが、信じられなかった。

アメリカでは、一商品のPRを引き受けると、どういう媒体をいくら使えばよいかをコンピュータで計算し、テレビ局に行って、必要な時間帯を思いどおりに買うことは、何ら困難なことではない。

「それが日本では違うんです。たとえばこのデータを見てください」

ヘンリー・ジェームスは、ウィルソンにコピー資料を手渡した。東京のテレビ局の七時から十一時までのゴールデンタイムの、代理店別シェア表であった。

ウィルソンは、電通のシェアがTBS五九・四パーセント、フジテレビ五〇・七パーセント、NTV四二・七パーセント、テレビ朝日三八・六パーセント……と見ていくうち、大きな唸り声をあげた。日本における電通の怖さが、実感としてわかってきたのだった。

「つまり、このように媒体を確保し、媒体を売ることが、日本の広告代理店の主な仕事なわけです。そしてこの媒体確保能力こそが、即日本の代理店の力を示すことになるわけです。その能力において電通の力は絶大で、五〇パーセント近く買い占めて、他の代理店に譲らないわけです。すなわち、われわれ外資系の代理店の一番の悩みは、ここにあるわけです。前任者のヘンリー・ニコルソン総支配人も、何度か各テレビ局に行き頭を下げて頼まれましたが、テレビ局の方で、電通に気兼ねし、どうしてもわれわれの欲しい時間帯は取れませんでした」

ウィルソンの脳裡には、人に頭を下げることの嫌いな狷介《けんかい》な性格の前任者ヘンリー・ニコルソンが、各テレビ局をまわっては苦しそうに頭を下げる姿が浮かんだ。

「ふーむ」

ウィルソンは腕を組み、深く考えこんだ。

ウィルソンはいっそう厳しい眼付きになると、訊いた。

「ミスター森脇、われわれより先に日本に上陸した代理店はうまくいっているのか。それぞれの代理店の主なクライアントを挙げてみてくれ」

森脇はノートから資料を取り出すと、読みあげた。

「ヤング・アンド・ルビカムが、プロクター・アンド・ギャンブル。J・W・トンプソンがイーストマン・コダックと国際羊毛協会。マッキャン・エリクソン博報堂が、コカコーラとネッスル。グレイ大広が、プロクター・アンド・ギャンブルの洗剤部門とライオン歯磨事業部……」

ウィルソンは、森脇局長がその他、レオ・バーネット・協同、ケッチャムなどの代理店の現況について述べるのを聞きながら、外資系代理店の主要クライアントのほとんどが同じ外資系企業であることを再認識し、唸った。

「日本のクライアントは、ほとんど獲得できないのかね？」

「グレイ大広が、かろうじてダスキンやライオン歯磨をやっていますが、どの代理店も日本の企業をクライアントにすることは難航しているのが現況であります」

ウィルソンはパイプに煙草の葉を詰めかえながら、あらためて苦々しく思った。

〈それにしてもわが社は、腑甲斐なさすぎる〉

アメリカン・グロリアがこの一年クライアントとして獲得出来たのは、楽器メーカーのハリウッドをはじめ外資系企業四社で、日本の企業はまったく獲得できなかった。

ウィルソンは、ゆっくりと一服喫うと、恐ろしいほど真剣な眼付きになった。

「ミスター森脇、現在わが社が獲得できそうなクライアントは、何社ぐらいあるのかね？」

「は……」

森脇局長は苦しそうな声で、数社の名を挙げた。ほとんどが業績の伸び悩んでいる社か、広告部長に何らかの問題のある社だった。順調に伸びていて電通のクライアントであるような社は、とうてい食い込める余地はなかった。その数社のリストに、星村電機の名もあった。

「ミスター森脇、この星村電機は業績が伸び悩んではいるが、リストにある他社にくらべると、それほど問題会社とも思えないが……」

「は、その社は問題会社というより、秋山という広告部長と、次期部長と噂されている小林という次長との間に、揉め事があるということを耳にしましたので」

「面白い」

ウィルソンは鷹のように鋭い眼を輝かせると、にんまり北叟笑《ほくそえ》んだ。

「その対立の原因について、くわしく調べておくように」

ウィルソンはそう命じると、腕時計を覗いた。すでに七時をまわっていた。

「みんな、長時間ご苦労だった。今夜はこれまでにしておこう。明日からは、それらの数社を徹底的にマークして攻めるんだ」

ウィルソンは、明日からの戦いの英気を養うためにも、今夜は赤坂の高級ナイト・クラブ『モナコ』の美樹というホステスを何としてでも攻略し、楽しもうとおのれにいい聞かせていた。

窓の外に眼をやると、すでに外は闇に包まれていた。しかし、電通の大きなビルの窓は、まだ煌煌《こうこう》と明りが点いていた。

ウィルソンは、これから自分たちの前に立ちはだかり、その威力を厭というほど思い知らされるであろう巨大な建物を、網膜に焼きつけるように見た。ふと、仕事に行き詰まり、ついにノイローゼに罹《かか》って本社へ呼び戻された前任者、ヘンリー・ニコルソンの姿を思い浮かべた。

自分と入れ替わりに本社へ帰ってきたヘンリー・ニコルソンの、魂の抜けたような、まるで死人同然の青白い窶《やつ》れた顔を忘れることができなかった。

〈おれは、どのようなことをしても、ニコルソンの二の舞いだけはしないぞ……〉

ウィルソンはあらためて自分にそういいきかせると、総支配人室いっぱいに響きわたるような大声でいった。

「ミスター森脇、先ほど挙げた数社のリストの広告担当者について、私生活《プライバシー》をふくめ、徹底的に調査しろ。とくに、星村電機の場合は、対立しているという二人を、徹底的に調べろ！」

4

築地の電通本社十三階にある大ホールでは、参事以上のいわゆる管理職全員を集めての全国大会が開かれていた。前側近くに座った安西則夫は、緊張した面持ちで壇上を見上げていた。

壇上では、田丸秀治七代目社長が、熱っぽい調子で語っていた。円満そうな丸い顔が、ライトに色艶よく光っている。

「……わが社も、いまや世界の広告界で初めての三十億ドル企業への成長を遂げた。これは、わが社のみならず、大きくいえば世界の広告人のひとつの悲願であっただけに、喜びもまたひとしおである。しかし、同時に、わが社としても三十億ドル企業としての新たな責任が要請されていることも、大いに自覚せねばならない」

田丸社長の背後には、電通中興の祖ともいうべき吉田秀雄四代目社長の唱えた《鬼十則》が飾られていた。

安西は仕事で苦しい局面に立たされるたびに思い出しては励まされたこの《鬼十則》に、あらためて熱い視線を注ぎ、心に刻みこむようにして読んでいった。

その一　仕事は自分から『創る』べきで与えられるべきではない。
その二　仕事とは　先手先手と『働き掛け』て行くことで受身でやるものではない。
その三　『大きな仕事』と取り組め　小さな仕事は己を小さくする。
その四　『難しい仕事』を狙え　そしてこれを成し遂げる所に進歩がある。
その五　取り組んだら『放すな』　殺されても放すな　目的完遂までは……。
その六　周囲を『引きずり廻せ』　引きずるのと引きずられるのとでは　永い間に天地のひらきができる。
その七　『計画』を持て　長期の計画を持っておれば　忍耐と工夫とそして正しい努力と希望が生まれる。
その八　『自信』を持て　自信がないから君の仕事には迫力も粘りもそして厚味すらない。
その九　頭は常に『全回転』　八方に気を配って　一分の隙もあってはならない　サービスとはそのようなものだ。
その十　『摩擦を怖れるな』　摩擦は進歩の母　積極の肥料だ　でないと君は卑屈未練になる。

そして最後を『われ広告の鬼とならん』と結んでいた。

事実、吉田秀雄の生きている頃は、《鬼十則》の言葉通り大変な厳しさだった。

一般社員は、今より一時間早い八時三十分出社だったが、副部長以上は八時、社長は七時三十分までに出社していた。

その頃電通本社は銀座にあり、朝の八時三十分頃から銀座をうろうろしているのはルンペンか電通マンくらいのものだ、とささやかれたものである。

そして吉田社長を幹部が囲み、毎朝〝コーヒー会議〟が開かれ、《鬼十則》を中心にした精神訓話がおこなわれた。

扱い高を三〇パーセントのばせ！　という指命に対する結果が報告され、それ以上の業績を上げた報告が上ると激励したが、二〇パーセントそこという報告でもしようものなら、木の大きな槌で容赦なく頭をポカリと撲《なぐ》りつけられた。のちに副社長になった石川喜美次など、営業局長時代扱い高が目標に達しなかったため、丸坊主になった。そのように他社にない努力の積み重ねがあってこそ、いまの電通があるといえる。

〈吉田秀雄ほどの人物は、もう二度と電通にあらわれないだろうな……〉

安西は、生前何度か励ましを受けた吉田の意志の強そうな顔を思い浮かべながらあらためて彼の偉大な業績を振り返った。吉田なくして今の電通はなかったといってもいい過ぎではあるまい。

もともと電通は『日本電報通信社』といい、明治三十四年に光永星郎氏によって創立されたときは、通信部門と広告部門の二本の柱をもつ会社であった。ところが、その通信部門は昭和十一年に政府や軍部の圧力により、国策通信社『同盟』として独立。のち軍部の情報機関として、相つぐ戦果、勝利のニュースを国民に流しつづけた。

その残された広告部門が、いまの電通である。が、電通自身もまた、軍部の中国侵略と符節を合わせて中国市場をほぼ独占していき、業績を急速にのばしていった。戦後、GHQにより、軍部ファシズム政権に協力したとして公職指定会社とされたのもそのためである。昭和二十二年、上田碩三三代目社長が公職追放され、辞任。そのあとに、当時常務だった吉田が四代目社長として選ばれたわけである。

吉田は社長に就任するや、仕事があるないにかかわらず、まず人集めをやった。周囲が無謀というのを振りきり、海外引揚者、旧軍人、満鉄浪人……など、どのような職業の人間であれ、その道で手腕をあげた者を、採りまくった。なかでも旧満鉄系の人間が多く、当時銀座にあった電通ビルは「第二満鉄ビル」と呼ばれたほどである。

それらのメンバーは、安西の眼から見ると、まぶしくてそばへも近寄れぬようなきら星のような人物ばかりだった。

その人間ネットワークの一端を示すと、つぎのようになる。

〈海外引揚者―財閥・軍需工業〉高橋渡、島崎千里、市川敏、高橋威夫、塚本誠、松本豊、古賀叶、高田元三郎、高山喬、森崎実、芝田研三、金沢覚太郎、古瀬甲子郎、峯間信太郎、小沼治夫、白川威海、山名文夫、蜂合輝雄、東郷青児、伊藤熹朔、中西寅雄、柳川昇、永井龍男、丹下健三、宮崎博史、小滝彬、新田宇一郎、新保民八。

〈旧友会〉石井光次郎、伊藤正徳、原田譲二、新田宇一郎、細野繁勝、徳富猪一郎、太田正孝、緒方竹虎、奥村信太郎、小汀利得、高石真五郎、高田元三郎、高橋雄豺、美土路昌一、大村宏、田中都吉、塚田一甫、七海又三郎、野村秀雄、山田潤二、山根真治郎、松本重治、福田英助、吉野伊之助、小林光政、鹿倉吉次、下田将美、御手洗辰雄、正力松太郎。

〈ユニバーサル広告社〉白川威海（夕刊東海）、石井光次郎、鈴木文史郎、新田宇一郎、鹿倉吉次、入沢文明、下田将美、高田元三郎（毎日）、松本重治（共同）、藤山愛一郎、渋沢敬三、新井堯爾、吉田初次郎、向上弘一、下蔵公望、小松隆（財界）、沢田康三（外交）、足立正、松方三郎、長谷部忠。

このうちの「旧友会」というのは、ジャーナリズム界のパージにあった大物を集めた会で、錚々《そうそう》たるメンバーを月に一度集め、勝手な熱をふかせていた。吉田はいずれ彼らが活躍する日が来るであろうことを読んでいた。その読みは、みごとに当った。追放を解除されたこれらの大物たちはつぎつぎと現役に復帰し、各界の指導層となり、強い発言力をもった。電通はこうして、政界、官界、財界、言論界に大きな人間ネットワークを形成することに成功したわけである。

そしてこれら寄せ集めの社員たちを一本に固めるために生まれたのが、吉田の《鬼十則》であった。昭和二十六年のことである。

かつて吉田は、まだ若かった安西の肩に手を置き、しみじみいったものである。

「この《鬼十則》で、烏合《うごう》の衆に見えた社員が一本化した。それまで個々にはエネルギーがあったものの、バラバラでまとまりのなかったエネルギーが一本化でき、他の代理店など比較にならないほどのびていった。きみたち若い者には、古くさく感じられるときが来るかもしれない。しかし、この精神は、時代と関係なく、生きつづける。仕事に行き詰まったとき、あらためてこの文句を嚙みしめ、ファイトを取り戻すんだ」

吉田のいったとおり、安西はこの《鬼十則》によってこれまでどれほど奮い立たされたかわからない。

さらに吉田は、民放界にも人間ネットワークを張っていった。吉田は、終戦の年の暮には、すでに「民衆放送KK」の免許申請をおこなっている。よほど先見の明があったのだろう。そのうえ、見通しも暗いうちから社内に「ラジオ準備委員会」なるものをつくり、満鉄帰りや転向社員に、みっちり勉強させていた。

またテレビに対しても、昭和二十七年のテレビ開局に先立ち、その前年から社内にテレビ部を新設し、いざというときの準備にそなえていた。そして、民放ラジオやテレビが発足するとそれまで集め勉強させていた人材を、全国各局に分散、配置したわけである。

その分布も、全国的に満遍なく送りこんでいた。

北海道放送＝鈴木信次。札幌テレビ＝小倉利男、松方権次。東京放送＝金沢覚太郎、砂原宣雄、吉田稔、元良勇、前原九一他、十数名。日本テレビ＝佐野英夫。ラジオ関東＝西村登、上田猛夫。東海テレビ＝寺師俊夫、平林健目。名古屋放送＝潮海合之助、平嶺克己。京都放送（近畿放送）＝富田新治郎。新日本放送（毎日放送）＝関亨。読売テレビ＝磯部秀見。関西テレビ＝芝田研三、横田誠、松井護。神戸放送（ラジオ関東）＝大川幸之助。山陽放送＝戸嶋志郎。テレビ西日本＝竹腰義雄。

とくに「東京放送」にたくさんの人材を送りこんでいるのは、終戦の年吉田が免許申請をおこなった

「民衆放送」が、「東京放送」と名を変えたからである。

これを見てもわかるように、大変な人間ネットワークである。しかも、電通の送りこんだ人材はいずれも重要なポストを占めた。副社長、重役クラスにずらりとならんだ。吉田自らも、生前十三の民放局の取締役と二つの局の監査役を兼任していた。

局側が、電通か他の代理店か、という選択を迫られたばあい、圧倒的に電通が選ばれるのもこのような事情からである。そのため、民間放送が発足してしばらくは、電通扱いの時間は全放送の八〇パーセントにまでおよんだほどである。今日もテレビ局に対して圧倒的な力を誇り、本社が築地にあることをもじり、「築地編成局」とまで呼ばれるのも、ひとえに吉田のこのような布石が生きているためである。

吉田が人間ネットワークと同時に重視したのが、金融力の強化であった。

吉田は「日本新聞広告同業組合理事長」の肩書をもって、組合員の者たちといっしょに日銀を訪ね、あるいは大蔵省の門を叩き、広告代理業がこれからの日本の産業の発展にどのような役割を果たすか、その実例を諸外国に取り、嚙んでふくめるように説いた。また、業界代表として陳情書を持って粘り強い銀行まわりをはじめた。

当時は、広告代理店は虚業のように銀行からは見られていて、まったくといっていいほど信用がなかったのである。

吉田の銀行まわりは、二年間にわたって休みなくつづけられた。そしてその甲斐あって、インフレと闇経済の情勢下にあって、第一勧業銀行（現・みずほ銀行）の前身である勧業銀行が電通に対して初めて大きな金額を融資してくれたのである。

こうして金融力をつけたことにくわえ、電通が支社、支局の不動産をほとんど自前でもったことが功を奏した。買ったときは安かった不動産も値上りしていき、「地方銀行なみ」といわれるほどの揺るぎのない金融力をつけていったのである。

そして、この金融力をフルに活かしていった。

電通は、新聞社、放送会社、雑誌社なりに、相当ふんだんに融通する作戦を取ったのである。広告主からは手形で支払われるわけだが、それを電通で割引き、現金化して媒体各社へ支払う。それればかりか、たとえば新聞社なりが印刷機械を購入する。当然銀行からの借入れが大きくなる。経営的に苦しくなるので、電通に広告料の前払いを頼んでくる。そのようなときも、電通は嫌な顔をせず、要求に応じた。相手は無利子の金を吸い上げ、局面を打開する。そういう例はいくたびかあった。

広告主も、広告料が払えないときがある。それでも電通はちゃんと広告を出しつづけた。

電通はこのようにして、媒体側では、テレビだけを見ても寡占《かせん》に近いほど大幅な時間枠を確保する一方、広告主側もナショナル・スポンサーを中心にがっちりと握っていった。このように金融力を絡めることによってもまた、吉田は電通帝国を揺るぎないものにしていったのである。

「政界とのパイプ」を強くすることにも、異常なほどの力をそそいだ。

吉田秀雄は昭和十二年に日中戦争が勃発するや、汪政権の中央報告産業経理処の広告組長となって南京へ渡航。「汪政権の南京遷都を奉祝する広告」を企画し、全国の新聞紙を埋めつくし、膨大な広告費をかせいだ。そのときの吉田の地方部が水あげした広告費は、なんと当時の金で五十五万円という、電通地方部はじまって以来の記録をつくった。

吉田がつねづね「広告は、政治的商品なり」といっていたのも、このような経験をとおして、政府との密着がいかに利益をもたらすかを知り尽していたのだろう。

したがって、戦後初の政党広告も、電通が引き受けている。

昭和二十七年十月一日の吉田茂ワンマン首相による総選挙では、与党自由党はなにがなんでも圧勝しなければならなかった。その前年の九月にサンフランシスコで講和条約が調印され、同時に問題の日米安全保障条約も調印された。自民党の前身である自由党は、日米安保条約を不動のものにするためには、その選挙で大勝をおさめ、保守陣営の地盤を確固たるものに築きあげねばならなかった。そのために、自由党の政策綱領をできるだけ明確に大衆にPRする必要があった。その初の政党広告を、電通が引き受けることになったわけである。

「全国主要新聞紙に大々的な広告を打ち出したい、それも事前に他党に洩れては折角の苦労も水の泡となる、極秘裡にお願いします」という自由党側の強い要求で引き受けている。電通は、自由党の担当者と政策を十にしぼり、『先ず政局の安定！　明るい生活、栄える国家は自由党で』というキャッチフレーズをつくり、自由党十大政綱を載せた広告を全国紙に載せた。

結果は、大成功であった。選挙で自由党二四〇議席、改進党八五議席、保守系計三二五議席。革新系は一一五議席で、保守党の安泰を示した。このときの広告料総額は一二〇〇万円。当時としては破天荒の広告キャンペーンだったわけである。以後、政府与党の選挙広告は電通が一手に引き受けることになった。

しかし、昭和三十八年十月の第三十回総選挙のとき、一度電通のその座が崩れかけたことがある。それまで一貫して電通あつかいだった自民党の選挙広告が、博報堂あつかいに決定。当時幹事長だった前尾繁三郎幹事長の決済まですんだ。

ところが、その情報を選挙告示の前日、電通が知った。あわてた電通は、例によって政治力を発揮した。当時池田勇人首相に一番信望のある大平正芳官房長官に連絡を取り、彼を通じ、池田首相から『今回の選挙広告も電通あつかいにするように』という鶴の一声を下してもらうよう頼みこんだ。それにより、博報堂に決まっていたものが、一夜にしてそれまでどおり電通あつかいにくつがえった。電通の政治力の賜物である。

それだけに、吉田は政府との繋がりを深くすることには特別に力を注いでいた。

昭和三十五年に日本中をまるで革命前夜のような混乱の渦に巻き込んだ安保闘争のときも、政府ＰＲ機関「マスコミ懇談会」のリーダーをつとめたほどだった。そのメンバーは、永野重雄、藤井丙午、桜田武、今里広記、中山泰平、岩佐凱実、関西では松下幸之助をはじめ杉道助ら錚々たる財界人がそろい、その他サンケイ新聞の水野成夫らマスコミ人も顔をならべていた。

吉田はそのリーダーとして何が何でも安保を通そうと、広告代理店社長という範囲を逸脱してまで、政治的活動に奔走したといわれている。

安保闘争が国の内外を揺り動かしていた昭和三十五年の六月のある日の夕刻、後に電通の子会社であるテレビ視聴率会社ビデオ・リサーチの社長に就任した森崎実のところに、社長秘書室から「吉田社長が呼んでいる。至急来てくれ」との電話があった。森崎は、吉田社長の部屋へ急いで出掛けた。

吉田社長は、「掛けたまえ」と森崎にいうと、憂鬱そうな顔で熱っぽくまくし立てた。

「いまも財界の会合に行ってきたが、どうも空回りしているように思えてならぬ。口を開けばマスコミの偏向をあげつらい、彼らは口で攻めたてることだけに急で、それでいったい、お互いがこの場合何をなすべきか、どういう具体的方策を取るべきかについては、ひとつも案がない。とくにマスコミについてそうだ。しかし、外部の騒ぎはみるとおり高まるばかりだ。このままに放置できぬ。可能なかぎりのことをしなければならぬ。いいかね、電通報号外として、何故いま安保条約を批准しなければならぬか、そうすることが、いかに日本のためになるかを、わかりやすく解説した内容のものを至急発行するように」

そして次のようにも命令を下している。

「財界上層部はともかくとして、商工会議所に所属している中小企業者たちは、いったいどうなるかと不安にかられている現状だ。少なくとも、この分野の人たちに対しては至急、積極的に啓発することが必要だ。新聞判の二ページものを即刻つくりたまえ。そして全国のそれらの人たちに配布する手筈をしたまえ。いいかね、至急だよ。遅くなっては駄目だよ。一日でも早ければ早いほどいいのだ」

それから「このことは社内極秘だ」と念を押し、原稿の要点のひとつはこうだ、もうひとつの要点はこれだ、さらにひとつの要点はこうだ、と内容についても指示したという。

当時吉田秀雄は「マスコミ懇談会」のリーダーをつとめていたばかりでなく、東京商工会議所の商業部会長、経済同友会の広報委員長、日経連の広報委員をつとめていたから、何が何でも安保を通そうと焦っていたのだろう。

なお吉田秀雄の安保への肩入れは、そのていどではおさまらなかった。

安保の国会流血事件直後の六月十七日、産経、毎日、東京、読売、東タイ、朝日、日経の七紙に「暴力を排し、議会主義を守れ！」なる有名な「七社共同宣言」が掲載された。革新陣営は「これで新聞は死んだ」と嘆き、逆にそれ以前の報道を苦々しく思っていた政府、自民党はこれを新聞社の政府に対する自己批判として大いに満足したそうだが、この「七社共同宣言」の実現にも、実は吉田秀雄の暗躍があったといわれている。

また、吉田秀雄の指示によって、当時銀座にあった電通本社ビルの屋上に日の丸が掲揚され翩翻《へんぽん》と翻《ひるがえ》るようになったのも、その頃である。

もちろん、吉田は伊達《だて》や酔狂でそのような一連の政治的行動を取ったのではあるまい。そのような動きにより、いっそう政府与党との繋がりを深め、電通の収益を伸ばすことに役立てているのである。

昭和二十七年からはじまった政府与党の選挙広告は電通が一手に引き受けていたし、戦後社会党を中心に出されてきた広告課税論をも、政治力を背景に一貫して潰してきたといわれる。

安西には、吉田秀雄が死ぬ一年前に見せた政治力も印象深くて忘れがたかった。

昭和三十七年、当時は広告に対し規制がなく自由だった。馬肉を使った缶詰に牛肉のレッテルを貼った「にせ缶事件」がおこったり、ある化粧品メーカーは「口紅を買って当れば、あなたの背の高さとおなじだけ千円札をあげます」という謳《うた》い文句で客を釣った。当って大喜びしてみれば、なんのことはない。千円札を縦にして重ねて背の高さまで、といったような誇大広告が氾濫した。

このような悪質な広告にブレーキをかけようとして登場したのが「不当景品類及び不当表示防止法」であった。

この法律に対し、例によって広告界は猛反対をした。その急先鋒に立ったのが、吉田秀雄であった。

「近代広告は、大量生産に見合う唯一の最も安価で、合理的な大量販売方法である。すでに経営に直結した重要活動である。従って企業が採算を無視した、もしくは自らの信用を失墜するような広告を行なうことは、とうてい考えられない！」

吉田は反対意見をぶちあげ、政界へ手を回した。

当時公正取引委員会の取引課長であった後藤英輔は、そのような猛反対の中で、とにかく自民党の政調会へ原案を出した。そこを通らなければ、国会へは出せないわけである。ところが、何回持って行っても「これは明日」とやんわり逃げられる。延ばしに延ばしておいて間に合わなくさせ、時間切れを狙っているわけだ。

政調会でその案に反対した議員は、田中三次、木村篤太郎、高橋護の三氏を中心にして、十数人いた。後藤としても様々な根回しを行なったが、なかなかうまく渉らない。吉田が裏で先手を打って手を回していたのだ。

ところが、時間切れになる前々日の十月二十一日、吉田から後藤に電話があった。

「東京商工会議所で、その法律の説明をしてくれ」

後藤は、さっそく東京商工会議所に出かけて行った。吉田に法案の趣旨を説明した。

「ただ取締まるのが目的ではない。こちらとしては、業界が自主的に出来るように見守りたい」

吉田は耳を傾け、聞き終わると、後藤にいった。

「もう一度話を煮つめるから、外で待っていてくれ」

中で話し合いをはじめた。

一時間ばかりして、吉田が出てきた。吉田は、にこやかな顔でいった。

「思ったほど無茶な法律じゃないようだ。この程度の法律なら、案外いいかもしれない」

そして胸から名刺を取り出した。

「この法律に反対しているのは、この人たちだろう」

吉田はそういいながら、名刺の裏に代議士の名前を十人くらい書き込んだ。

後藤が「そうです」と返事をすると、吉田はにやりとし「おれたちがやっているんだよ」といい「ギリギリで間に合わないかもしれないが、努力してあげよう」と約束した。

翌日、後藤が政調会へ再び原案を持って行くと、それまであれほど反対していた議員が、ほとんど欠席している。残っていた議員も、後藤が原案を出す前に退席し、反対派の中心人物だった田中伊三次議員まで「いいたいことをいったから、もういいよ」といい、退席した。

それでも高橋護議員だけは「わしゃ、反対だ」といって譲らない。すると当時政調会長だった田中角栄が「まあ、まあ、もういいじゃないか」と高橋議員をなだめ、ようやく期限ぎりぎりで通った。後藤はあらためて、吉田の政治力に唸ったという。

このように、法案を通すも通さぬも吉田の胸ひとつ、というほど吉田秀雄は政界に隠然たる力をもっていた。とくに吉田の周辺には、池田勇人、佐藤栄作、石井光次郎、河野一郎……といった大物政治家がいたといわれている。そしてこの吉田の政治力が、電通躍進の大きな力にもなっていたのである。

吉田秀雄はこのように、「人集め」「金融力の充実」「民放支配」「政界へのパイプ」それに「コンピュータの導入」と、電通の基礎固めをすべておこない、昭和三十八年一月二十七日にこの世を去った。

現在の電通は、その基礎があってこそ花開いたといえよう。

安西は、壇上の田丸七代目社長に熱い視線をそそいだ。

田丸社長の額に汗が浮いている。目標達成という趣旨の合間に、「国際関係の仕事の強化」という言葉も、安西の耳に突き刺さってきた。

安西は、まるで自分の現在取り組んでいる仕事への叱咤を受けたようで、身の引き締まる思いがした。

清美堂という化粧品会社が、最初は大日本広告を代理店としていたものの、どうしても業績が伸びない。そのため三年前から電通に切り換え、安西の担当になっていた。ところが資美堂やセネボウなどの華やかなイメージの社の陰に隠れて伸び悩んでいて、ついに一カ月前から担当をはずされ、新たに日本に上陸するために準備をすすめている外資化粧品メーカーのファンタジー社をクライアントとして獲得するよう命じられていた。もし今度失敗するようなことがあれば、幹部へのパスポートどころか、地方の支局に左遷され一生浮かび上がれないことも覚悟しなければならなかった。

〈なにがなんでも、ファンタジー社をクライアントにしてみせる〉

安西は、壇上の田丸社長と、その背後に飾られた吉田秀雄の写真に熱い視線を注ぎながら、あらためておのれを鼓舞した。

5

広告代理店アメリカン・グロリア社の日本支部総支配人ジョン・ウィルソンは、応接間でけたたましく鳴る電話の音に眼を覚ました。

会社が急遽借りてくれた高輪のマンションの部屋には、カーテンの隙間を通し、冬の陽が射し込んでいた。まばゆい。ウィルソンは眠い眼を擦《こす》りながら、枕元の目覚まし時計を見た。九時を五、六分回っていた。応接間の電話を枕元の電話に切り換え、受話器を取った。

「お早ようございます。森脇です。何時頃お伺いすればよろしゅうございますでしょうか？」

土曜日は会社は休みになっている。しかし来日したばかりのウィルソンには、悠長に休暇を楽しむ気持の余裕などなかった。部下の森脇局長に、頼んでおいた調査の報告に来るよう命じていたのだ。

「ミスター森脇、一時間後に私の部屋に来てくれ。コーヒーでも飲みながら、ゆっくりと報告を聞こう」

ウィルソンは静かに受話器を置くと、なるべく音を立てないように、そっとベッドから抜け出ようとした。赤坂の高級ナイト・クラブ『モナコ』で知り合った美樹という若い女性が、全裸のまま彼の腰に手を回すようにして眠っていたのだ。

彼は美樹の華奢《きやしや》な手を、腰からそっと離そうとした。しかしその瞬間、美樹の手に力が加わり、逆に彼の腰は彼女の豊かな体に引き寄せられた。

「いま何時なの？　もうベッドから離れてしまうの……」

美樹は、ウィルソンの胸に長い黒髪に埋まった顔を擦りつけるようにして甘えながら、眠そうな声を出した。

「まだ九時だ。ユーは疲れているから、ゆっくりと眠っていなさい」

ウィルソンは、まだあどけなさの残っている彼女の唇に軽い接吻をした。かわいく盛りあがったすべすべするヒップも優しく撫で、ベッドから抜け出した。コーヒーを沸かすためキッチンに向かった。

ウィルソンは、昨夜ひとりで『モナコ』へ出かけ、フロアでダンスをしながら来日したその夜に眼をつけていた美樹を口説いたのだった。

ウィルソンは、髪の毛の黒く長い、小柄で、それでいてグラマーな東洋の神秘的な女を、一度でいいから抱いてみたいと思っていた。美樹は、ウィルソンの思ったとおりの女性だった。

とくにベッドインしてからの彼女は、想像以上の愛くるしさをみせた。桜の花弁のようなあどけない唇でウィルソンのたくましくみなぎったそれをふくみ、いつまでも飽かずに楽しみつづけた。しかもその間華奢な両手を休ませていないでウィルソンの毛むくじゃらの胸や、両脚の太腿の内側、蟻の門渡り……と微妙な部分を楽しそうに愛撫しつづけた。

ウィルソンもつい、夜の白む頃まで奔放な彼女の若さに合わせ楽しみ貪り続けたのであった……。

しかし同年配の男性に比べればタフだという自信はあるものの、さすが五十歳という年齢には勝てなかった。サイフォンでコーヒーを沸かしながら、何度も顳顬《こめかみ》を押さえた。頭の奥が鉛を詰めたように重く、ズキズキと痛むのである。

〈年甲斐もなく……〉

ウィルソンは、つい苦笑いした。

しかし、髭《ひげ》を剃り、ネクタイを締め、森脇局長を迎える頃になると、すっかり気持も引き締まり、頭もクリアになっていった。

十時きっかりにブザーが鳴り、森脇局長が姿を現わした。

ウィルソンは、その頃にはいつもの闘志あふれる自分に戻っていた。応接間に森脇局長を招き入れ、コーヒーを飲みながら、この一週間の調査報告を受けた。

なかでもウィルソンが興味を示したのは、星村電機の秋山という広告部長と、小林という次長との対立であった。小林次長が電通崇拝者の秋山部長への反感から、電通離れを画策している。敵の乱れに乗じて一気に攻め落とす、というのはビジネスにおいても、戦争においても、プロ野球においても、すべての闘争における真理である。いま星村電機には乱れが生じている。

〈攻めかかるチャンスだ〉

ウィルソンはコーヒーを飲みながら、あらためて自分にいいきかせた。

鷹のように鋭い眼を輝かせると、森脇局長に訊いた。

「小林次長がビジネス上電通への疑問を持っていることは納得できたが、個人的に秋山部長と電通を毛嫌いする一番の理由は何かね？」

「その点を探り出すのが、最も手間取ったわけですが……」

森脇局長は、得意なときの癖らしく、太い黒縁眼鏡の端にそっと手をやって説明をはじめた。

「じつは、かつて秋山部長の前任者である西村部長が大阪に転勤を命じられたとき、次期部長として秋山と同時に小林の名も挙がったことがあるそうです。秋山に較べ、小林の方が四歳年下ですが、女性的で病気がちの秋山に対し、小林の猪突猛進というか、押しの強さが買われ、秋山を追い抜いて広告部長に……との声があがったわけです。しかし小林は、その頃からアンチ電通的な言辞を弄していたので、電通の方でも黙って看過ごすわけにはいかなかったのでしょう。社長、重役に背後で働きかけて、秋山を部長に据えたというんです」

「電通が裏工作をしたという確たる証拠でもあるのかね？」

「それはハッキリしていません。ただ小林次長は頑《かたく》なにそう信じ込んでいるそうです。業界紙の記者と飲んだときも、電通にやられた、と怒りに震えていたそうですから」

「そのように人事まで背後で操る、という例はこれまでにもあったのかね？」

「電通人事といって、業界では昔からささやかれております」

「うむ」

ウィルソンにとっては、小林次長が頑なにそう信じ込んでいるだけで十分だった。

〈その点は、うまく利用できるな〉

ウィルソンは美味《うま》そうにコーヒーを飲みほしながら、心の中で北叟笑《ほくそえ》んだ。

「ミスター森脇、もちろん今回のように秋山と小林との間に対立があれば、電通は背後で秋山をバックアップするんだろうな」

「小林がやはりある者に洩らしたところによりますと、秋山の後釜には、秋山の腹心である横田次長を据えるようバックアップしているようです」

「当然の動きだろうな」

「一方小林は、博報堂との関係を深めているようです」

「ふむ……小林次長が部長に昇格したあかつきには、メイン代理店を博報堂に移し変えようとしているわけだな」

「そのようです」

「ただし、一〇〇パーセント博報堂に決まったわけではない。第一、小林なる男が、次期部長になるかどうかもわからんわけだから」

「おたがい、気の早い話をしているわけですからね」

二人は、応接間いっぱいに響く大きな声で笑った。

ウィルソンは笑い終わると、ポケットから愛用のダンヒル製ストレート・グレインのブルドッグ型パイプを取り出した。煙草を詰めながらいった。

「まず、われわれとすれば、小林次長に接触する。そしていかにわが社のシステムがすばらしいかを、アピールする。これが表からの攻めだ。そしていま一方は、裏から攻める。まずあの手この手で、電通と星村電機との切り離しにかかる。もちろん、次期広告部長に横田とかいう次長を据えさせてはならん。何が何でも小林次長に輝ける座《ポスト》を摑ませるのだ。そのためにはわれわれも背後で小林次長への協力は惜しみはしない。ただし、小林次長が念願どおり広告部長になったあかつきには、星村電機の広告は、わが社が一手に引き受けるようにするのだ」

森脇局長は、太い黒縁眼鏡の奥の眼をきらりと光らせた。

「目的達成のためには、かなりの悪どさも仕方ないということですね」

ウィルソンはパイプを燻《くゆ》らせながら、鋭い眼を細めていった。

「出来れば、正当なビジネスだけの闘いにしたい。しかし、日本ではそれは通らぬらしい。それなら、日本の広告界同様、われわれも陰湿な闇からの手を打とうではないか」

「つまり、日本の諺《ことわざ》にいう〝郷に入れば、郷に従え〟ということですな」

「郷に入れば、郷に従え……か」

ウィルソンは口に出して呟きながら、日本にもいろいろと味わいのある諺がある、と思った。

再び厳しい眼つきになった。

「秋山部長、小林次長、横田次長の三人に、一人ずつの探偵をつけ、徹底的に尾行させなさい。費用はいくらかかってもかまわない。それといまひとつ、小林次長の自宅の電話番号を教えてくれ」

森脇局長はアタッシュケースから小林次長に関する調査報告書を取り出し、伝えた。

「杉並区の南荻窪に住んでおりまして、三三五―六×××でございます」

「三三五―六×××ね」

ウィルソンは背広の内ポケットから手帳を取り出すと、さっそく書き止めた。

〈いよいよ、攻撃開始といくか……〉

星村電機広告部次長の小林正治は社長室から出、エレベーターに乗ろうとしていた。そこにちょうどエレベーターが開き、中から秋山部長が出て来た。瞬間、小林は、
〈厭な奴に出喰わしたな……〉
と思いながらも、一応は上司であるから形式的に軽く目礼だけはして、エレベーターに乗りこんだ。
秋山部長は、振り返っていった。

「小林次長、君に話があったんだ。いいところで出会った」

そういうと、再びエレベーターの中に戻ってきてしまった。

「部長、社長に急ぎの用件があったんじゃないんですか」

「いや、別に急ぎの用件でもないんだ。それより君には、この前いい足りないことがあったので、ぜひ一言、付け足しておく。八階の小会議室に行こう」

秋山部長の嫌味を耳にするのはもううんざりだが、小林はしぶしぶ、八階のボタンを押した。

八階の小会議室に入るなり、秋山部長は例のヒステリックなキンキン声をあげた。

「君は博報堂、博報堂、と馬鹿のひとつおぼえのようにいっておるが、君の見方は、まだ皮相的だな。責任者になってみなくてはわからぬ問題もあるんだ。昨年暮れ、稲村重役が二号のマンションで腹上死したときのようなスキャンダルが、再び起きたらどうする」

昨年暮れ、稲村重役が二号のマンションで腹上死するという事件が起こった。ところが、二号というのがまだ十七歳の少女で、気が動転したため一一〇番したことから、明るみになった。しかも午後三時という業務中の出来事だったので、週刊誌の好餌《こうじ》となり、社の首脳部もあわてた。何が何でも記事を潰《つぶ》してもらうよう電通から手を回してもらったが、さすがの電通も記事の差し止めはできなかった。が、かろうじて、星村電機の名を出さず「家電メーカーH社」とイニシアルにとどめてもらうことはできた。

「電通だから、あそこまででもできたことだ。博報堂では、とてもああはいかなかったんじゃないかな」

「そんなことはないと思います。この前の『毒入りコーラ殺人事件』だって、博報堂はちゃんと手を打ちましたよ」

小林の脳裡に、博報堂の吉川部長から耳にした『毒入りコーラ殺人事件』のことがとっさにひらめいた。『毒入りコーラ事件』というのは、昭和五十二年の一月はじめ、東京品川駅近くで電話ボックスなり路上に置いてあったコカコーラを飲み、檜垣明と菅原博の二名が死んだという事件だった。警察の調べによると、何者かがコカコーラに青酸カリを入れ、それを電話ボックスなりに置いておいたということだった。当時恐怖の連続殺人事件として市民を震えあがらせ、コカコーラの売れ行きがパッタリと止まった。

「あのときだって、最初は新聞は毒入りコカコーラ殺人事件と書き立てていた。ところが、コカコーラの日本での広告を引き受けている博報堂が新聞社をまわり、コカコーラという商品名を外してもらうよう頼みこんだ。途中からいつの間にか、毒入りコーラ事件になり、コカコーラの名前が消えていきましたからね。要は、代理店への肩入れの問題で、博報堂をメインにすれば、それだけわが社のために尽力してくれるはずです」

「ま、マスコミ界への力は、君がいくら博報堂を贔屓《ひいき》めに見たって、電通にはとうていかなわぬと思うがね……」

「そのときの保険に、いつまでも電通を、と考えているわけですか」

「責任者とすれば、より安全な方を選ぶのが当然だろう。とにかく君がいくら博報堂、博報堂と叫びまわったって、無駄だよ。それに、あそこにはお家騒動が起こったりして、安心してまかせるわけにはいかない面もある」

小林は、

〈おやおや、お家騒動の件まで持ち出してきたな〉

と心の中で苦笑していた。

博報堂のお家騒動というのは、三代目社長瀬木庸介が、〝坊ちゃん学校〟といわれる成蹊《せいけい》大学の同窓生である福井純一を秘書役としてスカウトしたことからはじまった。

瀬木社長が福井を「秘書役」にスカウトしたのは、彼がアメリカ留学から帰国し、偶然、成蹊大学の同窓会誌にある「スーパーマーケットという生活に便利な店」という福井の一文を眼にしたのがきっかけであった。

当時福井は、妻廸子の実家が経営していたラグビー用品専門店「イワタ運動具店」を引き継いでいた。が、経営が思わしくなく、ハンバーガーかホットドッグのチェーン店の経営を考えていたところだった。渡りに船と、昭和四十一年二月、博報堂へ入った。以後トントン拍子の出世で、四十三年に早くも常務取締役、四十四年専務、そして四十五年には副社長。

ところが野心家の福井は、力を得ると、同族会社の弱体さに乗じ、まずは庸介夫人のバック、日産コンツェルン・鮎川系の重役を切った。お家譜代の重役を排除したあげく、社長の庸介に博報堂児童教育振興会という慈善事業、いわゆるオモチャを与え、社業から関心をそらせた。

そうしておいて、福井は、ブラックジャーナリズムを味方につけ、瀬木社長攻撃をはじめた。

「博報堂瀬木庸介三代目社長、新興宗教〝白光信宏会〟教祖の養女と邪恋に陥ち、宗教へのめり込んで本業を顧ず！」

ついに、瀬木庸介を社長の座から追放してしまった。一説によると、その白光信宏会の養女と瀬木庸介を引き合わせ仲を取り持ったのも、福井だといわれている。

福井は、株を一株も持たないで自ら社長に就任。創業者である瀬木一族との対立をかかえ、社内で支配権を確立するため、博報堂の株の過半数を握ろうとしてさまざまな工作をはかった。しかし、瀬木一族も、巻き返しをはかった。福井は、最後の手段として、右翼総会屋まで巻きこむお家騒動に発展していった。福井の思いどおりには事は運ばなかった。福井は、元国税庁長官の近藤道生を社長に迎え、自らは副社長に引き下がるという異例の人事をおこなった。同時に瀬木博政会長の非常勤取締役への後退を意図したが、瀬木一族の告訴。あげくのはて東京地検特捜部の手入れがおこなわれ、福井純一の知能犯的乗っ取りは挫折した。

小林は、かつて吉川部長から福井を紹介され、一度福井に会ったことがある。天ぷら料理が自慢で、福井邸に招かれてご馳走になった。

そのとき福井は、コック帽を被り、如才のなさそうな笑顔で、小林の皿に揚げたての海老や蓮根《れんこん》を盛り合わせながら力説した。

「小林さん、博報堂を、いや福井を見込んで下さい。いまに電通に匹敵するほどの社になってみせます。いまや電通省とまでいわれるほどに官僚化し、威張りくさっている連中の多い電通を、射程距離内に収めるのは、時間の問題です。そのことを理解して下すって、ぜひ、いまのうちに、電通からうちに切り換えるよう準備しておいて下さい」

たしかに眼をぎらぎらと輝かして夢を語る福井には、そばで煮え滾《たぎ》っている油のような沸々《ふつふつ》たる熱気があった。

しかし、その頃が福井にとっても最高に栄華をきわめたときだった。それからしばらくして、福井は特別背任容疑で逮捕、失脚、一挙に夢は潰《つい》えたのだった。

「たしかに秋山部長がおっしゃるように、お家騒動のため、官庁関係や銀行関係は博報堂から離れかけました。しかし、大蔵官僚出身の新社長近藤さんが熱心に説いてまわり、再び信用を繋ぎ止めた。いまはまったく黒い体質なんてもってませんよ。むしろ社内がすっきりして、よくなったほどです。あの事件のとき、ある電通幹部は、これで博報堂は潰れるまでにはいかないまでも、大きなブレーキになり、いよいよ二位との格差が開く、と胸を撫でおろしていました。ところが博報堂はブレーキどころか、むしろ伸びた。組織と機能がシッカリしていたからです」

「君はそういうけど、当時の地検の捜査によると、福井はブラックジャーナリズムを使って、三越などの企業を攻撃させ、震えあがった企業のポンプ役を買って出るというマッチ・ポンプをやっては売上げを伸ばしていたそうじゃないか。石油ショック後の不況で広告業界が伸び悩んだ昭和四十九年に、博報堂だけが異例の伸びを示したもんな。まともなやり方では、とてもあれほどに伸びるわけがない。福井が失脚したいまも、そういう総会屋めいた黒い体質が残っているんじゃないかね。私なんか、これだけ博報堂の悪口をいってるから、あらぬスキャンダルでもデッチ上げられて、やられるかもしれんな」

秋山は、ひとりヒステリックな笑い声を立てた。その虚《うつ》ろな笑いが消えぬうちに、小林は気色ばみながらちくりと皮肉った。

「かくいう福井純一は、そのマッチ・ポンプのやり方を、電通の有名な〝Ｆマッチ・ポンプ集団〟の手口から学んだといわれてますからね」

「どうも君は、博報堂のいい面ばかりを見せられすぎている。もっと裏に隠された面も鋭く見るようでないと、とても広告部長のポストなんてつとまりはしないよ」

「私は、電通も博報堂も公平に見ているつもりです」

「いや、電通を色眼鏡で見すぎる」

「秋山部長こそ、博報堂に先入観がありすぎるようですが……」

「ま、君がなんといおうと、電通から博報堂へ比重を移すような酔狂な企業はないだろう」

「いや、すでに電通一辺倒に疑問を感じ、電通離れしている企業だってありますよ」

「ほう、どの社かね？」

　秋山は削げ落ちた頬にシニカルな笑いを浮かべ、訊いた。

「自動車業界を例にとれば、日産はしだいに電通一辺倒をあらためてきています。電通の扱いを少なくし、博報堂と、日産が投資している日放という代理店扱いが増えてきている。いまや、電通三〇パーセント、博報堂三〇パーセント、日放四〇パーセントの比率といわれています。それどころか、電通オンリーといわれていたトヨタも、博報堂扱いを増やしてきているといわれています。その他、他業種でも、味の素が中元、歳暮の広告の扱いを電通から博報堂へ移した、とも聞きましたね、年間一五億円くらいの額ですかね。キリンビールも、かなり博報堂の比率を増やしている、とも聞いている。カントリーも、最近は博報堂扱いを増やしているそうです」

「さすが、博報堂の部長さんと夜毎飲み歩いていらっしゃる方は、博報堂に関する情報量が違いますなあ」

秋山は皮肉を籠めていいながら、しだいに恐い顔付きになった。

「とにかく、君がどんな画策をしようと、電通から離れることは許さんからな。もちろん、君が広告部長になるなんてこともあり得んだろうから、君の画策も無駄に終わるだろうけどな」

秋山部長は、さも勝ち誇ったようにヒステリックに高笑いした。

星村電機の広告部次長小林正治は、博報堂の吉川部長と神奈川県にある程ケ谷カントリークラブの食堂でビールを飲みながら、先程からひそひそと話し続けていた。二人は午後からゴルフをはじめ、ワンラウンド回り、ひと風呂浴びたあとだった。

三月に入り春めいてきたので、湯冷めをすることもなかった。小林はゴルフの腕前はハンディ一八でさほどうまくもなかったが、最近のように鬱屈した精神状態が続くときは、ゴルフで気分を晴らすのが何よりと思っていた。その後に飲むビールは、銀座のクラブでホステス達を相手に馬鹿話に興じながら飲むビールよりは、はるかに美味《うま》かった。

陽が落ちはじめていた。ゴルフ場の芝生の緑が、いっそう濃く美しく浮かびあがってくる。その変化を眺めながら、小林は吉川のコップにビールを注ぎ、ささやくようにいった。

「この前の夜、銀座ではご迷惑かけまして……」

「いや、あの程度の嫌味には慣れていますよ。それにしても、秋山部長は、肝臓が悪くてしばらく休職することになっているんじゃないのかな。それなのに、よくバーで飲んでおられるな」

吉川部長は、小林のコップにグローブのような大きな手でビールを注ぎ返し、いった。

「あの夜そばにいた理沙というホステスの話によると、秋山部長は、オレンジジュースを飲んでのお付き合いらしい」

「オレンジジュース？」

吉川部長は、呆れたような声を出した。

「たとえ本人はジュースを飲んだにせよ、まわりはウイスキーだ。匂いを嗅いだだけでも、肝臓には悪いだろうに。大電通の塩月部長のお伴とはいえ、ご苦労なことだ」

「じつは吉川部長、一昨日も秋山部長といい争いをしましてね。秋山部長がわざわざ私を会議室に呼び出し、『この前はいい足りなかったので、一言、付け足しておく』というんだ。もちろん、一言ですむはずもなかったけどね」

「博報堂に対して、またどんな悪口をいってましたか？」

吉川部長は、興味深そうに訊いた。

小林は、一昨日の秋山部長とのやりとりをあらためて腸《はらわた》の煮えくり返る思いをしながら、細かく話した。

吉川部長は聞き終わると、苦笑まじりにいった。

「いろいろと、いって下さいますなあ、秋山部長も。いつも電通の塩月部長と、そんな話ばかりしているんでしょうなあ」

「そのために、酒も飲めない体だというのに銀座のバーに出かけている。ご苦労なことだ」

「小林次長、最近の博報堂は、人材面でも粒がそろってきています。たしかに電通には、これまですぐれた人材が多かった。吉田秀雄さんが、どの社よりも早く〝人集め〟をやりましたからね。少なくとも博報堂は人材のために、電通に十年の遅れをとった。そのうえ、博報堂は電通とちがい創業者の瀬木一族が占める同族企業だ。いくら優秀な社員であっても、一族でないかぎり重役にはなれない。そのため、せっかくの人材が外部へ出て行くことが多かった。電通に人材的に遅れをとりつづけてきたことは、確かだ。しかし、最近の博報堂は変わってきている。電通に負けぬ人材がそろいつつある。とくに第一線で活躍している若手は、電通の社員と互角に戦えるはずだ。大学の後輩で広告代理店を選ぶ学生たちに訊いてみると、これまでのように何が何でも電通へ……という学生は減ってきている。むしろ、業界一位の電通へ入社しても、あまりに上がつかえていて頭角をあらわせそうもない。かえって、二位の博報堂へ入った方が、将来の可能性もある。そのように意識的に博報堂にしぼって受験するケースも増えているくらいだ」

「そのことも秋山部長にいうと、まだまだ電通の人材には足元にもおよばない、と腹立たしそうにいってましたよ」

「小林さん、石油ショック以後とくに重要視されているマーケティング面でも、いまや電通より博報堂の方がすぐれていますよ。たしかに、電通は、TOSBAC5600の大型コンピュータは入れているし、マーケティングの情報に関しては、ウチより豊富だ。しかし、営業部にまでオンラインで繋がってはいない。いくら情報があったって、宝の持ち腐れじゃ、しょうがない。その点ウチは、大型コンピュータのIBM370と、MELCOM7000を中心に据え、それが、各営業に二台ずつ端末機が配置され、オンラインで繋がっている。いつでも、必要な情報を迅速にクライアントに持っていける。そのうえ、いま博報堂は、新製品の効果的な売り出しのシステムも開発中で、やがて、それもそろう。小林次長、われわれは自信を持ってます。安心してウチをメイン代理店にして下さい」

　吉川部長は、小林のグラスにビールを注いだ。

　小林はビールを口にしながら、あらためて秋山部長への怒りが腹の底からむらむらと込み上げてきた。

　吐き捨てるような口調でいった。

「今日、秋山部長は、あの体で、小金井カントリーにゴルフに行っているようですよ」

「ほう、それほど元気なら、何もわざわざ休職することもないだろうに」

「いよいよ休職するとなると、再び出てきたときのことが不安で、いろいろと焦っているんでしょう。宣伝担当の都築専務と、例の電通の塩月部長、それに秋山部長の腰巾着の横田のメンバーで行っている」

　小林は、そのメンバーを組むよう決定したのは秋山だろうが、その背後では電通の塩月部長の意志が働いているに違いないと信じていた。

「おそらく、今夜あたりはそのメンバーでゆっくり飲みながら、都築専務にわたしを広告部からはずすよう誘いかけているんじゃないかな。次期部長は、秋山が復帰するまでの間、取りあえず横田にやらせるように」

「小林次長も、都築専務には何らかの手を打っておかなければなりませんな」

　たしかに、かれらの都合のいい情報ばかりを都築専務の耳に入れられ、都築専務の判断を狂わせても困る。小林は、今週の末あたりに、都築専務を誘い、銀座で飲みながら一度じっくり話し合ってみようと思った。

「とにかく、彼らにとっては、アンチ電通である君が煙たくてたまらないらしい。何が何でも君をはずそうとしているわけだから」

「そういうわけですな」

小林はビールを一息に飲みほしながら、あらためて自分にいいきかせた。

〈やつらの思いどおりになってたまるか。いまに一泡吹かせてやる……〉

あたりはいっそう暮れてきた。ゴルフ場の芝生の緑も、黝《くろず》みはじめていた。すでにプレーをする者はいなくなっていた。食堂にも、人が少なくなってきた。

「吉川部長、そろそろ引き揚げますか」

小林は、バッグを担いで立ち上がった。

吉川部長も、巨体を持て余すように立ち上がった。

小林は食堂を出るとき、赤電話に行き、自宅に電話を入れた。どこからか電話があったか、訊いた。

「ええ、ウィルソンという方から」

「ウィルソン？」

小林は外人の知り合いが多かったが、ウィルソンという名に聞き憶えはなかった。

「アメリカン・グロリアという広告代理店の総支配人とかおっしゃっていました」

小林の妻の道子は、かつてパン・アメリカンのスチュワーデスであった。英語は、夫の小林と変わらぬくらい堪能だった。

「ぜひあなたにお会いして、話したいことがあるそうです。今夜十時頃あなたが帰ってくると伝えると、その頃あらためて電話を掛け直してくれるそうです」

「わかった。その頃までには帰る」

小林は電話を切り、博報堂の吉川部長の待つ方へ歩きながら、電話の主が外資系広告代理店の総支配人だということがひどく気になっていた。

〈おそらく、おれが電通派の秋山と対立していることを耳にして、触手を伸ばしてきたに違いない〉

小林は、自分が星村電機のメイン代理店を電通から博報堂に移そうと動いたことで、社内に激しい竜巻をおこしただけでなく、博報堂をも巻き込み、いままたその渦の中に外資系広告代理店まで入り込んでこようとしていることに、慄然《りつぜん》とした。

今後どういう波乱が自分の前に待ち受けているのか、小林はそのことに思いを巡らせると、あらためて闇《やみ》の中にひとり放り投げられたような不安な気持にかられた。

6

星村電機の広告部次長小林正治は、帝国ホテル本館のエレベーターで十五階に上ると、一五四三号室へ向かった。廊下は、森閑《しんかん》としていた。豪華な紅の絨毯を踏みしめてゆく自分の足音が耳につくほどだった。

部屋に近づくにつれ、小林は緊張した。

昨夜、博報堂の吉川部長と程ケ谷カントリーでのゴルフを終え十時前に帰ると、例のアメリカン・グロリアのウィルソンという日本支部総支配人から電話が入った。小林は、メイン代理店を電通から移すにしても、博報堂以外に考えていなかった。外資系の広告代理店からいかに甘い誘いかけがあっても、乗るつもりはなかった。ハッキリと断ろうと思い、受話器を取った。

「突然にご自宅に電話を入れ、失礼いたしました。ご自宅でないと話せないことがありまして」

ウィルソンと名乗る人物は英語でそういうと、自己紹介をはじめた。続いて、じつはあなたにわが社のグッドアイデアを聞いていただきたい、もし時間がおありなら、近いうちぜひお目にかかりたい、と一気にまくしたてた。

〈案の定、秋山部長とおれとの対立を嗅ぎつけて近づいてきたな……〉

小林は警戒心を強めながら、流暢な英語で、丁重な断りの言葉を述べた。

「あなたのお気持はありがたいが、いまわが社は新しい広告代理店の知恵を借りる気持がありませんので。またの機会にお願いします」

「そうですか、誠に残念なことですね。ただ、あなたの社の秋山部長さんと、電通との関係について、興味ある情報を得ましたので、あなたの耳に入れておこうと思いましてね」

ウィルソンと名乗る人物は、いかにもさりげなさそうに、それでいて小林がその情報に食いついてくるであろうことに確信を持っている口調でいった。

〈秋山と電通との関係で、興味ある情報……〉

小林の血が騒いだ。

ウィルソンと名乗る人物は、受話器の向こうで、その小林の反応をすべて見通しているような声で誘った。

「どうですか、一度、とにかくお目にかかりませんか」

「…………」

小林は、すぐには返事ができなかった。もし会えば、彼らのペースに巻き込まれてしまいかねない。せっかく自分をバックアップしてくれている博報堂の吉川部長を裏切ることになる。しかし、彼らの握っている電通の情報にも興味があった。小林はしばらく考えたすえ、会うことに決めた。

「いいでしょう」

「いつお時間が取れますか?」

「明日の三時から、二時間ほどなら空いております」

「では、明日の三時ということにいたしましょう。場所はどこにいたしましょうか……本来ならわれわれの方からあなたの社を訪ねるべきですが、今回それも迷惑なようですし、かといって、あなたにうちの社に来ていただくのも、やはり気が進まないでしょうしね」

かといって話が話だけに、レストランで会うわけにもいかない。

「困りましたね。では、こうしてはどうでしょうか?」

ウィルソンは、受話器の向こうで声を弾ませていった。

「明日三時、帝国ホテルにわたしの名で部屋をリザーブしておきます。その部屋を訪ねてきて下さい。お待ちしております」

「いいでしょう、では明日の三時」

小林はその約束通り、三時に帝国ホテルのフロントを訪ねた。ジョン・ウィルソンがリザーブしている部屋が一五四三号室であることを確認すると、エレベーターで十五階へ昇ったのであった。

小林は一五四三号室の前に止まると、ドアをノックした。

「どなたですか？」

昨日電話で耳にしたウィルソンの声が響いてきた。

「小林と申します」

「お待ちしておりました。どうぞお入り下さい」

内側からドアチェーンがはずされ、ドアが開かれた。

小林は、これから先どんなことが起こるのか、まったく予測がつかず、不安な気持で部屋の中へ足を踏み入れた。

「ようこそ。ジョン・ウィルソンです」

背の高い、銀髪を光らせた赤ら顔の紳士であった。おだやかな微笑を浮かべて、小林に握手を求めてきた。小林も努めて笑顔を作りながら、差し出された手を強く握った。

ウィルソンは、そばにいる黒縁眼鏡の色の黒い男を、紹介した。

「わが社の森脇局長です」

森脇局長も、握手を求めてきた。

「はじめまして、小林です」

小林は、森脇局長の手も強く握った。

「では、コーヒーでも飲みながら、本題にでも入りましょうか」

ウィルソンはそういうと、小林に椅子に座るようすすめた。

白いテーブルの上には、ルームサービスのコーヒーが用意されていた。

ウィルソンは、コーヒーポットからわざわざ小林のカップにコーヒーを注いだ。注ぎ終わると、鋭い眼を光らせた。

「秋山部長だけでなく、電通をも敵に回して大変ですね」

「まあ、最初から覚悟はしていたんですが……」

小林はそういうと、熱いコーヒーを苦い思いで飲んだ。

ウィルソンは、青い眼を真直ぐ小林に向けた。

「あなたは、何故、そんなに電通に批判的なんですか？」

小林は、これまで何度もぶってきた持論を、流暢な英語で熱っぽく説いた。

ウィルソンはパイプを取り出し、燻《くゆ》らせながら、何度も頷き、静かに耳を傾けた。

小林の熱弁を聞き終わると、ウィルソンは前に乗り出すようにして、口を開いた。

「よくわかりました。まさにわれわれも正論だと思います。かといって、ではナンバーツーの博報堂に……というのは、芸が無さ過ぎるように思うんです。われわれ外資系広告代理店から見ますと、電通も博報堂もともに限界があります。いっそのこと、外資系広告代理店に乗り換えてみてはどうでしょうか」

ウィルソンは、さっそく自社の売り込みをはじめた。

「われわれもさっそくあなたの社の業績について調査してみました。その結果、正直いいまして、どうしても松下、東芝、日立、ソニーにかなわない。その苦しみの中で喘《あえ》いでいるというのが現状です。この苦境を広告部としてはいかに脱皮するか。あなたがいうように、これまで通りの広告方法ではますます上位企業に水をあけられるばかりです。ショッキングな方法を打ち出すしかありません。どういう方法があるか？」

ウィルソンは、両手を大きく広げると、大きなゼスチュアで首を振った。

「なかなかいいアイデアが浮かびません。そうです。狭い日本の慣習に捉《とら》われ過ぎているのです」

小林は、広告の勉強のためにわざわざ星村電機からアメリカへ派遣されたことがある。ハーバード大学へも聴講生として通った。提出レポートにも、日米の広告比較論を書いたほどである。広告に関する知識やアイデアには、自負するものがあった。そこまでいわれると、さすがにむっとし、口を挟んだ。

「では、いったいどういうユニークなアイデアがあるというのです？」

「あります、あります。おたくの会社にとって、いまやるべきは挑戦広告です」

「挑戦広告？」

「そうです。トップ企業を追う企業にとってみれば、挑戦広告こそ、最大の武器です」

挑戦広告――小林は知識としては持っていたけど、まさか自分の社で挑戦広告をやってみよう、と考えたことはなかった。その意味ではたしかに狭い日本の慣習に捉われ過ぎていたのかも知れない。

ウィルソンは、ここぞとばかり一気にまくしたてた。

「たとえば有名なアメリカン・モーターズの挑戦広告を想い起こして下さい。あのライバル車をハンマーで叩き潰すテレビCM、ライバル車を自車と並べて欠点を一つ一つこき降ろす新聞雑誌広告、あの凄まじいばかりの挑戦広告によって、なんと倒産寸前だったアメリカン・モーターズは、みごと蘇《よみがえ》ったのです。アメリカン・モーターズのチャピン会長は、感激していったものです。『おかげで昨年までほとんど見向きもされなかったわが社の車が、話題にのぼるようになった』と——。日本でも、どしどし挑戦広告をやるべきです」

「たしかに挑戦広告はいいアイデアだと思います。しかし、日本では難しい」

「しかし日本では——という言葉は、日本に来てわずかのうちに、耳が痛くなるほど聞きました。まるでタブーでもあるかのように。しかし、じつは、これまでみんな騙されてきたんです。あなたたち企業も、消費者も。おたがいの企業同士が喧嘩をするのはよくないことだ、と。その裏で喜んでいたのは誰か——。巨大さを誇る電通なんです。電通はわれわれのような一業種一社システムと違い、同じ業種の有力企業を何社も抱え込んでいる。自分のクライアント同士を競い合わせることは、とてもできない。もしそんなことが激しくおこなわれることになると、電通の最も恐れている一業種多社システムの崩壊をまねくことになるからなんです」

そばの森脇局長も、身を乗り出して力説した。

「いかに比較広告なり挑戦広告がタブー視されているかは、学者たちの動きを見てもわかります。学者たちは、ほとんどが電通との繋がりが深く、いろいろと恩恵を受けている者たちが多い。そのため比較広告については鋭く衝《つ》かないんです。学者たちが、比較広告について触れるときには『アメリカなどでは盛んにおこなわれているが、わが国では時期尚早で……』といういい方で、逃げてしまう。ときに電通のクライアントや媒体へのＰＲ紙『電通報』に比較広告についてのアメリカの広告人の意見が載ることがありますが、その意見たるや、アメリカでもヘソ曲がりといわれているオギルビーなどの比較広告反対論者の意見をわざわざ選んで載せ、ことほどさようにアメリカでも比較広告には反対があり、時代遅れとなっております、というようなキャンペーンをはっておるわけです」

「しかし、実際に比較広告をおこなうとなると、やはり日本では大変な抵抗がある。ヘタしますと、自分の首にも関わってきます。かつて、サッポロビールでひどい目にあった責任者がいます」

小林は抗弁するようにいうと、コーヒーを飲みながら、あらためてサッポロビールの比較広告に関する事件を思い出した。

昭和四十四年、中立的な行政機関である日本消費者協会が消費者のために、試飲テストをおこなった。目隠しで各社のビールを飲ませ、どの社のビールが一番うまいかを競わせた。結果はサッポロビール社がナンバーワン。サッポロビールは、その結果をそのままテレビCMに取り入れた。CMが放映されるや、たちまち売れ行きが伸びはじめ、わずか三カ月で市場占有率は三パーセントも上昇した。

ところが、その一方でCMに対する内外の圧力は日増しに増大した。ついに得意になっていたメーカーの責任者は、責任をとらされ会社でも立場を悪くしてしまったという事件があった。

小林も、その顚末を耳にし、比較広告は日本には合わない……と思い込んでいた。それに、サラリーマン根性の哀《かな》しさで、そこまでの冒険をして、サッポロビールの責任者のように社内での立場を悪くするまでのこともあるまい、そう思っていたのが本音である。業界の集まりで、広告界のベテランから、挑戦広告の話が出たことがある。

「まあ、日本は農耕民族だからね。稲作づくりには人の和は欠かせない。喧嘩をしてはいかん。角を立ててはいかん、というのが日本人の黙契《もっけい》のようなものだ。その点、異民族の集合体である米国は、競争こそ社会発展の原理と考えている。比較広告はえげつない、挑戦的だと考えるのは、日本人の特性で、日本じゃなかなか根づかんものだよ」

そのとき、小林はもっともだと頷いたものだった。

ウィルソンは、すかさずいった。

「あなたのおっしゃる意味はよくわかります。サッポロビールの事件についても、森脇から聞いてよく知っております。しかし、時代は変わってきている。面白いものをお見せしましょう」

ウィルソンは、森脇局長に命じ、「比較広告をともに考えなおそう」との目的で活動をはじめている消費者団体、財団法人ベターホーム協会の機関誌『月刊ベターホーム』をスーツケースの中から取り出させた。それを、小林に見せた。

「日本の消費者団体にも興味深い動きをしているところがありましてね。ベターホーム協会と申しまして、五万人くらいの知的水準の高い主婦の全国団体ですが、この団体は石油ショック以来、パンを家庭でつくろうとか、ゴミを出さない運動とかをやってきた。ところが、ここにきて、『役に立つ広告研究会』を発足させましてね、欲求に合致した質の良い物を買い、手をかけ長く使うため、日本でも比較広告をやってもらい、消費者に役立つ情報を得ようではないか、という動きをはじめたというんです。そして彼女たちは、東京広告協会へ協力を求めた。東京広告協会も快く引き受け、さっそく比較広告の研究をはじめたというんです。で、面白いことに……」

ウィルソンは、いかにも機嫌が好さそうに小林の持っている機関誌のあるページを開いて見せた。

小林は開かれたページを興味深く見た。そこには、電子レンジ、カメラ、電気カミソリ……などが他社の実名入り製品と比較されていた。

たとえば、日立とか東芝とかシャープとかナショナルの社名が入り、それぞれ熱量三段切りかえ、とか熱量二段切りかえ、または熱量固定式……というような説明がある。それに対し、比較広告主の製品である「ミラックスは自由自在！」というような比較広告が実験的につくられているわけである。

「このミラックスという製品は見かけない製品ですけど、実際にあるんですか？」

小林は、ウィルソンに訊いた。

「いえ、その『ミラックス』はあくまで架空の商品名です。ベターホーム協会の機関誌『月刊ベターホーム』誌上で、もし、ミラックスなる商品があり、これを他社商品と比較広告するときにはこのようになりますよ、というサンプリングとして、掲載しているんです。

このようにいまや消費者も強く比較広告を望んでいる。広告は生活情報でなくてはいけない。消費者は、どの商品が、他の商品に比べ、どこがどう優れているのか、当然知りたいはずだし、広告はそれに応えなければいけない」

小林はウィルソンの熱弁を聞きながら、たしかに挑戦広告は魅力的だ、と思った。しかしそれゆえにすぐ外資系広告代理店に鞍替えるには、あまりにも多くの問題があり過ぎる。テレビのゴールデンタイムの確保、社にスキャンダルのおこったときの記事のモミ消しの力……などを考えると、外資系の広告代理店に全面的に任せるには、不安過ぎた。しかも、外資系に切り換えるとなれば、社内での抵抗も大きい。

〈しかし、一考の余地はある〉

そう思いながら、小林は腕時計を見た。五時に十三分前であった。六時から社長を囲んでの合同会議がある。遅刻するわけにはいかない。

小林は、今日ウィルソンと会おうとした最大の目的である、電通と秋山について訊いた。

「昨夜電話で、うちの秋山部長と電通との関係についておっしゃってましたが、どんなことなのでしょうか？」

「そうそう、忘れていました」

ウィルソンは、そばの森脇局長からファイルを受け取り、調査報告書のようなものに眼を通すと、小林を射《い》るように見、

「われわれの国では信じ難いことですが、日本では一広告代理店が、クライアントの人事にまで介入するんですね。ミスター森脇の調査報告によると、かつて、秋山さんの前任者である西村部長が大阪に転勤を命ぜられたとき、次期部長として秋山さんと同時にあなたの名も挙がったことがあるそうです。秋山さんに較べ、あなたの方が四歳年下ですが、女性的でヒステリックな面があるうえ、病気がちの秋山さんに対し、あなたの猪突猛進というか、押しの強さが買われ、秋山さんを追い抜いて広告部長に……との声が挙がったわけです。しかしあなたは、その頃からアンチ電通的な言辞を弄していたので、電通の方でも黙って看過《みす》ごすわけにはいかなかったのでしょう。社長、重役に背後で働きかけて、秋山さんを部長に据えたとなっている。そしていままた——」

ウィルソンは一息つき、コーヒーをゆっくりと飲んだ。いかにも気をもたせるような、外人特有の演出を心得たゼスチュアであった。

ウィルソンは、鋭い眼を粘く輝かせた。

「電通と秋山部長と組んで、都築専務に働きかけ、次期部長を横田次長に決定しようとしているそうですね」

小林は思わず拳《こぶし》を握り締めた。腹の底から、怒りがむらむらと込み上げてきた。人前で感情を露わにすまいと努めたものの、どうしても握り締めた拳が、ぶるぶると震えてきた。体内の血が逆流していった。

このような情報は、一般にためにするものが多かった。部下を持つビジネスマンは、果たしてもたらされた情報が正しいものか、あるいはためにするものか、を冷静に判断する眼を養っておかねばならなかった。しかし、いまの小林にはとうてい、そのような気持の余裕はなかった。外部の者の耳にまでそのような情報が入っているからには、電通と秋山がグルになって自分をはずすよう画策しているに違いない、と信じた。

ウィルソンは、にやりと狡《ずる》そうな笑いを浮かべると、小林の激情を煽《あお》るようにいった。

「小林さん、もしかれらの思い通りの人事が決定したなら、社内におけるあなたの立場は悪くなりますよ。あるいは、会社を辞めざるを得なくなるかも知れません。輝ける広告部長の座を摑むか、あるいは社から追われるかのどちらかです。勝つべきです。森脇の調査では、社内では、秋山部長や横田次長より、はるかにあなたの才能と人徳を買う人が多い。負けては駄目です。徹底的に戦うべきです」

ウィルソンは、太く逞しい赤鬼のような腕を伸ばしてきた。小林の肩をがっちりと摑んだ。力を籠《こ》め、ゆさぶりながらいった。

「そのためには、われわれもあなたのために、いかなる協力も惜しみません」

7

星村電機の広告部次長小林正治が、四月からステレオのテレビコマーシャルフィルムのモデルとして使うことになっている北条みゆきと、銀座のフランス料理『マキシム・ド・パリ』で昼食をとりながら打ち合わせを終えたのは、午後二時に十五分前だった。

彼女のコマーシャルフィルムは幸い試写段階では大好評だった。彼女を起用することを強引にすすめた小林としてもうれしく、つい話が弾んだ。そのため二時から始まる社長を混じえての会議に遅れそうになり、急いで三田の大門近くにある本社に引き返した。

七階にある会議室のドアを開けたときには、すでに会議は始まっていた。江藤社長をはじめ、販売担当の後藤常務、宣伝担当の都築専務等、販売・宣伝関係者二十人近くが、熱っぽい雰囲気で意見を戦わせていた。

小林は、北条みゆきとの打ち合わせをもう少し早く切りあげるべきだったと後悔しながら、そっと席に着いた。

その瞬間、例によって小林憎しで凝り固まっている秋山広告部長が、縁無し眼鏡をきらりと光らせ、皮肉たっぷりな口調でいった。

「大切な会議があるというのに、小林次長は相変わらず悠長なお出ましですな」

一瞬会議が中断され、全員の視線が小林に集中された。それまでのざわつきが嘘のように、会議室がシンと静まりかえった。

〈秋山め、社長が出席していると思って、いっそう居丈高になりやがって！〉

小林は、苦々しく思った。しかし、そのまま怯《ひる》む姿勢を見せていると、相手がどこまで図に乗っていびりに出てくるかわからない。一応いい訳をしておくことにした。

「のっぴきのならない打ち合わせがありましたもので……」

秋山は、攻撃の手をゆるめようとはしなかった。

「ほォ、この会議をそっちのけにしてもいいほどの、のっぴきならない打ち合わせがねえ。私には、小林次長が、いまそれほど重大な仕事と取り組んでいるとは思えませんけど……」

秋山の縁無し眼鏡の奥の細い眼には、蛇のような執拗な光が泛《うか》んでいた。小林はその眼を見ながら、もしかすると秋山は、おれに尾行をつけているのではあるまいか、という疑いが掠めた。

〈今日銀座で北条みゆきと会っていたことも、すでに報告されているかもしれない〉

そこまで考え、小林は背筋が寒くなる思いがした。

そのとき、販売担当の後藤常務が間に割って入った。秋山の度を越したいびりに、さすがに辟易《へきえき》したらしい。

「秋山部長、いつまでも小さいことに拘泥《こだ》わってないで、話を本題に戻そうじゃないか」

後藤常務の一言で、再び話は本題に戻されることになった。

会議のテーマは、ビデオテープの販売・宣伝戦略を今後いかに展開していくか——ということであった。

現在、ナショナルは、ホームビデオ・MACLORD88、ソニーは、ベータマックス・ビデオデッキSL—8500、日立は、日立ビデオデッキVT4000、ビクターは、ビクタービデオカセッターHRI3600と、それぞれに鎬《しのぎ》を削っていた。

それにくらべ、星村電機は特にビデオに関しては力を注ぎ、他社のどの製品よりは秀《すぐ》れている、という自負はあった。他社が二時間のビデオテープしか考えつかないときに、早々と三時間、六時間テープを一番先に開発したのは星村電機だった。

しかし哀《かな》しいかな、これまでの〝二流メーカー〟というイメージがどうしても払拭《ふっしょく》しきれない。せっかく他社に先がけて三時間テープを開発したときも、マーケットリサーチの結果、「一本のテープで三時間撮《と》れるとしても、すぐに傷むのではないか」という声が大半を占めた。さっそく、そのようなイメージを払拭し、飛躍的な売れ行きの伸びを示すには、いかにすべきかが熱っぽく語られたものの、いいアイデアが生まれず、売れ行きは伸びなかった。せっかくの三時間、六時間テープをいまのうちに宣伝して売っておかないと、他社がすぐに開発し追いぬくに決まっている。

今回の会議には、電通の星村電機担当者杉森和之も参加していて、自信に満ちた口調で意見を述べた。

「みなさんに自信を持っていただきたい。自分たちがまず二流メーカーだなどと思い込むところから、是正していただきたい。この社の技術は、すばらしい。そのすばらしさを、素直に訴えればいいのです」

電通から特別参加した塩月部長も、そばで頷いていた。

小林はもっともらしい意見を聞きながら、「素直に訴える」という言葉にひっかかっていた。性能の良さをアピールすることは当然のこととしても、「素直」に訴えていては、これまでどおり大手各社に敗けてしまう。それより、もっと効果的に性能の良さをアピールする方法があるはずだ。

そのときふいに、一カ月前帝国ホテルでウィルソンが確信に満ちた口調でいった言葉が、浮かんできた。

「小林さん、追撃する立場の社は、断然、挑戦広告でチャレンジすべきです」

挑戦広告――小林はあらためて頭を熱くさせながら、挑戦広告について思いを巡らせた。

たしかに一本で三時間も撮れるビデオを売り出す場合、さらに性能の良さをアピールするだけでなく、他社の製品と比較し、他社をこきおろすくらいの激しい広告を打っていたら有効だったかもしれない。

職業柄、小林の脳裡には、即座にテレビコマーシャル用のコピーが浮かんだ。

最近流行の三時間ドラマはわが社のビデオでしか撮れません！　他社のビデオですと……というナレーションを流してはどうだったろうか……。

そして、わざわざ二時間目にビデオテープを取り換えに立ち上がるヒステリックな奥さんを登場させる。それにくらべ、わが社のビデオを持つ家庭の奥さんを登場させ、ゆったりと安心して食事のあと片づけなり、編物でもさせてはどうだったろうか……。

〈しかし……〉

小林はそこまで考え、電通の担当者である杉森と塩月部長の顔をあらためて見た。

電通がわが社のメイン代理店であるかぎり、同じ電通が扱っているライバルメーカーの製品を貶《おと》すことは、不可能であろう。だからといって、これまでと変わらぬ宣伝方法を取っていては、一流メーカーといわれているメーカーに、勝てるわけがない。やはり、ウィルソンがいっていたように、挑戦広告を試みるべきではあるまいか……。

たしかに、かつてのサッポロビールの目隠しテストほど凄まじい挑戦広告ではないまでも、挑戦広告の予兆ともいうべき広告が現われはじめている。

最近までサントリーウイスキーが流していた純生のテレビCFがそれだ。

三十秒のスポット広告で、バックに相撲甚句《じんく》が流れるなか、加山雄三を真中にはさんで左に麒麟児《きりんじ》、右に旭国《あさひくに》が座って純生を飲んでいる。左端には空席が一つあって、加山が「遅いなあ、あと一人」というと、「お連れさんがお見えになりました」の声。加山が迎えに立ち上がろうとすると、両関取が両側から肩をおさえて、「あんたが主役だ」でエンド。

一見なんの変哲もないCFであるが、じつは、麒麟児＝キリンビール、旭国＝アサヒビール、「お連れさん」＝サッポロビール、主役の加山がサントリービールという種明かしになっている。いってみればパロディ、ユーモア広告だが、見方によっては他三社を冷やかしている〝挑戦広告〟とも受けとれる。シェアにおいてキリン、サッポロ、アサヒにとてもかなわぬサントリーの打ち出した苦肉の策といえよう。

自動車メーカーにも面白い動きが出ている。トヨタ自動車販売が、トヨタ一三〇〇・スターレットの新発売広告で、《較べたし。この性能、この装備で、この価格を。較べたし、見事に実証した高速巡航性能を》とやると、すかさず日産自動車が新型サニー一四〇〇の広告で、《お比べ下さい。新型サニー。広さよし、燃費よし、容姿よし》とやり返した。

さらに東洋工業まで新型ファミリア（一三〇〇、一四〇〇）の広告で、《比べるなら、乗ってから。新型、キラッ。一四〇〇も登場》と応戦している。

かつてのように衝動買いが姿を消し、じっくりと比較、検討しながら買おうという傾向が強くなったことに応えて、おずおずしながらも、比較広告風な広告を打ち出し始めたのである。

おそらく今後、いっそうエスカレートした広告が出てくるだろう。

〈わが社が、その先鞭《せんべん》をつけるべきかもしれない……〉

小林はそう思いながらハイライトを取り出し、火を点けた。

そのときふいに、電通の担当者に代わって意見を述べていた秋山部長が、

「小林次長、いまの私の意見を、どのようにごらんになりますか？」

と迫ってきた。

小林はどきりとした。挑戦広告について思いを巡らしていて、秋山部長のいうことをほとんど聞いていなかった。しかし、黙っているわけにはいかない。小林は立ち上がりながら、口に出すべき言葉を探した。どうせ秋山部長のいうことだ。先程電通の担当者である杉森が述べた意見と変わりはあるまい。

小林は、口を切った。

「秋山部長らしい意見ですが、どうもこれまで通りのパターンを踏んでいて、あまりにも消極的すぎるように思われます」

「マンネリな意見？」

秋山はヒステリックなキンキン声を上げ、縁無し眼鏡の底から小林を睨みつけた。

「マンネリとまではいいません、あまりにも消極的な意見だといったのです。せっかくのすばらしいビデオテープを開発したわけですから、もっと積極果敢なアピールをおこなうべきではないか、と思うので

す」

「積極果敢なアピール？　ごもっともな言葉ですが、具体的にはどういう方法ですかな、小林次長」

秋山部長は縁無し眼鏡をはずしながら、ねちっこい調子で訊いた。

具体的方法——といわれ、小林もさすがに言葉に詰まった。比較広告をやるべきだ、とはいまの段階では発言できない。

「どうしたんですか、小林次長、具体的な意見なくして、反対のための反対というのは困りますねえ。君の発言は、いつも反対のための反対になりがちだからね」

秋山部長は、絹のハンカチで眼鏡のレンズを拭きはじめた。他人をいびるときの彼の癖である。眼鏡をはずした細い眼が、異様に鋭く光る。

小林は拳を握り締めながら、沈黙を続けた。

「どうしたんですか。小林次長、気分でも悪いんですかな？」

秋山部長は、なおネチネチと絡んできた。

小林は、秋山を睨み返すようにしていった。

「現在、私なりに新しいアピール方法を検討中であります。煮つまりましたら、発表させていただきます」

「ほォ、検討中ねえ、どなたと検討中かしらないけど、楽しみに待っていましょう」

秋山部長は眼鏡を掛けながら、人を小馬鹿にしたような口調でいった。

小林は屈辱に震えながら座った。やはり江藤社長の前で自分の思いどおりのことが主張できないことはつらかった。

小林には、星村電機の広告部長どころか、いずれは社長の座《ポスト》を摑みとろうとの野心があった。大手企業で宣伝、広告関係者から社長になったケースは少ない。三越百貨店社長の岡田茂くらいであったが、今度、資生堂でも宣伝部長出身の山本吉兵衛が社長に就任している。一昨年春に帝国ホテルの孔雀《くじゃく》の間で一七〇〇名近くを招いて開かれた就任披露パーティへ小林も招待され、美酒に酔いながらあらためて自分も山本社長に負けないように星村電機の社長の座を摑んでみせる、との野心の炎を燃やしたものだった。

それなのに、社長の前で醜態を演じざるを得なかった。小林は、唇を嚙んだ。

しかし、いくら口惜しい思いをしても、現在のところ、挑戦広告についての提案をすれば、ウィルソンの発想に就くことになる。メイン代理店を、電通からアメリカン・グロリアに切り換える道を選ぶことになる。

小林の脳裡を、博報堂の吉川部長の人の良さそうな顔が掠《かす》めた。もしアメリカン・グロリアに傾けば、これまでせっかく彼に肩入れしてくれた吉川部長を裏切ることになる。かといって、ウィルソンの提唱する挑戦広告にも魅力を感じていた。

激しい挑戦広告は、電通はもちろん、博報堂にも不可能なのだ。サントリーの純生の挑戦広告風のCF（コマーシャルフィルム）の製作は、博報堂の大阪本部の石川曄児《ようじ》という日清の〝きつねどん兵衛〟を製作した人物の手になった作品であるが、日本の代理店では、せいぜいあそこまでが限界なのである。

小林の耳底に、あらためて以前にウィルソンが帝国ホテルでささやいた言葉が、蘇ってきた。

「小林さん、あなたの社が飛躍するためには、いまこそ、一流メーカーといわれる社に挑戦広告をぶつけるべきです」

しかし、その言葉を打ち消すように、博報堂の吉川部長の言葉も浮かんできた。

「小林さん、ウチに広告をおまかせ下さい。ウチの最高の人材を投入し、電通を超えるすばらしい効果を上げてみせますから……」

小林は腕を組み、眼を閉じた。小林の耳の底では、熱いささやきが会議の間中続いた。


ジョン・ウィルソンは、総支配人室でソファーに深々と身を埋め、『アドバタイジング・エージ』を読みふけっていた。厳しい冬も終わり、すっかり春めいた日がつづいていた。南側が一面総ガラス張りになっている部屋には、やわらかい陽《ひ》ざしがいっぱいにあふれていた。ウィルソンは、日本で初めて味わう春が大いに気に入っていた。

その気持の良さを破るように激しいノックがあった。

「カム・イン！」

ウィルソンが、ソファーから身を起こしながらいった。森脇局長が、あわただしく入ってきた。

「厄介な問題が持ち上がりまして……」

入ってくるなり、切羽詰まった口調で切り出した。

ウィルソンは、読みかけていた『アドバタイジング・エージ』誌から眼を離した。胸騒ぎをおぼえた。日頃冷静沈着な森脇局長にしては、いささか冷静さを失っているように思われたからである。

「何かね？」

ウィルソンは、森脇局長にソファーに座るようすすめながら訊いた。

森脇局長はソファーに腰を下ろし、ファイルから書類を取り出し、ウィルソンに手渡した。

「その書類にあるファンタジー社との間に、厄介な問題が起こりまして……」

「ファンタジー社？　あの社は、わが社に決まったんじゃないのかね」

ウィルソンは、つい苛立たしそうに大声を出した。

ファンタジー社は、最近アメリカで急速に伸びてきた化粧品会社である。近く日本に上陸するための準備を進めている。すでに池袋のサンシャインビルに入居し、その日を待っている。ウィルソンは、ファンタジー社が近く日本に上陸するとの情報を得たときから、さっそくファンタジー社に接触するよう部下に命じていた。ここにきて、ほぼ日本での広告はアメリカン・グロリアで引き受けることに決まった、との報告を受けていた。それなのに、急にいまになってトラブルが発生したという。苛立つのも無理はない。

「原因は、何だ？」

「じつは、電通がファンタジー社に接触し、ファンタジー社も電通に傾きはじめたというのです」

「電通が……」

ウィルソンの顔が、にわかに厳しくなった。鷹のように鋭い眼が、異様な輝きを帯びた。

「わが社での直接の担当者は誰だ？」

「ロバート・ライトルです」

ウィルソンは立ち上がり、机に戻った。プッシュホンで秘書に、ロバート・ライトルを至急部屋に呼ぶよう命じた。

数分して、ウィルソンの部屋に、ロバート・ライトルが姿を現わした。二メートル近い、ひょろ高い青年であった。

ウィルソンは、彼にソファーに座るよう命じた。彼の顔を喰い入るように見ながら、訊いた。

「電通がファンタジー社に接触しているというが、どの程度まで喰い込んでいるのか」

「はあ……それが……」

ロバート・ライトルは、長身を縮めるようにしながらいった。

「九九パーセントOKと思って安心していたんですが、責任者のチャールズ・ロジャー氏の態度が、この一週間前からこれまでと違い急によそよそしくなりまして、少し考えさせてくれ、とまでいいはじめたんです」

「つまり、電通が喰い込んだというわけだな」

「はい」

「日本はわが国のように一業種一社システムをとっていないから、さまざまな弊害があるということを説明したんだろうな」

「もちろん、くどいほど説明いたしました」

「うむ、それなのに電通へ走るというのか……」

ウィルソンは立ち上がり、窓ぎわに進んだ。銀色の眉と眉の間に、深い皺を寄せた。道路を隔てて立ちはだかる電通の建物を、あらためて睨みつけた。十五階建ての電通本社のビルは、春の陽にまるで勝ち誇ったようにまばゆく輝いていた。

「で、電通の誰が、ファンタジー社に接触しているのかね？」

ウィルソンは、電通を睨みつけたまま、背後のロバート・ライトルに訊いた。

「は、安西則夫といいます」

「安西則夫ね。よくわかった。明日私が直接森脇局長とファンタジー社へ行こう。責任者のチャールズ・ロジャー氏に、アポイントを取っておいてくれ」


安西則夫と電通への入社同期である徳大寺武が、ウイスキーの水割りをお替わりしながらいった。

「安西、今度のファンタジー社とやらも、えろう難航しそうやないか……」

「ああ、外資系は一筋縄ではいきそうにない」

安西は、熱い焼けるような度の強いバーボンウイスキーを喉の奥に流しこみながら、浮かぬ顔で答えた。

その夜徳大寺とは、銀座日航ホテル裏のビルの地下にある行きつけのクラブ『夢の花』で偶然に顔を合わせたのだった。

ママは元CMガールで、電通の仕事が多かったことから、そのクラブは電通社員の溜り場になっていた。

安西は仕事の調子のいいときにはそのクラブによく顔を出したものだったが、清美堂で躓《つまず》いてからは同僚と顔を合わせるのが気が重く、まったく顔出しをしていなかった。ところがその夜そのクラブの前を通り、ふと順調にいっていて週に二回は顔出ししていた頃が懐《なつか》しく、地下への階段を降りたのだった。

しかしカウンターには同僚の中でも特に嫌味でひと言多い徳大寺が座っていたので、しまったと思ったが遅かった。まさか顔を合わせておきながら引き返すわけにはいかなかった。

徳大寺は、かなり酒が入っていた。さっそく独特の大阪弁で絡んできたのだった。今度の云々……というのは、あきらかに清美堂での安西の失敗を嘲笑《あざわら》っていたし、新しくアタックしているファンタジー社もどうせうまくはゆくまい、と揶揄《やゆ》しているとしか受け取れなかった。

たしかに、電通は外資系企業にはまったく手も足も出ないという歪な体質をもっていた。外資系企業を新規クライアントにするのは、なみたいていの努力では無理だった。

もともと電通には、国際広告を専門に扱う部門としてＪＩＭＡ電通という子会社を吉田秀雄が創っていた。が、思い通りに国際広告が取れず、結局は現在、中外製薬、ニッカウヰスキー、十条キンバリーなど、日本の広告を扱っているという哀しい情況だった。

かろうじて、ペプシコーラと化粧品のアックスを獲得しているが、それもペプシの場合、販売会社であるペプシボトラーズがクライアントだったことから、どうにか獲得できたようなものである。

アックスの場合も、運よく電通がクライアントだったセネボウの出身者が独立してアックスの責任者になり、その線から獲得できたわけで、苦戦を強いられていた。

しかし、それゆえによけいにファイトの湧く仕事ともいえた。清美堂での失敗の汚名返上にはまたとないチャンスだ、と自分にいいきかせていた。

徳大寺は、お替わりのウイスキーをぐいと呷った。細い糸のような目を皮肉っぽく光らせ、安西を横眼で見ながらいった。

「相手が日本の企業やと、トップ交渉でわが社得意の〝人質作戦〟でも取れるけど、外資系やとそういうわけにもいかんやろしなぁ、つらいところやな……」

〝人質作戦〟というと聞こえは悪いが、要するに狙う相手企業の社長や重役の子息や親戚をいざというときのために電通に入社させておいて、交渉をスムーズにさせるという手だった。

安西が知るかぎりでも、財界では、トヨタ自販の加藤誠光社長の子息、森永乳業の稲生平八社長の子息、最近退社したが、三越の岡田茂社長の弟もいた。作家では、井上靖の子息、松本清張の子息、北条誠の子息、柴田錬三郎の娘婿、斎藤茂吉の孫、政治家の関係者では、山村新治郎の弟、安井謙の子息、高橋圭三の子息、それに、西郷隆盛のひ孫から山県有朋の孫までいる。マスコミ関係者の縁者も多い。

毎日新聞社の元社長上田常隆の子息もいたし、読売新聞の深見和夫専務の子息もいる。

タレント関係者では、木暮実千代の子息、兼高かほるの兄、佐々木信也の弟、河内桃子の夫、水野久美の夫、森雅之の甥《おい》。その他にも政治評論家唐島基智三の娘婿から、画家の伊東深水の子息、元巨人軍監督の長嶋茂雄の義弟、将棋八段の大内延介の兄、元警視総監秦野章の子息……と、電通には石を投げれば著名人の血縁者に当たる、というほど錚々たるメンバーの関係者がそろっている。

吉田秀雄が、一方では東大出のインテリを採用すると同時に、いま一方でこのように有名人の血縁者を縁故採用するという両面作戦を取った。

このため、これらのコネを利用してずいぶんと仕事をスムーズに運ぶことに成功してきた。それらのコネはないが、格式好きの社長のところへは、爵位を持った者の子孫か、明治の元勲のひ孫などの社長を行かせて成功したケースもある。

そのため、他の代理店の連中はぼやいている。プレゼンテーションで九〇パーセントうまくいったと思っても、いざフタを開けてみないことには安心できない。どたん場で、電通にはどうひっくり返されるかわからない。なにしろ電通は独特の人脈作戦でひっくり返しにかかるからな、と……。

しかし、徳大寺のいうように、外資系にはその手は効《き》かなかった。たしかにつらいところである。

「ただし安西、最近耳にしたところでは、アックスにもそれに似た手を使ったらしいやないか」

「似た手？　ああ、あのことか」

似た手、というのは、アックスの広告ははじめのうち電通が一手に引き受けていた。しかし電通一本槍というのも弊害がある、というので、男性化粧品のマッハの広告だけを博報堂に任せることにした。当然電通とすれば面白いはずがない。そこで得意の〝人質作戦〟を巧妙に使った。当時アックスのマーケティング担当常務だった大森幸之介の倅《せがれ》を電通の新聞・雑誌連絡局へ迎え入れることにしたというのだ。その倅は東京の二流私立大学で一年落第していて、お世辞にも優秀とはいえなかったが、戦国時代の婿取りよろしく迎え入れたというのだ。

むろん結果は上々で、博報堂が扱っていた男性化粧品マッハは電通の手に移ったという話を、安西も耳に入れていた。

しかし、日本に上陸してしばらくたっている外資系企業ならまだ手の打ちようもあるが、ファンタジー社のようにこれから上陸してくる社というのはやりにくい。安西はあらためて苦い思いをしながらバーボンウイスキーを呷った。

徳大寺はよけいに酔ったようで、呂律《ろれつ》の怪しい口調で、安西に絡んできた。

「安西、おまえさん、まだ局長になれると信じて励んでるんかいなぁ……楽天的というか自信家というか……」

楽天家と決めつけられて、安西はさすがにムッとした。安西は、局長といわず、取締役、社長のポストだって狙っていた。少なくとも局長クラスにまで昇進すると、役員に選出されなくても六十歳になるまでに、系列会社の社長、もしくは役員には就任できる。

「安西、局長のポストがいくつあるか冷静になって考えてみたことあるんかい……五十やで、わずか五十。今後若干増えたとしても、その数は知れとるやないか。電通社員五千三百四十人に対して五十。百人に一人の確率や」

たしかに、その数はしれている。今後局長のポスト争いは、いっそう熾烈《しれつ》をきわめることは眼に見えていた。

昭和二十七年から二十九年までの三年間に入社した安西たちの先輩は、ラジオ局開局のために思い切って多くの人員を採用しているから一〇〇〇人あまりもいる。安西たちよりあとの昭和三十五年から四十年までの六年間、つまりテレビ全盛の初期にも、一七〇〇人も採用している。今後はポスト不足で大変なことはあきらかだった。ポスト争いに勝利をおさめた者はいい。が、敗れた者は、四十代になっても、局長なんて夢のまた夢。役職のポストすら就《つ》けない者が出てくる。いや、すでに徳大寺のように局長のポストなどあきらめて、局長になれた者は運がよかったのさ、俺は俺で、まあ特別にミスさえしなければ定年まではいられるだろう……とのんびり構えている連中も増えていた。

最近、副参事以上の管理職全員を大ホールに集め、円満な田丸社長にしては珍しく檄《げき》を飛ばした。

「人におぶさったりする社員が増えてきた。そのような人間は、反省してもらいたい。もし今後もそういうことを続ける人間がいるなら、そのような人間は、電通にいて欲しくない！」

その裏には、おそらく、目標を失ってたるみかけている中堅幹部への、憤懣と叱咤の意味が籠められているにちがいない。安西は、そう思った。

しかし、そういう安西の思いなどお構いなしで、徳大寺は相変わらず愚痴をこぼしつづけた。

「ま、いまの〝十二階〟の連中だって、別に実力があってあそこまで出世できたわけやない。そんな奴がかなりいよる。昔は、なんとなしに出世できたんや」

〝十二階〟というのは、役員の別名だった。電通本社の十二階に役員室があることから、いつのまにかそう呼びならわされていた。あるいは馬小屋のように細長く役員室がならんでいることから、口さがない社員は役員室のことを〝馬小屋〟と呼んでいた。

「その〝十二階〟は夢の夢、局長のポストまで無理になってきたンやから、やる気もなくなるわなあ。かといって、真面目にコツコツとやってれば認められるかいうたら、そうとはいえへんし……派閥にうまく乗ってればええけど、そうでないとなんぼ一生懸命やったかてあかん。要領のええやつはゴルフ、マージャンがうもうて上の者ともうまくやっていくし、ゴマもする。わいにはそれは苦手やしなぁ。かといって、有名人の息子やないから、特別のコネがあってそれで遊んでいても成績あげられるいうわけやないし、まぁ、ぼちぼちやるしかないわ。安西も、汚名返上やいうてガムシャラにやるのもええが、体こわさんようにせえよ、体こわしたら、元も子もないで……」

徳大寺の愚痴は際限なくつづいた。

じつは徳大寺は、電通がメインであった大阪電力の担当部長として大阪へ行っていた。が、つい最近、博報堂にとられてしまった。そのため即座に図書室の資料係へ回され、腐りきっていた。

しかし、安西は徳大寺のようにギブアップして愚痴ばかりいっている男は嫌いだった。徳大寺のような社員が増えてくると、電通はバイタリティを失って老体化していくばかりだ。一度失敗しても、何らかのチャンスを見つけて再びチャレンジすればいいのだ。

安西はあらためて、吉田秀雄の《鬼十則》の一節を思い出した。

〈取り組んだら『放すな』、殺されても放すな。目的完遂までは……〉

安西は、バーボンウイスキーのお替わりを頼んだ。

アメリカン・グロリア社の日本総支配人ウィルソンは、前日のアポイント通り、午後一時三十分に、森脇局長を引き連れ、ファンタジー社を訪ねた。ファンタジー社は、池袋に聳《そび》えている超高層ビル、サンシャインビルの五十三階にあった。

ファンタジー社は、いつでも本格的に日本に上陸できるよう部屋の飾り迄《まで》きれいに整えられていた。

ウィルソンと森脇局長は、ユダヤ鼻をした責任者のチャールズ・ロジャーに迎えられ、応接間に通された。

マティスの絵の飾られた応接間は、やわらかい春の陽にあふれていた。

ウィルソンは、ロジャーとの握手を終え、日本もサンシャインビルのような高層ビルが建ちはじめ、いよいよニューヨークなみになってきたというような話を枕にふり、肝心のビジネスの話に入っていった。

ウィルソンは、まずアメリカと日本の広告代理店との違いをあらためて力説し、電通のシステムは、アメリカで一業種一社システムに慣れてきた企業には馴染《なじ》まない。それどころか、いくつかの弊害がある。

日本で他社に喰い込んでゆくにはベストの方策とはいえない、と熱っぽく語り続けた。なにより、ライバル社に企業秘密の洩れることを力説した。

「情報が絶対に洩れない、と電通ではいっていますが、さあ、どうでしょうか。たしかに、資美堂とおたくを扱っていて、おたがいのチームが自分の担当の情報を洩らすとなると、大変な信用問題だ。世界の大電通たるものが、そんな真似はしない。ではまったく情報は洩れないか——問題はそこなんです。かれらは頭のいい連中がそろっているから、巧妙なんです。もし仮におたくが電通に頼み、おたくが新製品の広告宣伝をうつとします。いつからどんな広告をうつか、おたくの担当者がその情報を洩らすと、責任問題になる。逆に資美堂の担当者なりが、おたくの担当者からうまく聞き出したふうにして、資美堂におたくの情報をご注進ご注進とばかりにいって行く。そのようにして、背後でうまく演出コントロールしているとしか思えません。安心して任せると大変なことになりますよ」

そして例によって、ウィルソンの持論である挑戦広告のすすめもぶった。

「資美堂やセネボウは、根強い地盤を持っています。彼らに喰い込むためには、とても温和《おとな》しい方法では駄目です。われわれの国同様、思い切った挑戦広告をやるべきです。しかし、電通ではそれは不可能です。それなのに、何故あなたは迷うのですか。しかも……」

ウィルソンは、激する自分を抑えるかのように、ちょうど運ばれてきたコーヒーを一息で飲み、続けた。

「化粧品だから、当然、テレビのCMでOLや主婦たちに訴えかけなければならない。ところが、日本の広告代理店では、〝デー・アフター・リコール〟すらやらないのです」

「〝デー・アフター・リコール〟をやらない？　電通でもか？」

「そうです」

チャールズ・ロジャーは、その事実をはじめて知って、驚いたようだった。

〝デー・アフター・リコール〟というのは、新しいテレビCFを流した二十四時間後に、そのCFを引き受けた広告代理店が、調査会社を使って、狙った訴求対象に電話を入れ、そのCFの何を記憶しているか——を調査する方法のことである。たとえば、アメリカの楽器業界で最大手であるノーリン社が、新しいエレクトーンを売り出そうとしてテレビにCFを流したとしよう。その〝デー・アフター・リコール〟により、すぐに調査する。もし視聴者が「ノーリン社のCFだったことは覚えているけど、その新製品が何で、どのような特徴があったかなど、覚えてない」という返答が多かったなら、その代理店は、メッセージが正確に伝わらなかったとして、そのCFをただちにストップさせる。たとえ何百万円かけて製作したCFであっても、容赦はない。そこまで徹底している。それが常識になっている。

「しかし日本では、電通といえどもそんなことはやらないのです。何故におこなわないか？　つまりは、電通は、たとえば日本楽器のブランド名さえ視聴者が記憶してくれれば成功、事足れりとしているのです。そのCFがはたしてどういう製品のCFなのかは、それほど問わない。とにかく企業名のみ訴え、大量宣伝させ、儲けようという腹なのです。もちろんそのような目的に反する〝デー・アフター・リコール〟なんてやるわけがありません！　世界一の電通と威張っておきながら、そんなことはサボって、知らぬ顔で頬かむりしているのです。クリエーターも、そんな調査をやられては困るわけです。せっかく製作したCFがもしまずい場合、一夜にしてホゴになるわけですからね」

ウィルソンはそこまで一気にまくし立てると、両手を大きく広げ、首を振り、何をかいわんや、というような表情をしてみせた。

「つまりは、クライアントが〝裸の王様〟なのです。代理店から調子のいいことをささやかれるばかりで、真の情報は摑みえていないのです。それなのに、またあなたの社まで〝裸の王様〟になろうとしている。同じアメリカ人として、じつに寂しいことだ……」

チャールズ・ロジャーは、ウィルソンの大演説を頷きながら聞き終わるや、物静かな口調でいった。

「よくわかりました。今日の話は、大変参考になりました。いま一度本社と相談して決めたいと思います」

ウィルソンは、自ら足を運んだ甲斐があった、と心の中で北叟笑《ほくそえ》んだ。

そのとき、そばの電話が鳴った。ロジャーは、エクスキューズミーと断わり、受話器を握った。女性の秘書から、電話を繫ぐべきかどうかの相談のようであった。ウィルソンの耳に、ちらと電通という言葉が入った。ウィルソンは、ブルドッグ型のパイプを取り出した。煙草を詰めながら、聞き耳を立てた。

ロジャーは、秘書に命じた。

「いまお客さんだから、繫がなくてよろしい。ただし、三十分後にこちらに来てもらうように」

おそらく、三十分後に電通の担当者安西がやって来るのであろう。ウィルソンはそう判断した。いい機会だ。ぜひ安西の顔を見ておこうと思った。そのためわざとゆっくり腰を落ち着け、アメリカの政治について、三十分ばかり雑談した。

そろそろ電通の担当者が来るだろうと思う頃を見はからい、ウィルソンはロジャーと握手を交して、応接間を出た。社内のどこかに電通担当者がいるかと見回したが、見当たらなかった。

ファンタジー社を出、エレベーターの前に立ったとき、昇って来たエレベーターから降りる五人のメンバーに出会った。ウィルソンは、一人一人を睨《にら》みつけるように見た。

森脇局長が、ウィルソンの耳に口を近づけるようにしてささやいた。

「いまのメンバーが、電通の連中です。最初に降りてきたのが、安西則夫です」

ウィルソンは、エレベーターから最初に降りてきた、太い黒縁眼鏡をかけた、甘い下膨《しもぶく》れの、育ちの良さをうかがわせる安西の顔をハッキリと想い浮かべた。

森脇局長に訊いた。

「どうして、あんなにぞろぞろと多勢でやってくるのかね?」

森脇局長は、上のレストランで少し休みましょうかといい、上へ昇るエレベーターを止めた。エレベーターに乗り込みながら、ウィルソンの質問に答えた。

「あれが電通方式なんです。博報堂なんかせいぜい多くて二、三人で新規クライアントを獲得しようとするときに行きますが、電通はいつもあんなに多勢で押しかける。そしてトップに会い、話を進める。つまりそうしておいて、上から下へ降ろしていく。現場の連中が、あまりに上の方で話を決め過ぎると、ぶうぶう文句をいっているくらいです」

「ふむ」

ウィルソンは、いかにも電通らしい権威を笠に着たやりくちだな、と苦々しく思った。

恐ろしい眼付で、森脇局長に命じた。

「安西則夫の私生活を、女関係までふくめ徹底的に洗ってくれ」

安西則夫は、ファンタジー社のチャールズ・ロジャーに対し、引き連れていった四人のメンバーの紹介を終えると、ただちにビジネスの話をはじめた。とくに新しく日本へ上陸した企業にとって、一番重要であるテレビCMの理想的な時間帯を確保するためには、電通に頼る以外にない、電通にお任せ下さい、と力説した。

「外資系の広告代理店だと、テレビ局への喰い込みが浅いため、とても満足のできる時間帯は取れません。夜七時から九時までの特Aタイムはもちろん、夜七時から十一時までのゴールデンタイムですら、取れません」

チャールズ・ロジャーは、その話を聞くと、不思議そうに眼を丸くし、皮肉っぽい口調でいった。

「ほォ、わが国では、どうしても欲しい時間帯があると、料金を二倍出そう、なんなら！　というように粘れば取れますけど、日本は複雑ですね。相変わらず、義理とか人情、顔が幅を効かすんですかねえ」

安西はそれに対して、いささか向きになって反論した。

「テレビ局とうちの繋がりの深さを、何か否定的ニュアンスで取られても困るんです。うちがテレビ局に絶大な力を誇れるのも、テレビ局に対し、それだけのことをしているからです」

その一例として、安西は、『日本教育テレビ』の社名変更とイメージアップ作戦はすべて電通がやったことを、誇りを込めて熱っぽく語った。

電通はまず、それまでの『日本教育テレビ』のイメージの悪さを払拭するために、社名変更からはじめた。いろいろな社名が候補に上った。常識的な名では駄目だ、うんと無意味な名をつけよう、ということで、『アクションテレビ』なんて名ものぼった。その他『東京朝日放送』『ＮＥＴ朝日』『オール朝日』『全国朝日』……いろいろあり、結局、ＮＥＴ社員からもアンケートを取った結果、『テレビ朝日』に決定した。もちろん、社名変更だけでなく、〝企業の顔〟である『ＡＮＢ』という略号、『10』というマーク、『わが家の友だち10チャンネル』というスローガン、タイプフェース（専用書体）、コーポレートカラーなどのベーシックエレメント（基本要素）のデザインから社員の身分表示物、ユニフォーム、ステーショナリー（文具類）、ビジネスフォーム（帳票類）、車両、看板や施設の表示、放送、ＰＲ資料、宣伝広告まですべてふくめたＣＩ計画（コーポレート・アイデンティティ・プログラム）を鮫島《さめじま》国隆専務を中心としてやったのだった。

「かといって、われわれはテレビ朝日さんから金を取るわけではありません。すべてサービスです。このような至れり尽せりのサービスがあってこそ、われわれはテレビ局に深く喰い込んでいるわけです。好きな時間帯も確保しているわけです。テレビの東京五社のゴールデンタイムの五〇パーセント近くを、占有できるわけです」

安西の説明に、ロジャー支社長は一応は納得したようで、深く頷いた。

しかしつい先ほどアメリカン・グロリア社のウィルソン総支配人から吹きこまれたことがどうしても気になった。安西に、鋭く斬り込んだ。

「ミスター安西、電通では資美堂もセネボウも同業種なのに、いくつも扱っているそうだが、それでウチの社の情報が資美堂などに洩れない、ということが保証できますか。その点が不安でしかたありません」

来たな……と思いながら、安西は興奮で顔を赤くして、強調した。

「絶対に企業秘密は洩らしません！　われわれは、同じ電通マンでありながら、同業種の他社を担当している相手とは、口もききたくない、というくらいです。その競争意識たるや大変なものです。サッポロビールを担当している社員は、サッポロビールしか飲まないほどです。業績本位の社風ですから、競争相手の利益になるような情報は、たとえ同じ社の人間でも絶対に洩らすはずがありません。われわれは電通の社員というよりは、担当別にそれぞれのクライアントの出向社員という意識を持っているのです！」

安西の確信に満ちた説得に、ロジャー支社長はいちいち頷いた。

いっそう説得に熱をおびた安西は、うまく押しきれそうだ、という強い自信を持った。

8

真夏のニューヨークは、うだるような暑さだった。林立する摩天楼のあいだからじりじりと照りつける熱い陽《ひ》に、肌が焼けそうなほどだった。

安西則夫にとって、久し振りのニューヨークだった。かつて、『アメリカ建国二百年祭』のイベントでニューヨークに派遣されたとき以来であった。

ただし今回は、社の正規の出張費からでなく自費でのニューヨーク訪問だった。社には、一応夏休みの届けを出し、身銭を切ってわざわざニューヨークへやってきたのだった。

安西は、マンハッタンの目抜き通りの五番街に面したエンパイアステートビルの真向いにある超高層ビルの前に立った。サングラスを通して、ビルの屋上あたりを睨みつけるように見上げた。九十二階に、目指すファンタジー本社があった。

ビルの玄関を入りエレベーターに乗り込むと、さすがに安西は緊張した。日本での交渉はうまく運んでいた。それでも最後の詰めが不安であった。いくらロジャー日本支社長を説得することに成功しても、彼の本社への説明が十分でなければ、最終的にはOKのサインは出まい。安西には、間接的に電通の良さをアピールされても納得されないのではあるまいか……というおそれがあった。逆に電通のマイナス部分が目につくにちがいない。そう思いこんでいた。そのためにも、是非とも本社の極東担当の責任者に直接、日本では電通に広告を任せるのがいかに最良の道であるか、を主張しておきたくてわざわざニューヨークまで身銭を切ってやってきたのだった。

九十二階のファンタジー本社を訪ねた。極東の責任者に面会を申し込むと、応接間へ通された。

五分ばかりして、アラスカ熊を思わせるような巨体で赤ら顔の男が現われた。愛想よく安西を迎えてくれ、大きな手で握手を求めてきた。相手は極東担当重役のハックマンと名乗った。

安西は、力強くハックマンの手を握りかえしながらいった。

「突然お伺いして失礼とは思ったんですが、たまたまわが社のニューヨーク支店に出張しましたので、ぜひご挨拶をしておこうと思いまして……」

安西は、あくまでニューヨーク支店に出張してきたついでに軽く挨拶をしておこうと思ったと嘘をいった。

わざわざ本社に説明のために日本からやってきたということになると、頭越しのビジネスをしたことになる。ロジャー日本支社長がつむじを曲げないともかぎらない。

安西はソファーに腰をかけると、身を乗り出すようにして、日本における電通の絶対的優位さを熱っぽい調子で説いた。

ハックマン重役は、厳《いか》めしい顔に始終おだやかな微笑を絶やさず耳を傾けていた。

聞き終わると、愛想いい返事が返ってきた。

「よくわかりました。ロジャー日本支社長からも、電通とあなたに関しては報告を受けております。われわれのような化粧品会社にとって宣伝は、命です。ただし、やはりわれわれの国とあまりにシステムが違いますから、戸惑っているようです」

「その点ならご心配いりません。先に日本に上陸したアックス化粧品の広告は電通で扱っていて、うまくいっております」

安西は話の途中だったが、アックスの例をつけ加えた。

ハックマン重役は、相変わらず顔から微笑を絶やさずにいった。

「そのことも聞き知っております。本来ならこちらで世話になっている広告代理店に頼めば理想的なんですが、運悪く、日本にこの社の支社がございません。気心の知れた外資系の広告代理店にしようと思っていたところに、電通さんがあらわれ、電通さんに傾いているようです。なにぶん力になって下さい」

それから三十分ばかり日本の化粧品業界について話を弾ませた。

安西は、再びハックマンと握手を交わし、ファンタジー本社を出た。

その夜安西は、電通ニューヨーク支社の予約しておいてくれたミッド・マンハッタンのセントラル公園そばのパーク・ロイヤルホテルに宿を取った。

夜のとばりが降りる頃、ホテルで食事をすませた安西は、セントラル公園にふらりと散歩に出た。

さすがに日中のうだるような暑さではなくなっていたが、ひどく蒸し暑かった。

広い公園には若いカップルだけでなく、老人たちも寄り集まっていた。一日の疲れを癒《いや》していた。

安西は、ベンチに座った。煙草を吹かしながら、空の色が青からしだいに黒に変わっていくのをぼんやりと眺めていた。疲労が、細腕の隅々までどす黒い液体になって流れこんでくるような激しい疲れを覚えた。気候や環境のせいばかりでなく、やはりファンタジー本社を訪ねひどく緊張したことで激しく疲れたのであった。

今回の訪問が即プラスをもたらすかどうかは、安西にも予測がつかなかった。ただ、積極的で力を入れていることだけはわかってもらえただろう。何らかのプラスがなければ、身銭を切り、夏の休暇までつぶしてわざわざニューヨークに来た甲斐がない。

身銭といえば、電通のような巨大な会社には珍しく、軍資金ともいうべき交際費の枠は厳しかった。プロジェクト・チーム化した仕事以外には、ほとんど交際費は出ない。ひとつの局で、一カ月一千万円くらいしか交際費の予算がない。一般社員の交際費は、一回でせいぜい五千円程度しか出ない。一万円になると、もう厳しい。どこの誰と、どこで一杯飲んだ、ゴルフに接待した、と稟議書を出し、いちいち局長の判をもらわなくてはならない。したがって二次会以降は、個人負担となる。悪い相手に摑まって三次会、四次会とやらされては眼も当てられない。

そのため、街のサラ金で借金をする者も多い。一千万円も借りて、ついに会社を辞めて行く者が、年に

三、四人はいた。
安西の同僚にもサラ金の返済に退職金では足りず、自宅まで手放したあげく、妻とも別れた者もいた。しかしその男はまだ運のいい方だった。その男の担当していた清涼飲料水メーカーの子会社に拾われ、現在働いている。

サラ金地獄に堕《お》ちたほとんどの者たちは、行方不明である。

もっとも悲惨だったのは、安西も親しかった大阪の井上SP局長だった。仕事熱心な男で、万国博覧会でも活躍した。当然交際に金がいったろうが、交際費は出ない。仕方なくサラ金から金を借り、六、七年前で二千万円近くも借りていたという。とうてい退職金でもおぎなえない。ついに借金で首が回らなくなった。四国の実家に帰る、といって休暇を取り、四国へ渡る連絡船に乗ったところまで足取りは摑めているが、そのまま行方不明になってしまった。

社内の説明では、一応事故ということだった。マスコミにスキャンダルとして出ることも、電通の力をもってすべて押さえたが、安西は自殺にちがいない、と信じていた。

安西は、井上局長が仕事熱心なことを知っていたから、やりきれない気持だった。仕事を熱心にやればやるほど、経済的に苦しくなってゆくというシステムはあらためるべきだと思っていた。

〝Fマッチ・ポンプ機関〟といわれるような人物が生まれるのも、交際費が少ないため、どうしても金をつくり出す必要からついダーティな仕事にも手を染めざるをえないのではあるまいか。現在の交際費のシステムと無縁だとは思えなかった。

しかし、安西もいざとなると交際費は使えなかった。上司には内緒で、潜行した仕事をすることがある。

そのようなときには、八〇パーセント成功する確率がありそうになって、はじめて打ち明け、プロジェクト・チームを組む。ところが、潜行したまま、うまくいかないで潰《つぶ》れてしまうことがある。そのようなばあい、もし交際費をふんだんに使っていると、ライバルから、交際費をあんなに使っておきながら何たることか、と足をすくわれかねない。それより、今回のばあいのように少々身銭を切り〝先行投資〟をしても仕事を成功させ、一日も早く局長になることだと思っていた。局長になれさえすれば、それまでの苦労も実る……。

〈それにしても、局長への階段をのぼってゆくための、眼の前の戦いの大変なことよ……〉

安西は、ファンタジー社についてあらためて考えさせられた。ますます気が重くなった。

先程までまだ青さの残っていた空も、ほとんど闇にのみこまれかけていた。そろそろ、ホテルに引きかえそう。そう思ったとき、

「すみません、日本の方ですか？」

と正確な日本語で呼びかけられた。少しかすれた、女性の声だった。

横を向くと、薄闇の中に金髪の女性が立っていた。

「ええ」

安西は、どぎまぎしながら答えた。

「お隣りに座って、日本のことをうかがってもいいかしら？」

彼女は、美しい微笑《ほほえ》みを見せながら訊いてきた。

「どうぞ」

安西は、彼女がベンチに座りやすいように少し体をずらした。

彼女は、ベンチにハンカチを敷くと、安西の隣りに座った。ブランド名はわからなかったが、香水の薫りが安西の鼻腔を甘くくすぐった。

彼女はエリザベスと名乗り、コロンビア大学で政治学を専攻していて、とくに日本の政治に興味があり、近く日本に勉強に行くつもりだけど、お友達になってもらえないだろうか、とかなり流暢な、折り目正しい日本語で語った。

安西は、彼女を細かく観察した。コロンビア大学で政治学を専攻しているというのは、嘘ではなさそうな知性が感じられた。それでいて、雰囲気もからだつきも、十分にコケティッシュだった。安西の方から交際を申しこみたいほど、妖《あや》しい魅力に満ちた女性だった。

「いいですよ、ボクでお役に立てることでしたら」

安西はついビジネス上の習慣から名刺を出し、彼女に渡した。彼女はしばらく名刺を見ていたが、バツが悪そうに首を傾げ、訊いた。

「電通って、どういう会社ですか?」

安西は、ついムッとした。世界一の広告会社であることを、力説した。

「すみません……わたし広告会社は、J・W・トンプソン、ヤング・アンド・ルビカム、マッキャン・エリクソン、レオ・バーネットくらいしか知りませんので……」

彼女は、申し訳なさそうに詫びた。

安西は、彼女がまったく広告会社について知らなければ傷も浅かったが、なまじレオ・バーネットまで

知っていたので、よけいに誇りを傷つけられた。あらためて、

〈世界に通じない電通〉

という厭な言葉を思い出させられた。

安西は、いささかムキになって訊いた。

「四年前おこなわれた『アメリカ建国二百年祭』をご記憶ですか?」

「ええ、ハッキリと憶えておりますわ」

「あのイベントでは、電通も大変な協力をしていたのです」

安西は、『アメリカ建国二百年祭』のイベントを例にとって電通のすばらしさを熱っぽく説明した。

じつは、このイベントのために社内に十五人からなるプロジェクト・チームがつくられ、安西もそのプロジェクト・チームの一員に選ばれた。その頃が、安西にとっても最高にいい時期であった。その後清美を引き受け躓《つまず》いてからは、楽しい思い出などはなかった。それゆえ『アメリカ建国二百年祭』についての話には、とくに熱が入ったわけである。

「さいしょ、三木総理が訪米するとき、政府筋としては二百年祭の参加プランとして、金門湾に大仏なんて突拍子もないことを考えていましてね。それで、植木総務長官を通じて、われわれの考えを伝えた。そんなやり方をしたら、日本は恥をかきますよ、と申し上げましてね。結局、ケネディ・センターへ、小劇場を寄付することになったわけです」

安西は、電通がアメリカ国内向けに放った仕事についても、得々と説明した。

昭和五十一年七月四日、ニューヨーク・タイムズ、ワシントン・ポスト、シカゴ・トリビューンなど、

アメリカを代表する新聞の日曜版に「アメリカ二百年と日本」と題する三十二ページ（うち十六ページが記事、十六ページが広告）の付録をつけて、六百万世帯に配っている。このスポンサーには、アメリカに進出している日本の大企業が名を連ねた。

安西は、彼女と話していると、いつの間にか日頃の鬱憤が溶けていくのに気づいた。

彼女とは、いつまでも話し合っていたかった。彼女を誘い、パーク・ロイヤルホテルに引き返した。ホテルのカクテルラウンジで真夜中の一時まで話に花を咲かせた。

安西は、電通が日本国内でくりひろげた『アメリカ建国二百年祭』のキャンペーンについても、得々と語った。彼女が日本にきたいといっているから、日本のことを話すのも役立つと思ったのであった。

大アメリカ博、ニューヨーク・ファッション、名古屋・ロサンゼルス姉妹都市交流などの他、デパート、スーパーでは、催し物の数々が手掛けられた。

松屋で、大西部開拓史展、パルコで、マックス・フィールド・パリッシュ展、やはりパルコで、大エジソン展、伊勢丹で、アメリカン・フォークアーリ展、高島屋で、アメリカ生活展、イトーヨーカ堂で、アメリカン・フーヅ・フェア、パルコで、ピーター・マックス展。

このほか、新聞、雑誌、テレビなどを通じての企画がならんだ。

むろんこれらデパートでの催し物、新聞企画、出版など、電通が手掛けるすべての広告は、自動的に電通扱いとなる。このプロジェクトの水揚げは、ざっと三十四億円。かりに電通の取扱手数料を一五パーセントとすると、五億強が利益になったという勘定である。

彼女は興味深そうに青い眼を輝かせて聞いていたが、聞き終わるとにっこり笑っていった。

「電通って面白い会社ね。まるで広告会社じゃないみたい」

安西は、苦笑いした。

「たしかに、そうかもしれない……」

昨年の四月一日から電通の英文の社名を、従来の『DENTSU ADVERTISING LTD』から、『DENTSU INCORPORATED』に変更していた。つまり、『広告業』という文字を削除し、あらためて、広告業からの脱皮をはかっている。いまや広告業という狭い枠からはみ出し、電通でなければ出来ないような仕事をどんどん手懸けていこうとしている。これまでもナショナルイベントとして『東京オリンピック』『大阪万国博』『沖縄海洋博』すべて電通が手懸けてきている。このようなプロジェクトのこなせる実力を持った広告代理店は、日本では電通をおいてない、いや世界でも、その面では電通がトップであろう。いまに、アメリカの大統領選の演出まで電通が手懸けるようになると思っていた。

安西は、そのことを誇りに感じていた。

翌日の夜も、エリザベスはパーク・ロイヤルホテルにやってきて、安西と食事をとった。そしてそのあと、安西の部屋にいっしょにやってきた。抵抗はなさそうだった。

彼女は話していても楽しい女性であったが、ベッドをともにすると、もっとすばらしい女性であった。

純白のカクテルドレスを脱ぎ、全裸になった姿の美しさに、安西は一瞬息をのんだ。部屋の明るいのは恥ずかしいから、とルームライトは消されていたが、窓から射しこむ月の光に、エリザベスの裸体が美しく浮かびあがった。

小柄ながら、乳房は豊かに張りをおびて盛りあがっていた。ウエストは細くくびれ、まばゆいばかりに白いヒップは、豊かな曲線を描いていた。太腿のあいだは、ブロンドの柔毛で恥ずかしそうにおおわれていた。

エリザベスは、安西の待つベッドにしのびこんできた。最初のうちは、器用とはいえない安西の愛撫に遠慮がちに応えていた。しかし、ひとたび火が点くと、信じられないような狂おしさで燃えはじめた。

「すてきよ……」

長いブロンドの髪を乱し、安西の汗ばんだ背中に爪を喰いこませながら、すてきよ、とささやきつづけた。

汗ばんだ彼女の体からは、香水の匂いが甘くたちこめ、安西の鼻腔をこころよく刺激し、いっそう安西を奮いたたせた。

やがて二人は妖しく絡みながら汗みどろになって燃えあがり、のぼりつめ、はてた……。

エリザベスは、しばらくのあいだ恥ずかしそうに安西の汗ばんだ胸に顔を埋めていたが、やがてかすれた甘い声で、いった。

「安西さん、わたし近いうち日本へ行こうと思ってるの。日本でも、会っていろいろと教えて下さるかしら……」

「できるかぎりのことはしますよ」

安西は、エリザベスのしなやかなブロンドの髪を、いとおしい気持で撫でた。

安西は、かつてこのように楽しいセックスを味わったことはなかった。

おそらく、日本でエリザベスに出会っていたなら、彼女を抱くようなことはなかったろう。

安西が結婚してからこれまでまったく浮気をしたことがなかったのは、別に潔癖症であるとか純情であるためではなかった。彼は上場会社の宣伝関係者たちが、女性問題の躓きからせっかく摑んだ輝けるポストを棒に振ったケースを、厭というほど見せつけられてきた。野心家の彼は、女性問題では躓きたくないという保身の気持が強かった。そのため、どんなにチャンスがあっても、異常なほど警戒心を強め、女性には近づかないようにしてきた。

しかし、今回はアメリカでのことだった。相手もアメリカ女性である。エリザベスの背後に、複雑な絡まりがあり自分を脅やかすことになるとは考えられない。しかも、かつてめぐり会ったことのない魅力的な女性である。安西の警戒心も、はじめてゆるんだのであった。

安西は、ニューヨークから帰ると、仕事に忙殺された。エリザベスのことは、ほとんど忘れかけていた。ところが帰国して二週間目というのに、早々とエリザベスから電通に電話が入った。ニューヨークのパーク・ロイヤルホテルで過した夜の楽しい記憶が、なまなましく蘇ってきた。

安西は、ニューヨークは相変わらず暑いのか？　と訊いた。

すると彼女は、思わぬことをいった。

「いいえ、いまわたし、ホテル『ニュー・オータニ』に来てますの」

「ホテル『ニュー・オータニ』！　きみ、本当に日本へ来たの……」

「だって、安西さん、いつでも日本へおいで下さい、とおっしゃってました……」

たしかに寝物語ではいったが、まさか本気で受け取り、しかもこんなに早く日本へやって来るとは思いもしなかった。少々困ったことになったな……と思ったが、いまさら逃げるわけにもいかなかった。

「わかりました。今夜あなたの部屋を訪ねます」

安西はルームナンバーを聞き、手帳にひかえた。

その夜、安西はホテル『ニュー・オータニ』十七階にあるブルースカイラウンジでエリザベスと食事をとりながら、再会を喜び合った。再会するまでは急に日本へ来られたことに戸惑いがあったが、いざ会うと、やはり二週間前の夢のような夜の記憶がなまなましく蘇った。浮き浮きした気分になった。

エリザベスは、日本では上智大学の国際学部の聴講生として籍を置き、講義の合間を縫って日本の政治について取材するとのことだった。

ラウンジからは、全学連のデモ隊の集合所としてよく知られる清水谷公園のライトに照らされた緑が見下ろせる。その向こうに、『文』という白いネオンサインを闇の中に浮かび上がらせている文藝春秋社ビルが聳えていた。

「あの『文』というネオンサインのビルは、なんていう社ですか？」

エリザベスが、興味深そうに訊いた。

安西が文藝春秋社だと答えると、エリザベスは青い眼を輝かせた。

「おお、文藝春秋ね、わたしよく知ってます。田中角栄元首相の金脈研究で、田中角栄を退陣に追いこんだ有名な月刊誌ね」

文藝春秋誌による〝田中退陣事件〟は、ニクソンのウォーターゲート事件同様、アメリカでも話題を呼んだようだった。

「じつはね、その件に関しては電通も絡む面白いエピソードがあるんだ。たしか昭和四十八年頃だったかな。電通が、自民党に対して『自民党広報についての一考察』というプレゼンテーションをおこなったことがある。そしてその『一考察』のハイライトは、マスコミ対策について触れた部分で、『記者対策――ジャーナリストへの伝達――対象　雑誌記者』という項目があり、

『新聞、電波関係の記者とは〝平河クラブ〟（自民党担当記者会）を通じて結ばれており、特にリレーションについては問題はないと思われる。しかし、雑誌関係（特に週刊誌、それも出版社系）対策は定まったルールのもとに充分のリレーションをもっているとはいえない。週刊誌は新聞と違って物事を側面的・裏面的ストーリー化する傾向を持っているが、自由民主党としても、このような雑誌記事の与える影響を考慮して広報セクションを濃くする必要がある』

そしてその対策案として、

『雑誌担当広報マンの配置、定期的な雑誌記者や週刊誌編集者との懇談会、雑誌記者クラブの設置、ニュースレリーズ配布』

とまで、懇切丁寧に当時の田中自民党に教え諭《さと》したんだ。

ところが、この電通の指摘は、幸か不幸か後に文藝春秋誌の『田中角栄研究』によって、見事適中した

わけだ」

エリザベスは、文藝春秋ビルをあらためて眺めてから、くすりと笑っていった。

「田中角栄も、電通の提案をもう少し早目に系統的に行なっていたならば、〝雑誌記者〟による『文春・田中角栄研究』は、日の目を見ることなく葬り去られたかもしれないのね」

エリザベスは安西の話に興味を示し、つぎつぎに女性には珍しい鋭い質問を発してきた。安西も快く酔い、楽しかった。

その夜、安西はエリザベスのリザーブしていた部屋で、彼女を抱いた。

9

電通築地本社の地方紙担当者への取材を終えた『週刊タイム』のフリーライター石岡雄一郎は、電通の忙しさを象徴するように混雑するエレベーターを降り、玄関へ出た。玄関の受付台に座っている受付嬢に、安西則夫に連絡を取るよう頼んだ。

安西には、去年の暮、ホテル『ニュー・オータニ』新館のバー『シェラザード』で星村電機の小林といっしょに会って以来、おたがいに忙しくて電話による連絡以外、一度も会っていなかった。せっかくの機会だ。会って、その後の活躍ぶりでもゆっくりと聞きたかった。

受付嬢はさっそく連絡を取ってくれた。が、あいにく安西は外出していた。六時三十分にならないと帰らないとのことだった。そして念のためにといって、付け加えた。

「安西は最近、これまでの部署から他に移っております」

これまでの部署から移った？　石岡は、安西からその事情を聞かされていなかった。不安な気持になった。

〈活躍ぶりを認められて他の部署に引き抜かれたのだろうか、あるいは何かまずいことでもあって、はずされたのだろうか……〉

石岡は、安西の身に悪いことでもおこったのでなければいいが……そう思いながら、腕時計を覗いた。五時四十分だった。ガラス張りの玄関ロビーの外も、薄暗くなりかけていた。

石岡は、安西の帰りを待つことに決めた。受付嬢に、電通の前の国道を隔てたビルの地階にある喫茶店『セザンヌ』で待っている、との伝言をしておいた。

石岡は、電通の玄関を出た。

鳥の羽根を型取った黒い彫刻の前に来ると、あらためて十五階建ての白亜の建物を見上げた。夏の黄昏《たそがれ》のなかに、厳めしく聳《そび》えるように建っている。

〈この新社屋が建てられて、十数年になるな……〉

石岡は、銀座から電通本社が築地に引っ越すとき「銀座の皆様お世話になりました」との垂れ幕を先頭に賑やかなパレードが築地へと続いたことを、昨日の事のように思い出した。

あれ以来、電通は繁栄し巨大化していくばかりだった。銀座の旧社屋は、「別れの挨拶」など形ばかりで、いまだに使われている。そればかりか、電通が全館もしくは一部を借用しているビルは、築地、銀座界隈で、電通第三恒産ビルをはじめ六つは数えるはずだ。おそらく、計画当初は、本社ビル一つで間に合う設計をしたにもかかわらず、たちまち手狭になったのだろう。一般の会社の営業部に当たる連絡局も、十四に増えている。予想を上回って社業が発展してしまったのである。

〈巨大化したことが、はたしていいのやら悪いのやら……〉

石岡は、国道の上に架けられた橋に向かって歩み出しながら、先程電通の地方部へ取材に行ったとき目撃した光景を、不快な気持で想い浮かべた。

石岡が取材に行ったとき、電話でアポイントを取っていた相手が急用で出かけ、その間石岡はお茶を出されて丁重に扱われた。しかし石岡のそばで長く待ち続けていた五十近い頭の禿げ上がった男への扱いは、あまりに横暴だった。

頭の禿げ上がった男は、小さな地方紙の広告部長らしかった。電通の若い担当者を訪ねてきて、広告をいくらかでも回してもらおうとしているのだろう。が、忙しそうに電話を掛けている若い男に鼻であしらわれて、なかなか相手にしてもらえない。おそらく、若い男は、その頭の禿げ上がった男の息子くらいの年齢だろう。年輩の男は、そばの椅子に腰を掛け、若い担当者の電話の終わるのをじっと待っていた。しばらくしてようやく電話が終わった。年輩の男が立ち上がり、若い担当者の机の前に行ってペコリと頭を下げた。しかし若い男は、知らん顔で再び手帳を繰り電話を掛けはじめた。年輩の男はバツが悪そうに寂しく笑い、また椅子に戻り座った。しょんぼりと肩を落とし、若い担当者の電話がいつ終わるか、聞き耳を立てていた。石岡が待っている間に、四、五回同じようなことが繰り返された。

その挙句、若い担当者はふんぞり返るようにしていった。

「今日は忙しいから、またあとで！」

年輩の男は、今一度食い下がろうとしたが、あまりしつこくして嫌われてはあとの仕事に差しつかえると思ったのであろう。体を九〇度くらいに折り頭を下げると、「またよろしくお願いいたします」と挨拶し、すごすごと帰っていった。そのいかにも辛く寂しそうな背中を見送りながら、石岡は嫌な光景を見せつけられてしまったな、と苦々しく思った。

その年輩の男が帰った直後、石岡も顔をよく知っている大きな地方新聞の広告担当者が、電通のそばを通りかかったから、といってその若い担当者に挨拶にきた。そのとたん、先程まであれほど忙しそうにしていた若い担当者が、「ちょっとお茶でも飲みに行きましょう」と掌《てのひら》を返したような愛想のよさで、席を立った。

石岡もフリーライターとして、正社員とはちがった差別を受け、屈辱に体が震えるような思いに出会うことがある。それゆえ世界一の電通の威光を笠に着た若い担当者の横暴な態度に、他人事ながら腸《はらわた》の煮えくり返る思いをした。たしかに、かつては電通から広告を回してもらわなければ地方紙は経営的に成り立たない、という時期があったことを石岡は耳にしていた。

全広告のうち、電通扱いの広告が五〇パーセントを超えるという地方紙はざらであった。地方には、大手広告主が少ない。どうしても電通扱いのナショナル・スポンサーを必要としたのだ。

そのために地方紙の東京支局の営業担当者は、毎日のように電通詣でをし、広告のぶん取り合戦をやっていた。ひどいときには、明日の広告が埋まらないということさえあった。電通のおえらいさんの自宅へ、夜討ち朝駈《が》けをかけてようやく埋めていたという。

ある地方紙の営業部長から、つぎのような電通への感謝ともつかぬ言葉を聞いたことがある。

「なんたって、広告の企画、とくに何周年物だとか、記念広告的なのは、電通さんの力が強いですからなあ。あそこは融通が効くんですよ。一二ページくらいの特集計画をまとめ、一〇くらいのスポンサーを即座に集めてくれる。とても博報堂には真似のできないことです。どうしても電通へ尻尾を振るようになるのも仕方ないですよ。うまくしておかないと、わが身が危ないですからなあ。

そのためにも、特に接待には力を入れます。酒、ゴルフの接待は他の代理店にくらべ断然多い。順番で電通の社員を外国旅行へ行かせもします。スポンサーが海外企画を組むとき、かならずそれに一人か二人参加させるんです。記念企画が纏《まと》まったあとなども海外へ行かせますよ。一人四〇万円はかかりますな。まあ、全国に五十何社かある地方紙の半分がそれをやっているのですから、大変なことですよ」

電通が地方紙の生殺与奪の権を握ることは恐い。電通から記事内容についての圧力があれば、電通に首根っこを押さえられている地方紙は、撥《は》ね返すことが容易でないからだ。

現にその営業部長はいっていたものである。

「たしかに、欠陥食品や公害問題が起きたとき、すぐに電通さんから記事を何とか取りやめてくれないか、とか、もっとボカして書いてくれないか、なんてうるさくいってきましたよ。しかし編集部の連中は誇り高い。私など、電通さんと編集部の間に挟まれて苦しみました。電通さんは、特に共同通信社から地方紙へ流れる情報は早くキャッチして、うるさく口を出してきますからね」

石岡も、ジャーナリストとしてその辺の事情はかなり知っていた。それに近い経験をしたことがあった。『ニューヨーク・タイムズ』の記事を発端にした欠陥車騒動が起こったときのことである。何故か『日本経済新聞』だけが、第一報を記事にしなかった。欠陥車騒動の特集記事を書くとき、それが電通の必死の記事差し止め工作にまんまとのってしまったせいである、とささやかれていた。石岡は、欠陥車騒動の記事の中に、ついでにそのこともふれた。ところが、ゲラの段階で印刷工場へ入っているデスクから電話があった。電通に関する部分はカットするから、といわれた。

そのときのニューヨーク記事は、共同電が皮切りだった。何故〝共同ダネ〟の場合このような事態が発生しやすいのか――。共同は、新聞を持たない「通信社」である。そのニュースを、各社の編集部が取捨選択するシステムになっている。電通は、その共同が流すニュースに目を光らせている。もしあるスポンサーに都合の悪い情報が流れると、ただちに電通から、ローカル紙など全国の新聞社の編集局に、いっせいに電話が入る。「共同のこれこれの記事は使わないように！」もちろん、もし強引に記事を出稿するなら、そのスポンサーからの広告は引きあげるであろうことをほのめかしてである。

どうして電通は〝共同ダネ〟をそのように早くキャッチしうるのか、石岡は仲間から次のような話を聞いたことがある。

「電通には、共同通信社からの直接電話がある。電通のスポンサー筋に関連した〝共同ダネ〟が加盟紙へ送稿されると、同時に電通に流されるんだよ」

石岡は、共同通信社と電通との繋がりの深さからいって、大いにありうることだと思っている。

というのも、もともと電通は「日本電報通信社」といい、明治三十四年に光永星郎によって創立されたときは、通信部門と広告部門の二本の柱を持つ会社であった。ところが、その通信部門は昭和十一年に政府や軍部の圧力により、国策通信社「同盟」として独立。のち軍部の情報機関として、相次ぐ戦果、勝利の一方的なニュースばかり流し続け、国民を惑わせることになったわけである。

残された広告部門が、いまの電通である。電通自身もまた、軍部の中国侵略と符節を合わせて中国市場をほぼ独占していき、業績を急速に伸ばしていった。戦後GHQにより、軍部ファシズム政権に協力したとして公職指定会社とされたのもそのためだ。

そして一方の「同盟通信社」は、昭和二十年、GHQの解散命令が出る前に早々と自ら解散。「共同通信社」と「時事通信社」とに分かれた。

そして現在に続くわけである。つまり、電通と共同通信社は親戚のようなものである。現在も、かつて国策通信社をすすめた旧外務省出身の福島信太郎共同通信社社長が、電通の筆頭株主として全株数の二八・三パーセントも持っている。福島は、電通の取締役でもある。反共産主義者として有名な長谷川才次が長く社長として君臨していた時事通信社も、電通での株の二〇・一パーセントを占めている。両社合わせて、四八・四パーセント、全株数の約半分を占め、依然、電通との繋がりの深さを保っている。

電通が地方紙、共同通信社に強いのもそのような裏の事情がある。

しかし最近は、地方の広告主、とくにデパート、スーパーマーケット、不動産屋、量販電器店などが育ちつつある。かつてのように、電通に依存しなくてもよくなった、と石岡は聞いていた。それゆえに、電通の地方紙への横暴さもなくなったろうと思っていたのに、依然石岡が眼にしたようなことがおこなわれているのである。

石岡は橋を渡り、『セザンヌ』のあるビルに向かいながら苦々しく思った。

ああいう官僚的な態度をとる社員がいるようでは、〝電通省〟と皮肉られるのも無理はあるまい。せっかくの吉田秀雄の《鬼十則》の野生的精神を、どこに置き忘れてきたのか。

〈吉田さんも、ああいう社員が増えていることを知ると、さぞ草葉の陰で嘆くであろうに……〉

石岡の脳裡を、かつて取材で一度会ったことのある、温和そうな中にカリスマ的な威厳を秘めた吉田秀雄四代目社長の顔がよぎった。

石岡は、地階の喫茶店『セザンヌ』へと降りて行った。レジのところで自分の名前を告げ、自分宛てに電話が入ったら知らせるようにいっておいた。そばにある夕刊を三紙摑むと、細長い店内の一番奥の席へ座った。

コーヒーを頼み、三紙の見出しを追っていた。職業的習性で、特集記事の一本になりそうな記事はないものかと、喰い入るように見た。

三十分くらいたったであろうか。安西がやってきた。石岡は、新聞から眼を離していった。

「安西、ずいぶんと色が黒くなったな。早々と海水浴にでも行ったのかい」

「ちょっと、ニューヨークへ行ってきたんでね」

「大電通の社員ともなれば、ニューヨークでのんびりと夏休みを楽しめるんだから、いいよなあ」

「いや、そんなのんびりしたもんじゃないんだ。仕事を兼ねてニューヨークまで行ってきたんだ」

たしかにそんなのんびりした心境ではないらしい。おっとりした甘い下膨れの顔が、頬が少し削げ、眼付もぎらぎらしたゆとりのないものになっていた。憔悴が酷い。仕事に行き詰まっているらしかった。

石岡は、安西にいった。

「新宿にでも、飲みに行くか」

安西は席を立ちながら、わざと明るさを装い、大きな声でいった。

「石岡が新宿というからには、例のゴールデン街かい」

ゴールデン街は、新宿区役所通り横にある。昔は、青線だったところである。小さな酒場がごちゃごちゃと並び、その半分の店は、週刊誌記者や映画青年たちの溜り場になっていた。あとの半分の店は、オカマバーで、妖《あや》しいピンク色の照明を点け客を待つような猥雑でうらさびれた地帯だった。

「ああいう週刊誌記者が集まっては管《くだ》を巻いているような吹き溜りは、世界の大電通の社員には、お気に召さないかね」

「そう皮肉をいうなよ。どうも週刊誌記者は皮肉っぽくていいかん。一種の職業病だな」

「電通の社員のように、常に王道を歩いてないもんでね」

二人は地階の喫茶店から出、皮肉をジャブの応酬のように繰り返しながら、東銀座の地下鉄入口へ向かった。

石岡は安西と新宿に出、新宿ゴールデン街に足を踏み入れると、なるべく顔見知りのジャーナリストのいない店を選んで入った。

一番奥の席へ座った。昔、築地小劇場の女優をしていたという老いたママにビールを注文した。

安西が訊いた。

「久し振りだな。今日はまたうちに何の取材があってきたんだ」

「今度こそ、電通のタブーを徹底的に衝こうと思ってな」

石岡が、真顔でいった。

「おい、冗談きついぞ」

安西が珍しく色をなしていうと、石岡は出されたビールを安西のグラスに注いだ。安西も、石岡のグラスにビールを注いだ。乾杯すると、石岡は一気に飲みほしていった。

「じつは、ダグラス・グラマン事件も忘れかけられているので、あらためて高度成長時代のチャンピオンだった海部八郎日商岩井副社長とは何者であったのか。総ざらい取材しているのさ。海部がグラマン・ロッキード事件の起こる直前、電通を使って〝クリーン・アップ作戦〟とやらを展開していたらしいので、調べているのさ」

海部八郎は、ダグラス・グラマン事件に火が点く直前から、いよいよ次期社長のポストを摑もうと電通に頼みこみ、巻き返し作戦をはかっていた。

海部はそれまで、あまりに悪どい強引な商売をやり過ぎたせいで、マスコミから袋叩きにあってきた。「日商岩井のヒットラー」とか「海部副社長のゲシュタポぶり」といった記事が多く、その形容も「切れ者」「早耳」「精力家」「口八丁手八丁」という猛烈商社マンのイメージと重ね合わせて、必ず「非情」「傍若無人」「権謀術数」「政界癒着」「秘密主義」「裏切り」というような暗いダーティなイメージが付け加えられていた。

とくに元首相の田中角栄の逮捕という大疑獄にまで発展したロッキード事件がおこってからは、マスコミの彼への風当たりは強くなった。昭和五十二年六月、次期社長本命といわれていた海部が、ダークホース的存在の植田三男副社長に社長の座を攫《さら》われたのも、マスコミ的イメージの悪さが影響したことは間違いない。

海部とすれば名誉挽回し、今度こそ次期社長の座を摑むために、これまでのダーティなイメージを払拭せねばならない。そのために電通に依頼し、イメージアップ作戦を繰り広げていた。

その第一弾が、『月刊現代』一月号の《大爆笑　われら中年カラオケ大将》という陽気な座談会といわれている。

出席者は、海部の他、衆議院議員・宇野宗佑、漫画家・富永一朗、永谷園本舗社長・永谷嘉男の四人。

海部は、それまでの悪辣なイメージを払拭せんと努める発言をしきりにしている。

たとえば——。

海部　童謡がいいかもしれない。
富永　一番いいのは『月の砂漠』か。
海部　それもいいが、泣かせるのは『うさぎ追いしかの山』ですよ。ニューヨークにおるとき、若い連中にライスカレーをご馳走して、これを聞かしたら、みんなホームシックになって泣き出した。（笑）
あるいは、
海部　私は四月の入社式の後で、童謡を歌うんです。その童謡を歌いますとね、新入社員連中はびっくり仰天。シーンとして聞いてますよ。
富永　何を歌うんです。

海部　今年は『みかんの花咲く丘』。これを歌ったところでいうんです。いままで交通事故にも遭わず、病気にもならず、国立大学を出た者は税金を食って、私立大学を出たものは親のスネをかじって、無事に卒業して就職したんだから、文句をいう前に、まずお父さんお母さんに感謝しろと……
これでだいたいシュンとしますよ。

いかにも部下想いの人情上司というイメージをふりまいている。
つづいて、石岡がフリーライターになる前に編集者をしていた『月刊世相』一月号でもパブリシティ記事を書かせる企画を組み、和気藹々《あいあい》たる雰囲気で取材に応じていた。ところが、年が明けた昭和五十四年一月四日、アメリカの証券取引委員会、つまりSEC が、グラマンに関する報告書を日本に送ってきたため、事件に火が点いた。『月刊世相』も、まさかそのままパブリシティ記事をのせては笑われるということで、急遽一部分を修正。《焦点の人へ独占インタビュー3時間！　グラマン疑獄日商岩井・海部八郎を徹底追及する》というスクープ記事仕立てで掲載したとささやかれていた。むろん、すべて電通が間に入っての企画である。

石岡は、電通の絡《から》んだ話なのではたして企画として通るかどうかわからないが、とりあえず取材しておこうと思って電通を訪ねたのだった。ところが、それを担当したといわれている人物は今年から地方紙担当へ移っていた。そのため、地方紙関係の部屋で長い間その人物が帰ってくるまで待っていたのだった。
電通にいても、他の部署のことはわからないらしく、安西は驚いた表情になった。

「へーえ、そんなことまで引き受けていたのかい」

「おまえのところは、儲けになりゃあ、どんなことだって手を出すんだよ。まるで節操というものがないらしいから」

「そんなことはないが、やはりやり過ぎかもしれんな」

「相手が政治家というのならわかるが、一企業の、それも副社長が社長のポストを狙うためのイメージアップに加担するというのは、世界の電通としてはどうもいただけないな。海部だけでなく、笹川良一にまで電通は肩入れしているというからな」

石岡は、すべて知ってるぞ、というように安西の眼の奥を覗き込んだ。

石岡の調べたところ、電通は日本船舶振興会会長の笹川良一のところに私設秘書を出向させていた。かつて衆議院議長の石井光次郎や、故大平正芳幹事長のところに電通から私設秘書を出向させていたことは有名な話であるが、笹川良一のところに社員を出向させていたことは、やはり秘密とされていた。

例の笹川良一の「お父さん、お母さんを大切にしよう」というCMをＴＢＳに持ち込んだのは電通であるが、このような動きの背後にも、電通が笹川良一のところに私設秘書を送り込んでいる影がちらつく。

そしていずれは、現在政府・自民党担当のセクションである第九連絡局で、笹川良一の君臨する日本船舶振興会をも扱うことになるだろう、とまでいわれている。

石岡はビールをぐっと飲むと、安西に訊いた。

「いまも、笹川良一のところに電通から出向させた私設秘書は、いるのかい？」

安西はあたりを気遣うように見回すと、声を低くしていった。

「おれも詳しくは知らないが、昨年までは送っていたことはたしからしい。出向した社員は、参議院議員に出ることに色気を示していて笹川のところに行ったらしいが、昨年引き揚げたらしい。一説によると、笹川の内懐にまで入り込みすぎ、笹川の会計面にまでタッチしようとして、古くからいるまわりの連中の反撃を喰らった。うまくいかなくなって、ついに引き揚げるハメになったというんだ」

「そうかい。聞くところによると、笹川良一にノーベル賞を取らせようという計画まで電通はたてているそうじゃないか」

「そのようなアイデアを検討していることは、おれも耳にした。なんでも笹川良一が病院船をつくって、世界中の貧しい国々を回らせてはどうか……というアイデアが出されているそうだよ」

石岡は酔って忘れないうちにメモ帳を取り出して安西の話をメモしながら、あらためて思った。

〈電通というところは、一方で『毎日新聞』と組んで植村直己北極単独行を演出したり、『日本アカデミー賞』を華やかに演出したかと思うと、その裏では、このように笹川良一と深く繋がっている。まったく得体の知れない面を持った会社だ〉

石岡は、メモ帳を仕舞った。

安西にビールを注ぎながら、さりげない調子で訊いた。

「ところで安西、今度部署を移ったらしいが、仕事の方はうまくいってるのかい？」

安西はビールのコップを口に運びかけたが、一瞬手を止めた。憂鬱そうに眉を顰《しか》めた。

「あまり、順調に行っているとはいえないな」

「たしか、清美堂という化粧品会社を担当していたな」

「ああ。もともと資美堂やセネボウなどの華やかなイメージの社の陰に隠れて伸び悩んでいた会社を引き受けたんだが、その直後、例の石油ショックがおこってしまって、うまくいかなかったんだ」

いくら優秀な安西が担当しても、石油ショックにはかなわなかったんだろうな、と石岡は思った。当時電通の石油ショックによる慌てぶりを評して、〝築地直下型地震〟と揶揄する者もいたくらいだから……。

「で、最近、アメリカのファンタジー社という化粧品会社が新しく日本市場を開拓しようとしていて、その社に食い込もうとして成功するかに見えたんだが、難航しはじめてな」

「電通のアキレス腱は、外資系企業に弱いことだといわれているが、本当らしいな」

「なにしろアメリカの代理店とは、システムが違うだろう。それを、やれ一業種一社でないと秘密が洩れる心配があるだとか、いくつもの疑問点を並べて、なかなか首を縦に振らないんだ。というのも、同じ外資系の代理店が強力なライバルとしてアタックをかけているんだ」

「何ていう代理店だ？」

「アメリカン・グロリア社。日本に上陸したのはまだ一年前で、日本ではあまり知られてないが、アメリカ本国では大きな代理店だ。あちらでトップのＪ・Ｗ・トンプソンにはかなわないが、最近急速に伸びてきて、ヤング・アンド・ルビカム、マッキャン・エリクソン、レオ・バーネットら錚々たるメンバーたちにはひけを取らない売上げと規模を誇るまでにはなっている」

「相手にとって不足はないが、強敵だな。そのクラスの代理店になると、アメリカ本国でビッグ・ビジネスのアカウント・エグゼクティブ（ＡＥ）をやっているだろうから、かなりのノウハウを持っている。それを日本でも活かすとなると、企業に取って、やはり大変な魅力だろうからな」

「たしかに、苦しい立場だよ。清美堂がうまくいっていて、今度またファンタジー社にアタックというのなら、敗れてもともとだが、今度失敗すれば、おれの将来の道が閉ざされてしまうからな」

安西は、眉間に苦渋に満ちた皺を刻みながら、溜息まじりにいった。じつに深刻そうだった。

電通の社員たちは、傍から見ていると一見巨大な組織の威光を背にしてのうのうと仕事をしているように映るかもしれないが、いざ組織の中に入り競争していくとなると、鎬《しのぎ》の削り合いは大変だな。石岡はあらためて、そう思った。

石岡は〝皮剝ぎ〟をつまみながら、安西に訊いた。

「おれたちフリーの浮き草稼業と違って、やはり組織人間になったかぎりは、なんとしてでも局長のポストを摑みたいんだろうな」

「もちろんさ」

安西は、余裕をなくした眼をいっそうぎらつかせながら答えた。

「しかし、局長のポストに制限があるっていうわけかい」

「ああ、わずか五十の局長のポストを狙って犇《ひし》めき合っている」

「そのためにも、何が何でもライバルに負けまいと、死にもの狂いのビジネスをやってのけるってわけかい。ときには傍のわれわれが迷惑を蒙るようなことだって、強引におやりになるからねぇ、電通マンは。おれなんて、長い記者生活の中には、せっかく取材した記事を差し止められたり、ニュアンスをやわらかくされたことが、何度もあるからねぇ」

「また十八番の皮肉がはじまったな」

「いずこも同じだろう。おれたちの会社の編集者だって、昔は人数が少なかったから、たいして能力のない奴だって、編集長になれた。最近は、社員の数が増《ま》したのにそれに見合う編集長のポストがない。少ない編集長のポストを争っておたがい足の引っ張り合いでね。そういう争いを見ていると、つくづくサラリーマンでなくてよかったなと思うよ」

「そうさ、石岡のようなフリーも明日の収入を考えると地獄だろうが、サラリーマンはサラリーマンでまた、地獄なのさ」

「無責任にいわせてもらうなら、このあたりで、思い切って大電通を分割したらどうかな。築地本社、旧電通、第三恒産ビル、それに大阪電通というように。そうすれば、局長のポストも増える。それにそれぞれが一業種一社システムをとっていけばいいし、別に、巨大であればいいというものでもないんだから……」

「分割するなんて、考えられもしないな」

安西はいささか色をなして、声を高くした。フリーである石岡には、所属する社の危機を想像しただけで興奮するという愛社精神などさらさらない。よけいに安西をからかいたくなった。

「分割すると、これまでのようなうまみがなくなるってわけかい。たとえばテレビの時間帯や、新聞・雑誌の広告スペースを買い占めたり、大電通の威光を笠に着て、記事や番組に圧力をかけたり、が出来なくなるとか……。しかしそんなことは媒体センターでもつくり、そこで一括していわゆる買い占めなりをやればいいじゃないか。なんなら〝買い占めセンター〟とでも名づければいい」

「電通が割れる日か――」

安西が、不安そうな表情でつぶやいた。

「まあ、おれたちからいわせると、それもいいと思うな。これまでのように、電通がマスコミの背後で暗躍することが、少なくとも減ってくるだろうからな。電通にとれば、神通力を失うことは怖いだろうが……」

安西は反論もしないで、ウイスキーの水割りを飲み続けていた。

石岡は、ひとり熱っぽくしゃべり続けた。

「いずれ、電通も分割せざるを得ない日が来るよ。そのときに外的状況から分割せざるを得なくなるんじゃなく、先に計画的に分割していく方が長い眼で見れば得なような気もするけどな。能力は持っているわけだから、分割したいくつかの社が、それぞれにバイタリティを発揮し続けると思うけどな。しかし、電通とすれば、分割の日が、一日でも延びることを祈っているのかもしれないけどね」

石岡が熱っぽくしゃべればしゃべるほど、安西は逆に塞ぎ込んでいくようだった。

「おれはいつも不思議に思っているのだが、どうして電通が独占禁止法に触れないのかな。独禁法に『不公正な取引方法を禁止し、事業支配の過度の集中を防止する』という項目があるだろう。あれに抵触するんじゃないのかな……」

「たしかにわが社のシェアは、他社にくらべると絶大なものだ。昨年の日本の全広告費二兆一千百三十三億円に対し、わが社は五千二百七十七億円で、約二五パーセントのシェアを占めている。しかし、いくらシェアが絶大だといっても、四分の一で、五〇パーセントもいっているわけじゃない」

「しかし、TBSのゴールデンタイムのシェアなんて、六〇パーセント近く占めているじゃないか。やはり問題だよ。公取が何もしないで手を拱《こまね》いているのはおかしい。国会議員たちも一度よく調べて質問するといいんだ。それともみんな鼻薬でもかがされて、追及する意欲をなくしているのかね」

「また石岡が週刊誌記者らしい皮肉な見方をする」

安西はそういいながら、ふと真剣な顔になっていった。

「河岸《かし》を変えようか」

「よし、安西を腸詰めの美味しいのを食わせる台湾料理屋へ案内しよう」

石岡は、ツケにするよう頼むと外へ出た。


うらさびれた新宿ゴールデン街の飲み屋を出てしばらく歩くと、安西は石岡の耳に口をつけ、ささやいた。

「いますぐに振り返らないで、あとで何気ないように振り返ってみてくれ。男が尾けてきているような気がする。しかもあの男、いままで飲んでいた酒場の隅で、どうもおれたちの会話にチビリチビリとウイスキーを舐《な》めながら、じっと耳を傾けていたんじゃないかと思うんだ」

「本当かい?」

「間違いない」

安西は確信に満ちたいい方をした。

「このひと月、どうも尾けられているような気がしてならなかったんだ」

安西の脅えのまじった声に、石岡はふと安西は仕事の疲労からノイローゼ気味になっているんじゃないか、と思った。

靖国通りを渡ったとき、石岡は何気なさを装い、振り返った。

その途端、背後を一定の間隔を空けて歩いていたらしい男が、あわてて視線を逸《そ》らした。中年の、扁平な青白い顔をした男だった。

〈安西のいってることは、本当だな……〉

男の不自然な動作から間違いないと思った。職業柄、石岡の直感はほとんど狂ったことがなかった。

「安西、何の目的でお前を尾けているのか、見当はついているのか?」

石岡は訊いた。安西は青ざめて緊張した顔で、ハッキリと頷いた。

二人は、新宿駅南口の陸橋の下にある台湾料理屋へ向かった。

その間、得体の知れぬ中年男が相変わらず安西を尾行しているのかどうか気になったが、一度も振り返らなかった。

パチンコ屋の前を通り、陸橋下のうらさびれた階段を上った。目的の台湾料理屋に着いたとき、石岡は素早く背後を振り返った。

ゴールデン街を出たとき、安西からそっとささやかれ、振り返って眼が合った中年男の姿は、なかった。気づかれたと思って、尾行をやめたのか。あるいは、そのあたりにしばらく身を潜めているのか……。

台湾料理屋は薄汚ないが、人気があり、二階の座敷と一階の狭苦しいカウンターはいつも満席だった。が、運よく二人分の席を確保することができ、石岡はさっそくその店の自慢料理である腸詰めを頼んだ。酒は、パイカルを注文した。台湾の焼酎ともいうべき、度数の高い酒であった。

石岡は、パイカルを口にふくみ、氷水を舐めるように飲むと、先程から気になっていることを安西に訊いた。

「尾行している男が、誰の差し金で動いているのか、見当がついているといっていたな。誰だい？」

安西もパイカルを口にすると、今度はあたりの様子を慎重に窺い、石岡の耳元に口をつけるようにして声を殺していった。

「先程ゴールデン街の飲み屋でいったように、近く日本に進出して来るファンタジー社を、外資系の広告代理店アメリカン・グロリア社と張り合っている。そのアメリカン・グロリア社の日本総支配人ウィルソンが、ビジネスのためには手段を選ばず、という悪どい男らしいんだ。奴が、おれを徹底的にマークして私生活まで洗っているんじゃないかと思うんだ」

石岡は運ばれてきた腸詰めを口に放り込むと、いつもの皮肉っぽい口調でいった。

「へーえ、電通ＣＩＡのお株を、反対に外資系の広告代理店が奪ったわけかい。広告界というのは、世界的に陰湿な世界なんだねえ。それとも、わが日本の大電通のやり口を真似なすったというわけかい。つまりは、郷に入れば郷に従えという考えかな。というより、眼には眼を、歯には歯を、かな」

「また職業病の皮肉が出てきたな」

安西は腸詰めを美味しそうに食べながら、いささか辟易《へきえき》したようにいった。

しかし石岡は、パイカルをゆっくり飲みながら、構わず続けた。

「ところが相手が外資系では、逆に電通十八番《おはこ》の相手の弱味を衝く情報を握って攻撃を仕掛けてゆくという手が通じないので、苦しいところだな」

「どうも週刊誌記者を長くやっていると、相手のすばらしい点を見ないで、陰の部分だけを見てしまう癖が、染みついてしまうようだな」

「そんなことより安西、行動には気をつけろよ。特に女には注意しろよ」

「女……」

「ああ、お前さんは学生時代から女癖は悪くないから安心だけど……ここ当分は女は慎しんだ方がいいぞ。まさか、最近、特にお前さんに近づいた女性がいやしまいな？」

石岡はいたずらっぽい眼をして、冗談めかして安西の顔を覗き込んだ。もちろん、そんな事実はありえない、と思って訊いたのである。

ところが、安西は一瞬、陽焼けした顔を強張らせたのである。

「おい、安西、思い当たるフシがあるのかい？」

石岡は驚き、今度は真顔で訊いた。

「いや、ちょっと……」

安西はお茶を濁すような答え方をしたが、何か心当たりがありそうだった。石岡は職業柄つい深く突っ込んで訊いた。

「おい、水臭いぞ。何かあったのなら、話せよ。それとも、あまりに楽しいことなので、このおれにも話して聞かせるのがもったいないというわけかい」

「そういうわけじゃない。たしかに思い当たるフシがないではないが、断言も出来ないんだ。そのうちハッキリしたら、お前に話すよ」

石岡は、浮かぬ顔でムキになって抗弁する安西の顔を見ながら、考えていた以上に広告界は厄介な世界だな、と思った。そう思ったとたん、西北大学時代、安西同様広告研究会の仲間であり、現在星村電機の広告部次長をしている小林正治のことが気になった。

「安西、最近小林に会ったかい？」

「いや、去年の暮、お前といっしょにホテル『ニュー・オータニ』新館のバー『シェラザード』で飲んだきりだ。それから一度電話を入れたが、何となく会いたくなさそうだったので、誘うのはよしたんだ」

「奴も、よりにもよって、メイン代理店を電通から博報堂に移し変えようなンて大それたことを企てたので、大変な嵐の中に巻き込まれてしまったな」

「石岡は、あれから小林に会ったのかい？」

「一度だけ、ある用件を頼まれてな」

「あまり強引に動きすぎて、社内での立場が悪くならねばいいがな」

「お前から、電通の星村電機を担当している仲間に、あまり悪どい手段で小林追い落としを計らないように釘を刺しておくわけにはいかないのかい？」

「よほど親しい奴なら別だが、担当部署が違うのに、うかつに口出しはできないな」

「そうか……」

石岡は、新しく運ばれてきたばかりのパイカルをぐっと呷った。語気を強めた。

「小林の立場が案じられるな。近いうちに小林に会ってみよう」

10

石岡と安西が飲んだ一カ月後、石岡は仕事上で小林に会わざるを得ないような事件がおこった。その日石岡は、『週刊タイム』のデスクの鬼頭から、打ち合わせがてらお茶を喫みに誘われた。『週刊タイム』を発刊しているタイム社は、昭和通りに面した東銀座にある。社の近くの銀座第一ホテルの二階の喫茶室へ行った。

鬼頭デスクは、あまりに喉が渇くからとギネスを注文し、石岡にもすすめた。

鬼頭デスクは、運ばれてきたギネスを美味しそうに喉をごくごくいわせて飲み終わると、ブルドッグを思わせる押しの強そうな顔を石岡に近づけていった。

「ひとつ、調べて欲しいことがあるんだ。ただし、まわりの連中にはしばらく黙っていて欲しい。記事に出来るという目処《めど》がつけば、何人かのデータマンをつけるから」

データマンというのは、データーを集めるため、取材して歩く取材者のことである。週刊誌の記事は、そのようなデータマンの調べてきたデーター原稿をもとに、最終的にアンカーと呼ばれる書き手によって完成原稿となる。ほとんどの社は、データマンとアンカーはハッキリと分け、アンカーはまったく取材しないで、ただデータマンの集めてきたデーター原稿を元に編集者の意向にそって纏めるシステムを採っている。しかし『週刊タイム』の場合、それでは記事に臨場感を失うからと、書き手も自ら重要な部分の取材はかならずおこなうというシステムを採っていた。そのばあい、書き手が取材者に取材先を割り当てる。

ところが今回は、ひとまず一人で取材に当たってみてくれ、というのである。ふつう潜伏取材といって、データマンが下調べに当たり、記事に出来そうだという目処が立つとはじめて書き手も加わり本格的取材に当たることはあるが、石岡のようなベテランの書き手が潜伏取材に当たるというケースは、これまでにないまれなことであった。

「いったい、何を追うんですか、ロッキード事件を超えるような政界スキャンダルでもあるんですかね」

石岡は、苦みの強いギネスをゆっくりと味わって飲むと、わざと大げさに訊いた。

「いや、そんな大それたネタじゃない。北条みゆきという、最近売り出しのタレントを知っているだろう」

「もちろん、一度会ったこともありますよ。清純でいて、その底に男心を蕩《とろ》かすような妖《あや》しい色気を秘めている。今後役者としても期待できる、若手のホープじゃないかな」

「彼女を知っているなら、好都合だ。じつは、彼女に男関係のスキャンダルがある」

「スキャンダル？」

「ああ」

「相手は誰ですか」

石岡は彼女に魅力を感じていたので、強い興味をそそられた。

鬼頭デスクは、あたりを気にし、声を低くすると、

「星村電機の小林という広告部の次長だ」

「星村電機の小林!?　まさか！」

石岡はあまりの驚きに、つい声を大きくした。

「まさか、というが、きみは小林という人物を知っているのかね」

鬼頭デスクは、一瞬怪訝《けげん》そうな顔で石岡を見た。

「いえ、別に……」

石岡は、鬼頭にわざわざ小林との仲を打ち明けても仕方ないと思い、しらばくれた。

それにしても、石岡には、あの清純タレントの北条みゆきと小林とが関係を持っているとは、到底信じられなかった。

たしかに、石岡に北条みゆきを紹介してくれたのは、小林だった。星村電機のステレオのCMで、小林が北条みゆきをデビューさせ、彼女の人気を煽《あお》るため、『週刊タイム』のグラビアに使ってくれないかと、ホテル『オークラ』のロビーで彼女を石岡に引き合わせたのである。

石岡は一目見た瞬間から、この子はスターになるな、という確信に近いものを持った。清純な処女そのもののマスクを持っていたが、肉体的には男の心を蕩かせるような妖しい女のふくらみを持っていた。そのアンバランスに危うい花のいきづきがあった。いまにヤングと中年男の両方のアイドルになり得るに違いない、と思った。

しかし、『週刊タイム』のグラビア向きではないと判断したので、その場でよく知っているヤング向けの男性週刊誌『ヤング・パンチ』のカメラマンに電話を入れ、足を運んでもらった。

やってきたカメラマンは、彼女を一目見るなりすっかり惚れ込んだ。巻頭のカラーグラビアに採用することになった。さっそくグアム島で水着姿の撮影がおこなわれた。このときたしか小林も、星村電機の宣伝撮影をかねて同行したはずである。

やがて、彼女の水着姿が『ヤング・パンチ』の巻頭を飾った。ビキニ姿の彼女が、波打際で波と戯れるみずみずしい妖精のような肢体の魅惑に、石岡も珍しく妖しいときめきをおぼえたものである。

しばらくして、星村電機のステレオのCMにつづき、カラーテレビのCMにも彼女はビキニ姿で登場。つづいて、テレビの深夜番組のホステス役にも抜擢された。いまや彼女は乗りに乗り、華やかなスポットライトを浴びている。

その彼女と小林が、妖しい関係だというのだ。

石岡は、白い麻の背広のポケットからピースの缶を取り出した。一本を抜き取り、缶の蓋で強く叩きながら、疑わしそうに訊いた。

「二人が関係があるという、どの程度の証拠があるんですか？」

「北条みゆき本人の証言というより、彼女のマネージャー吉屋里子の証言らしい。マネージャーによれば、北条みゆきが星村電機のCMモデルとしてデビューするとき、小林が彼女を使う代償として、肉体を求めたというのだ。あのういういしい肉体を職権を笠に着て奪ったというんだから、ひどい野郎だ。しかも、一度だけでなく、その後も事あるごとに、肉体を求めたというんだ。そのあまりの卑劣さに、ついに北条とマネージャーは堪りかね、小林の上司に訴えたというのだ。そのあたりの事情は、上司の秋山という広告部長が詳しく知っている。取材に行けばひそかに話してくれる手筈になっている。ただし匿名を条件で、自宅に連絡を取り、自宅に取材に行くように」

鬼頭デスクはそういうと、手帳を取り出し、石岡に秋山の自宅の住所と電話番号を教えた。

「どこから、そんな情報が入ったんですか？」

石岡は鬼頭デスクの眼を覗き込むようにして、訊いた。

「それは、いえないな」

「取材に動く私にだけは、教えたっていいじゃないですか。ネタ元を知っているのと知らないとでは、動き方も違いますから」

石岡は執拗に喰い下がった。小林のためにも、誰が小林を追い落とそうと謀って情報を流したのか訊き出しておきたかった。

「それでも、きみには悪いが、今回はいえないな」

鬼頭デスクは、パイプを燻《くゆ》らせながら、頑強に拒否した。相当深い裏がありそうだった。

「この企画は、ちゃんとデスク会議も通り、編集長も認めたものですか？　それとも鬼頭デスクの個人的判断で動いていらっしゃるんですか？」

「ちゃんと通っている」

鬼頭デスクは、憮然としていった。

石岡はもっと深く訊き出したいと思ったが、よした。たしかに自分を動かすことは、編集長の承認なしではありえないだろう。しかし、鬼頭デスクが今回の事情を編集長に詳しく説明していないかもしれないし、あるいは曲げて説明しているかもしれない。かといって、石岡が鬼頭デスクを飛び超えて直接に編集長に確認に行くと、鬼頭デスクがツムジを曲げるに決まっている。下手に鬼頭デスクを怒らせると、正社員でなく契約ライターである石岡は、仕事がもらえなくなる恐れがあった。

「わかりました。一応調べてみましょう」

「くれぐれもいっておくけど、報告は私個人に」

鬼頭デスクは伝票を摑むと、いま一度念を押した。

石岡はいっしょに立ち上がりながら、あらためて苦々しく思った。

〈いやな役を引き受けてしまったな〉

しかし、いわゆる〝外人部隊〟といわれる契約ライターの石岡たちには、ノーという言葉は辞めることを覚悟したときにしかいえなかった。


石岡は、星村電機の小林に電話を入れるのに、わざわざ社の近くの電話ボックスまで足を運んで、ダイヤルを回した。社の机からは入れにくかった。運よく、小林は在社していた。

「久し振りに会いたいんだが、時間はあるかな」

「うーん、会いたいのはヤマヤマだが、今週はびっしり日程が詰まっている。来週ならどうにか時間が取れそうだが……」

「いや、ぜひ今日中でないと困る」

「えらく強引だな。まるでおれが週刊誌の取材対象で、逃げまわっていてようやく摑まったという感じじゃないか」

「じつは、それに近いことになっているんだ。おまえさんに大変なスキャンダルが持ち上がっているんだ」

「おれにスキャンダル？　例によって、冗談だろう」

小林の声に、しだいに不安な感じが滲《にじ》んできた。

「いや、冗談じゃないんだ」

「じゃあ、相手は誰だというんだ？」

「それが、一度おれに紹介したことのある北条みゆきなんだ」

「北条みゆき！」

小林は、よほど驚愕したらしい。しばらくは声が出なかった。

「おい、聞いているのか？」

「ああ、とにかく会おう。どこか他人に聞かれない場所がいいな」

「じゃあ、帝国ホテルのフロント係に知り合いがいるから、おれの名で部屋をリザーブしておく、すぐに来てくれ」

「わかった。すぐに出るよ」

強気の小林にしては珍しく、弱気の声を出した。よほど衝撃が強かったのであろう。石岡は、小林の狼狽ぶりから、もしかするとスキャンダルは事実なのかもしれない、という疑惑が湧き上がってきた。

石岡は帝国ホテルの八階に部屋を取り、小林を待った。

ホテルの窓から皇居が見渡せた。堀の中では、夕映えに赤く染った白鳥が、人間の醜い争いなど縁もなさそうに優雅に泳いでいた。

一時間ばかりして、ドアがノックされた。

「小林だ」

という息せき切った声が響いた。

ドアを開けた。小林がいつもの血色のいい顔を興奮のためかよけい赤くして、飛び込むようにして入ってきた。小林は、椅子に座り、額に吹き出る汗を拭いながらいった。

「ちくしょう！　誰がそんなでたらめな情報を流しやがったんだ」

「それを、おれもデスクに執拗に訊いたんだが、デスクはおれにも珍しくいわないんだ」

「電通が、裏で画策してやがるな！」

「電通？」

「そうに違いない。そのデスクは、電通と親しくしていないかい」

「電通とは、編集長はじめ、どのデスクも、一応の繋がりは持っているさ。この前だって、電通がうちの編集長をわざわざ電通のある室に呼んでな。そして隣りの部屋に第一線で活躍している各界のビジネスマンを集め、勝手に『週刊タイム』批判への泡を吹かせた。それをイヤホーンで編集長に聴かせた。そこまで親切なお膳立てをしてくれてるわけだからな。もちろん無料さ。電通とすれば、週刊誌の編集長と親しくなればいいいんだから、ケチな金のことなんて考えてやしない。それほどみんな電通とはツーカーの仲だ」

小林は興奮に喉が渇くらしく、ルームサービスでビール四本とスモークサーモンを注文した。それから、大きな体を椅子から乗り出すようにして訊いた。

「特にその鬼頭というデスクが電通の特定の人物と親しいということはないかい？」

「特定の人物？　そういえば、昨年の暮、電通の安西とおれとお前さんとでホテル『ニュー・オータニ』の新館のバー『シェラザード』で飲んだろう。あのときエレベーターでバーに上るとき、擦れ違いに降りてきたのが鬼頭デスクと、電通の船村俊介だった」

「船村俊介？　例の〝Fマッチ・ポンプ集団〟と呼ばれている男か」

「そうだ」

「うーむ。奴ならやりかねんな。奴が秋山の意を受けて、おれを追い落とすためのスキャンダルをデッチ上げたな」

「はたして電通が実際に一枚嚙んでいるのかどうかは、おれには解らぬ。おれはデーターで判断するよう習慣づけられている男だから、いまのところ速断は出来ない。ただし、秋山が今回の謀略に嚙んでいることは間違いない」

そのときドアがノックされ、ボーイがビールとスモークサーモンを運んで来た。

小林はビールをコップに注ぐなり、ぐいぐいと喉の音を立てて一気に飲みほした。憎しみに満ちた眼の色でいった。

「秋山め！　おれがメイン代理店を電通から博報堂に移そうとしているので、何とかしておれを追い落とそうと企らんでいるんだ」

石岡は興奮にますます眼を血走らせてきた小林のコップにビールを注いだ。それから自分のコップにも注ぐと、ゆっくりと喉を潤おし、いよいよ週刊誌記者としての本領を発揮しはじめた。

「ところで小林、こういうスキャンダルは、火のないところには煙は立たないの諺《ことわざ》どおり、何らかの原因があるもんだ。思い当たるフシがあるだろう。おれには正直に話してくれ。書くときには、あらためてお前と相談するから」

小林も、石岡の冷静な口調に、少し興奮が収まったか、落着いた口調に戻った。

「じつは、北条みゆきのテレビCMフィルムの撮影を終え、その打ち上げの意味もあって、新宿で彼女のマネージャーとおれとの三人で、祝杯をあげた。そのあと酔いを醒ますため、風林会館近くにあるホテル『サン』のカフェーテラスで、ジュースを飲んでいたんだ。そのうちマネージャーがフジテレビに用があって、しばらく席を立った。その間、北条みゆきが突然気分が悪い、と訴えた。日頃飲めなかったビールを、華やかなデビューが約束されてうれしくて、つい飲みすぎたんだ。顔色も真っ青で、美しい顔には脂汗が滲んでいる。これは大変だと思い、上のホテルに部屋が空いているかどうか、ボーイに確認してもらったところ、空いているという。で、北条みゆきを抱えるようにして、部屋まで連れて行った。もちろんボーイに、マネージャーが引き返してきたら、すぐに部屋に上がってもらうように伝言しておいたほどで、けっして疚《やま》しい点はない。しかし、今から考えると、部屋へ上がったことが軽率だった……」

それから、北条みゆきを抱えるようにして部屋へ入った小林は、彼女をベッドに寝かせたという。ところが、彼女はげえげえと吐きはじめた。涙さえ浮かべて苦しむ彼女に、小林は何かすることはないか、と訊ねた。彼女は顔を赤らめながら、

「すみません、ブラジャーをはずして下さい」

と頼んだという。

小林は彼女の要求するままに真紅のワンピースのファスナーをはずした。ブラジャーもはずした。彼女

のまばゆいばかりに白い美しい肌を眼にした瞬間、正直いって、誘惑を感じたことはたしかだという。特に妻が病気がちで禁欲的生活を強いられている小林の体内の血が、燃え騒いだ。

しかし、彼女は自分の立場を考えた。ぐっと自分を抑えて、思い止まった。

そのとき、ドアが激しくノックされた。マネージャーの吉屋里子が引き返してきたらしかった。

小林は、あれほど燃え騒いでいた全身の血が引いていく気がした。

〈まずいことになった……〉

そのままドアを開けないのも変に疑われるし、かといって、すぐに開けると、北条みゆきのしどけない姿が、マネージャーの眼に曝《さら》される。

北条みゆきも何とかしようと手を背後に回そうとしたが、うまくいかない。

「どうしたんですか、小林さん！　早く開けて下さい！　みゆきさん、無事ですか！」

吉屋マネージャーは、まるで北条みゆきが小林に拐《かど》わかされたかのような騒ぎ方をしはじめた。

小林は仕方なく、ドアを開けた。部屋に飛び込んできた吉屋マネージャーは、ベッドの上に真紅のワンピースのファスナーとブラジャーをはずされ、苦しそうに体を投げ出している北条みゆきを目撃した。すっかり誤解したらしい。まるですでに犯されたかのように大声をあげて、騒いだ。

小林は懸命に抗弁したが、狂ったように怒る吉屋マネージャーには通用しなかった。

しかし事件にはならず、一応は収まりがついた。ただし、マネージャーは、ステレオのＣＭだけでなく、つづいてカラーテレビのＣＭにも彼女を使うよう強引に要求した。暗に要求を呑まなければ例の事件を表沙汰にするぞ、といわんばかりの強引さだった。小林は最初はステレオのＣＭだけに使う気であったが、彼女の人気もいっそう高まるばかりなので、抵抗することなく要求を呑んだ。

ところが、今度は部長の秋山が、北条みゆきをつづけて使うことに横槍を入れてきた。北条みゆきが気に入らないというより、小林のなすことに一から十まで難癖をつけたいのである。特にステレオのCMが評判がよかったので、なおのこと横槍を入れてきた。

小林は激しく抵抗した。自分の弱味を吉屋マネージャーに握られていることもあるが、人気が日に日に高まっている彼女をつづいてCMに使うことは、社のためにも大変なプラスなのである。

しかし、いつの間にか、秋山部長の横槍も立ち消えになった。北条みゆきの大胆な水着姿のカラーテレビの評判も上がり、小林の評価もそれにともなって上がったと思っていた。小林はテレビで、北条みゆきの美しいプロポーションのCMの水着姿を見るたびに、心の中で北条みゆきをつづけて使うことに反対した秋山の眼の狂いを嘲笑していたものだ。

ところが今回、こういうスキャンダルとして例の事件が捏造《ねつぞう》され、明るみに出ようとしているのである。

「秋山が、何故あのことを知ったのか。おそらく、吉屋マネージャーから耳にしたのだと思う。とすると、秋山と吉屋マネージャーとの間に、おれの知らないうちに何らかの取引きがおこなわれたとしか思えない。おそらく、北条みゆきを降ろすよう横槍を入れたとき、吉屋マネージャーが、もしそうするなら、おれのことを世間に公表する、と訴えた。それを耳にした秋山が、彼女たちが秋山に協力することを前提にそのまま使うことを約束し、その情報を、おれを追い落とすために使ったとしか思えん！」

再び小林は、憤怒のため真っ赤な顔になり、秋山をののしった。

石岡は、小林の推理がかなり当っているように思った。そしてあらためて、

〈フリーの世界も惨めなことが多いけど、サラリーマンの社会も醜い足の引っ張り合いで、嫌な世界だな〉

と暗澹たる思いがした。

「とにかく石岡、誰からどういう経路で情報が流れたか、調べてくれ。電通が絡んでいるかどうかもぜひな。そして、秋山へのインタビューが終わり次第、おれにその内容を教えてくれ」

小林は悲痛な顔で、珍しく石岡の手を握り、頼み込んだ。

石岡はその夜十時過ぎに、鬼頭デスクから命じられたように、秋山部長の自宅に電話を入れた。電話に出た秋山の声は、一オクターブ高いキンキン声で、小林から聞かされていた女性的でヒステリックなイメージそのものであった。

「そうですか、ついに週刊誌にまで嗅ぎつけられたわけですか。困りましたなぁ……しかしまぁ、上司として私にも責任があるわけですから、話せる範囲で話しましょう。ただし、絶対に私の名は秘すという条件は、守ってもらいますよ」

この狸め！　と思いながら、石岡は翌日の夜八時に成城の自宅を訪ねる約束を取りつけた。

翌日の夜、石岡は約束通り、夜の八時に成城の秋山の自宅を訪ねた。

成城の中でもかなり目立つ豪邸で、檜《ひのき》造りの客間に通された。白っぽい上布《じょうふ》に濃い臙脂《えんじ》の帯を品よく締めた夫人が、冷たい麦茶を運んで来た。

麦茶を飲み終わった頃、浴衣を着た秋山が現われた。縁無し眼鏡をかけた、神経質でいかにも裏工作をねちねちとやりそうな男だなと、石岡は思った。小林から吹き込まれていた先入観というより、多くの人間に接してきた石岡の勘であった。

秋山は座るなり、縁無し眼鏡の奥の細い眼をきらりと光らせていった。

「いまの愚妻だが、きみたちのような広い取材をしていれば、何度か会ったことがあるだろう、自民党の幹事長、川原敬士郎の三女だ」

「そういえば、似てらっしゃいますね」

石岡は、うんざりしながらも一応調子を合わせ、水銀灯に光る広い庭園に眼をやった。どうせこの邸宅も、川原敬士郎から金を出してもらって建てたのであろう、と苦々しく思った。

「ところで、本題の方ですが……」

「鬼頭デスクから、秋山さんなら話してもらえるとうかがって来たわけですが……」

「まずその前に、扱い方は解っていらっしゃるでしょうね。あくまで私の名は伏せるように、いいですね」

「解っております」

「では話しましょう。誠にお恥ずかしい話だが、私の部下の小林が、北条みゆきを売り出すため、私のところのステレオのCMに使ってやるから、という条件で強引に彼女を抱いてしまった。おそらく、ういういしい彼女のことですから、処女だったんでしょうなぁ」

秋山は、縁無し眼鏡の奥の眼に一瞬淫靡《いんび》な光りを浮かべた。

「で、彼女のマネージャーが、小林の上司である私に、訴えてきたんです。もうおたくのCMを降ろしていただきたい、と。しかし、彼女の人気は鰻上りでしたからね。私は、小林に二度とそのような下司《げす》なことはさせないよう、厳重に注意するから、ぜひカラーテレビのＣＭにも出ていただきたい、と頼んだんだ。小林はそんな私の苦労も知らないで、北条みゆきをカラーテレビのＣＭに使ったのも全部自分の功績のように吹聴しているようだが、じつに卑劣な男だ」

秋山は黄ばんだ額に、青筋を浮かべて、怒ってみせた。

〈小林のいっていたことと、まるっきり違うな。秋山という男も、なかなかの役者だな〉

石岡は、自民党の幹事長、川原敬士郎の三女である夫人の運んできたビールを飲みながら、心の中で唸った。

「ところが今回、また小林が彼女の肉体を要求したというんだ。彼の奥さんは病弱だというから、女に飢えているにしても、困った奴だ。恥ずかしい話だけど、書かれても仕方ないでしょうなあ」

「このネタが、ウチの週刊誌に流れたのは、秋山さんからですか？」

石岡は、小林のためにも、ぜひその点を確認しておこうと思った。

「いや、私ではない、自分の社の恥になることを、わざわざ知らせる馬鹿はいまい」

「誰から、ウチの週刊誌に情報が入ったんでしょうね」

「さあ、そんなことは鬼頭デスクからきみが直接訊いてくれ。私は鬼頭デスクから問い合わせがあったので、観念して恥を忍んでこうしてしゃべっているだけだ。おたくだと、記事を差し止めようと圧力をかけても、藪蛇《やぶへび》になりますからね」

秋山は、狡《ずる》そうな薄笑いを浮かべた。

「しかし秋山さん、おたくは広告関係のメイン代理店は電通でしょう。電通なら、ウチへの強力なパイプがあるじゃないですか」

「いかに電通といえども、最近はそう簡単には圧力をかけるわけにはいかんでしょう。この際迷いに迷ったすえ、重役にも相談して、泣いて馬謖《ばしょく》を斬ることにしたわけです」

「重役に相談？　今回のスキャンダルは、すでにおたくの重役陣の耳にもとどいているんですか」

「まぁ、そういうことですな」

石岡は、昨日帝国ホテルの部屋で会った小林の困りきった顔を思い浮かべた。小林はまずいことになるぞ……とあらためて彼の身を案じた。

〈何とかおれで防げるところは、防いでやろう〉

それにしても、星村電機の名が誌面に派手に出るのである。しかも広告部長があえて協力する。ふつうならあり得ないことである。裏に何らかの謀略が隠されているはずだ。何だろう……石岡には、理解できなかった。

「ま、これで私の知る限りのことはすべてです。あとは、北条みゆきさんと、マネージャーに訊いてもらえば、詳しくわかります」

秋山はそういうと大きな声で夫人を呼び、石岡が帰ることを告げた。

石岡は、丁重に礼を述べて、玄関を出ようとした。そのとき、秋山が石岡に封筒を手渡した。

「車代に」

わりに厚い封筒である。おそらく、一万円札が十枚は入っていよう。

「いりません、車代は、社から出てますので……」

石岡は秋山に、その封筒を返した。

「きみ、まぁ、そう硬いことはいわないで……」

秋山は、なおその封筒を石岡の手に握らせようとした。が、石岡は振り返らなかった。急ぎ足で庭の敷石を渡り、門の外へ出た。

運悪く、大粒の雨が降ってきた。

石岡はしまった、と思ったが、いまさら秋山の家に引き返し傘を借りる気にもなれなかった。

稲妻が走り、激しい雷も鳴りはじめた。

タクシーは何台か駈《か》け抜けて行ったが、すべて人が乗っていた。

石岡は成城駅までずぶ濡れになりながら歩いてゆく覚悟を決め、大股でゆっくりと歩みはじめた。石岡の頭の中は、雨や雷よりも、もっと激しいうなりに満ちていた。

〈このスキャンダルの裏に何かがある。小林がハメられ、そしてこのおれまでその芝居の何らかの役割を与えられているような気がする。そして最後に嗤《わら》うのは、あの秋山に違いない。あるいは、小林のいうように、電通だろうか。そのうえ、星村電機すら傷つかない謀略を巡らしているのかもしれない。いったいどんな罠が仕掛けられているのか……〉

石岡はずぶ濡れになりながら、厚い唇を噛み締め、彼らの謀略に意地でも負けてなるものか、と何度も自分にいい聞かせていた。

11

「間違いありません、今回のスキャンダル騒ぎの背後には、電通の黒い手が動いています！」

博報堂の吉川部長邸を訪れた星村電機の広告部次長小林正治は、出された球磨《くま》焼酎をぐいと呷《あお》るように飲むと、身を乗り出すようにして力説した。

小林には、ステレオのＣＭに使っていたモデル北条みゆきとの突然のスキャンダルは、自分を追い落とすための陰謀にすぎないとしか思えなかった。そのような陰湿な画策をするのは、上司の秋山しか考えられない。その秋山のバックには、電通が控えている。星村電機のメイン代理店を、電通から博報堂に切り換えようと躍起となっている自分が失脚するのを最も喜ぶのは、その電通である。したがって、今回のスキャンダルの火を点け、週刊誌に情報を流し煽っている一連の動きの背後に、電通の黒い手が働いていないはずがない。そういう確信のようなものがあった。

「吉川部長、電通のやりそうなことだと思いませんか」

小林は眼を据え、吉川部長に相槌を求めた。

小林は、何とかして週刊誌ダネになることを防ぎたかった。そのため、この二、三日、ほとんど寝ないで考え、奔走しつづけていた。溺《おぼ》れる者藁《わら》をも……の心境で、かつて帝国ホテルの一室で密談したことのある外資系の広告代理店アメリカン・グロリア社の日本支部総支配人ウィルソンの、別れ際にささやいた言葉を思い出したりもした。

「われわれは、あなたが広告部長のポストを摑むためのいかなる協力も惜しみません」

彼らは、小林が、広告部長のポストを摑んだあかつきには、星村電機のメイン代理店を電通から博報堂に切り換えようとしている、との情報をいち早くキャッチし、あわよくば博報堂でなく自分たちの社がメイン代理店に……との魂胆から、小林に近づき甘い言葉をささやいたのだった。

しかし、今回のような問題の処理には、日本の週刊誌と深い繫がりのない外資系広告代理店は役立たない。小林はそう判断し、協力を求めるのはよした。

今回のようなスキャンダルが持ち上がったときには、電通につづいて媒体に力を持つ博報堂の方が、はるかに頼りがいがある。小林はそう思い、メイン代理店を電通から博報堂に切り換えるための相談をこれまで何度かしてきた吉川部長邸を訪ねたのだった。吉川部長は、郷里の熊本で昨年から再開された火の国祭りを仕事を兼ねて見物して帰ってきたばかりであった。

「吉川部長、世界の大電通たるものが、あまりに姑息な手段を取り過ぎると思いませんか！　もっとデンと構えて、横綱相撲を取ってもいいんじゃないでしょうか……」

小林は、球磨焼酎を呷りながら、溜りに溜っている鬱憤を晴らした。吉川部長のみやげであるせっかくの芥子蓮根《からしれんこん》の美味をも、小林には、ただ辛いとしか思えなかった。

巨体を浴衣に包んだ吉川部長は、さすがに同業者のこととなると慎重になるのか、小林の電通攻撃に相槌を打つことは避けた。が、自分も焼酎を静かに口に運ぶと、つい電通に厳しいことをいいはじめた。

「電通が最近焦っていることは、たしかだ。昨年ウチは一九・五パーセントの伸びを見せたのに、電通は一三・一パーセントしか伸びなかった。このような厳しい状況のとき、自分が担当しているクライアントが、うちに切り換わるとなると、左遷させられるのは当然だ。死刑の宣告を受けたようなものだ。焦りも出よう」

「だからといって、週刊誌を使って、おれを追い落とすなんて許せない！」

小林は、吐き捨てるようにいった。興奮と酔いに、いっそう顔が赤くなってきた。ひどく落ち窪んだ眼がぎらぎらしている。

吉川部長が、心配そうにいった。

「それで、週刊誌の記事を潰す手は打っているんですか」

「一応は打っています。しかし、うまくいくかどうか心配なんです。じつは、取材に動いている『週刊タイム』の記者というのが、私の大学時代の広告研究会の仲間なんです」

「ほォ、面白い巡り合わせだな。そのことを、むこうのデスクはもちろん知らないんだろうな」

「ええ」

「それだと、取材が思い通りにいかなかったからとか、話が当初の意図とは違っているからと、デスクなり編集長に報告させて、記事を潰させればいいじゃないですか」

「ところが、週刊誌はそうは簡単に引き下がらないらしいんです」

「これまでの例だと、そうかも知れないいな」

「親友のその記者が、かつて飲んだとき嘆いていたことがありますよ。まず企画が決定すると、取材前から面白そうなタイトルがつくられる。そしてそのタイトルに合わせて取材がなされる。タイトルの方向に反するようなコメントや意見は、消されてしまうというんです。それで、企業物などのときには、取材とニュアンスが変わって発表される。あとで企業にネジこまれると、取材者が個人的に詫びを入れ、別の機会に別の記事でパブリシティをやってお返しをしますから、というような取引きすらおこなうことがあるといってましたよ。しかし、今回のように私個人が記事によって抹殺されてはたまったもんじゃない、あとでお返しなんてしてもらえないわけですからね」

「たしかに、大変なことになったな……」

吉川部長は腕を組んだ。眼を閉じ、眉間に皺を寄せた。

応接間に、重苦しい沈黙が流れた。

それまで気がつかなかった庭の池の鯉の勢いよく跳ねる音が、小林の耳の底を貫いた。

「吉川部長！」

小林の真剣な声は、悲痛味さえ帯びていた。

「博報堂の力で、何とか今回の記事を潰していただけませんか。そのかわり、今回の借りは、命を賭けてお返しします。このとおり、お願いします」

小林は座っていた座布団から降り、畳に頭をこすりつけるようにして頼み込んだ。

吉川部長も、そこまで頼みこまれかえってあわてた。

「小林さん、わかっています。そんなにあらたまった態度を取られなくても、あなたと私との仲じゃないですか、出来得るかぎり努力はしますす」

「お願いします」

小林は、もう一度畳に頭をすりつけて頼み込んだ。小林の広い背は、大きく苦しそうに波打っていた。

「小林さん、テレビ界への力だと、うちもさすがに電通さんにはかないませんけど、雑誌媒体に対する力は、そんなに電通にはひけを取りません。『週刊タイム』に、手を回してみましょう。あそこには、懇意にしているデスクもいます。いますぐにでも連絡を取ってみましょう。今回の取材にあたっている記者の担当デスクは、何という方ですか?」

「鬼頭デスクといいます」

「わかりました。鬼頭デスクの評判も聞いてみましょう」

吉川部長は巨体を揺するようにして立ち上がると、電話を掛けに応接間から出て行った。

庭の池で、再び鯉の跳ねる激しい音がした。

一人残された小林は、にわかに不安な気持に襲われた。強気一点張りで押し通してきたおれとしたことが……と心細くなっていた。

これまで何人かの広告関係のポストにいた者が、電通の見えざる魔手によって、せっかく摑んだポストを追われていったという噂を何度か耳にしてきた。電通にとってマイナスになる人物を中傷する情報を、その社のトップや上司に流し、その人物を追っ払ってしまうというのだ。広告関係者たちは、このような電通の遣り口を、〝指しの電通〟と呼び、ひそかな恐怖をいだいていた。

『週刊タイム』の石岡からも、かつてカントリーの黒田事件のあった頃、化粧品業界の雄、資美堂の若生宣伝部長、花園石鹼の山倉宣伝部長、森村製菓の小原広告部長、それに西洋レーヨンの遠村宣伝部長の四人が、それぞれ中傷され左遷されたり、妙な噂を立てられ、ついには広告関係の部長のポストを追われたことを聞かされていた。その背後では、電通の船村俊介率いる〝F機関〟が暗躍したにちがいない、お前さんも気をつけろよと、忠告されたことがあった。

しかしそのときは、自分だけは電通にやられはしない、と強気であった。が、いまはかつて追放された部長たちと同じ罠に嵌《はま》ろうとしているのだ。しかもなお恐いのは、電通がどう動いているかが、把握できないことだ。ハッキリと判れば、喰ってかかれる。反撃に転ずることも可能だ。が、得体の知れぬ動きをされているかぎり、反撃に出る糸口すら窺えない……。はじめて情報の恐さ、情報が〝影の凶器〟であることを思い知らされていた。

二十分くらいして、吉川部長はようやく応接間へ帰ってきた。

「鬼頭というデスクは、かなり悪どいことで評判の男らしいな。記事にまぶしてパブリシティのようなことをやったり、マッチポンプ的なことも平気でやるらしい。ふつうデスクは取材にはほとんど直接タッチしないものだが、鬼頭デスクは自ら小マメにスキャンダルの主に会いに出掛けていくそうだ。その挙句、記事が潰れたり、逆にページ数も増え、当初の企画以上の大きな扱いになったりするそうだ」

「それなのに、よくデスクにしておきますね」

「それが、そのような悪どいこともするが、ときに、大人しいデスクには到底真似のできないどでかいスクープもやるそうなんだ。とにかく付き合いの範囲が広く、得体の知れない面を持ってるそうだ」

「例の電通の〝F機関〟で名を売った船村俊介とも、仲がいいはずです」

「とにかく明日、私の親しいデスクと会うことに決めた。鬼頭デスクと電通の誰が関係が深いのか、また誰が今回の情報を流してきたのか、聞いておこう。それまでに、できるだけ調べておくそうだ。私としても、そのデスクを通じて、何とか記事を潰すよう懸命に努力してみます」

「吉川部長、恩に着ます」

小林はいま一度、頭を下げた。

「うちとしても、小林さんに失脚されては、星村電機へのパイプが切れてしまいますからね。うちのためにも、何とかして表沙汰にならないよう、喰い止めてみせます」

小林は、吉川部長が自信ありそうにいい切るのを聞き、少しは不安な気持が薄らいだ。しかし、心の底の暗い脅えは、ついに拭えなかった。吉川部長は、あらためて腕組みをした。眉根に皺を寄せ、宙を睨むようにしながらいった。

「どうも解せないのは、小林さんのスキャンダルと同時に、星村電機の名もデカデカと出るわけでしょう。秋山部長も、上司として責任を問われることになるじゃないですか。電通だって、どうして手を打てなかったのか、ということになりますよ。小林さんが邪魔なあまりに、肉を切らせて、骨を切ろう、という腹かな……」

「そのあたり、私にも、理解できません。おそらく、私が憎く、何が何でも私を追い落とそうとの魂胆じゃないかと思うんです」

「そうですかね。もし電通が一枚嚙んでいるとするなら、そんな単純な動きをするわけはないと思いますけどね……」

「いや、まず邪魔者の私を失脚させればいいんですよ。あとはまた別の手を打って、何とか辻褄《つじつま》を合わせていこうとしているんだ」

再び激しはじめた小林の脳裡に、くっきりと、まるで焼印のように、週刊誌のタイトルが浮かびあがった。

《スクープ！　新星北条みゆきにスキャンダルが！》

そして北条みゆきの華やかな美しい顔写真とならんで、いささかくたびれた感のある自分の顔が……小林はそこまで想像すると、地の底へ真っ逆さまに落ち込んでゆくような心細い気になった。にわかに眼の前が暗く翳《かげ》ってゆくようだった。

安西則夫は、電通築地本社のビルを出た。社の前のタクシー乗り場に向かいかけたが、ふと前のビルの一階にある赤電話に急いだ。気になることがあった。腕時計を覗くと、七時五分前である。

ダイヤルをあわただしく回した。安西の懇意にしている業界紙『広告週報』の水上編集長に至急連絡を取りたかった。

しかし、事務所はいくら電話を鳴らしても出る気配がない。安西は、諦めかけ立ち去ろうとしたが、今日が水曜日であることを思い出した。手帳を取り出し、『広告週報』を印刷する工場の番号を回した。水曜日が印刷日だったことを思い出したのである。

運よく、水上編集長は印刷工場にいた。

「水上さん、電通の安西だがね。忙しいところを悪い。じつは、この前頼んでおいたエリザベスのマンションの件だがね、あのマンションの彼女の部屋に、アメリカン・グロリア社の誰かが訪ねた形跡があるかい？」

「その件でッけど、大変でッせ！」

大変でッせ！　と口を尖らせていうのが『広告週報』の水上編集長の口癖であった。そんなときは、たいてい大切な情報を摑んでいるときだった。

「大変でッせ……はいいから、早く内容をいってくれ。いま、急いでいるんだ」

「はいはい、じつは、アメリカン・グロリア社の超大物が通ってましたわ」

「超大物って、まさか日本総支配人のウィルソンじゃあるまいな……」

「ええ、それがウィルソンなんですわ。ウィルソンが怪しいと踏んで、五、六回ウィルソンを尾行し、三回エリザベスいうおなごはんの住んでいるマンションに消えましたわ。しかも、一度などは、一晩中とうとうマンションから出てきまへんでしたがな……」

一晩中出てこなかった！　安西には、信じられなかった。

「たまたまウィルソンが、同じマンションの別の部屋に偶然用があった、ということはないだろうな」

「そんな偶然の一致いうことは、人生のうちで、そうあるもんやおまへンでえ」

安西はそれでも、ウィルソンが偶然にエリザベスの住んでいるマンションに別の用事があって訪ねたにちがいない、と思いたかった。

よほどの激しいショックであった。水上編集長に礼をいって電話を切ってからも、しばらく茫然としていた。

〈エリザベスとウィルソンが、特別な関係にあったとは……〉

安西はいまだに信じたくない気持で、タクシー乗り場に急いだ。

タクシーに乗り込んだ。「芳町へ」と行先を告げ、眼を閉じ、エリザベスについてあらためて考えた。

……彼女とは、あれから週に一回は会い、楽しく語り合い、ベッドもともにした。彼女は会えば会うほど魅力的で輝きを増した。

ただいささか持て余したのは、彼女の好奇心の旺盛さだった。とくに安西の仕事に関し、根掘り葉掘り訊きたがる。シークレットに属する部分までも訊かないと、承知しない。

安西は、その点に関し彼女に渋い顔でいった。

「日本の女性は、男性の仕事にはほとんど口を挟まないものだ」

彼女は、平然と切りかえしてきた。

「だから、日本人女性は遅れていると嗤《わら》われるのよ」

ついには、ファンタジー社を新規クライアントとして獲得する戦略についてまで訊き出されそうにさえなった。

それでいて、彼女は自分自身についてはあまり語ろうとはしなかった。あくまでミステリアスな存在のままにしていた。マンションの電話番号こそ教えてくれたが、マンションがどこにあるかも、決して教えてくれなかった。二人で抱き合うのも、都心の一流ホテルと決まっていた。一度彼が彼女のマンションの住所を訊こうとすると、「日本人の男性は、たとえ電通のような世界一の社に勤めるエリートでも、女性に対しては、相変わらず非常識なのね」といい返された。

それでも安西にとって、彼女は魅力的だった。彼女から電話が掛かってくるたびに、彼女の誘いに応じ、飲みに出掛けた。

その間、何度か彼女への疑惑が掠《かす》めたことはあるが、まさか彼女が現在安西の敵ともいうべきアメリカン・グロリア社の回し者であることは疑ったこともなかった。

安西に彼の仕事について執拗に訊くのも、日本の政治や経済について深く理解しようとする熱心さのあまりだと思っていた。

ところが一週間前、『週刊タイム』のフリーライター石岡雄一郎と新宿のゴールデン街で飲んだ。そのとき、得体の知れぬ男に尾行されていることを石岡に打明けると、即座にいわれた。

「ここ当分は、女は慎しんだ方がいいぞ。まさか、最近、特にお前さんに近づいた女性はいやしまいな？」

安西はどきりとした。はじめて彼女への疑惑がハッキリと頭をもたげた。

石岡と飲んだ二日後、エリザベスから電話があった。安西はいつものように出掛けて行き、彼女と飲んだ。相変わらず彼女は、彼にファンタジー社をクライアントとして獲得し得るのか、どういう手を打っているのか、アメリカ人として外人の心理が理解できるので協力しようと執拗に訊いてきた。

安西はベッドの中でエリザベスの愛くるしい、淡い桃色の乳首を口にふくんで舌でやわらかく転がしながらも、考え、迷いつづけた。

〈はたしてエリザベスは、純粋に学問的興味から訊いているのか。あるいは、やはりアメリカン・グロリア社と何らかの関わりがあって、おれから情報を訊き出そうとしているのだろうか……〉

安西は、卑劣な行為だとは思ったが、彼女と六本木で別れたあと、念のため彼女の車を尾行してみた。

彼女の車は、麻布十番街の高級マンションの前で止まった。彼女の姿は、そのマンションに吸い込まれて行った。

そのマンションに、もしかするとアメリカン・グロリア社の誰かが通ってくるかも知れない、安西はそういう疑惑を深め、特に懇意にしている『広告週報』の水上編集長に、アメリカン・グロリア社のめぼしい人間の尾行を頼んだのだった。

その結果、驚くべきことに、彼女の住むマンションに、アメリカン・グロリア社のウィルソン日本総支配人が通ってきているという情報がもたらされたのだ。


〈彼女との付き合いを、断つべきか……〉

安西はタクシーの中で腕組みしたまま、迷った。彼女には、たっぷり未練があった。

〈とにかく、早急に決断は下すまい。騙《だま》されているふりをして、逆に彼女をこちらのビジネスに生かす手だって残されている〉

彼はそう決心すると、ようやく心が落ち着いた。眼を開けた。

タクシーは、証券取引所のある兜町を通り、鎧橋を渡った。

そのとき、安西はバックミラーを喰い入るように見つめた。電通本社を出発するとき背後にいたと思われた黒い車が、三十メートルくらいの間隔をおいて、尾行しているように思われたのだ。

うしろを振り返った。たしかに追ってきているとしか思えなかった。

〈相変わらず、しつこいな……〉

安西は、わざと細い路地にタクシーを入らせた。それでも追ってくるかどうかをたしかめようかと思った。そのうち、タクシーは芳町へ入った。

安西は、芳町の活魚料理専門の料亭『天草』の門前でタクシーを停めると、バックミラーを覗き見た。

彼のタクシーが停まると、その黒い車も数十メートル離れた場所でぴたりと停まった。

安西は、あまりの執拗な尾行にうんざりしながら、料金を払ってタクシーを降りた。

安西は料亭の門を入った。涼しそうに水の打ってある敷石を伝い、玄関に入った。

礼儀正しく迎える村山紬を着た仲居に、予約しておいた電通の安西であることを告げ、ファンタジー社のロジャー夫妻は、すでに到着しているかをたしかめた。ロジャー夫妻はまだ来ていない、ということだった。

安西は磨きぬかれた廊下を通り、二階の一番奥の部屋へ案内された。南蛮屏風《なんばんびょうぶ》の飾ってある床の間の上座は、ロジャー夫妻のために空け、下座に座った。背広からロングピースを取り出し、口に銜《くわ》え、ゆっくりと一服喫った。

むろん、今夜のロジャー夫妻の接待も、すべて彼の自腹であった。しかし今回の仕事の成否に将来のかかっている安西にとっては、背に腹は変えられなかった。

間もなくして、ロジャー夫妻がやってきた。ロジャーは、眼の鋭い、ユダヤ鼻をした、いかにも抜け目のなさそうな人物であった。上座に座るなり、金箔の使ってある南蛮屏風を物珍しそうに眺め、

「ワンダフル！」

を連発した。

夫と対照的に、白髪でおっとりと品のいい夫人は、屛風に近づき、眼をくっつけるようにして屛風に見惚れていた。

安西は仲居を呼び、さっそく鯛と鰈《かれい》の活魚料理を運ばせた。

運ばれてきた鯛も鰈もまだ生きていた。尻尾をぴくぴくさせている。眼には、まだ生きていた魚の恨みがましい眼を隠すためか、青紫蘇《あおじそ》の葉がかけてある。

ロジャー夫妻は最初恐る恐る新鮮な刺身をつついていたが、慣れるにしたがい、美味しそうに食べはじめた。

安西は、二人の喜ぶ顔を見ながら、胸を撫で下ろしていた。ステーキで接待する方が、失敗の確率は少なかったが、しかし相手に与える印象も薄かった。このように日本独特の活魚料理だと、もし嫌われると取り返しのつかないことになるが、うまく事が運んだときには、相手の喜びも強烈なはずだった。相手を接待する場所も、一種の賭けだった。

安西は、まずニューヨークの件を切り出した。

「この前は、わたしどもニューヨーク支局へ出張しました。突然とは思いましたがおたくの本社にご挨拶に寄らせていただきました。別にご迷惑ではなかったでしょうか……」

「いいえ、いいえ、本部のハックマン極東担当重役も、あなたの熱心さには感心しておりました」

気をよくした安西は、話をビジネスの方向へと運んでいった。くどいと思ったが、新しく日本へ上陸する企業にとって、一番重要であるテレビCMの理想的な時間帯を確保するためには、電通に頼る以外にない、電通にお任せ下さい、と力説した。

安西の説明に、ロジャー支社長より夫人の方がより納得したようで深く頷いた。

安西はこの反応を見て、夫人を攻め落とし、夫人から夫を口説き落としてもらうよう、作戦の軌道修正をおこなうことにした。理論的に正攻法で攻めるより、情緒的な方法で攻めることにした。

安西は、仲居を呼んだ。刺身を食べ終わった鯛を、澄まし汁にしてもらい、鰈の頭や尻尾は唐揚げにしてもらうよう頼んだ。

近いうち、京都へ案内しましょうとも誘った。

「もし私どものクライアントになっていただければ、ご夫妻だけでなく、アメリカから本社の方たちがおいでになるたびに、京都にご案内いたします。私どもには京都支局がありますから、支局員が誠心誠意努力いたします」

電通の京都支局のことを、他の広告代理店の者たちは「電通交通公社京都支局」と陰口を叩いていた。たしかに京都市局のメンバーたちは、忙しい中で、クライアント関係の外人が来日した場合、新幹線のキップ、ホテル、外車の手配までし、昼間は円山公園などを案内し、夜は祇園へ招待した。交通公社の職員顔負けの忙しさである。そのようにしてクライアント関係の外人たちに〝大名旅行〟をさせることによって、クライアントとのより強い友好関係を深めてもいる。

「ロジャー夫妻、近いうち、いや来週にでも京都へどうですか？」

安西は、われながら少々強引だと思うほどの誘い方をした。早く攻めておかないと、アメリカン・グロリア社に攫《さら》われてしまうという考えが、強く働いた。

「そうねえ……来日してから一度だけ京都に行ったけど、あまりにあわただし過ぎて、ゆっくりと見られなかったので、もう一度行きたいわね」

夫人は、乗り気だった。夫の顔を見た。ロジャーは、ビジネスと繋がることなので、さすがに慎重であった。いささか厳しい顔になった。

そのとき、鯛の澄まし汁と、鰈の唐揚げとが運ばれてきた。

安西は、夫人のうれしそうな顔を見るとすかさずいった。

「では、再来週の土、日の新幹線のキップとホテルを押さえておきます」

ロジャーは、頷きもしなかったが、あえて拒否もしなかった。

安西の胸の内は躍っていた。新規クライアントにするための八〇パーセントは成功したという手応えを感じていた。安西はその瞬間ふと、かつて業界誌で見たことのあるアメリカン・グロリア社の日本総支配人ウィルソンの顔を思い浮かべた。銀髪を光らせた紳士然とした顔の中に、鋭い鷹のような眼が光っていた。一筋縄でいく人物には思えなかった。

安西は、ロジャー夫妻にビールを注ぎながら思った。おそらく今頃は、尾行者の報告がウィルソンの元に行き、おれがロジャー夫妻を接待していることで、彼も気が気ではないだろう。日本国内での戦いなら、いかに相手が外資系代理店であろうとも、勝つチャンスはいくらでもある。

安西はあらためて、おのれにいい聞かせた。

〈電通マンの誇りにかけても、外資系の奴に負けてなるものか……〉

星村電機の小林広告部次長は、秋山広告部長に判をもらわねばならないことがあり、秋山部長の秘書嬢に、苦々しい思いで部長がどこにいるかを訊ねた。

秘書嬢は、秋山から小林に口をきく場合の心得としていい含められているのか、突慳貪《つっけんどん》な調子でいった。

「緊急重役会に出席しています」

「緊急重役会？　何か重大な事件でも起こったのかね？」

そばから、秋山部長の腰巾着である横田次長が、皮肉っぽい調子で口を挟んだ。

「さあ、小林さんが一番心当りがあるんじゃないですかね……」

小林は、顔から血の気の引いていくのが自分でもわかった。

〈おれが心当り？　さては、おれのスキャンダルのことで、秋山めが、大げさに重役会を開かせたな〉

小林は秋山への憤怒に、体がわなわなと震えた。

自分を追い落とすための重役会だろうが、重役でない秋山が出席するなら、どうして当事者である自分を、出席させないのか。あきらかなる欠席裁判ではないか……。

小林はその場を離れると、階段を駆け上った。七階の後藤常務の部屋の前に行き、ドアをノックした。重役の中でも、後藤常務とは、最も気心が知れていた。その彼が緊急重役会に出席しているのかどうか、確認しておきたかった。

ドアが開けられた。眼のパッチリとした、小柄な秘書嬢が、小林を迎え入れた。

「後藤常務は？」

「緊急重役会に出席なさってます。社長まで出席しているそうですから」

秘書嬢の言葉に、小林は眩暈《めまい》をおぼえるほどの衝撃を受けた。

〈社長まで出席……秋山め、どこまで話を大げさにすれば気がすむのだ〉

小林は、社長まで出てきては、いよいよ自分の首が危ない……と断腸の思いであった。

これ以上うろたえて社内で醜態をさらしても、と思った。その部屋のソファーに、座り込んだ。腕時計を覗き込んだ。十二時に二十分前であった。十二時になれば緊急役員会も中断される。後藤常務は食事に降りてくるだろう、それまで腰を据えて待っていることにした。

十二時五分過ぎに、小林の思ったとおり、後藤常務は部屋に戻ってきた。後藤常務は、小林の姿を見るなり、いかにも残念だという表情をした。

「きみ、大変なことになったたな……」

「常務、すべて一方的な報告なんです」

「そうだとは思う。しかし、秋山部長が例によって油紙が燃えるようにぺらぺらとしゃべり立てるんで、いつの間にか重役会が秋山ペースになってしまった。きみは不利になるばかりだ。それにしても、週刊誌に嗅ぎつけられたのはまずいよ」

「常務、嗅ぎつけられたんじゃなく、秋山と電通がグルになって、わざわざ情報を捏造して流したんです」

「秋山がやったというのは納得できるが、電通も一枚嚙んだというのは、納得できんな。こういう場合逆に止めるのが、電通の商売のうちだろう」

「いえ、この裏には何かあるんです」

「裏に？　どんな……」

「それが、私にもよくわからないのです。ただ、電通が一枚嚙んでいることに間違いはありません」

小林は眼を血走らせ、頑強にいい張った。

後藤常務も、何かと眼にかけていた小林の懸命の訴えに、気持が揺れはじめたのだろう。

「そういえば、電通の社員も、今日の緊急重役会議に出席しているな」

「電通の社員が出席？　当の本人である私が出席してもいないのに、何故電通の社員が出席しなくてはならないのです！」

「おそらく、秋山部長が、きみのスキャンダルを何とか押さえるためと称して、電通の社員も出席させるよう仕組んだのだろう」

温和な後藤常務は、小林の怒りを鎮めようと静かな口調でいった。

しかし、電通の名は、小林の込み上げてくる怒りに、いっそう油を注ぐ結果になった。小林の眼は、まるでいまにでも血が吹き出そうなほどぎらぎらと血走り、燃えていた。

〈電通め……おれを追い落とすために、二重、三重の複雑な手を打ってきやがる。そうそう思い通りに抹殺されてたまるか……〉

12

『週刊タイム』のフリーライター石岡雄一郎は、今回の北条みゆきと友人の星村電機の小林次長とのスキャンダル取材の締めくくりとして、北条みゆきの所属する青山のグロリア・プロを訪ねていた。

吉屋里子マネージャーはフジテレビから帰ったばかりであった。いかにも渋々ながらという表情で、取材に応じてくれた。彼女は、四十を過ぎているのに、ブロンドに髪の毛を染めている。

最近歌手として売り出した新人たちのポスターが華やかに飾ってある応接室であった。石岡は、吉屋マネージャーに、今回の北条みゆきに関するスキャンダルについて、執拗に訊いた。

「吉屋さん、今回噂されているように、本当にあなたは、新宿のホテル『サン』で、星村電機の小林次長が、自分の社のCMガールとして使う北条みゆきさんを犯す場面を、目撃したのでしょうか？」

石岡は質問しながら、吉屋マネージャーの丸い茶色い大きな眼鏡の奥の意地悪そうな眼の動きを、注意深く見守った。彼女の嘘を、少しでも見逃すまいと思っていた。

「ええ、この眼でハッキリと目撃しました。いま思い出しただけでも、あの男の卑劣さに身震いがいたします。まだ二〇歳にもならないあの子のブラジャーをはずし、ベッドの上で、背後から、襲いかかっていたところだったんです。まるで獣です！　しかもCMに出してやるからという職権を濫用して。わたし、マネージャーとしてというより、人間として許せない気がいたしました」

吉屋マネージャーは、大袈裟なゼスチュアで身を震わせながらいった。

「しかし、小林さんはあくまで誤解だといってますけど……」

「いえ、間違いありません！」

吉屋マネージャーは、ヒステリックな声を張り上げていい張った。

「では、北条さん自身もそういってるンですか」

「はい、北条もそういっております。あの子は、あの卑劣な男に乱暴された。星村電機の仕事を、降ろして下さい、と泣いて頼んだんです。わたし、恥を忍んで、あの卑劣漢の上司である秋山部長に訴えたんです。幸い秋山部長はいい方でした。小林についてはしかるべき処置を取るから、とにかく星村電機の仕事だけはつづけてくれとおっしゃったので、がまんしてこれまでのようにつづけることにしたんです」

石岡は、吉屋マネージャーのまくし立てる言葉を聞きながら思った。さすがタレントのマネージャー、役者だ。一筋縄でいく相手ではない。おそらく、取材を受けるに際して、秋山とも前もって打ち合わせはすましてあるに違いない。

「では、北条みゆきさんに会わせていただけますか。私が直接確認させてもらいますから」

「いえ、それは無理です。あの子もこれ以上恥はかきたくないといってますから」

「どうしても、無理ですか」

「ええ、こういう問題は、わたしが全権をまかされておりますから、わたしが駄目といったら、駄目です」

吉屋マネージャーの眼鏡の奥の眼が据わり、一歩も譲りそうになかった。

石岡はそれ以上押しても無理と判断し、仕方なく引き揚げた。

取材を終えた石岡が夕方東銀座にある編集部の部屋へ帰るなり、鬼頭デスクは待ちかまえていたように椅子から立ち上がってきた。ブルドッグを想わせる押しの強そうな顔を、彼に突きつけるようにして声をかけた。

「石岡さん、そろそろ取材も一段落したでしょう。第三応接室へでも行って、ゆっくりと成果を聞かせてもらいましょうか」

石岡は鬼頭デスクに従って、編集部の奥にある応接室へ向かった。

鬼頭デスクは、応接室のソファーに体を投げ出すようにして座った。背広の内ポケットから黒漆のみごとな輝きを持つロバット型のパイプを取り出し、煙草の葉を詰めながらいった。

「今週号にするか、来週号にするか、まだ決めていないけど、いつでも書けるな」

「いえ、それが……」

「まだ、取材に時間が必要なのか」

「時間の問題ではありません。今回の事件は、記事にしない方がいいと思うんです」

「記事にしない方がいい……」

鬼頭デスクは、火を点け、銜《くわ》えかけていたパイプを一瞬宙に浮かせた。

「記事にするかどうかの判断は、別にきみにしてもらわなくてもいい。デスクの私がする。それにしても、いまさらどうして、そんなことをいい出すのかね」

「星村電機の小林という広告部次長が、北条みゆきを犯したという確証はありません」

「確証？」

鬼頭デスクの太いちぢれた眉が寄せられた。いつもガラス玉のように表情のない眼に、厳しい色が浮かんだ。

「確証といったって、小林の上司の秋山部長に話を聞いたんじゃないのかね」

「ええ、聞きました。しかし、その裏が取れないんです」

石岡も、西北大学時代からの親友である小林のために、ここで何とかして鬼頭デスクを説得し、記事を潰すよう粘らなくては、と思った。必死だった。背広のポケットからピー缶を取り出した。ピースを抜き出すと、缶の蓋にわざとゆっくり打ちつけた。長期戦の構えであった。

「裏が取れないって、きみ、秋山部長があえて嘘をいうわけがないじゃないか。部下のスキャンダルは、自社の恥だよ。それを涙をのんで曝すといってるんだ。秋山部長の話は信じていい。間違いない」

鬼頭デスクは、何故きみはそんなに執拗に疑うんだ、という苛立ちの眼で石岡を見ながら、パイプを燻らせた。

しかし、石岡はお構いなしに粘った。

「当の北条みゆきのコメントだって、取れていません」

「北条みゆきのコメントは取れてなくとも、マネージャーのコメントは取れてるんだろう」

「ええ、まあ、一応は……」

鬼頭デスクは、苛立たしそうに煙を吐いた。

「マネージャーのコメントがあればいい。どうせタレントなんて、人形みたいな答えしかしないんだから」

「しかし、やはり北条みゆき本人のコメントがなければ、記事としてのインパクトも弱いんじゃあないでしょうか」

「弱いといったって、本人のコメントが取れないのは、きみの責任じゃないのかい」

鬼頭デスクは、皮肉っぽい眼で石岡をじろりと見た。

石岡も、そういわれれば返す言葉がなかった。さすがに口を噤《つぐ》んだ。

窓の外は、いつの間にか濃い夕闇が垂れ籠めていた。銀座裏の華やかなネオンが、妖しく明滅しはじめていた。

鬼頭デスクは意地悪そうに眼を光らせると、ソファーから身を乗り出すようにして訊いた。

「ところで、肝腎の小林次長は、何て答えていたかね？」

石岡は、いよいよ来たなと思った。

「疑わしい、誤解を招く状況にあったことは認めるけど、北条みゆきを犯しただなんてとんでもない！　そう憤慨しておりました」

「首がかかっているから、しらばくれるのはわかる。が、憤慨するとは、また盗《ぬす》っ人《と》たけだけしい男だな」

「むしろ、このような情報を自分をだめにしようとして流した者がいる。おそらく、上司の秋山か、その背後で画策している電通の陰謀ではないか、と疑っておりました」

「何？　秋山か、電通の陰謀！」

鬼頭デスクは一瞬顔を強張らせた。額に、青筋を浮き上がらせた。

「てめえの責任を、他人のせいにするとは……許せぬ男だ。往生ぎわの悪い。相手がそういう態度に出るなら、こちらで最後のトドメを刺してやる」

石岡は鬼頭デスクの怒るのを眺めながら、小林について深く知りもしないくせに、勝手にののしって、と腸の煮えくり返る思いがした。

それにしても、鬼頭デスクがここまで今回のスキャンダルに固執するには、小林のいっていたように、デスクと電通との間に特別に黒い繋がりがあるのかもしれない。もしそうなら、意地でも小林を救ってやらねばならぬ。石岡は、ついデスクに喰ってかかる調子になった。

「とにかく、今回のネタは、責任を持っては書けません。曖昧《あいまい》な記事をつくるより、止めましょう」

「いや、いける。これだけの材料がそろっていて、やらない手はないよ」

「いけるとおっしゃっても、本当に責任は持てませんよ」

「きみがそこまでいうなら、書き手を変えよう。村野君に書かせる。きみは、これまで取材したことを、データー原稿に纏めてくれればいい」

鬼頭デスクは、吐き捨てるようにいった。

データー原稿というのは、取材した相手のコメントを、そのまま原稿にしたものをいう。そのデーター原稿を基にして、アンカーと呼ばれる最後の書き手が、デスクとの相談のもとに構成を考え、取捨選択して完成原稿にする。

石岡くらいのベテランになると、取材だけしてデーター原稿だけを書くということはない。肝腎な相手の取材もし、かならず最終原稿を書いた。それを今回は取材原稿だけでいい、といわれてムッとした。

「それも困ります」

石岡はつい大きな声を出した。今回の記事は、自分の手の届かないところで勝手に曲げて書かれては困るのだ。最終原稿を自分で書くなら、デスクといい争いしながらも、少なくとも自分の書きたい方向へ話を運んでいける。が、データー原稿だけ出して書き手に任せたのでは、どのように料理され、ひん曲げて書かれるかわかったものではない。おそらく、鬼頭デスクの意のままに、小林が職権を嵩に、いとけない北条みゆきを手込めにしたくらいに書きたてられるに決まっている。とくに村野は、将来は男と女のロマンをテーマにした小説家になることを目ざしている。文章こそ仲間の誰よりも流麗であったが、社会的関心は薄く、デスクのいいなりに、どのようにでも書いた。自分なりの信念とかモラルとかは、まったくといっていいほどなかった。週刊誌の記事なんて身過ぎ世過ぎ、ただ金のために書いているのさ。本人はそううそぶき、平然としているような男だった。石岡はそのような男に、自分の親友の将来の運命がかかっていることを書かせてたまるか、と思った。

それならいっそ自分で書いた方が、まだ小林を弁護できるニュアンスの記事にできる可能性がある。

「デスク、私が書くかどうか、もう少し考えさせて下さい」

「もう少しといったって、もし今週記事にするなら、明日は結論を出してくれないと困る。いいな」

鬼頭デスクは、威圧的にいうと、席を立った。応接室から出て行った。

ひとり残された石岡は、あらためて週刊誌のフリーライターという職業の複雑さに思いを馳せ、深い溜息をついた。

しばらくしてソファーから立ち上がると、窓の外を眺めた。あたりはすっかり暮れていた。石岡の気持とは逆に、ネオンはいっそう華やかさを増していた。

〈もしこのまま事態が進行していくなら、小林のスキャンダルを止めるのは、まず絶望的だ。かといっておれには、もう打つ手はない〉

石岡はおのれの非力さに打ちのめされ、暗澹たる思いに落ち込んでいった……。

広告代理店アメリカン・グロリア社の日本支部総支配人ジョン・ウィルソンは、麻布十番街のエリザベスの住むマンションのバスルームで、先程からシャワーを浴びながら、仕事のことを考えつづけていた。

その悩みを見破ったように、隣りの寝室のベッドの上から、甘いかすれた声が聞こえてきた。

「ねえ、ジョン、ファンタジー社の方、うまくいってるの？」

ベッドの上に淡いピンク色のネグリジェを着て腹這いになって訊いたのは、エリザベスだった。ウィルソンがシャワーを浴びながらもファンタジー社のことで悩んでいるのを、エリザベスは勘よく察したらしい。

〈驚くほど勘のいい女だ……〉

ウィルソンはそう思いながら、

「うむ……」

と、気のない返事をした。

「ねえ、ジョン、どうなの？」

「電通も、あの手この手で、なかなかしぶとく頑張っているようだ。このところ電通の安西を尾行している調査員によると、二、三日前も、芳町の料亭でファンタジー社の日本支社長夫妻を接待していたそうだ。われわれには真似のできぬ、日本式のいたれり尽くせりという独特のサービスをしているようだ」

「ふふ……安西さんも、なかなかやるわね……」

エリザベスは、青い眼をきらりと光らせた。

じつは、エリザベスは安西から情報を探り出すためにウィルソンが放っていたスパイだった。ウィルソンがエリザベスと知りあったのは、二年前の初夏だった。ウィルソンがハワイに出張しているとき、たまたま自分の社のクリエーターたちがある繊維メーカーの水着のテレビコマーシャルフィルムを撮影していた。そのモデルが、エリザベスだった。

ウィルソンは撮影を終えたクリエーターたちと合流し、ワイキキの浜辺近くのクラブで飲み明かした。そのとき、小生意気でコケティッシュなエリザベスとダンスを踊ったのが、彼女と深い関係になるきっかけであった。

エリザベスは、モデルにしては珍しく頭のいい女だった。たいていのモデルはベッドをともにするぶんには楽しかったが、とても話をする気にはなれなかった。女たちの頭の中は空《から》っぽであった。話につき合っていると、ふいに人生の残り時間が少ないというのにこういうことをしていていいのか……と苛々してくるのだった。

それゆえ、ベッドをともにしても話をしても楽しいエリザベスは、ひときわ魅力的に感じられた。

彼女はモデルはあくまでアルバイトで、ニューヨーク大学に通うための学費稼ぎだった。彼女の夢は、専攻しているアジアの政治の勉強のために実際にアジアの国々を訪ね、その国々の政治についてのレポートをまとめて本にすることであった。

すっかりエリザベスが気に入ったウィルソンは、その後、ニューヨークで彼女と月に一回くらいの割合でデイトし、ベッドをともにした。ところが、しだいに彼女のピチピチした弾けそうな若さをもてあましはじめた。彼女は若さゆえにか燃えると果てしがなく、一晩中何度でも求めてきた。妻の相手もしなくてはならず、しかもエリザベス以外数人の女性との関係を持っていたウィルソンはさすがに体力が続かなくなった。彼女から電話が掛かってきても、十二分な魅力を感じながらも居留守を使うことが多くなった。ついにこの半年ほどは、彼女とは没交渉になっていた。

ところが今回、電通の安西を調査していて、彼がニューヨークのファンタジー本社へ行くらしいことを突き止めると、ふいに彼女のことが脳裡に閃めいた。

〈エリザベスなら使える！〉

彼女は日本に来たがっていた。日本での滞在費と、仕事がうまく進んだばあいは、彼女のまとめた日本の政治についてのレポートを出版できるようすべての手筈をととのえてやればいい。

そのうえ、日本でのセカンドワイフにもできる。アメリカだと妻以外に数人の愛人がいるため、エリザベスの飽くことのない若い欲望を持てあましていたが、日本には他に愛人もいない。エリザベスを相手にできるだけの体力はありそうに思われた。

さっそくニューヨークにいるエリザベスに国際電話を入れた。彼女は二つ返事でスパイ役をひきうけてくれた。

エリザベスと安西との出会いは、偶然ではなかったのだ。ウィルソンの仕組んだ罠であった。

ウィルソンはふいに、背後から、吸いつくように抱きつかれた。いつの間にかエリザベスはネグリジェを脱いで全裸になり、ベッドから脱け出し、バスルームへそっと爪先立てて忍び込んできていた。

エリザベスのなま温かいしなやかな指は、ウィルソンの金色の胸毛のはえた逞しい胸から下へと妖しく這い、やがて彼の熱い昂まりに触れた。彼女の指は、いっそう妖しくいきいきと動きはじめた。

「ふふ、ジョン今夜は元気そうね……うれしいわ」

エリザベスは、ウィルソンの首筋に頬をすりよせながら、彼の耳の中に熱い息を吹き込むようにしてささやいた。

ウィルソンもそれに答えるように振り向いた。ふいにシャワーをエリザベスのすべすべする豊かな太腿のあいだの、金髪に恥しそうにおおわれたあざやかなピンクの色に燃える部分に吹きつけた。

「おお、ジョン！」

エリザベスはうれしそうに身もだえした。

「エリザベス、この二、三日のあいだに、安西と会ったかい？」

ウィルソンは、シャワーの吹き上げる角度を嫌らしいほどさまざまに変えながら、訊いた。

エリザベスは嬉々としていた。ビキニの海水着のあとのついたまばゆいほど白い、ツンと盛り上がったかわいい尻をくねらせながらいった。

「ええ、昨夜……でも……」

「でも、なんだ？」

「もしかすると、安西さん、わたしがジョンのスパイだってこと、とっくに勘づいてるんじゃないかしら」

「それはない。勘づいていたら、とても付き合いはしないよ」

「そうね……」

「そんなこと心配してるより、安西が何といったんだ？」

ウィルソンはそういうと、シャワーをエリザベスのあざやかな色づきの中でもひときわ敏感な部分に集中させ、妖しく回すようにしはじめた。

「ああ……ジョン！　だめ、だめよ……」

エリザベスは、ピンク色のルージュをひいたセクシーなぽってりした唇をOの字に開き震わせながら、かわいい尻を激しくくねらせる……。

エリザベスは、あまりの悦びに立っておれないらしく、ついにウィルソンの膝もとへ崩れていった。

「さあ、何といったんだ？」

ウィルソンは、タイルの上にうずくまったエリザベスの長い金髪を優しく掻分け、のぞいた顔の顎を持ちあげるようにして訊いた。エリザベスは、妖しく燃える眼で、ウィルソンを見上げた。

「来週の土、日曜日、京都へ行くといってたわ」

「京都へ？」

「ええ、外人夫婦を案内するみたい。それならわたしが案内役になってあげてもいい、と申し出たんだけど、重要なビジネス上の客だから、自分でやる、と突っ撥ねられたわ。きっと、ファンタジー社の日本支社長夫妻を接待するのよ」

ウィルソンは、気難しい顔になった。

〈土、日曜日だというのにビジネスに励むとは、さすがにエコノミック・アニマルの電通マンだ。ぼやぼやしておれんな〉

そのとき、エリザベスはウィルソンの毛むくじゃらの逞しい両脚のあいだに、顔を埋めた。それ以上、燃えさかる炎を抑えきれなくなったらしい。

「もう、仕事の話はよして！」

エリザベスは、ウィルソンの逞しくなりかけていた昂まりを、濡れた唇にふくんだ。

ウィルソンはもっと安西について訊き出したいと思ったが、エリザベスの誘惑に負けた。自分の両脚のあいだでかわいくもだえるエリザベスの長い金髪を掻分け、両方の耳をあらわにすると、両方の耳の穴にそれぞれ人差指を突き入れ、妖しく動かしはじめた。エリザベスは、狂ったようにもだえる……。


ウィルソンは翌日の昼過ぎ、麴町の近くにあるテレビ局へ、黒塗りのキャデラックを走らせていた。

車は六本木の俳優座の前を通り、溜池方面に向けて下りはじめていた。舗道の街路樹の葉はすっかり落ち、冬の気配を濃くしはじめていた。

ウィルソンは、日本の四季の変化に興味深く眼を輝かせて窓の外に眼を放っていた。彼の隣りには、テレビの視聴率会社ニールセンの荻原が同乗していた。日本に進出してきたばかりのアメリカン・グロリア社は、日本のテレビ局への強力なコネがない。そのためウィルソンは、アメリカ本社にいるとき親しくしていたニールセンのニューヨーク支社長を通じ、日本支社のしかるべき人を紹介してもらい、彼をパイプ役として、テレビ局に乗り込むことにしたのである。

特にファンタジー社のロジャー日本支社長から、主力商品を大衆に安く販売するためにも、ぜひ茶の間に最も人気のある午後七時から十一時までのゴールデンタイムを獲得して欲しい、と要請されていた。もしそれが不可能なら、背に腹はかえられず、一業種一社システムでなくても電通に任せざるを得ない、と最後通牒をいい渡されていたのである。

ウィルソンは、何が何でもゴールデンタイムを獲得しなければならない決死の覚悟であった。しかし、ほとんどのテレビ局のゴールデンタイムは、電通が買占めている。思いどおりにテレビ局を切り崩せるかどうか、不安であった。

「荻原さん、テレビ局も、電通に首根っ子を押さえられていて、切り崩しは難しいでしょうね」

「電通の力は、やはり大変なものですよ。われわれも電通の子会社ビデオ・リサーチがライバルなわけですが、四苦八苦しています」

「私も、日本に来たとき、視聴率の会社まで電通が持っている、と聞かされ驚きました」

現在日本には、視聴率を測定する社として、シカゴに本社を持つ『ニールセン』と、『ビデオ・リサーチ』の二社がある。『ビデオ・リサーチ』は、昭和三十七年に電通とテレビ局十八社、東芝の共同出資で設立されたものである。社長も、電通からラジオ・テレビ局次長、企業調査局長などを歴任した森崎実が送り込まれた。

荻原が説明した。

「そのため、当初、『ビデオ・リサーチ』の視聴率が、うちより高いことから、それもバックにひかえる電通の操作ではないか、とささやかれたりしましてね」

ウィルソンは、荻原に訊いた。

「電通に、視聴率調査まで握られていては、テレビ局だって厭《いや》でしょう。心理的にもあまり電通に盾突くわけにいかなくなるじゃないですか」

「そういえば、うちが電通をバックにひかえた『ビデオ・リサーチ』との競争でどうも伸びが悪く、経営的にも思わしくなくなってきたので、一昨年暮アメリカ本社からブルスター顧問が来日しましてね。日本支社長のP・A・ニュートンと各テレビ局をまわり、首脳と会った。今後わが社としては、全国ネットワークによる視聴率調査など、より飛躍的な調査に踏み切るべきか、撤退すべきかの岐路に立たされている窮状を訴え、協力を求めた。ところが、ほとんどの社が、もしおたくが撤退することになれば、視聴率調査会社は『ビデオ・リサーチ』一社となる。われわれ民放は、電通に首根っ子まで押さえられるハメに陥る。ぜひ撤退だけは思いとどまって下さい！　と訴えてきましたからね」

ウィルソンは、彼の話を聞きながら、あらためて電通がテレビ局に対して陰に陽に支配力を振るっていることを、思い知らされていた。

ウィルソンはテレビ局に到着し、応接間に通され、営業部長が現われるなり、さっそくゴールデンタイム、なかでもAタイムと呼ばれる午後七時から十時までの時間帯を買取りたい、曜日は何曜日でもいいと申し入れた。

しかし、腕組みをしたまま話を聞いていた風間という営業部長は、聞き終わると、厚い唇を一度ぎゅっとへの字に結び、それから重々しく口を開いた。

「Aタイムのほとんどは、電通さんががっちりと握っていらっしゃいますのでねえ」

「そこをぜひ、金銭的には倍出してもいいくらいの覚悟はしておりますので。われわれもこれから日本でクライアントを次々に増やしていきますので、おたくとの繋がりも深くなっていくことですし……」

ウィルソンは、身を乗り出して頼み込んだ。

相手の営業部長は、それでも渋い顔でいった。

「うーん、お気持はよくわかりますけど、われわれとしても何とか努力してみましょう、とは安易にいえないんです。なにしろ、握っている相手が電通さんですからね。金銭では解決できない問題もありますしねえ。電通さんのクライアント同士でも、なかなか大変な戦争ですからね。いい時間帯をおなじ電通さんのクライアントで奪い合ってらして、その調整でまた頭を悩ましていらっしゃるくらいですから、おいそれとその時間帯を他の広告代理店に、というわけにはいかないんですよ」

ウィルソンは、営業部長の話を聞きながら、電波は公共のものではないのか、それを一社がほとんど買占めているとは何事か、と怒りが込みあげてきた。まるで日本の商社などの買占めと変わらないではないか。しかし、さすがにそれを表情に表わすことは抑えた。

ウィルソンの苦衷を察したのか、同行した『ニールセン』の荻原が、バックアップしてくれた。

「風間さん、そこをなんとか……」

営業部長は運ばれてきたコーヒーをみんなに勧め、自分も美味そうに飲むと、渋々ながらいった。

「ま、他ならぬお世話になっているニールセンさんからの頼みでもあるので、考えてはおきましょう」

「お願いします」

ウィルソンは、頭を下げた。

テレビの時間帯を獲得するということが、これほど難しいことだとは、アメリカにいるときは考えられないことだった。しかしこの第一関門を突破しなければ、日本での道は拓けてこない。誇り高いウィルソンも、さすがにいまとなっては、そのために何度頭を下げてもいい気になっていた。

ウィルソンと荻原は応接間を出ると、視聴率表の貼ってある廊下を通り、玄関へ出た。テレビ局に到着したときは吸い込まれそうなほど青く澄みわたっていた空が、いつの間にかどんよりと鉛色《なまりいろ》に濁り、雲が低くたれ込めていた。ウィルソンは、駐車場に向けて鬱々たる気持で歩いて行った。

「次は、ＴＢＳでしたね」

荻原が念を押した。

「ああ……」

ウィルソンは浮かぬ返事をした。

「ＴＢＳは電通との繋がりが特に深いので、いっそう大変ですね」

ウィルソンの眉がいっそう曇った。

ＴＢＳは元をただせば、電通の吉田秀雄が産みの親ともいえることをウィルソンは聞き知っていた。終戦の年の十一月、先見の明のあった吉田は、早々と「民衆放送ＫＫ」の免許申請をおこなっている。そして昭和二十六年には、社内にテレビ部を新設し、いざというときの準備にそなえていた。昭和二十七年、狙いどおり民放テレビが開局するや、それまで集め勉強させていた人材を全国各局に分散、配置した。特に「民衆放送」から「東京放送」と名を変えたＴＢＳには、四分の一の出資をし、金沢覚太郎、砂原宣雄、吉田稔、元良勇、前原九一ら十数名の人材を送り込んだ。

それが功を奏し、現在は、スポンサーが最も欲しがるＴＢＳのゴールデンタイムの、なんと五九・四パーセントと、六割近くを電通が占めている。

前もってＴＢＳの暮の十二月のゴールデンアワーの一週間の編成表を調べたところ、二十八時間の総タイムのうち、電通のまったくかかわっていない番組は、『たのきん全力投球』などわずか三時間半、一二・五パーセントにすぎない。一説によると、電通はＴＢＳから特別待遇を受けている。手形で支払っても金利負担をしない。おまけに番組スポンサーが一五パーセント、スポット広告が二〇パーセントと決まっている代理店手数料も、他の代理店よりも三パーセント多い、とまでいわれている。

そのＴＢＳを攻めるとなると、さすがに気の強いウィルソンも、気が重くなっていた。

その夜、星村電機広告部次長の小林正治は、再び博報堂の吉川部長邸を訪ねた。自分を陥れようとして流されたスキャンダルが週刊誌の記事にならないよう頼んでおいた結果を、一刻も早く知りたかった。

「吉川さん、どうでしたか？」

紫檀の机に身を乗り出すようにして、小林は訊いた。

「難しいことになりました……」

自邸に帰ったばかりでまだ背広姿の吉川は、巨体をどっかと据え、腕を組み、眉を曇らせて苦しそうな声を出した。

「やはりそうですか……」

今回のスキャンダルを取材している親友の『週刊タイム』の石岡からも、吉川邸に来る前に、記事の取り止めは絶望的という知らせを受けていた。暗澹たる思いになっていた小林は、いよいよ崖から突き落とされたような気持になった。

吉川も、さすがにいつもの大声でなく、低い聞き取りにくい声でいった。

「町田という懇意にしている『週刊タイム』のデスクがいるので、今回の記事がどういうかたちで企画として出てきたのか、調べてもらった。ところが、デスク、編集長を混じえての企画会議には出なかったというんだ。しかし編集長に訊いたところ、一応は鬼頭デスクから話を聞いている。北条みゆきと電機メーカーの広告担当者とのスキャンダルで、華やかな記事になりそうなので、鬼頭デスクに任せてある、といっていたそうだ。で、鬼頭デスクにも、それとなく訊いてみたというんだ」

小林は、出された球磨《くま》焼酎のお湯割りをやけ気味に呷るように飲んだ。睡眠不足で赤く濁っている眼で、吉川の眼を覗き込むようにして訊いた。

「それで?」

町田デスクから吉川が聞いた話によると、鬼頭デスクは、町田デスクの問いにこう答えたという。

「ああ、あのスキャンダルね、やりますよ。取材も終わりました。期待しといて下さい、なかなか華やかな面白い記事になりますよ」

「しかし鬼頭さん、その話、確証のない話だということも聞いてますが、大丈夫ですか?」

町田デスクが単刀直入にいうと、鬼頭デスクは、にわかに不機嫌な顔になった。

「確証がない? いや、ありますよ。誰がそんなこといったんですか? 石岡かね」

「違いますよ」

町田デスクは、石岡にあらぬ疑いがかけられ、あとで陰湿にいびられても気の毒と思った。はっきりと打ち消した。

「では誰だね? 今回のスキャンダルについては、石岡以外、誰にも話してないはずだがね」

「ただ、あるところから小耳に挟んだもので……」

「きみは、おれの仕事に干渉する気かね」

鬼頭デスクは、額に青筋を立て、苛立たしそうにいった。

「別に、そんな……」

「では、誰から聞いたのかね？」

「………」

「おそらく、小林か、あるいは小林が手を回して、博報堂を動かしてるな。奴は博報堂贔屓で有名らしいから、そうだろう」

町田デスクは、鬼頭の勘のよさにドキリとした。蛇の道はへびというやつか。

鬼頭は、険しい眼付きをしていった。

「小林という男も、往生ぎわの悪い奴だ。嫌らしい手を使ってくるな。そういえば町田さん、『毒入りコカコーラ殺人事件』があったとき、うちで特集をやったことがありましたね。あのとき、しきりにタイトルのコカコーラを、たんにコーラにするように粘り、ついに『毒入りコーラ事件』に直させたのも、あなたでしたね。コカコーラは博報堂のクライアントでしたものね。町田さんは、どうも、博報堂と特別に親しい間柄にあるようですね。あのときのことといい、今回のことといい……」

日頃おとなしい町田デスクも、さすがにムッとした。

「きみの今回えらく熱心に動き回っているネタは、ひょっとすると、電通経由のネタじゃないのかね？」

「電通経由のネタ！」

鬼頭の顔色が、一瞬青ざめた。相当狼狽したらしかった。

「町田さん、いいがかりでもつける気ですか。星村電機は、電通の大切なクライアントですよ。それなのにわざわざ、大切なクライアントの恥になるようなことをするわけがないじゃないですか。とにかく、これ以上きみのいいがかりを聞いているのは、不愉快だ。それにこういう場合、電通ならまだしも、博報堂が止めに入ったって、それほどの神通力もないさ。福井でも社長として健在だったら、わからんけどね」

鬼頭はそういう捨てゼリフを残し、席を蹴立てて出て行ったという。

吉川部長から話を聞き終わった小林は、溜息まじりに呟いた。

「福井さんが健在だったら、か……」

福井純一元社長は、創業者である瀬木一族を追放し博報堂を乗っ取ろうとして挫折した。

そして五十四年七月二十三日に東京地裁刑事十一部で開かれた判決公判では、森岡茂裁判長から「博報堂における地位の安定を急ぐあまり、強大な権限に頼んで法を逸脱した」と、求刑・懲役四年に対し、懲役二年六月、執行猶予二年の有罪判決をいい渡された。

そのようなあくの強い福井ゆえに、電通に追いつくのを焦るあまり、ブラックジャーナリズムを使っていくつかの企業を攻撃させ、震えあがった企業のポンプ役を買って出るというマッチポンプをやっては売上げを伸ばしていたともいわれている。

小林はあらためて、福井の野心的行動を振り返ってみて、福井はたしかに悪どいことは悪どかったが、力もあった。もしあの勢いのまま伸びていたら、今頃は電通により肉迫し、電通も、博報堂の存在が不気味であったろう、と思った。

小林は苦い思いで球磨焼酎を呷ると、低い気落ちしたような声でポツリといった。

「吉川さん、たしかにその鬼頭デスクがいうように、福井さんが社長として健在なら、週刊誌への影響力もいまとは比較にならないほど強く、今回のスキャンダルくらい、わけなく潰せたかもしれませんね」

「ふむ」

小林は、別に皮肉のつもりでいったわけではない。が、吉川は皮肉と受け取ったのか、口惜しそうに口をへの字に結び黙ってしまった。

客間を重苦しい沈黙が支配し、庭の池の鯉の勢いよく跳ねる音が、小林の耳底を貫いた。

吉川部長は長い沈黙のすえ、ようやく口を開いた。

「直接編集部にあたって担当者を刺激させるよりは、やはり広告部を通じ、広告部から編集部に頼み込む、というオーソドックスな手を執るべきでした。しかし、うちは星村電機のメイン代理店でもないのに、今回のことは広告部を通しにくかった。引き受けたからには、このまま引き下がるわけにもいかない。もう一度、アタックしてみます」

しかし、小林はすでに今回のスキャンダルが消せるとは、信じていなかった。あらためて電通のマスコミへの影の支配力、その強さ嫌らしさを思い知らされ、打ちのめされていた。

〈強気でここまで押してきたおれだが、ここらが年貢の収めどきかもしれない……〉

小林は自嘲気味に笑うと、張っていた肩をがっくりと落とした。

13

電通本社の八階にある安西則夫の机の上の電話が鳴った。安西は、受話器を取り上げた。麹町近くにあるテレビ局の風間という営業部長の声が響いてきた。少し猫撫で気味の声だった。

「安西さん、アメリカン・グロリア社という外資系の広告代理店をご存知ですか？」

「ええ、知ってますが、何か変わったことでも……」

アメリカン・グロリア社は、安西にとって当面のライバルだった。新上陸したファンタジー社をクライアントとして獲得するため、鎬を削り合っていた。

「先週、その社のウィルソンという日本総支配人が訪ねてきましてね。ファンタジー社のために、ぜひ十九時から二十二時までのAタイムを買い取りたい、と執拗に粘るんです」

安西はウィルソン自らがテレビ局に足を運んできたと聞き、心中おだやかでないものをおぼえた。

電通の屋上近くの階から見渡す近くのビルは、初冬の陽に鈍く輝いていた。昨日の雨に洗われたせいか、空は抜けるほどに澄み渡っていたが、安西の気持は重苦しく塞ぎはじめた。

「で、どう返答なさったんですか？」

「もちろん、電通さんがAタイムをガッチリと握っていてくれるので、とてもご要望にお答えすることは無理でしょう、と渋い顔をしておきました」

「そうですか、いつもいろいろと気を回してもらい、助かります」

「いえいえ、お互いさまです。あの調子だとまたやって来るでしょうけど、うまくあしらっておきます」

風間部長の猫撫で声はいっそうひどくなり、媚《こ》びる気配が、受話器を通してひしひしと伝わってきた。

安西は受話器を置きながら、電通のテレビ局への威力を再認識させられた思いがした。あえて電通側から圧力をかけなくても、テレビ局の方から進んで媚び、揉み手をしてきてくれるのだ。

〈テレビだけでなく、新聞、雑誌だって同じことだ。気をつけなくてはいけないな……〉

安西は背広の内ポケットから手帳を取り出しながら、自分を戒めた。

電通に媚びることにおいては、新聞、雑誌も同じことだった。世間ではいかにも電通が新聞、雑誌に圧力をかけ、クライアントに都合の悪い記事を揉み消すようにいう。が、実際には、むしろ新聞、雑誌の方から「電通さん、今度おたくにとっても都合の悪そうな記事だったので、ボツにしておきました」とか、「当り障りのないように、ニュアンスを和らげておきました」とご注進する形でやってくることが多い。

安西は、そのためについ電通側の態度が横柄になりがちなことは警戒しなければならない、と思っていた。そこには危険な陥穽《かんせい》がある。電通の社員のほとんどがそれを当り前のことだと考えはじめると、電通がエネルギーをしだいに失っていきかねない危険性を孕んでいる。

安西は、手帳をめくった。京都市局の電話番号を拾い出すと、その番号を回した。依頼しておいたとおり、ファンタジー社のロジャー支社長夫妻の京都までの新幹線のキップ、ホテル、車の手配、京都案内の人選がすべて順調に運んでいるかどうか確認を取った。

「はい、すべてぬかりはありません」

きびきびした返答に、安西は胸を撫で下ろした。受話器を置いた。

〈すべてうまくいっている〉

安西は弾んだ気持で腕時計を見た。三時に五分前である。

〈急がなければ……〉

安西はあわただしそうに席を立った。三時から、副参事以上のいわゆる管理職全員を集めての今年最後の全国的な集まりが開かれることになっている。安西のいるフロアを見渡して見ても、副参事以上の者の姿はすでに見当らなかった。

安西はそばの芦川鮎子に、緊急の場合は集会場まで連絡するようにいい置いて、部屋を飛び出した。

安西が十三階の大会場へ滑り込み、席へ着くと同時くらいに、司会者がよく通る声で開会の辞を述べ、つづいて田丸秀治社長が壇上に立った。

円満そうな丸い顔は、色艶よくライトに光っているが、叱咤激励する語調には厳しさが漲《みなぎ》っていた。

「取扱高の伸び率が、昭和五十一年の二〇・八パーセントを頂点として、毎年下ってきている。五十二年が一四・一パーセントで、昨年は一三・一パーセント、今年五十五年度もいよいよ終わりに近づいてきましたが、なんと前年にくらべ、八パーセントをようやく超えるひどい伸び率です。情況の厳しさを撥ねのけ、なんとしても一〇パーセントの伸び率は確保していただきたい！」

今年はじめにやはり田丸社長の檄《げき》に接してちょうど一年が経つ……安西は、あらためてそう思った。

〈この一年、さまざまなことがあったが、とにかく頑張ってきた。この調子でファンタジー社も思いどおりクライアントにし、走りつづけると、局長のポストも意外と早く摑めるかもしれない〉

安西は、興奮に体が熱くなっていった。

田丸社長を壇の下の両サイドの取締役席から見上げる顔ぶれがまた、錚々たるメンバーであった。

副社長の梅垣哲郎・吉岡文平、専務取締役の菅野清次・高橋正明・木暮剛平、常務取締役の高橋一郎・渡辺正雄・鎌田実・柳沢良一・船田芳一・石井純典・大津大八郎・尾張幸也・横山一三、取締役の大竹猛雄・佐田蒼一郎・川崎憲一・橋口俊也・石橋昭利・曾父江東一郎……。このなかから、田丸社長につづく八代目社長が誕生するはずだった。

一人一人の顔を眺めていくと、野心家の安西はいずれ自分も彼らと同じ席に就くことを空想し、闘志が湧き上がり、いつのまにかすっかり興奮していた。

安西は田丸社長の声を聞きながらも、電通中興の祖ともいうべき吉田秀雄以後の社長の座をめぐる後継者争いの熾烈さに、あらためて思いを馳せた。

吉田四代目社長が逝去したのは、昭和三十八年一月二十七日のことだった。死因は癌と噂された。安西は吉田秀雄の訃報を耳にしたとき、あのバイタリティの塊のような人物も、病気には勝てぬものかと、人間の生命の脆《もろ》さ、人生の無常を感じたものである。

同時に、吉田亡きあと、電通はこれまでどおり飛躍しつづけるのかどうか、一抹の不安を感じたこともたしかである。

では、カリスマ的な吉田秀雄の急死のあとを誰が引き継ぎ、いままで以上とはいわないまでも、いままでと変わらぬよう電通を発展させてゆくのか。社内の誰もが噂し合い、興味津々だった。

安西の耳にも、様々な情報が入ってきた。

ポスト吉田の候補者として名前の挙がったのは、当時副社長だった日比野恒次、坂本英男、専務の島崎千里の三人だった。

日比野は吉田と同時に東大を卒業し、電通が初めて大卒を募集したときに、いっしょに電通へ入社した。性格は、好んで事を構えぬ人物で、和歌を愛する、文人墨客タイプだった。彼の反対派の者たちは〝事なかれ主義のひと〟と評していた。

そのような性格のゆえ、どうしても、バイタリティ溢れるカリスマ的な吉田に先を越され、その存在も、吉田の陰に霞みがちだった。しかし、吉田は日比野を引き上げ、引き上げして、副社長のポストにも据えた。そしてもっぱら夜の部門を担当させている、といわれていた。つまり吉田は酒が飲めないうえ宴会嫌いだったので、吉田の夜のパーティは日比野に任せていた。

坂本も、吉田、日比野といっしょに東大から電通へ入社した組で、日比野同様、吉田の陰に霞みがちな損な存在だった。とくに金持ちのボンボンでおっとりしているせいか、おれがおれがという面がなく、それが逆に覇気に欠けるとも見られていた。

いま一人の島崎千里は、生え抜きの彼らに比べ、満州からの引揚者で途中入社組、しかし彼らに比べるとアクこそ強かったが、ガムシャラに仕事はした。吉田のよき女房役としてその〝政治的外交手腕〟も買われていた。国際関係のベテランであると同時に、営業、媒体も握っていた。吉田も、「この次はお前だぞ」といっていたといわれ、島崎自身も十二分に色気を持っているとささやかれていた。

しかし、吉田の急死で事情は変わった。順序からいって、副社長の昇格という線が濃くなった。いつもは副社長の肩書は名ばかりで、権限などはないが、緊急の場合は繰り上がり、効力を発揮する。そのため吉田の死の直後、日比野らが、副社長の昇格を決めてしまったとの情報が安西の耳にも入ってきた。その場合、日比野か坂本かということになるのだが、おっとり型の坂本は例によって、「おれはいい。お前やれよ」と日比野に社長の座を譲ったといわれている。

そのため、急遽、日比野が五代目社長の座に就任することになった。

そのとき安西は、あらためて人間の運命について考えさせられた。

もし吉田秀雄があと五、六年でも生きていれば、引退と同時に島崎千里に後継者の椅子を譲ったかもしれない。しかし人生には仮定形は許されない。現実には吉田はこの世を去り、日比野が栄光の座に就いた。

カリスマ的な吉田社長時代から日比野社長時代に入ると、当然ワンマン経営から組織的経営、つまり集団指導制へと移っていった。

それから日比野政権は十年間もつづいた。社内の反日比野派の連中たちは、それを運よく高度成長経済に支えられたせいだとか、吉田の敷いたレールがしっかりしていたため、その上を無難に走りさえすればよかったとか、皮肉をいっていた。が、安西はそうは思っていなかった。たしかに高度成長期に支えられたというラッキーな面はあったが、そのうえに日比野社長が〝和の精神〟を強調したことが、時代の波とうまく合い、電通をそれまでどおり発展させていったと思っていた。

ただし、表面温和で〝和〟を強調した日比野も、政権維持のためには、自分にとってかわりそうな煙たい存在のライバルをはずしていったといわれていた。

まずポスト吉田を競った島崎千里。吉田亡きあとは〝主流〟からはずされ、顧問という立場で電通に関係はしてきたものの、いつの間にかその肩書も消されてしまった。社内には、「いや、あれは追放じゃなく、失脚だよ」とささやく者もあった。安西には真相はわかりかねたが、島崎がはずれることによって、日比野政権が安泰になったことはたしかである。

次に高橋渡副社長。吉田秀雄の娘婿だし持ち株比率もトップ、キャラクターも親分肌プラス理論家で、ポスト日比野は高橋と噂されていたが、ついには大阪支社長へとばされ、社長の座に就《つ》くチャンスは失われてしまった。

結局、昭和四十八年、電通社長の座は、中畑義愛に受け継がれた。

中畑六代目社長誕生をめぐっても、いろいろと憶測がとんだ。

日比野社長から次の座を受け継ごうとゴマをする重役が多く、結局一番ゴマすりの少なかった温厚中立な中畑に、白羽の矢が立てられた。電通の大株主であり取締役である共同通信社の福島慎太郎社長も、中畑の中立性を買って推《お》した。

日比野としても、院政をしく気でいるため、自分に忠実で、かつ反旗を翻すことのない癖のない人物として中畑を選んだというような、様々な噂が乱れ飛んだ。

安西はそれらの噂を耳にしながら、社長の座に就く難しさについて、深く考えさせられたものである。

〈社長の座を摑むために、あまりおっとりと構えているとライバルに足をすくわれてしまい、チャンスを逃がす。かといって、あまり焦りすぎて画策しすぎるのも、また躓きのもとになる〉

それから中畑社長時代がつづいたのだった。

中畑社長は、紀州出身の育ちのいいボンボンタイプで私欲のない人物だった。役員間でもその点、尊敬されていた。有能な切れ者というより、人格的な面での評価が高かった。ただし、一時期消費者の間から広告批判が出、電通がその元凶のように見なされ大きな批判にさらされたことがあった。そのとき、中畑社長は理論武装しなかった。その隙を狙うようにして、博報堂社長の福井純一が電通に追いつこうとして猛烈な闘志を燃やしてきた。博報堂が伸びてきた。安西も自分の担当するクライアントが博報堂に横取りされそうになり、何度かあわてた。そんなとき、つい中畑社長に不安を感じたこともないではなかった。

そのうえ、健康上の心配も出てきた。副社長時代からギックリ腰であった。それが十分に治癒しないうちに社に出、また悪くなる、の繰り返しだった。ひどいときには立っておれないらしく、廊下を杖をついて歩く中畑社長の姿を安西も何度か目撃したことがある。それに高血圧でもあった。ときに呂律《ろれつ》が回らなくなる。ある役員など「役員会での中畑社長の言葉が聞きとれないことがある」と嘆いていたほどだ。

が一昨年三月頃、健康的にすこぶる快調で、「もう一期やる」と社長本人がいい切り、役員たちもその気になったようだった。

ところが、その後高血圧が悪化し、四月の広告業協会の理事会のとき、苦しそうに「理事長を辞任したい」と申し出たという。

社長自身、激務に耐えられなくなったと判断したのだろう。おそらくこのとき、電通の社長の座も後進に譲ろうと決意したと思われる。しかし、役員たちは「社長、電通の方は、ぜひもう一期やって下さい。外での仕事は、われわれが代わってやりますから」と引き止めたといわれている。役員からの信望は厚かった。

しかし、社内ではすでにポスト中畑は誰か、についてささやかれはじめていた。

「やはり、梅垣専務が本命だろう」

「うーん。しかし梅垣さんを社長にすると、大阪へ行った石川専務が収まらないだろう」

たしかに梅垣哲郎専務と石川喜美次専務とのライバル争いは凄じかった。石川は新聞、雑誌育ち。梅垣はラジオ、テレビ育ち。最初は新聞の方が広告の王者だったため、石川がはるかに優位に立っていた。しかし途中からテレビが新聞を追い越した。稼ぎの貢献度が違う、ということで、梅垣の方がしだいに力を強めていった。二人ともアクが強く鼻っ柱も強いので、派閥をつくり、争いも熾烈をきわめた。

ところが、石川専務は、昭和五十二年秋、大阪支社長として本社を離れてしまった。それまでの池田直之大阪支社長が亡くなり、その後任に大物を、という要請があり、急遽石川専務が回された。それで石川専務の社長の目はなくなった、と見られていた。

ある相談役などは「石川は、吉田秀雄の悪い面を真似たきらいがあって、視野が狭い。今後の電通を率いていくには、どうかな……」と首を傾げていた。そういう見方が、社長にもあったのかもしれない。

かといって、梅垣専務を社長に据えるとなると、石川専務が収まらない、というわけである。

「吉岡専務あたりが、案外二人を押しのけて社長に就任するかもしれないぞ。なにしろ、中畑さんとは特別の間柄にあるからなあ」

との声もあった。

吉岡文平専務は、娘を中畑社長の息子に嫁がせていた。姻戚関係にあり、有望視されていた。しかしまだ若いので、時期尚早ではないか、ともいわれていた。

この三専務がポスト中畑の本命とされていた。田丸秀治専務の線はまさかないだろう、と社内でも、社外でも見られていた。

というのも、田丸専務は昭和二十三年入社以来、営業局を振出しに経理局計算部長、第一連絡部門と、いろんなことをやってきたとはいえ、この四年間はクリエイティブ・マーケティングの責任者となり、営業をはずれていた。なんといっても広告代理店は営業が主流である。クリエイティブやマーケティング部門は、営業に協力するという意味で、協力部門と呼ばれ本命視されていなかったのだ。

ただし石油ショック以降、広告主が代理店にクリエイティブやマーケティングのベテランを要求しはじめた。協力部門とはいえ、重要な地位を占めはじめたので、あるいは大穴として田丸専務の社長就任もありうるかもしれない、との声もほんの一部であるがあった。

ところが中畑社長は、共同、時事の大株主の了解を取りつけ、後継者として田丸専務を選んだのである。

この人事には、社内の誰もが驚いた。田丸専務自身も、中畑社長に呼ばれたとき、てっきり後進に道を譲れといわれると覚悟して社長の前に出たところ、「きみ、次の社長として頑張ってくれたまえ」といわれ、びっくりしたといわれている。

噂では、中畑社長は迷いに迷ったすえ、梅垣、石川のいずれを立てても収拾がつかなくなる可能性があるので、思い切って田丸専務に白羽の矢を立てたといわれている。田丸専務が中畑社長同様、人格的にも円満であること、敵のいないこと、めんどう見のいいことも魅力だったといわれる。

また、国際的に名前の通っていることもあった。昭和五十二年、東京プリンスホテルで「電通六十五周年記念」行事として、国際経営会議が開かれた。その会議に、田丸専務がイギリスのヒース元首相を呼んだ。そのような国際的に開かれた面を持っていることも、今後の電通のリーダーに相応しいと判断されたのであろう。

その他、安西と親しいある役員にいわせると、
「田丸さんは、最後に営業畑からはずれていたとはいえ、営業、経理、媒体、クリエイティブ・マーケティングと、およそ広告代理店として経験すべきことはすべてやった。それに対して梅垣さんは媒体一本で、営業の経験がない。石川さんは田丸さんより先輩だが、すでに大阪支社長として本社を離れている。残る吉岡さんは、総務など内部関係、特に労働関係は得意だが、これも片寄っている。その意味では、社業全般に通じた視野の広い田丸さんが選ばれたわけだ」

それからの田丸社長は「二十一世紀の橋渡し」をスローガンに、獅子奮迅の闘いをつづけている。

安西は、壇上の田丸社長を憧れの視線で眺めた。田丸社長の額に汗が光っている。

田丸社長は、是が非でも、前年比一〇パーセントは超えるよう檄を飛ばしていた。ここ数年、博報堂の伸び率にはるかに劣っている。昭和五十四年度などは、博報堂が前年比一九・五パーセントの伸びを見せているのに、電通はわずか一三・一パーセント、さらに今年は一〇パーセントを割りそうなのだ。いくら博報堂とは規模も違うとはいうものの、田丸社長にとっては、気が気であるまい。田丸社長にしては珍しく激しい調子でいった。

「……全員懸命の努力をしなければならない。にもかかわらず、最近、人におぶさったりする社員が多い。そのような人間は反省してもらいたい。もし今後もそういうことを続ける人間がいるなら、そのような人間は、電通にいて欲しくない!」

安西は、ライトに輝く田丸社長の顔を眺めながらあらためて思った。はたして田丸社長は、親しい重役

がささやいていたように、三期、六年のつとめが終われば、社長の座を譲るのだろうか。しかし、顔の色艶もいいし、健康そのものである。自信にも満ちあふれた顔つきだ。おそらく、本人さえその気なら、四期でも五期でもつとめることが可能だろう。

それから、壇のすぐ下の右手に座る梅垣の表面物柔らかそうで、その底で闘志を秘めている顔に眼を放った。

〈梅垣専務は、やがては自分が次期社長に、と待ち切れない思いがしているだろう。本人は、実力からいっても、遜色ないはずだ、と十二分の自信は持っているはずだ〉

つづいて、梅垣副社長の隣りに座り、眼鏡をかけ少し微笑《ほほえ》んだ感じの吉岡副社長の顔に眼をやった。

〈吉岡副社長も、微笑んではいるが、内心は、今度は年齢的にいっても十分だ。必ずポスト田丸はおれの手に、と野心に燃えていることだろう〉

安西は役員たちの一人一人の顔を眺めていくうち、再び体が熱くなっていった。やがて自分も、梅垣、吉岡副社長の座るポストに。そして、いずれは田丸社長のように電通を率いる人物になってみせる、とおのれにいいきかせた。

そのとき、背後から芦川鮎子のささやく声がした。

「安西さん、ファンタジー社から電話が入り、至急お電話いただきたいとのことです」

ファンタジー社と聞き、安西は何となく悪い予感をおぼえた。

周囲に迷惑のかからないようそっと会場から抜け出した。廊下にある赤電話から、ファンタジー社のロジャー日本支社長へ電話を入れた。

ロジャー支社長は、申し訳なさそうな声でいった。

「じつは、せっかくご招待を受けた京都旅行ですが、お断りすることにいたします」

「お断りになる!?　すべての手配も出来てるんですから、ご遠慮なさらなくても……」

安西は、自分の声が上ずっているのがわかった。

〈いまになって断ってくるとは……何が起こったのだろうか……アメリカン・グロリア社が、背後から手を回したに違いない〉

安西は興奮を抑えるようにつとめて平静な声を装いながら、訊いた。

「突然に、何か変わったことでも起きたんですか？」

「いえ、別に……」

ひどく困ったような声だった。

「とにかく、いまからそちらへまいります」

安西は受話器を置くと、エレベーターへ急いだ。先程まで将来の夢を想うことで興奮に熱くなっていた気持も、いまや冷水を浴びせられたように凍り、冷え冷えとしていた。

『週刊タイム』のフリーライター石岡雄一郎は、重苦しい気持で編集部に入って行った。これまで何度か仕事のことでデスクと衝突し、編集部に入るのに抵抗感を感じたことはあったが、さすがに今回はこれまでとは違った。『週刊タイム』の仕事を今回限りで止めようと、心に決めたのだ。

そう思うと、これまでフリーライターとはいえ何となく愛着を感じていた編集部の部屋が、にわかによそよそしいものに感じられた。

石岡はその抵抗感を押しのけるようにして、編集部の奥に座っている鬼頭デスクに向かい、少々早い足取りで歩いていった。鬼頭デスクは、例によって黒漆のみごとな輝きを持つロバット型のパイプを燻らせながら、部下に指示を与えていた。『大事件、その後……』というオムニバス総特集についてらしく、どうやら『KDD（国際電電）』について指示しているようであった。が、心なしか迫力に欠けるようだった。

じつは、KDDの広告宣伝やパブリシティは電通とその子会社である電通PRセンターが一手に引き受けていた。一時は、週刊誌の表紙裏に派手な広告を出したりしていた。が、あのような大事件になると、さすがの電通もマスコミを抑えようがなかったのだろう。おそらく、電通と癒着していると思われる鬼頭デスクあたりに何とかおとなしい記事にしてくれ、と頼み込む以外に手の打ちようがなかったはずである。それをいまになってあらためて蒸し返す記事には、鬼頭デスクとしては、本心では乗り気でないはずである。

石岡は皮肉な眼で鬼頭デスクを見ながら、よく透る大きな声でいった。

「鬼頭デスク！　お話があるんですが……」

もし言葉のやりとりで喧嘩になるようなら、それもいいと覚悟していた。それならそれで、編集部の誰もに聞かせるような大声で怒鳴ってやろうと思っていた。

「何だね？」

鬼頭デスクは、KDD事件のコピーに眼を据えたまま、顔を上げないで訊いた。

「今回の北条みゆきのスキャンダルの件ですが……」

石岡は立ったまま、いきなり本題に入っていった。

「石岡君、とにかく外へ出よう」

鬼頭デスクはさすがにあわてたようであった。石岡を睨むように見上げると、立ち上がった。

「銀座第一ホテルの上のレストランへでも行こう。ちょうど腹の空いたところだ」

鬼頭デスクはそういうと、巨きな体をひと揺すりするようにして、編集部を足早に出て行った。

鬼頭デスクは銀座第一ホテルの上のレストランのテーブルに着き、ボーイにサーロインステーキを注文すると、石岡の眼を睨みつけるように見た。威嚇するような調子でいった。

「何だね、デスクのおれに向かって、喰ってかかるとは！」

しかし『週刊タイム』の仕事を止める覚悟を決めた石岡にとって、いまや鬼頭デスクは怖い存在ではなかった。

「今回の記事は、考えたすえ、書かないことに決めました」

やはり親友の小林を裏切ることはできないと決めたのだ。もし自分が書かなければ、代わって村野が書くだけだ。しかし、あえて自分で自分の親友の首に縄をかけることはない。

「そうかね、君もえらくなったもんだな。記事を書くとか書かないとか、自分の意志で決めることができるようになったんだからな」

鬼頭デスクの眼が、偏執的な光を帯びてきた。

「ええ、書きません。これまで取材してきたことを、データー原稿にして提出することも、拒否します。村野が書くなら、彼に一から取材をしなおすよう命じて下さい」

一瞬、鬼頭デスクのパイプを持つ手がぴくりと震えた。

「そのかわり、今回の記事にかわる面白いネタを提供しましょう。電通がらみのスキャンダルで、週刊誌向きのものでしてね。ピンクレディの事務所だった『T＆C』の設立者としてマスコミに騒がれた大物総会屋の小川薫の判決がこの前下りましたが、その事件の裏に、電通の人間が絡んでいる。電通第十連絡局に近藤陽紀という副理事がいて、五十四年十二月に、突然電通を辞めています。この事件とその裏を探っていくと、奇々怪々なことが飛び出してくるはずです」

石岡はグラスの水をグイと一杯呷ると、皮肉っぽい口調でつづけた。

「じつは、昭和五十年の秋、近藤は電通の下請け業を手伝ったことのある㈱吉田企画の吉田直弘社長に、カメラのシャッター部門では業界一の大手メーカーであるコパルの顧客を対象として組まれた『バリ島ツアー』の電通企画書を見せながら、いったというんです。『インドネシアのセンパチ航空が、バリ島ツアーで旅客を三千人ほどまとめてくれるなら、航空旅券を一人四万五千円にする、といっている。片道二万二千五百円だから、韓国行きの航空旅券より安い。保証金として現金を前渡しすれば、その条件で航空旅券が手に入る。電通とすれば、三泊四日のバリ島ツアーを九万八千円で売り出す予定でいる。ところが電通は、都合で表に出るわけにはいかない。ひとつおたくで融資してくれないか。損はさせない』

近藤はこの取引きのとき吉田社長を安心させるために、わざわざ電通幹部の署名入りの『業務代行委託書』を渡し、あくまでも電通の下請け仕事であることを強調しているのです。

ところが、何度かにわたって一億円以上の金を融資したというのに、結局融資金はもどらない。あげくのはて、昨年暮に電通に問い合わせたところ、すでに近藤は退社していることがわかった。あわてて近藤の自宅へ駈けつけたが、行方不明になっていて、いまだ杳《よう》として行方が知れない。吉田社長は、電通幹部署名入りの『業務代行委託書』まで預っている。あくまで電通の下請け業務として融資したのだから、電通に、賠償してくれ！　と迫ったらしいのです。ところが、電通側は、『あくまで近藤個人のやったこと。われわれに責任はない』と突っ撥ねているらしいんです。で、しびれを切らした吉田社長は、この五月、近藤を築地署に告訴したというわけです」

石岡はそこまでまくしたてると、運ばれてきたアメリカンコーヒーに口をつけ、鬼頭デスクの反応をうかがった。鬼頭デスクは憮然とした表情で、一応は耳を傾けていた。

石岡はコーヒーを半分くらい飲み終えると、再びまくしたてた。

「この事件には、大物総会屋の小川薫まで登場してきます。週刊誌にはもってこいのネタでしょう。じつは、近藤は資金繰りに困り、知り合いの東京航空食品取締役の野間口勉をも巻きこんでいたんです。野間口に『見せ金に使うから』といって、額面二億三千万円の偽造手形を切らせたうえ、これを都内の金融業者に割引に出してしまった。その後東京航空食品の野間口は、本物の手形と差しかえるなどあわてふためいたが回収に手間取り、結局、東京航空食品は二億円近い損害を受けてしまった。小川がこの不祥事を嗅ぎつけ、『不祥事を記事にするぞ！』と野間口を脅し、五百万円を恐喝したというのです。

このほかにも近藤に融資して被害をこうむった者が数名おり、かれらの損害額だけでも、数千万円にものぼるとみられています。

はたしてこの事件が、近藤個人の犯罪といって逃げきれるのか、電通には責任がないのか、そのあたりも面白い問題だと思うんです。どうです、星村電機のスキャンダルなんかやるよりも、電通のスキャンダルのほうがネームバリューもあっていいんじゃないですか。しかし、相手が電通ですから、電通びいきのデスクには無理なテーマかもしれませんがね……」

石岡は皮肉を籠めた眼で、鬼頭デスクを見た。鬼頭デスクはじっと黙って聞いていたが、やがて反撃に出た。

「私の命じたことを拒否するというのは、今後一切、うちで仕事をしない、という意志の表われだね」

石岡を睨みすえながらいった。

「そうとっていただいても結構です」

「えらい強気だな。しかしこの不景気なとき、なかなかいい仕事はないぞ」

「別に、あなたに生活の心配をしていただかなくても結構です」

石岡は、それ以上鬼頭デスクと話す気はなかった。しかし、ぜひ、訊いておきたいことがあった。

「鬼頭さん、これだけ揉めても、なお北条みゆきと星村電機の小林次長との、ありもしないスキャンダルをでっち上げて、記事にする気ですか」

「それほど知りたいのかね」

「ええ」

そのとき鬼頭デスクのテーブルの前にサーロインステーキが運ばれてきた。

鬼頭は、フォークとナイフを取った。血の滴るようなサーロインステーキを切り、一口頬張っていった。

「あの記事は、ボツにすることにしたよ」

「ボツ!?」

石岡は体内の血が逆流していく思いがした。あれほど強行しようとしていた記事を、いまになって突然ボツにするというのだ。

〈いったい何が起こったのか……突然のこの動きを、どう読めばいいのか〉

陰謀を読むことには職業柄長《た》けているはずの石岡にも、さすがにその裏が読めなかった。

「何故いまになって突然に……編集長と相談の上で決められたんですか？」

「何も、やめていくきみに説明することはない」

鬼頭はステーキを切り刻みながら、突っ撥ねた。石岡はそれ以上訊いても無駄だと思い、席を立った。

「では、お世話になりまして」

石岡は、一応頭を下げた。

「ああ」

鬼頭はステーキを頬張ったまま、窓の外を見下ろし、どうでもよさそうな返事をした。

昭和通りを夕陽を浴びた車が忙しそうに走っていた。

〈とにかく、星村電機の小林に連絡を取らなくてはならない。彼と会って、今回の突然のスキャンダル中止と、その裏に隠された意図について、考えなおさなくてはならない。電通も必ず一枚嚙んでいるはずだ〉

石岡はレストランから出た。エレベーターで一階ロビーに降り、公衆電話から星村電機に電話を入れた。

しかし、小林は席にいないようだった。

「どこに行かれたのでしょうか？」

電話に出てきた秘書に執拗に訊くと、重役室に行ったらしいとのことだった。

〈重役室……まさか、早々と辞表を提出に行ったのではあるまいな〉

石岡は不安をおぼえながら、受話器を置いた。

石岡は、これから『週刊タイム』の編集部へ帰り机の中の物を整理し、必要な物を持ち帰ろうと思った。

ホテルのロビーから外へ出かかり、ふと足を止めた。

〈鬼頭がこれから、今回のスキャンダルの画策に関係のある人物と、密かに会うかもしれない。降りて来るのを待って、尾行してみてやれ。このまま引き下がってたまるか……〉

その瞬間、石岡の鋭い眼が、週刊誌記者特有の偏執的な粘っこい光を帯びた。

14

三十分くらい経っただろうか。鬼頭が例によってロバット型の黒漆のパイプを燻らせながら、エスカレーターで降りて来た。

石岡は公衆電話の陰に隠れるようにして、鬼頭の動きを鋭い眼で追った。

鬼頭はホテルのロビーを横切ると、玄関へ出た。タクシーに乗った。

石岡もその後を追うようにして、玄関へ出た。タクシーに乗り込んだ。運転手に五千円のチップを握らせ、鬼頭の乗ったタクシーを追うように頼んだ。

「わかりやした」

五千円のチップが効いたのか、それともギャング映画の一幕のような追跡が物珍しいせいか、運転手は弾んだ声を出すと、勢いよくアクセルを踏んだ。

鬼頭の乗ったタクシーは新橋を抜け、虎ノ門へ向かった。文部省の前を右に曲がり、霞ケ関へ入った。

石岡の乗ったタクシーは、その車から三〇メートルという一定の間隔を保ちながら、追いつづけた。

陽も落ち、あたりは薄暗くなりはじめていた。

〈どこへ行くつもりだろうか……〉

てっきり築地の電通本社へ出掛け、これまでの総決算でもするものと思い込んでいた。それなのに、まったく別の方向に向かっている。

当てがはずれたので、石岡は苛々《いらいら》しはじめた。

鬼頭の乗ったタクシーは、首相官邸の前を右に曲がると、議員会館の前で止まった。

石岡も、運転手にスピードを緩めるよう命じた。

鬼頭はタクシーから降りると、衆議院の第一議員会館へいつもの横柄そうな足取りで入って行った。

石岡は議員会館の前庭へタクシーを止めさせ、車の中で鬼頭の出てくるのを待つことにした。トレンチコートのポケットから、ピー缶を取り出した。一本抜き、口に銜え、ライターで火を点けた。

石岡は鬼頭の出てくるのを待ちながら、あらためて今回のスキャンダル騒ぎのために星村電機で窮地に陥っている広告部次長の小林の身を案じた。

〈記事がボツになることを知っているのだろうか……知らないで、すでに辞表でも出したのではあるまいか。ボツになったのだから、逆に居直ればいいんだが……〉

さすがに十二月半ば近くなると暮れるのが早い。まだ五時だというのに、あたりは闇に閉ざされ、冷え冷えとした感じになってきた。各議員室から洩れる明りが、華やかに浮かびあがってきた。

石岡は、鋭い眼を議員会館の玄関に向け、睨みつづけていた。鬼頭デスクは、なかなか出て来そうになかった。

石岡は苛々しながら、ふと、

〈鬼頭が議員会館で密談しているのも、電通が一枚嚙んだ政治にからむ仕事かもしれないな〉

との疑惑をいだいた。

石岡は、これまでの取材を通じて何度か、政治的動きの背後にも、電通の影がちらつくのを感じていた。とくに昭和四十六年の東京都知事選のときなど、美濃部に対抗して秦野章の〝一大キャンペーン〟を張り、仕事とはいえ、電通の動きのあまりの露骨さに、事情を知るマスコミ人たちは眉を顰《しか》めたものだ。

挙句の果ての惨敗ゆえ、一部では、

「電通の力も噂ほどではないではないか。吉田が生きていた頃ほどの政治に対する神通力は、もう失われてしまったんじゃないのかい」

とささやかれたが、石岡はそうは思わなかった。かならずや政治的な動きを強めてくるに違いない、と確信していた。

案の定、昭和四十七年、田中角栄内閣の誕生直後、日比野社長が「日本列島改造懇談会」のメンバー入りし、それを機に社内機構の一部を改組、政府自民党を専門に扱う第九連絡局を新たに設置した。

当時の田中首相はマスコミを抱き込むためか、昭和四十八年の総理府広報予算を二十一億円から二十六億円と、大幅にアップさせ、「日本列島改造論」のキャンペーンを華やかに繰り広げた。

笑いが止まらないのは電通だった。たとえば昭和五十四年度の政府の広報予算は総額二一二億円。政府系の団体の広報費を入れると、二八四億九千万円にものぼる。

このうち電通第九連絡局のシェアが、官公庁・団体の約四二パーセントを占めている。

いまひとつの顧客である自民党の広報については、八〇パーセント以上を占め、ほぼ独占に近い。

第九連絡局の取扱高は、約一二〇億にものぼっているという。

石岡は職業柄九連に興味を持ち、安西に会うたびに少しずつ情報を仕入れてきたが、それによると、九連の本拠は、電通本社五階の一角、五〇九～五一七号室にある。ふつう一つの連絡局は三～五部によって構成されているが、九連は、春日井充記局長のもとに、部長の名をつけた八つの部があり、それぞれ五～七人のスタッフで構成され、五十一人の局員がいる。

池田部——総理府・日本広報センター
日高部——通産省・経企庁・ジェトロ
野村部——大蔵省・労働省・文部省・厚生省・専売公社
西沢部——自治省（消防庁も含む）・防衛庁・警察庁・警視庁・運輸省・建設省
浅井部——農林水産省・農協
黒部部——自民党・外務省
西村部——経団連・経済広報センター

菅原部——郵政省・国鉄・電電公社

自民党の選挙ポスターひとつとって見ても、毎回電通が引き受けているのは、これらの部があるからこそである。

石岡は、かつて選挙の取材のとき、自民党広報委員の一人に、なぜ電通にばかり頼むのだと訊いたことがある。

彼は答えた。

「じつは、まだ去年の総選挙の分の支払いも電通にはすんでいないんです。その点、電通は金利の面などで融通を利かしてくれますのでねえ。どうしても、電通に頼まざるをえない。世間では自民党のことを〝金権政党〟のようにいってますが、実際は、台所は苦しいんですよ」

この話を聞き、あらためて電通と自民党との癒着を思い知らされたものである。

半月前の十一月二十七日に、日比谷公会堂で自民党大会が開かれたが、安西に聞いたところによると、その演出のすべてを電通が担当したとのことであった。特に昭和五十五年は、アフガニスタン問題、イラン・イラク戦争などキナ臭い事件が多かったため、鈴木善幸首相を明るい平和のイメージで浮き上がらせることを考えたというのだ。

それだけではない。ＮＨＫの政治討論番組に出席する自民党の議員たちの服装、メークアップから話し方、討論のすすめ方まですべて電通がアドバイスしているとのことであった。

なにしろ、かつてニューヨーク電通では、日本政府が入国を拒否したほどの人物である原理運動の教祖、文鮮明のマジソン・スクウェア・ガーデンにおける一大イベントのプロモーションを平気で担当したくらいだ。営業的に採算が取れれば、どういう動きをするかわかりはしない。

石岡には、そういう電通の陰の動きに一枚噛むようにして、鬼頭デスクがあちこちに暗躍しているのではないか、と思われてきたのである。

石岡は、鋭い眼を光らせて議員会館の玄関を睨みつづけた。依然、鬼頭デスクの出てくる気配はない。

〈もしや、すでに議員会館を出ていて、見失ったのか……〉

いや、そんなことはない。玄関から出て来る一人一人を舐めるように点検したはずだ。見失うはずはない。

石岡の苛立ちはいっそう増してきた。

そのうち、薄闇の中に、白い物が混じりはじめた。雪だった。石岡は思わずトレンチコートの襟を立てた。視界が雪によって遮られるので、よけいに鋭い眼を光らせ、車の外を覗き込むようにして、鬼頭デスクの出て来るであろう玄関を凝視しつづけた。


電通の安西は、京都に招待する手筈を整えていたファンタジー社のロジャー日本支社長から突然京都行きを電話で断られ、あわてて池袋のサンシャインビルにあるファンタジー社に駈けつけた。

応接間に通されるや安西は、京都までの新幹線のキップ、ホテル、車の手配、京都案内のためのメンバー揃え……と用意万端整えたのに、何故急に断ったのかと、興奮に顔を赤くして、説明を求めた。

赤ら顔のユダヤ鼻をしたロジャー支社長は、いつもの鋭い抜け目なさそうな眼に、さすがに戸惑いの色を浮かべながら弁解した。

「じつは、その日に本社から重役が急遽来日することになり、とても自分が京都で楽しんでいるような余裕がなくなったわけです……」

「しかし、二、三週間前から確約を取ってあったわけですから、アメリカ本社からおいでになる日を先に延ばしてもらうということはできなかったんですか！」

「それが本社の命令となると、いずこの国も同じで、自由が利かないもんでして……」

そのような情に訴える詫び方をされては、安西もそれ以上憤懣をぶつけるわけにはいかなかった。

とにかく相手に取り入らねばならなかった。一歩も二歩も譲歩する形で別の提案をした。

「では、せっかく用意しておりますので、次の週にでも時間的余裕ができたとき、京都へ案内させていただきます」

当然、その誘いには乗ってくると思った。

ところが、ロジャー支社長から、思いもよらぬ反応が返ってきた。

「ご好意はありがたいが、京都行きは、取り止めさせていただきます」

「取り止める!?　時間的余裕のできたときでいいんですよ」

「ええ、それでも」

「まさか、ウチのクライアントになろうというお気持を、放棄なさったわけではないでしょうね」

安西は狼狽しながら訊いた。自分でも声が上擦《うわず》っているのがわかった。

「それが……じつは突然本社からの命令で、やはり広告代理店は日本の代理店では駄目だ、ということになり、アメリカに本社をもつ代理店に決めたわけでして……」

「本社の命令で、別の代理店に!?」

安西は、全身の血が逆流する思いであった。思いもよらぬ、最悪の事態を迎えたのである。

「この前芳町の『天草』でお会いしたときには、わが社に対し乗り気だったじゃないですか」

安西はつい喰ってかかる調子になった。

しかし、ロジャー支社長は、安西の激しい態度に嫌な顔ひとつしなかった。安西のいうことがいかにももっともだというように頷くと、ユダヤ鼻をひくひくさせていった。

「もちろん、私個人といたしましては、ぜひ電通さんに、と思っていたんです。日本の諺に『郷に入れば郷に従え』とあるそうですが、私もその郷に従おうと思い、それならば最も日本ではすばらしい電通さんにウチの広告の面倒をみてもらおう、と決めていたんです。だからこそ、京都旅行の件もご好意に甘えようとしたわけです。ところが……」

ロジャー社長はそこまでいうと、次をいいにくいのか一息ついた。運ばれていてすでに冷めかけていたコーヒーを苦そうに飲み、つづけた。

「突然、本社から、日本の広告代理店には任すこと相成らぬ、という命令が下ったのです」

「理由は何ですか?」

「企業秘密ですから、その理由まではくわしく打ち明けられません。とにかく、新しく日本に上陸して新戦略を打ち出すのに、ライバル企業まで同時に引き受けている電通に任すと、ライバルに情報が洩れる可能性があるというのが一番の問題点です。それと、どの社も引き受けていては、わが社のためにユニークなアイデアが出せるわけがない、ということが強いネックになっておりまして……」

安西は、ロジャー支社長の如才のない答弁を聞きながら心の中で叫んでいた。

〈嘘をつけ！〉

企業秘密は絶対に洩らさない、ということは、わざわざニューヨーク本社まで出掛けて行き、ハックマン極東担当重役にも説明した。ロジャー支社長には、すでに耳が痛くなるほど説明していたことである。十二分に納得してもらっていたはずだ。それなのに、いまになってあえてその話を蒸し返すというのは、いい逃れとしか思えなかった。

〈本社の命令というより、アメリカン・グロリア社のウィルソンの画策にちがいない〉

安西はこう思い、不躾だとは思ったが、ロジャー支社長に訊いた。

「で、正式に決定した代理店というのは、アメリカン・グロリア社のことですね？」

「………」

「われわれとしても、今後の対策がありますので、教えていただけませんか」

安西の執拗な問いに、ロジャー支社長は当惑した顔でいった。

「まだ正式決定ではないし、ビジネス上の秘密ですから、広告代理店の名前についてはいえません」

あえて否定しないということは、アメリカン・グロリア社に間違いはあるまい、と安西は確信した。

安西は、冷えたコーヒーを苦々しく啜った。ウィルソンが自分を探るためのスパイとして放っているエリザベスのことが、ふと脳裡を掠めた。

この前エリザベスの方から電話があり食事をしたとき、彼女が次の土、日曜日はどうして過ごすのか、と執拗に訊いた。安西は京都にいく、とつい答えた。すると彼女は嫉妬深そうに眼を輝かせ、奥さんといっしょなのね、と絡んできた。

「いや、ちがう。ある夫婦を、ちょっと義理で案内しなけりゃならんのだよ」

「信じられないわね。ビジネスというのならわかるけど、まさか、土曜、日曜までビジネスで京都出張ということはないはずでしょう」

「いや、ビジネスといえばビジネスだよ」

「京都へ案内するということは、相手は外人のご夫婦ね」

いまから考えると、それはエリザベス一流の誘導訊問だったようにも思える。しかしそのときは、安西も不用意に、頷いてみせた。

「それなら、わたしが案内役になってもいいわ。案内係だといって、連れていっていただけないかしら」

「いや、重要な客だから、自分でやるよ」

「ねえ、そのお客さんて、どんなお仕事の方？」

エリザベスは、なお執拗に訊いてきた。安西も、さすがにそれ以上は答えなかった。

おそらく彼女は、そのやりとりをウィルソンに伝えたのであろう。ウィルソンは、それまで安西を尾行させていたデーターと突き合わせ、安西がロジャー支社長夫妻を京都へ招待すると読み、大逆転を図ったのであろう。

安西もそのとき、もしウィルソンに見破られてはと思い、エリザベスが、

「ねえ、お仕事の方、うまく運んでいらっしゃるの？」

と訊いたとき、わざと悄気《しょげ》返ってみせた。

「いや、うまくいかなくて、胃を痛めているよ。世の中、なかなか思い通りに運ばないもんだ……」

しかし、ウィルソンの方が一枚上手だったようだ。

〈それにしても、ウィルソンが、どういう手を使って巻き返したのか……〉

安西はその点についてもぜひ知りたかったが、もちろん、答えてくれるはずもなかった。

そのとき応接室の電話が鳴った。ロジャー支社長は受話器を取りあげた。秘書からうらしい話を聞いていたが、にわかに眉が曇った。

受話器を置くと、安西に、いかにもすまなそうな調子でいった。

「では、これまで説明したような事情でございますので、悪く思わないで下さい」

安西はそれで完全にあきらめたわけではなかったが、一応引き下がることにした。丁寧に頭を下げて応接間を出た。

その途端、廊下で銀髪を光らせた巨《おお》きな外人と擦れ違った。安西は殺気に近いものをおぼえた。業界紙の写真で何度か眼にしているので、間違いはなかった。擦れ違った相手は、アメリカン・グロリア社の日本総支配人、ジョン・ウィルソンだった。

安西は睨みつけるようにして、振り返った。同時に、ウィルソンも振り返った。安西を見、にやりとした。あきらかに、勝ち誇った笑いだった。

〈どうだい！　いかに世界一の売上げを誇る大電通といえども、外資系の企業には、手も足も出んじゃないか〉

安西は、その傲慢な笑いの裏で、ウィルソンがそう嘲笑しているように思った。屈辱に体が熱くなった。ファンタジー社から出、エレベーターでサンシャインビルの一階まで降りた。外へ出てもなお、電通マンとしての誇りを傷つけられた屈辱と憤懣の混じった興奮はおさまらなかった。外はとっぷりと暮れていた。暗闇の中に、白い物が舞い光っていた。初雪だった。

安西は先程までいたファンタジー社のきらびやかな窓明りを見上げた。おそらくいま頃は、ロジャー支社長とウィルソンとで談笑し合っていることであろう。

ふいに、安西の脳裡を、

〈食いついたら離すな。殺されるまでは〉

という文句が閃めいた。吉田秀雄の《鬼十則》の一節だった。安西の心の中に再び闘志がよみがえってきた。

〈まだ、完全に喜ぶのは早いぞ〉

安西は、トレンチコートの襟を立てた。

石岡雄一郎は、議員会館の前に着けているタクシーの中で、『週刊タイム』の鬼頭デスクの出て来るのをひたすら待ちつづけた。雪はしだいに激しくなった。うかうかしていると、相手の姿を見失うほどだった。

一時間ばかり経っただろうか、ようやく鬼頭が議員会館の玄関に姿を現わした。

石岡は緊張した。運転手に声を掛けた。

「いま出て来た男が乗るタクシーを、追ってくれ」

「ようやくおいでなすったね。任しといて下さい」

運転手は景気のいい声を出し、アクセルを踏んだ。

鬼頭は議員会館の玄関から表通りまで小走りに走ると、手を上げた。タクシーを止め、乗った。

鬼頭を乗せたタクシーは、永田町の自由民主党本部前を通った。やがて赤坂東急ホテルの前へ出、虎ノ門に向けて激しい雪の中を疾走しつづけた。

山王神社前を通り過ぎてしばらく行ったあたりで、タクシーは止まった。

鬼頭デスクは、急ぎ足で降りた。

石岡も、鬼頭デスクの姿を見失わないようにタクシーを急停車させた。待ち時間をふくめた運賃の四千円を支払い、降りた。

鬼頭は路地を入っていくと、玄関にランプの点いている有名な高級ナイトクラブ『モナコ』のドアを開け、姿を消した。

石岡はクラブのそばまで行き、あらためて背広の内ポケットから財布を取り出し、中身を確かめた。これまで『週刊タイム』に所属していたから、いざ金額が足りないときには名刺を出し、編集部に電話連絡を取ってもらえばツケも利いた。しかし、『週刊タイム』の仕事を今後はしない、と言明した以上、これまで通り名刺を使うわけにもいかない。いきおい慎重にならざるをえなかった。

財布には三万五千円あった。ぎりぎり足りるようでもあり、足りないようでもある、微妙な金額だった。『モナコ』は、なにしろ政府高官をはじめ、財界人のトップクラスが豪遊する超高級な店である。

しかし、躊躇していてもはじまらない。ドアを開け、クラブに入った。

石岡は店内に足を踏み入れ、鬼頭デスクと顔を合わせないことを祈りながら、ほの赤い照明に彩られた周囲を見回した。幸い、一階のテーブルには彼らしい人物はいなかった。地下のバンドの演奏しているフロアを覗いた。左手奥の方に鬼頭がいた。そばにはホステスが一人いるだけで、相手はいなかった。

石岡は、鬼頭デスクのテーブルがよく見下ろせる一階のテーブルに座った。

ウエイターが、注文を取りにきた。一番安いであろうビールを頼んだ。ご指名のホステスは？　と訊くので、誰でもいい、と答えた。しばらくして、物憂そうな妖しい青い眼をした混血のホステスが隣りに来て座った。ブルーのロングドレスを着ていた。リカと名乗った。

やがて彼女は、ロバート・レッドフォードの近作について楽しそうに語りはじめた。

いつもなら、映画好きで時折映画雑誌に映画評論も書いている石岡は、その手の話に夢中になる。が、さすがにいまは鬼頭のテーブルに誰がやって来るかが気になって、上の空だった。

やがて、鬼頭のテーブルに二人の男が現われ、座った。

鬼頭の前に座った二人の男の一人は、たしか今回のスキャンダルの取材で会ったことのある星村電機の秋山広告部長だった。いま一人の男は、秋山に媚諂《こびへつら》う調子から見て、小林から秋山の腰巾着と聞いていた広告部次長の横田に違いなかった。

〈やはり、奴らはグルになって、小林追い落としを図ったな〉

石岡は、腸の煮えくり返る思いを抑えながらビールを飲んだ。

再び鬼頭のテーブルを見ると、三人が喜びに弾んだ様子で祝杯をあげていた。

もし秋山が、星村電機のイメージをも損ねることを覚悟して、部下の小林とCMガール北条みゆきとのスキャンダルを週刊誌でとことん暴きたてるつもりだったのなら、今回記事がボツになったことを悲しむのが当然である。ところが、逆に祝杯をあげている。

〈どう読めばいいのか……〉

さすがの石岡にも、容易に読めなかった。

そのうち、鬼頭のテーブルに、三人の紳士然とした男たちが姿を現わした。六人で再び楽しそうに祝杯をあげはじめた。

〈やはり星村電機の奴らか、それとも……〉

石岡は隣りに座っているリカと名乗るホステスにささやいた。

「すまないが、下のフロアの左手奥のテーブルで祝杯をあげている左の三人の、背広の胸のマークを見てきてもらえないか」

「あんた、探偵さん？」

彼女は、訝しそうに石岡を見た。

「いや、週刊誌のライターだ」

「そう、週刊誌屋さんなの。松坂慶子でも追ってるんだったら華やかで少しは楽しいけど、あんな中年男を追っているんじゃあ、楽しくもなんともないわね。職業とはいえ大変ね。いいわ、一生懸命そうだから、そっと見て来てあげる」

彼女は、彼の手をそっと握って立ち上がった。やがて、彼女は下のフロアに姿を現わした。鬼頭デスクのいるテーブルに、滑るように歩いて行った。鬼頭の隣りに座っている紅のロングドレスを着たホステスに話しかけながら、鬼頭の前に座っていた三人の胸のあたりに素早く眼を走らせたようだった。

しばらくして彼女は石岡のテーブルに帰って来た。青い眼を輝かせ、彼にウインクして見せた。そして、耳元でささやくようにいった。

「星の型の周囲に、歯車のあるマークだったわ」

「三人とも?」

「ええ」

「やはり、そうか……」

三人とも、電通の社員だったのだ。

〈となると、小林と北条みゆきをめぐるスキャンダルがボツになったいま、彼らが一堂に会して祝杯をあげているということは、どう読めばいいのか……〉

石岡はあらためてこれまでの経緯をなぞり、謎を解こうとした。

まず今回のスキャンダルの震源地は、秋山であったことは間違いない。秋山から、どういう経路かで、ともかく鬼頭デスクに情報が流れた。そして鬼頭が自分に命じ、小林が北条みゆきを仕事を餌に強姦したというスキャンダルをデッチ上げるための取材に当たらせた。しかし、たしかに誤解を受けるような事実こそあったが、北条みゆきのマネージャーや秋山がいいふらしているような醜悪な事件があったとの確証はなかった。が、それでも鬼頭は強行しようとした。

石岡が不思議に思ったのは、それだけ大騒ぎになっているのに、何故星村電機のクライアントである電通が、記事の差し止めに乗り出してこないかということである。成功こそしなかったけれど、小林に頼まれた博報堂まで乗り出してきたというのに。

ところが、いまになって電通の担当者もいっしょになって笑っているというのは、どういうことだろうか。

〈はじめから、電通も一枚嚙んだ罠ではあるまいか……〉

石岡はビールを苦々しく飲みながら、電通を絡めて図式を画いてみた。

小林は、秋山の後釜に座ったあかつきには、メイン代理店を電通から博報堂へ移そうと画策していた。それを察知した電通が、小林の上司である秋山と組み、小林のスキャンダルを『週刊タイム』の鬼頭デスクに流した。それを自分に取材させ、煽った。ついに星村電機で重役会まで開かせ、秋山が、記事は止められないとして小林を執拗に追及した。そうして小林を辞任に追い込むことに成功するや、ようやく電通が『週刊タイム』に手を伸ばし、記事を差し止めた。小林が博報堂に頼んでも、なお止められない記事が、電通が乗り出すと、わけもなく止められたということで、星村電機に対して、電通の威力をまざまざと見せつけた筋書きにしたにちがいない。

〈みごとな芝居だ！〉

石岡は、唸った。

その挙句、自分も途中で与えられた役を降りたにせよ、なんとも滑稽なピエロ役を演じたわけである。彼らの陰謀の片棒を担がされたわけである。今回のスキャンダル記事の作成から降りる、と言明したときには、すでに自分の役はご用済みだったわけである。

石岡はあらためて奥のテーブルに眼をやった。成功に酔いしれる鬼頭、秋山、そして電通の担当者らの姿を、呪うように睨みつづけた。

罠に嵌り、星村電機を追放されそうになっている親友の小林が、哀れでならなかった。

そう思った瞬間、残酷かもしれないが、小林にも、いまの鬼頭デスクらの祝杯の現場を見せておいた方がいいと判断した。電話をするため、立ち上がった。

おそらく会社にはいまい。かといってまだ自宅にも帰っていまい。小林の行きつけの銀座のクラブ『プリンス』へ電話を入れてみた。

運よく、小林はいた。かなり激しく酔っているようだった。石岡は、理由はいわずにすぐに『モナコ』まで来るように告げた。

「ただし、一階の奥のテーブルに来てくれ。間違っても、地階のフロアに足を踏み入れるんじゃないぞ」

小林が駈けつけるのに、三十分とはかからなかった。いつものてかてか光った赤ら顔が、激しい酔いでいっそう赤くなっていた。大きな眼は血走り、ぎらぎらと燃えていた。

小林は、座るなり訊いた。

「何だい、急に?」

石岡は、小林の耳に口をつけるようにしてささやいた。

「地階の左手のテーブルを見ろ」

小林は、いわれるままに地階のテーブルに眼をやった。その途端、みるみるうちに酔いに赤く染まっていた顔が強張ってきた。

「小林、あれでハッキリしたろう」

小林は、石岡の声も聞こえないかのように、歯ぎしりした。

石岡は、いかにも口惜しそうな小林の顔を見ていると、地階の鬼頭デスクらのテーブルの勝ち誇ったような高笑いが、店内いっぱいに響き渡ってくるように思われた。耳を塞《ふさ》ぎたい思いであった。おそらく小林も同じ思いであろう。わざわざ小林をこの場所に呼び出したことが、残酷に思われた。同時に、小林をこのままその席で飲ませておくと、荒れに荒れついには秋山らのテーブルに暴れ込んで行きかねない、とも思った。

「小林、とにかく出よう」

石岡は小林の肩を叩くと、席を立った。勘定を払って外へ出た。雪は激しく降りつづけ、いつの間にかあたり一面真っ白に染まっていた。

「歩こう」

石岡は、強気の小林にしては珍しく寂しそうに見える背に手を当てた。赤坂東急プラザの方向へ、激しい雪の中を歩いて行きながらいった。

「小林、お前まさか、辞表は出していないだろうな……」

「…………」

「あの記事がボツになったと決まったいま、何も責任を取って辞めることはないんだ。奴らに翻弄されたまま辞めることはない。逆に居直って、反撃に出てやれ。いま辞めて喜ぶのは、秋山と電通だけだ」

「もう遅いよ。それに、何もあんな会社に惨めったらしく獅嚙《しが》みついていることはない」

「それもそうだが、いまの不景気なときに辞めるのは、辛いには辛いな。星村電機といわれたって、上場していることには違いないからな。これから転職するとなると、これまでの社よりは小さいところに決まっている……」

二人は弁慶橋を過ぎ、ホテル『ニュー・オータニ』の前を通り、清水谷公園へ向けて歩いた。

「かといって、お前が身を入れていた博報堂が、わざわざお前の骨を拾ってくれるわけでもないからな。星村電機で、博報堂に肩入れしてくれるお前が必要なんであって、星村電機を追われたお前になんか、用がないもんな、残酷なことをいうようだが。ま、資本主義の世の中じゃあ、脚を折った競走馬はその場で殺せ、が原則だからな……」

「だが石岡、いまの社で、秋山や横田の下で働くことを考えると、一日も堪えきれんよ」

「その気持は、いわれなくてもわかっているさ。じつは、おれも今日の夕方、鬼頭デスクに、ハッキリと仕事を止めるようにいったばかりなんだよ」

小林は石岡が『週刊タイム』の仕事を今日限りで止めたと聞き、立ち止まった。

「おい石岡、お前こそ止める必要がないじゃないか。おれと絡んだために、妙なハメに追い込んでしまったな……」

「いや、お前のこともきっかけだが、そろそろ週刊誌稼業から足を洗う潮時だとも思ったためだよ。毎週毎週、他人を傷つけて、わずかの金を得ることに、ほとほと嫌気がさしてきた」

「しかし、悪かったな。今回のおれの記事さえなければ、まだもう少しはつづいていたろうに……」

「いや、逆に感謝しているよ。これまでおれと関係のない他人だと思うと、ずいぶんと平気で取材相手を切り刻んできた。が、今回、おれに繋がりのあるお前を俎上《そじょう》に乗せてみて、あらためておれがこれまで振ってきた刃の怖さに気づかされたよ。もし今回のようなことがなければ、相変わらず気負い立って、時には勝手違いの人間も、背後から袈裟《けさ》がけに斬りつけていただろうからな」

「したたかさが売り物の、お前さんらしくないことをいうな」

「まあ、これまで、さぞやおれを恨んでいる者がいるだろうよ。その意味じゃあ、いい潮時だ。これ以上週刊誌でぐずぐずしていては、歳《とし》をとるばかりだ。外へ飛び出すと風邪をひくからと、いつまでもぬるま湯につかっていて本当の意味のフリーになりきれず、朽ち果てるだけだからな。その寂しさを考えると、いっそこういう機会に飛び出た方がいいんだ」

二人は清水谷公園へ入った。雪は相変わらず激しく降りつづいていた。

石岡は、四十階建ての高層ホテル『ニュー・オータニ』新館を見上げた。雪の中で、不夜城のように華やかに燦《きら》めき聳えていた。

昨年の暮、西北大学時代の広告研究会の仲間である小林と電通の安西と彼との三人で飲んだバー『シェラザード』のあるあたりに眼をやりながら、思った。

あのとき、遅れてきた小林が、えらく興奮して息まいた。

「もし俺が広告部長の座を摑んだ暁には、かならずやメイン代理店を電通から博報堂に切り換えてみせる」

そのとき石岡は危ぶんだ。

〈やばいことにならねばいいが……〉

その予感は、適中したのである。しかも、小林だけでなく、自分をも巻き込むという思いもよらぬ形で……。

石岡は、あらためて思った。

〈人間の運命なんてわからぬものだ……〉

しかし、打ち砕かれたままで引き下がるのは、男として許せないと思った。

石岡は、よく響く大きな声で、小林をもけしかけるような調子でいった。

「小林、おれはこのまま負け犬として引き下がらんぞ」

「いまさら、どんな手がある」

「ひとつだけある」

「本当に奴らを倒せるのか？」

「ああ。ただし、肉を切らせて、骨を切ることになる。お前にその覚悟があるか」

「ある。どんな手だ」

それまで悄気《しょげ》きっていた小林の眼が、闇の中でにわかに強く輝いた、復讐に燃えるように。

15

石岡雄一郎は、神田にある『週刊ビジネス』を発刊するサファイア社の青く輝くビルを、挑戦するような眼で見上げた。風が唸るほど強い日で、新刊書をアピールする数本の華やかな垂れ幕が、風にはためいていた。

〈もし『週刊ビジネス』で拒否されたら、万事休すだ。奴らに思い知らせてやる手段は尽きてしまう〉

石岡はこの一週間、『週刊正流』をはじめとする名の通った週刊誌の編集部すべてに顔を出し、記事を売り歩いた。

内容は、星村電機の秋山広告部長、『週刊タイム』の鬼頭デスク、そして彼らの黒幕に違いない電通が、いかにして星村電機の次期広告部長との評判の高かった小林と、いまや星村電機のCMガールから一躍大スターにのし上がった北条みゆきとのスキャンダルをデッチ上げ、そして潰していったかのからくりを怨念を籠めて書いたものだった。

当然、内容の性格からして、その記事が発表されると、小林をも傷つけることになる。が、この際、肉を切らせて骨を切る以外、他に奴らを倒す手段は思いつかなかった。小林もそれを覚悟で、石岡といっしょになって記事を作成したのだった。

しかし、これまで歩いたどの週刊誌も、最初は北条みゆきのネームバリューに魅かれて飛びついたものの、やはり電通が絡んだスキャンダルとなると、最後には尻込みした。

「記事とすれば、食指は動くんですが、どうも電通さんの部分がねえ。電通さんが黒幕として動いたという確証もありませんのでね」

どの週刊誌の編集長やデスクたちも、決まってそういって断った。

いや、断っただけではない。おそらく、石岡という男が、電通攻撃の記事を売り込んできました、と電通に電話を入れ、このときとばかり恩を売っているに違いない。石岡はそう思った。

電通としても、そのような情報を耳にしたからには、『週刊ビジネス』にも先に手を回している可能性は十分考えられた。

かといって石岡は、電通と関係のないミニコミを相手にする気はなかった。そのような媒体だと黙殺され、秋山も鬼頭デスクも倒せるとは思わなかった。いわんや電通に手痛い傷を負わせることなど、不可能に違いない。

石岡は、トレンチコートを脱ぐと、祈るような気持でサファイア社の玄関に入っていった。万に一つの可能性を求めていた。

受付の清楚な感じの女性に『週刊ビジネス』の特集担当のデスクに会いたいと告げた。手際よく電話を繋いでくれ、四階の『週刊ビジネス』の応接室に上がるよう告げられた。

エレベーターで四階に昇った。編集部の部屋に入ったすぐ右手に、応接室があった。

応接室はすでに開いていた。中から、優しい女性的な声がかかった。

「石岡さんですね？　どうぞお入り下さい」

入ると、厚い黒縁の眼鏡をかけ三つ揃いの背広をきちんと着込んだ大学の教授を思わせる品のいい男性がソファーに座っていた。

石岡は、何の肩書もない個人名刺を差し出し名刺を交換した。さっそく用件を切り出した。前に身を乗り出すようにし、呪いじみた眼の色をしながら、熱っぽく訴えつづけた。

金井と名乗るデスクは、石岡の訴えに一言も口を挟まないで、いちいち頷きながら、静かに耳を傾けた。聞き終わると、眼鏡の奥の優しそうな眼をきらりと光らせた。

「で、その内幕をお書きになった原稿を、いまお持ちになってらっしゃいますか？」

「ええ」

石岡は、手元の紙袋から原稿を取り出した。相手に渡した。

デスクは、眼を輝かせてその原稿を捲《めく》っていった。

読み終えると、顔を上げ、石岡の顔を真っ直ぐに見ていった。

「大変興味深い内容ですね。電通が絡んだ記事なので、少々ややこしいとは思いますけど、ぜひ載せたい。ただし、私の一存では決定しかねますので、編集長と話し合ってきます。少しお待ちいただけますか、あるいは明日にでも出なおして来られますか」

「もしこれからの話し合いで決定できるようなら、ここで待たせていただきます」

石岡には、もし明日出なおすことにすれば、その間に電通とどういう話し合いがおこなわれるかわからない、という根強い不信感があった。それよりいま、間違いなく掲載するとの確約を取りつけておきたかった。

「わかりました。では原稿をお預かりしていきます」

金井というデスクは、石岡の原稿を手に持つと、応接室から出て行った。

一人応接室に残された石岡は、背広のポケットから例によってピー缶を取り出した。ピースを抜き出すと、ピー缶の蓋で軽く叩き、口に銜えた。が、しばらく火も点けないで、不安そうに眉間に深い皺を寄せると、悪しき想いに取り憑かれていた。

〈気軽に記事に飛びついたが、はたして本気なのだろうか……飛びついた振りをしておれの記事の内容を

そっくり電通に流そうという魂胆ではあるまいか〉

そう思いはじめると、さまざまな妄想が浮かびはじめた。

応接室の向こうの編集長の机の傍で、先程まで自分の前で愛想よく応対していた金井というデスクが豹変し、狡そうな眼の色で編集長に耳打ちする。編集長がにんまりと頷き、やがて、眼の前の電話で、前もって連絡するように頼まれていた電通に電話をする。報せを受けた電通の担当者がすぐに駈けつけてくる。三人で石岡の記事をめぐって、ひそひそと検討が加えられる……。

石岡の妄想は留まるところがなかった。

しかし、いくら悪しき可能性について考えてみても、事態が好転するわけでもない。あとは賭けるしかない。そう決め、ようやく銜えている煙草にライターで火を点けた。

それから一時間経ち、一時間半が過ぎた。

石岡は、応接室に掛けてある加山又造の痩せぎすな裸体女のデッサンを何度も見た。時間が経つにつれ、苛立ちが増していった。

窓の外は、しだいに夕暮れの気配を濃くしていた。

風も、いっそう強くなっていくようだった。

石岡は何度も腕時計を覗いた。

三時間を少し過ぎた頃、ようやくデスクが応接室に姿を現わした。石岡は身構える感じで、相手の眼鏡の奥の眼の色を素早くうかがった。デスクの眼は、一応石岡への好意に輝いているように映った。

「編集長の評価は、どうでしたでしょうか？」

石岡は、不安そうに訊いた。

「北条みゆきにまつわる話として、絶対読者が食いつく、ということで大変な乗り気です。書き方も、ツボを押さえていて正確とのことです。今夜が今週号の締め切りですから、いますぐにでも割り付けをして、五ページの特集を華々しく組ませていただきます」

「本当に掲載されるわけですね？」

「はい」

石岡は興奮に体が熱くなった。この一週間、足を棒のようにして何社も歩き回った甲斐があった。

「お願いします。金の問題ではないんです」

石岡は喜びに震えながら、頭を下げた。

「わかりました」

石岡はようやく安堵したものの、いま一度念を押した。

「電通の方は、大丈夫なんでしょうね」

「電通？」

デスクの柔和そうな眼が、眼鏡の奥で一瞬険しくなった。が、すぐに優しい光に戻った。

「編集長がゴーサインを出したんですから、大丈夫です。安心して下さい」

「では、信じます」

「ただし、いま一度記事のことで確認を取りたいことができるかもしれませんので、今夜の連絡先を教えておいていただけますか」

石岡は今夜何人かの人物に会う予定があるので、自分の方から連絡を入れる、と答えた。相手は、では真夜中の二時頃編集部宛に電話を入れてくれるように、と念を押した。

石岡は礼をいうと、応接室を出た。

それからエレベーターで一階まで降り、玄関を出た。

風はいっそう強くなっていた。砂埃が石岡の顔めがけて襲いかかってきた。石岡はあわててトレンチコートを着、襟を立てた。

あたりはすでに闇に閉ざされていた。古本屋街の店先に出されている台は、早々と仕舞われていた。

石岡は、舞い狂う風の中を進みながら、あらためて込みあげてくる暗い喜びを噛みしめた。

〈鬼頭デスクも秋山も、これで止どめを刺されるだろう。あわてるだろう。あるいはもっと、社会的大問題になるかもしれない！〉

石岡は、小林とも喜びを分かち合いたかった。さっそく傍の電話ボックスに飛び込んだ。小林の自宅の電話番号を回した。小林は珍しく自宅にいた。明日から失業の身ともなれば、気持も塞いでとても外へ飲みに行こうという気になどなれないのだろう。

「小林、今度こそ、うまくいったぞ！」

「なに、うまくいった！　本当か……」

「ああ、本当だとも」

「これで、秋山がふんぞり返っておれるのも、終わりだな。おい、祝杯をあげよう。よかったら、家へ来ないか」

「いいだろう。おれもうれしくてたまらないよ」

石岡はタクシーを拾うと、小林の住む杉並区の南荻窪まで走らせた。

青梅街道を突っ走った。小林の家が近づくにつれ、今後の小林の生活が案じられた。

石岡は、大学時代から同棲していて卒業後もずるずるといっしょに暮らしていた女と四年前、泥仕合いのすえ別れて以来、独身暮らしだからなんとか一人身で食えた。しかし、小林は女房だけでなく、子供が中学三年生を筆頭に四人もいた。おそらくこの年になって星村電機を突然辞めざるを得なくなるなんて、夢にも思わなかったのだろう。

〈それにしても、秋山にせよ、鬼頭にせよ、そしてあの電通すら、ひどいことをしやがる！〉

石岡は、あらためて彼らの残酷な仕打ちに激しい怒りをおぼえた。

青梅街道から少し入ったところにある小林の家の近くでタクシーを止めた。門の前に、小林の妻がわざわざ出ていた。石岡を出迎えた。

石岡は門を入った。四年前に建てたというこの家のローンも、これからが大変だろうと思いながら玄関へ入った。

小林は、石岡の手を固く握った。まるで、一年も逢わない友人を迎えるような感激振りであった。

「石岡、よかった、よかったな……」

異常なほどのはしゃぎぶりだった。大きな眼に、涙さえ滲んでいた。

玄関を上がったすぐ右手にある応接間へ入ると、すでに祝杯の用意がしてあった。石岡は上座に座らされ、まず小林の酌を受けた。

石岡も、小林の杯になみなみと注いだ。

「まずは今回、彼らに一矢報いたことに祝杯をあげよう」

二人は杯を高くあげた。熱い思いで杯を合わせた。ぐっと一息に飲んだ。

石岡は、酒が喉に滲みていくのを楽しく感じた。久し振りに美味しい酒が飲めるのがうれしかった。

「石岡、それにしても、よく『週刊ビジネス』に、あの材料をやる勇気があったな」

「金井というデスクが、海千山千の週刊誌のデスクにしては、割とまともそうな男なんだ」

小林は、眼を輝かせながらいった。

「これからが、面白くなるぞ。秋山の首は即刻飛ぶだろ。お前のデスクだった鬼頭の首も、危ないな。問題は電通だ。今度の事件で火が点き、かつて創価学会の言論弾圧事件が国会で大問題になったように、国会で電通のマスコミ界への圧力が追及されるかもしれんぞ」

石岡も鋭い眼をきらきらさせ、ハイピッチで杯を重ねていった。

「そうなると面白いな。それを機に、電通のこれまでの旧悪が一挙に暴かれるかもしれん」

「創価学会のあの勢いが、あの事件で一挙に弱まったように、金城鉄壁と思われてきた電通帝国にも罅《ひび》が入るかもしれんな。蟻の一穴、天下の破れ……というからな」

小林夫人は、夫の傍に畏まって座り、夫の気炎を不安そうに聞いていた。たしかに、夫の久し振りのうれしそうな顔を見るのは、彼女としても喜ばしいには違いないだろう。が、同時に夫も週刊誌の俎上に上るのだ。小林には覚悟ができていることだが、妻としては世間の眼もある。今後どういう恐ろしいことに巻きこまれてゆくのか、不安でたまらなさそうだった。

石岡は、小林夫人を気にしながらいった。

「しかし、電通のことだからな。国会で勇気を持って発言する議員もいないだろう。自民党はもちろん、社会党を含めた野党まで、さまざまな繋がりを持っているだろうからな」

「そういえば、また大蔵省が出した広告税の案が潰れたようだしな」

「広告税？」

「ああ、企業の資本金に対し、一定率のパーセントを設け、それ以上の広告費を使うと税金がかかるシステムを設けようというわけだ」

「交際費課税と似てるな」

「そういえばそうだな。企業はこれまで利益が出ると、それを税金対策で、どんどん広告費に回していた。しかし、もし広告税なるものが成立してみろ、企業はこれまでのように広告をあふれるようには出さなくなる。電通や博報堂にとっては、死活問題にさえなってくる」

「例によって、裏でいろいろと手を回して、大蔵省や政界筋に働きかけてるんだろうな」

「そうだろう、財源に困れば、決まってこの案が持ち出されるのに、決まって潰れてゆくからな」

「そういう腰くだけばかり揃ってるようじゃあ、今度のスキャンダル記事が日本中を湧かしたって、どこまで電通に一矢報いられるか、わからなくなってくるな」

「しかし、今回の記事が、凄まじい破壊力であることは間違いない。快挙だよ、快挙。えッ、そうじゃないか石岡、奴らにさえ一泡吹かすことができれば、おれはどうなったってかまやしない。さあ、飲もう」

小林の顔は酔いで真っ赤に染まり、呂律はますます怪しくなっていった。

石岡も小林につられて酔い、眼の前が回り始めた。明日のことなどどうでもよくなった。どこかに殺傷力の強い時限爆弾を仕掛けてきて、酒を飲みながら爆破時間を舌嘗《したなめず》りして待っているゲリラの一員のように、自分のことが思われてきた。暗い笑いが腹の底から込み上げてきた。たまらなく愉快になってきた。

小林も、じつに楽しそうに飲みつづけた。

テーブルの上にはまたたく間にとっくりの林が出来た。夫人が運び去り、またとっくりの林ができる、という繰り返しだった。

飲みはじめて何時間経っただろうか。小林が、ふと酔眼朦朧とした眼を石岡に向けていった。

「おい石岡、そろそろ『週刊ビジネス』へ、連絡の電話を入れる頃じゃないのかい?」

石岡は、腕時計を覗いた。相手との約束時間の二時を一時間過ぎ、すでに三時になっていた。石岡は立ち上がった。ふらふらした足取りで玄関まで行った。下駄箱の上にある電話の受話器を取り、『週刊ビジネス』の金井デスクの直通番号を回した。

「もしもし金井デスクですか、石岡です」

さすがに少し酔いが醒《さ》め、緊張した。

「石岡さん? 大変なことが起きまして、先程から電話をお待ちしていたんです」

「大変なこと!?」

石岡の酔いは、にわかに消し飛んでしまった。

「ええ、じつは、急遽あなたの原稿から、電通の部分を削ることになってしまったんです」

「電通の部分を！　待って下さい。それは困ります。先程念を押したとき、あれほど、大丈夫だとおっしゃったじゃないですか！」

「はい、たしかに私も編集長も、そのつもりで割り付けをして、印刷所へ送ったんです。しかし突然、広告局長の方から、待ったがかかったんです」

石岡は約束を踏み躙《にじ》られたことへの怒りで、受話器を持つ手をぶるぶると震わせながら、大声で抗議した。

「広告局長の方からって、おたくには編集権の独立はないんですか！」

「ウチの編集長は、よほどのことがないかぎり、妥協しない筋の通った人物なんですが、広告局長がえらい剣幕で怒鳴り込んできたもので……」

石岡の大声に驚いて、小林も不安そうに傍に来て聞いていた。

「金井さん、それなら、記事を載せていただかなくて結構です。降ろしていただきます」

「降ろす、といわれても……すでに刷ってしまいました」

「刷った！」

石岡の全身から、にわかに血が引いてゆくようだった。

〈謀られた……〉

おそらく『週刊ビジネス』には、前もって電通から手が回してあったに違いない。石岡はその張られた網の中に、みすみす嵌《は》まりに行ったのだ。そして石岡の持ち込んだ原稿は電通の担当者の眼にも触れ、検討が加えられたうえ、電通の部分がすっかり削られた記事にすり替えられた。

電通とすれば、このまま放っておいて、もし『週刊ビジネス』に断られたにせよ、いずれミニコミで暴露されることになる。それより今回電通抜きの記事を発表させておけば、他の有力な媒体はもちろん、いかにミニコミといえども、二番煎じはおこなわないだろう。今回のスキャンダルの真相は、永遠に闇に葬られることになる。そのかわり秋山と鬼頭デスクは血祭りにあげられることになるが、蜥蜴《とかげ》が自らの尻尾を切って生き延びるのと同様、自分たちが生き延びるために、二人を切り捨てたのではあるまいか……。

いまの石岡には、今回の『週刊ビジネス』の一連の動きには、そのような複雑な背後関係があるとしか思えなかった。

石岡は、強い輝きの中から、再び深い闇の淵の中に突き落とされたような暗澹たる気持に陥った。思わず傍に立っている小林を振り返った。

小林もまた、すっかり酔いは醒めたようだった。血走った大きな眼は、暗い絶望的な色をたたえていた。

四日後、石岡の持ち込んだスキャンダル記事が、『週刊ビジネス』を華々しく飾った。

石岡は、駅のスタンドで『週刊ビジネス』を買い求めた。その場で、さっそく眼を走らせた。《新星北条みゆきをめぐる黒い罠》というタイトルが躍っていた。彼女と小林とのスキャンダルがデッチ上げられる過程が描かれ、小林と秋山の角逐が暴かれていた。そこまでは石岡の売り込んだレポートと変わらなかったが、問題はその先であった。石岡の最も訴えたかった電通の黒幕的動きについては、一行も触れていなかった。電通については、まったく削られている。いや、電通だけでなく、秋山をバックアップした『週刊タイム』の鬼頭デスクの醜い動きまで削られている！

結局は、北条みゆきに絡んだ星村電機内の秋山広告部長と小林次長との対立にしぼられ、しかも北条みゆきと小林とのスキャンダルは、はたして事実であったのか、完全なデッチ上げであったのか、編集部としては判じかねる、読者の判断にお任せいたします、という芥川龍之介の小説『藪の中』スタイルに変形されていた。

石岡はその記事を読み終わるや、週刊誌を力の限り引き裂いた。

〈完全に、謀られた……〉

苦労のすえ、ファンタジー社をクライアントとすることに成功したアメリカン・グロリア社のウィルソン日本支部総支配人は、六本木にあるテレビ局に森脇局長を連れて乗り込み、十九時から二十二時というゴールデンタイムのAタイムをファンタジー社のために提供して欲しい、という申し入れを営業部長におこなった。

前に交渉に来たときは、もしファンタジー社をクライアントにした場合は、という仮定形での話し合いであったが、今回はより現実的な話なので、ウィルソンとしても強気であった。

しかし、恰幅のいい、英語を流暢に話せる川崎という担当の営業部長は、容易に首を縦に振らなかった。

「なにしろ、ゴールデンタイムはほとんどといっていいほど、電通さんが押さえていますんでねえ」

「そこを、何とか……」

ファンタジー社の求める時間帯ひとつ獲得できないようでは、広告代理店として大きな顔は出来ない。

ウィルソンは強引に押しまくることにした。

それでも相手は腕を組み、口を気難しそうにへの字に結び、一歩も譲らないという構えであった。

〈さては、電通の安西から、すでに手が回っているな……〉

押せども引けども、びくとも動かぬ相手に痺れを切らしたウィルソンは、金銭面で戦うしか残された方法はないと判断した。

「では、決められた料金より、高い金を出してもいいです」

しかし、営業部長は首を横に振りながら、きっぱりといった。

「問題にしているのは、そんなことではないんです。電通さんとウチとの関係がすでにあるわけですから、それを電通さん抜きでウチだけで判断しておたくさんと契約することはできないということです」

「それでもその時間帯が欲しい、という場合は、どうすればいいんですか？」

ウィルソンはつい激し、大きな声になった。アメリカでは、金銭面での折り合いさえつけば、どの時間帯でも買えた。しかし日本では義理だとか、人情だとか、あるいはすでに買い占められているとか、理屈の通らぬことをいう。

「そうですね、ひとつ電通さんと相談なされてはどうですか？」

「電通と相談？」

「ええ、電通さんに頭を下げて頼まれるんですな」

「同じ代理店同士で話し合うなんて、おかしいじゃありませんか」

「しかし、それしか手がありません」

「そんな馬鹿な！」

「それなら、おやめになるんですな」

そこまでいわれれば、ウィルソンとしても別に打つ手がなかった。電通に頭を下げるのは屈辱的だったが、背に腹は代えられなかった。

「わかりました。その場合、どういう取り決めになるんでしょうか」

「さあ、われわれの口からハッキリはいえませんけど、電通さん経由でおたくはその時間帯を獲得するわけですから、これまでの例でいきますと、ふつう広告代理店に支払われる手数料は一五〜二〇パーセントと決まっておりますから、その半分、ないしは六〇パーセントを電通さんにお払いになればいいんじゃございませんか」

「六〇パーセントも！」

それはあまりにも横暴すぎる、と抗議しようと思ったが、テレビ局の担当者に文句をつけてもはじまらなかった。

「仕方ありません。電通に話し合いに行きます。おたくの方からも、私が行くように連絡を取っておいていただけますか」

ウィルソンは、電通のテレビ関係の担当者の名前を聞いてメモした。今後のことを頼み、握手をして、営業部長の部屋を出た。

テレビ局の玄関を出たウィルソンは、スモッグに相変わらずどんよりと濁った不愉快な東京の冬空を見上げた。それから秘書役の森脇局長に、吐き捨てるようにいった。

「日本に来て一年近くなるが、まだ日本人の奇妙な動きが理解できない。いろいろな装いこそ、アメリカとあまり変わらないように見えるが、いざ一歩踏み込むと、古い悪しき日本と、少しも変わっていないじゃないか。それも、近代的であらねばならぬ広告界やテレビ局などのマスコミが、とくに酷い。ナンセンスだ！」

ウィルソンとすれば、ファンタジー社の争奪戦で、電通を蹴落とすことに成功したというのに、テレビの時間帯の獲得をめぐって再び電通に押さえ込まれ、憤懣やるかたない気持であった。

ウィルソンは、黒光りするキャデラックに乗り込むと、運転手に築地の電通本社へ向かうように命じた。

電通本社に乗り込んだウィルソンは、八階にある応接間で、電通のテレビ局営業担当者に、それまで電通が獲得しつづけていたゴールデンタイムのうちの一時間でいい、ぜひ譲っていただきたい、と頼み込んだ。

「譲っていただけるなら、クライアントからわれわれに支払われる手数料二〇パーセントのうちの六〇パーセントを、電通に支払ってもいい、お願いします！」

ウィルソンは、内心屈辱に震えながらも、頭を下げた。

「困りますなぁ。いくら頭を下げられても……」

でっぷりと肥った赤ら顔の担当者は、一歩も譲りそうになかった。

「いま満杯でしてねえ。それどころか、ウチのクライアントの要求もかなえられないで、クライアントに申しわけありませんと頭を下げているくらいです。毎年新番組の組まれる四月近くなりますと、これまでのどのクライアントをはずし、新しくどのクライアントを押しこむかの調整で、頭を抱えてしまうんです。

そこにおたくがクライアントにしようとしている社のために時間帯を売ってくれといわれても、困るんですよ。たとえ二倍の料金をいただいたって無理ですな。なにしろテレビは新聞とちがい、時間帯を増やすというわけにいきませんのでねえ。一日の時間帯に限りがある。おたがいつらいとこですなぁ……」

そこまでいうと葉巻を燻らせはじめた。取りつく島もない感じだった。これ以上強引に粘っても、進展はありそうになかった。

「失礼しました……」

ウィルソンはあきらめて立ち上がった。

電通を出たウィルソンは、あらためて電通のビルを睨むように見上げた。

十五階建ての巨大なビルは、冬の厳しい陽を浴び勝ち誇ったように輝いていた。

ウィルソンは、屈辱に震えながら厚い唇を血の出るほどきつく嚙んだ。

16

安西は、机の上の電話を取った。上司の上村局長から至急第四応接室まで来るように、という呼び出しであった。

安西は立ち上がった。第四応接室へ向かいながら、ふと嫌な予感にとらわれた。

〈いよいよ東京本社とも、おさらばするときが来たかもしれないな……〉

それまで『電通報』で電通映画社、電通ＰＲセンター、ＪＩＭＡ電通、電通リサーチなどの電通傍系各社の役員の人事異動の記事を読んでいた連鎖反応かもしれなかった。なんとなく間違いないことのように思われてきた。足取りがにわかに重くなった。

化粧品会社清美堂を担当していたものの伸び悩み、つづいてファンタジー社をクライアントとして獲得する仕事に回され名誉挽回をと奮起したが、結局、失敗に終わってしまった。一度の躓きには再起の機会を与えてくれるが、二度目となると、どんな企業だって、温かい眼で見てくれるはずもなかった。

第四応接室へ入った。すでに上村局長が葉巻を燻らせながらソファーに座り、眉根に皺を寄せた厳しそうな顔で待っていた。

「どんな用件でしょうか……」

安西は座りながら、気まずい思いで訊いた。

「じつは、広島支社の方から、ぜひ優秀な人材が欲しい、という要望があってね。きみを推薦することに決めたんだ。いますぐに、というわけではない。三月頃の異動になるかもしれない。が、家族のこともあるだろう。今後の心構えもあろうから、早めにきみに伝えておこうと思って」

安西は、清美堂の業績を伸ばし得なかったことに十二分な責任を感じていた。しかし、ファンタジー社をクライアントとして獲得できなかったことに関しては、自分の能力のなさだけでなく、一業種一社システムを取らない社のシステムにも問題がある、と文句のひとつもいいたかった。が、いい訳になるので止した。

「そうですか……わかりました。その覚悟はすでにできております」

「そうか、では広島でも頑張ってくれたまえ」

安西は一礼すると、応接室を出た。そのままデスクに帰りたくなかった。廊下に出、窓の外を眺めた。雨が激しく降り、あたりのビルは冷たそうに濡れ光っていた。

ファンタジー社をクライアントとして獲得し、清美堂での失敗を返上し、やがては局長、重役へ……と輝ける階段を昇ってゆく野心に燃えていたのに、一挙にその夢も潰えてしまった。それどころか、地方へ飛ばされることにまでなってしまった。潔く覚悟はしております、といったものの、やはり腸のちぎれるほどの悔しさだった。

〈もう二度と、このビルから見なれたあたりのビルを眺めるなんてことはないかもしれないな……〉

安西はふと感傷的な気持におそわれた。そのまま廊下に立ちつくしていて、しばらく動こうとはしなかった。

安西は自分の机に戻ると、ファンタジー社のロジャー支社長夫妻を京都に案内する計画が潰れたため迷惑をかけた京都支局の者や、関係者たちへの詫び状を書きながらも、ひたすらエリザベスの電話を待ちつづけていた。

安西は、ファンタジー社が九〇パーセント以上の確率で電通に決まりかけていたのに、なぜ突然にアメリカン・グロリア社に乗り換えられたのか、その真相だけは知っておきたかった。

しかし、ウィルソンをはじめ関係者たちは真相を明かすはずもなく、探りようもなかった。ただ、ウィルソンのスパイではないかと推測されるエリザベスが、知っている可能性はあった。

安西にとって、エリザベスから探り出すしか方法がない。が、彼女からの連絡はこの二週間、ぷっつりと途絶えていた。彼女のマンションに電話を入れたが、電話には誰も出ない。もしかすると、日本での用が終わったから、アメリカに帰ってしまったのかもしれない……。

あとはエリザベスからの連絡を待つ以外に方法はなかった。

しかし、もしエリザベスから連絡があって会えたにせよ、彼女が彼にわざわざ、ウィルソンのビジネス上の秘密まで教えてくれるはずがない。

待ちつづける安西にエリザベスから電話が入ったのは、それから四日後だった。

「いま日本からかけているのかい？」

「あら？　どうしてそんなことお訊きになるの……わたしが安西さんに黙って日本を去ると思ってらして。特別な話があるので、今夜お会いしたいんだけど、お時間は空いてらっしゃいますでしょうか？」

「ああ……」

いまの安西にとって、時間はいくらでも空いていた。安西は、その夜赤坂のＴＢＳ近くにあるイタリアン・レストランで会う約束をした。

その夜のエリザベスは、それまで安西が会ったどのエリザベスよりも美しかった。安西は彼女とワインを傾けながら、仕事の憂さを晴らした。

もしかすると、自分の左遷にエリザベスが一役買っているかもしれないと思ったが、それを承知で彼女と付き合い、時に自分も彼女を利用しようとし、結果として敗れたのだから、怨む気持もなかった。

「で、特別な話って何だい？」

「ええ……」

エリザベスはすぐには答えないでワインを静かに美しい唇に運び、しばらくして決心するような顔をすると、安西の眼を真っ直ぐに見ていった。

「わたし、アメリカに帰ることに決めたんです」

「アメリカへ？　まだ来て何カ月も経ってないじゃないか」

「ええ、でも、国の母が急病で、すぐにも帰らなくてはいけないんです」

嘘をつけ！　と安西は思ったが、それ以上追及する気もなかった。おそらく、スパイ役が終わったので、ボロが出ないうちに彼女を早々とアメリカに帰国させようという、ウィルソンの腹なのであろう。

「そうか……会えなくなると、やはり寂しいな」

「安西さん、ニューヨーク電通にでも赴任なさることはないの？」

「その可能性もあったが、今回の失敗でなくなった」

「そう……人生って、思いどおりにはいかないものね……」

エリザベスは、さすがに気が咎めたのか、悲しそうに眉を寄せ、テーブルの上で安西の手をそっと握った。安西もエリザベスのしなやかで華奢な手を、握り返した。エリザベスの汗ばんだ手は、燃えているように熱かった。

安西は、そっと訊いた。

「最近上陸してきた、ファンタジー社という化粧品の販売会社知っているかい？」

エリザベスは沈黙をつづけていたが、しばらくして頷いた。

「じつは、その社をクライアントにしようとこの半年間、力の限りを尽くしてきたんだが、成功寸前で、アメリカン・グロリア社という外資系の広告代理店に見事にひっくり返された。敵がどんな手を使ったのか、いまだにわからない、ぜひ知りたいんだが、きみの仲間たちから、耳にしたことはないかい？」

安西はわざと鎌をかけてみた。エリザベスはしばらく躊躇《ためら》っていたようだが、決心したのか、口を開いた。

「どうしても、お知りになりたいの？」

「ああ、知りたい。いまさら知ったって、どうすることも出来やしないんだが、自分の敗れた原因がわからないままだと、あきらめもつかない」

「そう……いいわ。調べる方法がないでもないわ。でも、一週間待って……」

エリザベスの青い眼が妖しく光った。ウィルソンから逆に探り出すという意味なのだろう。

一週間後、エリザベスは約束どおり連絡してきた。

その夜、安西はエリザベスと六本木で会い、フランス料理屋で食事をとった。そのあと、近くのホテルで彼女を抱いた。エリザベスと会う最後の夜だった。

エリザベスはベッドの上で、しなやかで長い髪を乱し、安西の胸元で激しくもだえた。安西が想像もしなかったほど淫らに絡み、悦びの声をあげた。あるいは、その裏に別れの哀しみの声も籠っていたのかもしれない。

夜が明ける頃、安西は胸元に顔を埋めているエリザベスの薄闇に浮かぶ美しいブロンドの髪を優しく撫でながら、そっと訊いた。

「例のアメリカン・グロリアという広告代理店の情報、耳に入ったかい？」

「ええ……わたしの耳にした情報が正確かどうか保証できないけど、ある人から間接的に聞いたことだけはいうわ」

さすがに安西は緊張し、エリザベスの髪の毛を撫でる手を、一瞬止めた。

「広告のこと、わたしよく知らないんですけど、電通は、アメリカの広告代理店と違って、同じ業種なのに、一社だけでなく、同時に何社も引き受けているんですって？」

「ああ」

「その場合、どうしても、おたがいの社の秘密が洩れることがあるわね」

「いや、それはありえない！」

安西はついに激して大声を出した。

「しかし、いかにそういわれたって、絶対洩れない、という保証もないでしょう。その矛盾を徹底的に突き、ファンタジー社に報告すれば、企業秘密に特に神経質なアメリカ人なら、さすがに電通に任せるのを渋るだろう、と、電通攻撃の標的《ターゲット》をそこに絞ったらしいの」

「標的を絞った？」

彼女の説明によれば、アメリカン・グロリア社は、何人もの業界紙記者や調査員を使って、電通が担当しているいくつかの社の情報がおたがいに洩れたケースを、徹底的に調べあげたという。

「しかし、そんなことをしても、具体例が出てきやしないはずだ」

「それはわたしには、わからないわ。ただ、それを分厚いレポートにして、ファンタジー社の日本支社だけでなく、アメリカ本社にも送ったらしいの。そしてそのレポートでは、電通に任せると、これこれのケース同様、御社のせっかくの秘密戦略も日本の同業他社に筒抜けになり、日本で勝利をおさめることは、まず不可能でしょう、とくどいほど強調したらしいの」

「おそらく、デッチ上げをやったな。汚ないことをしやがる！」

安西は、ウィルソンのやり口のあまりの悪どさに、さすがに怒りが込み上げてきた。

「それにもうひとつ、耳にしたことがあるわ」

「もうひとつ？」

「ええ」

安西は、緊張に身を固くした。

「エリナって化粧品会社があるの？」

「ああ。名前は外資系のようだが、日本の会社だ。ここ数年、突如市場に登場し、天然イオン配合の謳い文句で、あっというまに日本中を席捲してしまった化粧品会社だ。この不況下だというのに、三年間で一挙に百億円もの売上げを誇る会社に急成長してしまった。奇跡としかいいようのない会社だ。ほら、きみもテレビでエリナのコマーシャルを見たことがあるはずだ。ボーイッシュな斬新なヘアー・カットで、上半身裸になった美しいフランス女性が出て、『エリナ、わたしは美しい』というナレーションが入る……」

「ああ、思い出したわ。とても印象に残るコマーシャルね」

「あれほど派手に広告宣伝すれば、女性たちに強い印象を与えるさ。なにしろ、年間百億円の売上げのうち、六十億円は広告宣伝費に使っていたほどだから。あれじゃあ広告だけで伸びた会社だ、と業界で陰口をたたかれるのも当然だろうな」

「その派手な広告は、一手に博報堂が引き受けていたんですって？」

「ああ。エリナの社長の知り合いがたまたま博報堂にいたことから、すべて博報堂に任せていた。博報堂とすれば、あんな有難い客はなかったろうな」

「わたしが耳に入れた情報では、それをやっかんだ電通が、エリナの広告を博報堂から奪い取るために、大変ダーティな手段を使ったっていうの」

「ダーティな手段？　そんなことはありえない。誤解だ」

「一応最後まで聞いて。かれらの情報によると、電通が業界紙記者を使って『週刊未来』に情報を流したっていうの。『エリナ化粧品ほど得体の知れない会社はない。クリームが三千円から一万円。石鹸も一個でなんと千五百円もする。ところが、本社はマンションの一室に女の子が数人というちっぽけなところ。しかも、もともとは接着剤や靴のクリームをつくっていた会社で、高級クリームと派手に宣伝しているが、原料は靴のクリームじゃないのか、と疑われている。取材して見ると面白いよ』って。さっそく『週刊未来』が取材に動いた。あわてた博報堂の局次長と部長の二人が『週刊未来』社へさっそくやってきて、頼みこんだらしいの。『エリナはまだ新しい会社で、事務設備も工場もまだ整備がついてないので、取材はしばらくひかえさせていただきたい』って。でも、ついに週刊誌の記事になってしまったんですって」

安西はそういわれて、そのときの記事のタイトルもハッキリ思い出した。

《ウソ？　ホント？　天然イオン配合を大宣伝　超急成長化粧品〝エリナ〟の秘密》

というもので、例のボーイイッシュなヘアー・カットに上半身裸のフランス女性の写真まで載せられていた。

そのうえ、インタビューにしぶしぶ応じたエリナの社長もからかわれ、本社がマンションの一室だということ、高級クリームや石鹸の原料が靴のクリームの原料とおなじではないか、との噂のあることも書かれていた。しかも、近く厚生省が、イオンの配合がたしかであるか検討に乗り出す、ということまで書かれていた。

エリナ化粧品にとっては大打撃であった。売上げも急速に落ち込んでいった。業界では有名な事件である。

エリザベスはつづけた。

「むろん、エリナの社長さんは博報堂に対し、どうして記事を抑えられなかったんだ、と怒るわね。そこを電通が狙ったというの。『オサノPR』の小佐野という社長を経由して、エリナの社長さんに、このさい、メイン代理店をいっそ博報堂から電通にかえてはどうかって吹きこませたの。で、いよいよ電通が乗り出して、エリナの社長さんにいったの。『博報堂は何をやっていたんです。あんな週刊誌の記事ひとつ潰せなくて。取材に動きはじめて記事になるまで、一週間近くもあるんですよ。ウチだったら、潰してみせます。それに、ウチに任せていただければ、テレビの暮れから正月にかけてのゴールデンタイムだって楽に取れます。他のスポンサーは降ろして、うまく入れるようにしますよ』

エリナの社長さんとしては、たしかに暮れから正月にかけてのゴールデンタイムは、博報堂に頼んでいても、うまく取れないで悩んでいたところ。おまけに、博報堂は週刊誌の記事ひとつを潰しきれなかった、という不満もある。結局、電通に任せることにしたの。電通もさすがで、雑誌広告なんて手間がかかるだけで儲けも薄いということで、もっともうまみのあるテレビのスポット広告を全部引き受けてしまったの。年間四十億円もの広告を取った。つまり、エリナの広告を博報堂から自分たちの手に奪い取るために、エリナのスキャンダルを『週刊未来』に自分たちで吹きこんでおいて、エリナと博報堂との関係を悪くし、それから自分たちが乗り出してゆく……じつに悪どい手口だわ。で、アメリカン・グロリア社がファンタジー社に提出したレポートの結論としては『もし貴社が電通に広告を一任するなら、のちのち苦しい問題が持ちあがってくるでしょう。途中で効果が上がらないために他の代理店にでも替えようとしてごらんなさい。そのときは、支社長なりのスキャンダルが徹底的に週刊誌で暴かれかけ、そこに電通が正義面をしてあらわれ、止めに入るか、あるいは本当に暴かれ失脚しかねないでしょう。いかに世界一の電通といえども、このような悪どい体質をいまだに残していることを考えれば、任せるべきではないでしょう』と結んでいたらしいの」

「ひどいことをしやがる！　それは誤解だ。おれは、『週刊未来』のデスクをよく知っている。デスクに気になったから、その点たしかめたんだ。最初に情報を持ってきたのは、電通の人間じゃない。電通ととくに繋がっている人間でもない。たまたまある化粧品関連のＰＲ誌の人間とデスクが飲んでいて、偶然にエリナ化粧品の話題が出て、へーえ、そんな奇妙な会社なら、一度取り上げてみるのも面白いですね、ということではじまったんだ。それを電通が吹きこませたなんて、デッチ上げもいいところだ！」

安西はウィルソンのあまりに悪どいやり口を知らされ、さすがに興奮していた。

「たしかに、エリナが週刊誌であつかわれてからは、電通が動いたかもしれん。ライバルの失態につけこむのは、ビジネスの常道だからな。その結果、電通が、博報堂に替ってエリナのテレビの広告を一手におさめたって、それは別に悪いことじゃない。それにしても、あまりにウィルソンのやり口はダーティすぎる！」

安西は歯ぎしりした。

「そう、ダーティな手段ね。しかし、彼らにいわせると、電通も変わらぬダーティなことをやる、それなら先手を取った方が勝ちだ、日本に『勝てば官軍』という諺があるそうだが、まさにそれだ、と誇らしそうにいってました」

勝てば官軍か……安西は苦い思いでその言葉を噛みしめた。ファンタジー社をすごすごと引きあげるとき、廊下で擦れ違ったウィルソンの勝ち誇ったような顔を思い浮かべた。

〈たしかに敵のやり方は、ダーティだった。しかし、電通のシステムや方法にも、彼らに付け入らせる致命的ともいえる問題があることはたしかだ。その点を何とかしなくては、とても世界に通じる電通とはいえまい……〉

安西はそう思うと、あらためて敗北感に襲われた。腑甲斐ない自分を駆り立てるため、再びエリザベスに挑んだ。

17

小林は、辞表を提出するため、星村電機へ最後の顔出しをした。

『週刊ビジネス』であれほど派手に話題になった直後だけに、さすがに気が引けた。が、いざ社の玄関に足を踏み入れると、二十年近くいた社だ、引き際だけはきちんとしておこう、と気持が昂ぶった。

エレベーターで七階に昇った。後藤常務の部屋をノックしようとすると、運悪く部屋から出てくる秋山と擦れ違った。秋山は、肝臓の悪い顔をまるで死人のように青ざめさせていた。縁無し眼鏡の奥の険のある眼を殺気じみて血走らせると、小林に喰ってかかった。

「小林、話がある！　よくも天下に恥を掻かせてくれたな……」

「その話はあとで聞こう。後藤常務に用がある。逃げも隠れもしない。用が終わったら、顔を出す。待っていろ」

小林は、辞めて行くのにあえて敬語を使う必要もないと思った。対等の口の利き方をした。秋山を振りきるようにして、後藤常務の部屋へ入った。

小林に好意を抱いてくれている後藤常務は、小林の顔を見ると、椅子から立ち上がってきた。懐しそうな眼の色をして、手を差し出してきた。

「よオ、思った以上に顔色がいいじゃないか……」

「いや、この度はいろいろとお騒がせをしまして、今日は、これを提出にまいりました」

小林は懐から辞表を出し、後藤常務に手渡した。

「ふむ、まあ掛けたまえ」

後藤常務はデスクを離れ、ソファーに座った。小林も勧められるまま、ソファーに座った。後藤常務は小テーブルの上に置かれた『週刊ビジネス』の問題部分を開いた。

「きみの攻め方としては、いささか歯切れの悪い中途半端な記事になっとるようじゃな」

「ええ、甘い判断をいたしまして、相手の思うツボに嵌まりました。まだまだいろいろな読みが足りないことを、恥じております」

「そうか……で、これからの仕事は決まっているのか」

「まだ、ハッキリと決めてはおりません。そのうち相談に乗っていただくことになるかもしれません」

「よかろう。そのときには力になれることがあれば、一肌脱ごう」

「ところで、この部屋に入って来る前に、秋山部長と擦れ違いになりましたが、彼はどういう処遇になるようですか？」

「本当は馘《くび》だが、ま、可哀そうなので依願退職ということにして、先程辞職願いを出させたわけだ。あの男も、自業自得とはいえ、よほどの衝撃だったらしいな。辞表を手渡す手が、かなり震えておった」

「そうですか……電通も彼を庇《かば》いませんでしたか」

「ここまで表面化すれば、電通だって、ウチの社だって、庇いきれないよ。そんなことしたら、おたがいわが身が危なくなる。ま、蜥蜴の尻尾切りだよ」

「ところで常務、モーニングなど着て、誰の結婚式に？」

小林は、初めて後藤常務のモーニング姿に気づいたように訊いた。

「ああ、剣持専務の息子さんが、亀岡製薬の亀岡社長のお嬢さんと結婚するんだ。急遽決まった話でな。きみも、派閥争いに明け暮れ、この種の情報には疎かったようだな」

剣持専務といえば、星村電機の次期社長間違いなし、といわれている人物である。

「で、誰が仲人したんです」

「驚くなよ、電通の塩月部長だ」

「電通が……」

小林は、自分の声が上擦るのがわかった。いかにも電通らしいやり口だと思った。二枚腰、三枚腰で嫌らしく攻めてくる。

これまで、各企業のトップに喰い込んでいる電通が、クライアントのトップの子息や令嬢たちを結婚させることで、よりおたがいのクライアントとの結びつきを深くし、揺るぎないものにする、ということは噂としては耳にしていた。世に〝電通閨閥〟とも呼ばれている。

そしてそれらの華やかな〝電通閨閥〟をつくり、バックアップするものに、電通にいる有名人たちの子弟たちの力がある。

しかし小林は、電通が星村電機にまでそういう作戦で手を伸ばしてくるとは、思いもしなかった。

なるほど、そういう戦略を用いれば、事はうまく運んでゆく。今回のようなスキャンダラスな事件が起これば、たとえ週刊誌に電通の名前が載らなくても、まず電通の立場は悪くなる。が、こういう巧妙な方法をとれば、これまでと変わらず、いやこれまで以上に星村電機との繋がりを深めていける。

小林はあらためて、電通のしたたかさに唸った。

「で、式は何時からですか?」

「三時からだ。帝国ホテルの孔雀の間でな」

「では、もう出発なさった方がいいでしょう。私はこれでおいとまします」

「そうか。一段落したら、遠慮なく、顔を出しなさい」

小林は常務室を出ると、一階下の広告部へ降りて行った。彼の顔を見ると、広告部員たちは、いっせいに顔を背けた。小林の秘書役だった野中君江にまで顔を背けられ、小林もさすがに寂しい思いをした。自分のデスクに一応座ったが、まるでよその社に来て、他人の机に座っているような気まずさだった。これまでにほとんど必要な物は持ち帰っていたので、あとわずかばかりの小物しかなかった。それも一応アタッシュケースの中に仕舞い込んだ。

横田次長が、傍でこれ見よがしにひときわ大きい声を張り上げ、ゴルフのメンバー表を作成していた。おそらく、秋山の辞めたあとの広告部長の椅子に座ることが内定し、はしゃいでいるのであろう。耳を傾けていると、どうも今回の剣持専務の子息と亀岡製薬の令嬢との結婚祝いのゴルフのようであった。横田次長は、例によって電通に電話を入れ、星村電機の中でも誰をメンバーに入れるか、まで相談しているようだった。

〈好きなようにおやりなさい〉

小林は心の中でそう呟くと、アタッシュケースを持って立ち上がった。みんなにあらためて挨拶をしようかと思ったが、嫌がって顔を背けている者を、あえて自分の方に振り返らせることもあるまい。黙って去ることにした。それでも部屋を出るとき、これで長く生活していたこの部屋ともお別れか……そう思うと、さすがに感傷的な気持になった。いま一度、部屋を振り返って見た。

廊下に出ると、秋山が待ち構えていた。

「小林、八階の小会議室に行こう！」

興奮に、声が上擦っていた。

小林とすれば、いまさら向きになって秋山といい争う気持はなかった。できれば、二度と顔も見たくはなかった。しかし、相手がなお喰ってかかるというなら、一言、いっておきたいこともあった。

秋山につづいてエレベーターに乗り込み、八階で降りた。

小会議室に入るなり、秋山はいっそうヒステリックにキンキン声を張り上げ、ののしった。

「よくも天下に恥を掻かせてくれたなッ！　『週刊ビジネス』の記事のおかげで、おれは社を辞めざるを得なくなってしまったじゃないか」

「仕掛けたのは、あなたの方じゃないんですか。それが裏目に出たからって、いまさら狼狽《うろた》えても滑稽なだけですよ。自業自得というのは、こういうことをいうんでしょうな」

小林はテーブルに着くと、煙草を取り出しながらいい返した。そのシニカルな口調に、ふと、石岡の口調が移ったかな、と苦笑させられた。

「なにが自業自得だ。自分にふりかかった火の粉を払うためには、社の迷惑も、他の迷惑も、まったく考えない破廉恥な男だよ」

秋山は殺気じみた眼を血走らせ、ののしりつづけた。

「さぁ、どっちが破廉恥ですかね。電通をバックに、わたしなど虫けら同然に容易にひねり潰せると考えていたんでしょうけど、そうはいかない。あげくの果て、自分自身の破滅に繋がってしまった。にもかかわらず――」

小林は、ライターで煙草に火を点けた。気を鎮めるため一服ゆっくりと喫い、つづけた。

「あれほどあなたが頼りにしていた電通も、最後にはあなたに手を差しのべようとはしなかった。あなたを見捨てた。いや、はじめからあなたなんて、どうでもよかったんだ。電通に尻尾を振ってくるから珍重していたにすぎないんだ。かわいそうに、あなたはそれに気づかず、電通の連中と人間的に繋がっているような錯覚にとらわれてしまった。そのあげくが、今回のあなたへの冷たい態度だ。電通はもうあなたなんか必要としない。あなたなしで、ちゃんとトップと固く結びついてしまった。いまではかえって、あなたにウロチョロされても邪魔なのさ」

「よくも、きみは、それほどに人を侮辱できるな……」

秋山は肝臓の悪い死人のように青ざめた顔を引きつらせ、小林を指差しながら声を震わせていった。指差した手も、わなわなと震えていた。その姿は、かつて小林の上司として傲慢な態度で高飛車に出ていた秋山とは、別人の感があった。むしろ哀れでさえあった。

小林は、それ以上秋山といい争う気がしなくなった。立ち上がりかけながら、いった。

「ま、いまから考えてみれば、あなたも電通の被害者だ。ただ、気づくのが遅すぎたが……」

それから、あなたも悪い体を抱えて第二の人生を歩むのも大変だろう、といおうとしたが、止した。

小林は、そのまま振り返ることもなく、それまで秋山と何度もいい争いをしたこの小会議室を出て行った。背後から秋山ののしる声が聞こえてくるかと思ったが、重い沈黙がのしかかってきただけで、一言の言葉もなかった。

年の明けた昭和五十六年一月十二日午前十一時から、帝国ホテルの二、三階、六千四百平方メートルを借り切り、恒例の『電通年賀会』が華やかに開かれた。

メイン会場である孔雀の間の会場入口付近には、田丸社長をはじめ、梅垣、吉岡副社長、菅野、高橋、木暮の三専務、渡辺、高橋、鎌田、松沢、船田、石井、大津、尾張、横山の九常務、それに六人の取締役と全役員が黒上衣、縞ズボンというディレクタースーツでずらりと立ち並び、招待客に立礼している。

会場に入る招待客は、マスコミ、広告界の人物だけではない。中曽根康弘行政管理庁長官、櫻内義雄自民党幹事長、中川一郎科学技術庁長官、奥野誠亮法務大臣、福田一衆院議長……ら錚々たる政界人も激務の間を縫って駈けつけている。

さらに、永野重雄、五島昇、中内㓛をはじめ、三井物産、三菱商事、日本ビクター、鐘紡……など一流会社の会長、社長たち財界人も顔を見せている。

変わったところでは、日本の〝首領〟笹川良一も、姿を見せた。電通とどこでどのように繋がっているのか、駐日ソ連大使ドミトリー・ポリャンスキーの顔も見える。

招待客の総数は、四千三百六十一人。電通の人脈の広さを見せつけている。

メイン会場の孔雀の間では、田丸社長の挨拶、招待客の祝辞が終わるや、都はるみ、森進一、金沢明子ら当代のスターたちが競演をはじめた。

富士の間では、バニーガールたちが招待客を迎えている。中では、由紀さおりの司会で、日劇ミュージックホールの踊り子たちが魅惑的なヌードを披露し、大会社の社長たちの眼を楽しませている。

会場から会場へと、四百メートルに及ぶ電通の垂幕がえんえんと張りめぐらされている。

各会場には、祭りの雰囲気を盛り上げるために、祭の提灯《ちょうちん》、武者凧《だこ》まで飾られ、お祭り広場まで設けられている。

その他、模擬店、民謡酒場、味処、富士浅間神社のお札処……まであり、いたれりつくせりのサービスぶりであった。

四千人もが犇《ひし》めく会場の卓《テーブル》には、ローストビーフだけで、五百四十キロ、牛四十五頭分が用意され、シタビラメも千二百尾。味処で消化されたどじょうは、約二万尾……、これらの調理のために、のべ五百人のコックが動員され、接待のおかみ、芸妓も二百人を超え花を添えている。

電通の力を誇示する一大デモンストレーションは、えんえんと繰り広げられてゆく。

招待客の接待には、中畑相談役をはじめ、石川、佐々木、尾崎、日比野、嶋田、秋山顧問があたり、招待客と談笑し合っている。

笹川良一のところにも、電通の幹部たちが挨拶に行き、笹川は上機嫌で高笑いをつづけている。

それら招待客の中には、『週刊タイム』の鬼頭デスクの顔も見える。

例によって黒漆のみごとな輝きを持つロバット型のパイプを燻らせながら、電通のマスコミ担当者たちと楽しそうに話し合っている。

『週刊ビジネス』の金井デスクの顔も見える。石岡の持ち込んだレポートから、みごとに電通の部分を削り取り、歪めて発表してしまったデスクである。

星村電機の秋山にかわって新しく広告部長の座をつかんだ横田の顔もあった。部長になってはじめて、電通恒例の年賀会に出席できたことの興奮と酔いに頬を紅潮させている。黒い上衣に縞ズボンというディレクタースーツを着た電通の塩月部長と冗談をいいあい、うれしくてたまらなさそうに、肩を叩きあっていた。

その夜、ホテル『ニュー・オータニ』新館の六階にあるバー『シェラザード』で、星村電機を辞めた小林、『週刊タイム』を辞めた石岡、そして電通の広島支店に飛ばされることに決まった安西の三人が飲んでいた。夕方の六時を少し過ぎたばかりであった。店内は客が疎《まば》らだった。外は視界がまったく遮られるほど激しく吹雪いていた。

安西が、しんみりした口調でいった。

「人生は、わからんものだなあ。ほぼ一年前だな、三人がこのクラブで飲んだのは……」

石岡が、酔いに眼の縁を赤くしていった。

「あのとき、遅れてきた小林が激昂して『おれは広告部長の椅子を摑み、かならずメイン代理店を、電通から他の代理店に切り換えてみせる!』とわめき、おれとしても、これはヤバイことになるぞ……と悪い予感がしたものだが、ついに適中してしまったな」

小林は、真剣な顔で石岡に頭を下げた。

「おまけにお前までをも巻き込んで、すまん」

「いや、おれもそろそろ週刊誌から足を洗う時期に来ていたんだ。ちょうどいい機会さ。こういうハプニングでも起こらなけりゃ、ぬるま湯からなかなか飛び出すことはできないもんな」

石岡は相変わらず冷めた口調でいうと、ウイスキーを呷った。

安西が訊いた。

「で、石岡はこれからどうする?」

石岡は、真剣な顔付でいった。

「これまでのように一週間単位で眼の前に流れていくものを追うんじゃなく、じっくり腰を据えたルポルタージュを書いていくつもりだ。それも、スキャンダルを暴いたり、告発したりというものじゃなく、取材対象に愛情のそそげる作品をつくっていくつもりだ。ただし、これまで週刊誌でやってきた内幕物風の作品の締めくくりとして、『電通帝国』という告発ルポをこれから半年かかって書く。どうしても書いておかなければいけないことがあるからな」

今度は、安西が小林に訊いた。

「小林は、どうする?」

「おれか。あのとき三人で、アルバイトでパブリシティ会社をつくろう、という目的で集まったんだが、今回おれは、アルバイトでなく、本業としてパブリシティ会社を興すことにしたよ。どうだ、お前もひとつ大電通という傘の下から脱け出し、おれたちといっしょに仕事をやらないかい」

「…………」

「どうした安西、いかに地方へ飛ばされようとも、やはり大電通という看板をしょってないと、不安な気がするのかい」

石岡は例によって、皮肉をいった。

「たしかにそれもある。しかし、現代は一匹狼の時代じゃないと思うんだ。とくに広告界はそうだ。小さな組織じゃ、何も仕事らしい仕事は出来ん。その意味では、やはり電通の組織力と可能性に魅力を感じる」

「大きいことはいいことだ……とばかりはいえんけどな。とくに今回の電通の動きを見ると……」

石岡は、青白い顔に冷ややかな笑いを浮かべながらいった。週刊誌を離れても、依然、物事をシニカルに見る癖は治らないようだ。

「お前たちは電通の影に怯えていたんだ。実際には電通は手を下してはいない。これまでも、みんな影に怯えてきたんだよ。それなのにすぐ電通が黒幕として画策したようにいう。とにかく、お前たちがどういおうとも、おれは電通に残るよ。そしてかならず輝く業績をあげ、再び本社へ戻る。おれには、電通を内実のともなった本当の意味での世界一の電通にしたい、という夢がある」

傍で黙って聞いていた小林が、酔いに血走った眼を安西に向け、込み上げてくる感情を抑えながらいった。

「おれと石岡には、そういう電通の理想を聞いても、ああ、そうですか……と頷くわけにはいかんなあ。おれたちは電通の闇の部分を見過ぎたので、お前のいう輝きを見ることが出来なくなってしまったんだ」

ちょうどその頃、成田の国際空港から十八時四十五分発のニューヨーク行きのパンナム八〇〇号機が、激しい雪の中を飛び立った。

機内には、アメリカン・グロリア社の日本支部総支配人のウィルソンが乗っていた。

彼は、アメリカへ少しばかりの休養に帰るのでなく、本格的な帰国命令が本社から出ていた。

ほぼこの一年間、前任者のヘンリー・ニコルソンに代わって奮闘したものの、本社が課していたノルマを達成できなかったためである。

しかもせっかくファンタジー社をクライアントとして獲得しながら、テレビの時間帯も思うように確保できず、今後が案じられた。本社側もついに痺《しび》れを切らして突如帰国しろ、との厳命を下したのだった。ウィルソンは、日本の市場という特殊性を考えれば、もう一年とか二年の時間的余裕を与えて欲しかった。が、本社の担当者にいくら説明しても、とうてい無駄であった。

とくに電通の日本での嫌らしいほど特殊な根の張り方についてくどいほど説明したが、自分たちの非力をカバーしようとしてオーバーにいい過ぎているとの理由で、取り合ってもらえなかった。

ウィルソンは、飛行機が急上昇し、禁煙のサインが消えると、パイプを取り出した。苦々しく燻らせはじめた。日本の風景も見納めかと思い、窓から外を覗いた。激しい吹雪のため視界は遮られ、まったく見えなかった。

ウィルソンは、それでもなお外を睨むように見ながら、日本へ来てからこの一年近くの間におこったさまざまなことに想いを馳せていた。しかし、想いの中心はやはり電通のことだった。

日本へ来てから去るまでの間、ほとんど電通に振り回されてしまった。

おそらく電通が現在のような栄耀栄華を極めておれるのも、そう長くは続くまい。外資系の企業だけでなく、いずれは日本の企業も目覚めてくれば、電通が同業同種の多社を同時に扱うという狂気の沙汰を許してはおけなくなるであろう。その暁には、電通は、世界一の売上げを誇りうることは幻になろう。いくつかの社に分割せざるを得まい。当然、現在のようなエネルギーは失われてゆく。同時に、これまでのように巨大であることのメリットも失われ、巨大さを背景にした横暴さも、許されなくなるだろう……。

一瞬、ウィルソンの脳裡を、まるで巨大な太古の怪物のように異常に巨《おお》きくなり過ぎた電通が、うめき声をあげながら、いくつかに小さく切り刻まれてゆく姿が、映画の一齣《ひとこま》のように掠めていった。

外は、いっそう激しく吹雪きはじめたようだった。

【解説】――タブーに挑戦した問題作

佐高　信

いまから二年余り前の一九八一年秋、月日も同じ九月三十日に、田原総一朗のドキュメント『電通』（朝日新聞社）と、この『小説電通』（三一書房）が出版された。

それを〝記念〟するように二人は『噂の眞相』で対談しているが、同誌編集長の岡留安則は、二つの電通論を比較対照して、

「田原さんのは正面玄関から入って行って、大下さんは地下のボイラー室から入って行った」

と締め括っている。

数々の「問題小説」を発表しながら、四十五歳の若さで香港に客死した梶山季之を敬慕する大下にとって、この「地下室からの侵入」発言は、大いなる讃辞だろう。

広島大学に学び、長く週刊誌のライターをやった点も、梶山と大下は同じである。

権力を恐れず、無謀とも思えるほどタブーに挑むジャーナリスト精神を、大下は、梶山と、その弟子の岩川隆から受け継いだ。

前記の『噂の眞相』の対談で、大下は、冒頭、「昔だったら（こうした本は）ツブすとかいう動きをしたのだろうと思うけど、今はソレをしなくなったという時代の流れがありますね」という岡留の発言を承けて、

「ツブしはしないけど、僕の本は三一書房だから出ているが、それ以外の出版社だったら無理だったかもしれない。出版するまでは転々としたんですよ。最初、K出版から話があり、ドキュメンタリーノベルをやろうというんで、編集者が三十人までリストを作って頼んで歩いたんですよ。その第一弾で『小説電通』を出すって言うんで、三万部でいこうとハリキッテたんですよ。で、K出版でホントに出せるかなと思ったんだけど、編集者がいや大丈夫なんて言うんですよ。ところが、その社で出している週刊誌が、婦人雑誌風に少し誌面変えた事があって、その時より広告の電通依存度が高くなったんですよ。重役がその企画書を見て編集者ドヤシつけて一遍にダメになりましたよ。気の毒に後の人のドキュメンタリーノベル路線も全部とりやめ。他にも数社から話があり、結局むつかしいということで最終的に三一書房に決まった。三一書房なら（つながりがないから）電通も文句のつけようがないでしょう」

と語っている。

「K出版」ならずとも、電通とつながりのある大手出版社は、この小説を出せなかっただろう。

それを裏づけるのが、末尾近くに出てくる「電通年賀会」の描写である。

「昭和五十六年一月十二日午前十一時から、帝国ホテルの二、三階、六千四百平方メートルを借り切り、華やかに開かれた」この会には、招待客として、当時、行政管理庁長官だった中曽根康弘、自民党幹事長だった櫻内義雄、財界からは日商会頭の永野重雄、ダイエー社長の中内㓛らが姿を見せ、変わったところでは、日本の〝首領〟笹川良一や駐日ソ連大使のポリャンスキーらが出席した。招待客の総数が四千三百六十一人。

これだけでも、「電通省」とか、「日本のＣＩＡ」と言われる電通の不気味さがわかるだろう。

大下の尊敬する梶山季之は、かつて、

「ノンフィクションで政財界のスキャンダルを書いても、証拠がないと、いま一歩のところで突っ込めなくなる。フィクションなら誰も知らない密室内の状況が自由に書ける」

と言い、自民党総裁選挙にまつわる汚職事件をモデルにした「危険な小説」の『大統領の殺し屋』（光文社）では、

「この作品は、すべて架空の物語です。しかし、もし事実の部分があるとしたら、筆者がなんらかの形で報復されることでしょう」

という皮肉な、ある意味では挑戦的な「あとがき」をつけた。

実際、梶山は、デヴィ・スカルノを主人公にインドネシア賠償汚職を描いた『生贄』（徳間書店、絶版）で、デヴィから告訴されることになったが、それほど、体当たりで小説を書いていたのである。

いま注目されている経済小説は、そうした名誉毀損を恐れぬ精神によって書かれてこそ秀作が生み出される。政財界のタブーやスキャンダルを暴くところにこそ、その価値があるのである。

その意味では、梶山季之をパイオニアと呼んでもいい。

大下のこの作品が出た時、私はその梶山精神を受け継ぐものとして拍手喝采し、『問題小説』の一九八二年一月号に次のような書評を書いた。

「広告業は資本主義の戦略産業であると言われる。とすれば、日本の企業小説家は、真っ先に広告業界の雄である電通を描かなければならなかった。それができなかったのは、電通がマスコミ界をガッチリと支配していたからである。著者は週刊誌記者という身分が心配になるほど突っ込んで、その支配の実態を小

説化している。

アメリカの広告代理店もからむことによって、電通が、たとえば、トヨタ、日産、東洋工業等、同じ自動車業界の何社も扱う『一業種多社システム』の奇怪さも浮き彫りにされるが、日本の資本主義の特異さ、あるいは歪みをも照らし出した企業小説の佳作である」

主人公に、同じ西北大学広告研究会のメンバーだった電通参事の安西則夫、星村電機広告部次長の小林正治、そして、『週刊タイム』の専属記者、石岡雄一郎を配した時、この小説の成功は約束された。

取扱高で世界一を誇り、日本の総広告費の四分の一以上を占める電通。だから、日本の広告代理店には、一位があって二位がなく、五、六位にやっと博報堂が顔を出す、とも言われる。

その電通の横暴に、星村電機の小林が義憤を感じて反発しようとしたところから、このドラマは始まった。

電通の〝威力〟を示すものとして、たとえば、次のようなエピソードが挿入されている。

ウィスキー業界大手の「カントリー」に黒田という宣伝係長がいて、悪どく私腹を肥やし、懲戒解雇になった。外車を購入した代金をテレビ局に払わせたり、スポット広告を誤魔化して実数との差額を懐に入れたりは朝飯前で、遂には世田谷に豪邸を建て、銀座の女から女優まで片っ端から手をつけて遊んだ。

それを知った週刊誌が一斉に動いたが、電通が手をまわして、どこにも載らなかった。

しぶとく喰い下がることで定評のある『週刊正流』までが降りたのである。

『週刊正流』は、同誌に長年、「男性画帖」を連載している作家の山田誠が、どうしても今回のことを記事にするなら、連載を降りる、と言い張ったのだった。

「山田誠は、同じく作家の海高猛、画家の松原善平とともに、かつてカントリーの宣伝部に籍を置いていた。世話になったカントリーが傷つくことを黙って看過ごすわけにはいかなかったのだろう」

と大下は書いている。

これを読めば、「カントリー」はどこであり、「山田誠」が誰であり、そして、『週刊正流』がどの週刊誌を指すかは明らかだろう。このように、大下はタブーに踏み込んで書いている。小説のおもしろさとともに、聖域に挑む大下の気迫が、読者にスリリングな快感を味わわせる。

自ら火を点け、消火作業にもあたる電通の〝Fマッチ・ポンプ集団〟、別名、〝船村機関〟が暗躍して、「化粧品業界では、資美堂の若生宣伝部長、花園石鹸の山倉宣伝部長、森村製菓の小原広告部長、それに西洋レーヨンの遠村宣伝部長」が妙な噂を立てられ、広告関係の部長のポストを追われた話など、企業名がすぐに類推できるだけに、電通も困るだろうな、と〝同情〟したくなるほどである。

『週刊文春』で、「事実」を追って突撃取材を繰り返してきた大下は、この小説も、あくまでも「事実」を基に組み立てている。世界一の取扱高を誇りながら、電通は、国際広告に弱く、全社取扱高の二パーセントにも満たない。一業種多社システムという、国内においては伸びる要素が、海外においては逆に足カセとなるからだ。

小説の中で、ニューヨークに本拠を置く広告代理店アメリカン・グロリアの日本支部総支配人、ジョン・ウィルソンは、日本の広告業界の一業種多社システムに「信じられない」を連発する。

アメリカだけでなく、ヨーロッパでも、そして東南アジアですら、すべて一業種一社システムで貫かれている。一業種多社システムに乗って電通は巨大化し、「テレビのゴールデンタイムの確保、その会社にスキャンダルがおこったときの記事のモミ消しの力」等を持った。

土光敏夫は東芝の会長時代に、電通が家電メーカーすべてを扱っているのを怒って、「電通は、口ではいいことをいっていても、松下や日立のためにも、一生懸命やっておるのではないか」と言ったという。

それに対して電通は、東芝を扱う部門だけを別館に移したといわれるが、日本に「挑戦広告」が広がらないのも、電通が同じ業種の有力企業を何社も抱え込んでいることに大きな原因がある。

その他、「コネ通」と言われるほど有力者や有名人の子弟を入社させて商売に結びつける〝人質作戦〟を展開しているなど、「地下室から入った」大下は、電通の実態をあまさず浮かびあがらせた。

タブーを打ち破り、タブーをつくらせないためには、こうした大下のようなたくましい勇気が必要なのだろう。

最初に紹介した『噂の眞相』の対談で、田原総一朗は、「日本は自由な国だというけど、自由ってのは在るものではなく力関係で存在している」と言っている。

これからも、大下には、タブーに挑戦して自由をひろげる小説をどんどん書いてもらいたいと思う。

一九八四年一月

参考文献

猪野健治著『電通公害論』（日新報道）
本田靖春著「電通の秘密」（週刊文春・昭和五十二年七月二十八日号、八月四日号）
田原総一朗著「電通この巨大アメーバー」（週刊朝日・昭和五十六年一月二日号〜五月八日号）
大下英治著『小説電通』（三一書房）
『増補版 電通の正体』（金曜日）
本間龍著『電通と原発報道』（亜紀書房）
朝日新聞
日本経済新聞
読売新聞
週刊文春
週刊朝日

電《でん》通《つう》の深《しん》層《そう》

二〇一七年三月二四日　初版第一刷発行

著者　大下英治《おおしたえいじ》
編集・発行人　木村健一
編集　三浦由佳理
本文ＤＴＰ　松井和彌
発行所　株式会社イースト・プレス
〒一〇一-〇〇五一
東京都千代田区神田神保町
二-四-七久月神田ビル
電話　〇三-五二一三-四七〇〇
ＦＡＸ　〇三-五二一三-四七〇一
http://www.eastpress.co.jp
印刷所　中央精版印刷株式会社

　ISBN 978-4-7816-1526-4